STRIKE BACK

CONTRA-ATAQUE

CHRIS RYAN

STRIKE BACK

CONTRA-ATAQUE

Tradução
Miguel Damian Ribeiro Pessoa

GRYPHUS GEEK

Rio de Janeiro

Tradução
Miguel Damian Ribeiro Pessoa

Revisão
Gilson B. Soares

Editoração eletrônica
Rejane Megale

Capa
Axel Sande (gabinetedeartes.com.br)

Adequado ao novo acordo ortográfico da língua portuguesa

CIP-BRASIL. CATALOGAÇÃO-NA-FONTE
SINDICATO NACIONAL DOS EDITORES DE LIVROS, RJ

R124s

Ryan, Chris
Strike back: contra-ataque / Chris Ryan ; [tradução Miguel Damian Ribeiro Pessoa]. - 1. ed. - Rio de Janeiro : Gryphus, 2016.
344 p. : il. ; 21 cm.

Tradução de: Strike back
ISBN 978-85-8311-080-4

1. Ficção inglesa. I. Pessoa, Miguel Damian Ribeiro. II. Título.

16-34524 CDD: 813
CDU: 821.111(73)-3

GRYPHUS EDITORA
Rua Major Rubens Vaz 456 — Gávea — 22470-070
Rio de Janeiro — RJ — Tel.: +5521 2533-2508 / 2533-0952
www.gryphus.com.br — e-mail: gryphus@gryphus.com.br

SUMÁRIO

PRÓLOGO

Mediterrâneo: terça-feira, 12 de setembro de 1989

John Porter dobrou o telegrama e o colocou no bolso interno do seu uniforme de combate verde-oliva. Permitiu-se um breve sorriso, então subiu depressa a escada de bronze cinza que levava ao convés do HMS[1] *Dorset*. Um forte vento soprava da costa libanesa e ele o sentia agarrar seus cabelos negros, empurrando-os contra os ossos do rosto.

"*Menina. Nascida 23:11, 11.9.89. 3kg. Sandy. Com amor, Diana*", lia-se no telegrama. As palavras já estavam gravadas na mente dele. Meu primeiro filho, pensou consigo mesmo. Sandy. Mal posso esperar para ver o sorriso no rosto dela quando botar os olhos no pai.

Tudo que tenho que fazer é tentar não ferrar as coisas tomando um tiro nas próximas horas.

Andou resolutamente em direção ao resto da unidade. Agora, o *Dorset* estava ancorado ao largo da costa libanesa há três dias, esperando que os informantes reunissem informações suficientes para darem início à missão. Um empresário britânico, de uma das fábricas de armas que todos os anos acumulava bilhões exportando mercadorias vitais, estava sendo mantido em cativeiro em um dos brutais porões de Beirute há quatro meses. O governo não estava disposto a negociar com os sequestradores de jeito nenhum: eles já estavam armados até os dentes mesmo sem que lhes entregassem os sofisticados sistemas de mísseis que

1 *Her Majesty's Ship*, prefixo atribuído a navios da marinha britânica. *(N. do T.)*

exigiam pela libertação de Kenneth Bratton. Então o governo havia feito o que sempre fazia quando as coisas ficavam difíceis: chamou o Regimento para resolver a encrenca. A missão deles era entrar e trazer Bratton de lá. De preferência, embora não necessariamente, vivo.

— Parabéns!

Porter olhou para o lado. O major Chris Pemberton estava parado a apenas alguns passos de distância. Um homem alto, com mais linhas traçadas no rosto do que o normal para um homem de quase cinquenta anos, estava sorrindo, mas ainda havia traços de uma frieza gélida em seus olhos cinzentos, feitos de aço. Tinha um forte sotaque de Yorkshire e uma cicatriz que cortava a lateral da bochecha direita.

Porter concordou com a cabeça.

— Obrigado, major — respondeu.

— Menina?

— Se chama Sandy.

— Melhor ainda — disse Pemberton. — As meninas amam os pais delas. Sempre. Mesmo que você seja um imbecil imprestável.

— Isso é...

Porter poderia ter terminado a frase, mas sabia que o major já havia perdido o interesse. Ele não estava lá para trocar conselhos sobre marcas de fraldas. Um vento forte soprava da costa e a poucos quilômetros, no horizonte, algumas nuvens negras estavam começando a rodopiar sobre o oceano. Se tinham que ir até lá de helicóptero ainda naquela noite, não havia muito tempo de sobra. Parecia que uma tempestade estava se formando.

— Podemos poupar você, se quiser — ofereceu Pemberton. — Temos substitutos.

Porter parou. Poupar? Que diabo, por que ele iria querer ser poupado? Havia passado oito anos na Guarda Irlandesa e feito muitos contatos do outro lado do mar, então, há um ano, fizera o terceiro requerimento de transferência para o SAS[2]. O melhor momento da sua carreira havia sido quando fora aceito no Regimento. Agora estava prestes a ir à sua primeira missão na qual sangue de verdade estava em jogo. Preferiria se jogar da lateral do navio a ser poupado. Era para isso que estava ali.

— Eu agradeço, senhor — respondeu de forma sucinta. — Mas eu vou, sim.

Pemberton o examinou atentamente, os olhos cinzentos perscrutando o seu rosto, investigando-o à procura de qualquer sinal de fraqueza.

— Nós não gostamos de enviar homens quando eles estão com outras coisas na cabeça, e essa é uma missão importante. Não podemos nos dar ao luxo de foder as coisas. Você tem direito a quarenta e oito horas de licença quando tem um filho, e se quiser usar esse tempo, ninguém vai achar você pior por isso.

— Eu vou, sim.

— Você já provou o seu valor, Porter. Não precisa provar de novo.

— Já disse, eu vou, sim...

Pemberton lhe deu um tapinha no ombro.

— Você é um bom homem — murmurou.

Juntos se reuniram ao resto da unidade. Todos, Steve, Mike, Dan e Keith, tinham muito mais experiência que Porter. Mike estava no Regimento há apenas dois anos, mas, juntos, os outros três somavam mais de quinze. Deviam saber o que estavam fazendo, Porter refletiu. *E se não sabem, que Deus nos ajude.*

— A missão está marcada pras 2000 horas — Pemberton vociferou. — As instruções completas serão dadas em quinze minutos.

Porter sentia uma onda de adrenalina surgindo dentro dele. Passaram-se apenas 48 horas desde o momento em que foram reunidos em Hereford e colocados num avião para Chipre. De

2 *Special Air Service*, força especial do exército da Grã-Bretanha. *(N. do T.)*

lá vieram até aqui no mesmo helicóptero Puma que iria levá-los diretamente até o território inimigo dentro das próximas horas.

— Parabéns pela criança, meu chapa — disse Steve.

Ele sorriu. Steve era o único outro homem da unidade com mulher e filhos em casa, um galês que sempre tinha uma palavra agradável na ponta da língua. Brincava o tempo todo que preferiria voltar para as Falklands a empurrar carrinhos de bebê em Newport.

— A gente pode arrumar um belo ferimento superficial, pequeno, se você quiser — gracejou Keith. — Arranjar alguns meses no hospital pra você ficar batendo papo com as enfermeiras, e quando você voltar, já vai ter perdido toda a época das fraldas.

Londrino com um charme agradável, Keith era o palhaço do grupo e sempre o primeiro a organizar uma noite de farra. Porter riu. Mas não havia tempo para brincadeiras. A unidade de cinco homens foi para a sala de operações do *Dorset*, sob o convés. Pemberton estava parado em frente a uma tela branca, batendo um lápis com marcas de mordidas na palma da mão direita. Ao lado dele, Porter notou um homem de 27, talvez 28 anos, com cabelo loiro escuro, da cor de biscoito, e um jeito indiferente e convencido que não lhe agradou.

— Esse é Peregrine Collinson — apresentou Pemberton. — Guarda Irlandesa. Ele vai nos observar hoje.

— Me chamem de Perry — Collinson interrompeu. A voz dele ressoou pela pequena sala, pelo menos alguns decibéis alta demais. Estamos só batendo um papo, meu chapa, Porter pensou. Você não está se dirigindo a um batalhão pronto para o confronto.

— Vou chamar você de Glória — murmurou Steve.

Porter já estava rindo quando ouviu Pemberton vociferar:

— O que foi que você disse?

— Glorioso, senhor, glorioso — corrigiu Steve.

Pemberton o ignorou.

— Eu sei que normalmente não incluímos homens de outros regimentos durante as instruções, mas Perry é um excelente soldado, e tenho certeza que ele vai poder ajudar.

Nenhum dos homens tinha tempo para se preocupar com ele: tinham apenas alguns minutos para memorizar suas instruções. Após semanas de um paciente trabalho detetivesco, a Firma havia identificado o endereço no qual Bratton estava sendo mantido. Os reféns eram transferidos a cada período de 18 a 24 horas para reduzir as chances de descobrirem a localização deles, normalmente usando membros do Hezbollah se fingindo de taxistas. Agentes infiltrados em Beirute conseguiram fazer um deles mudar de lado: o homem estava desesperado por dinheiro e grato pelos cinquenta mil dólares entregues em cédulas novas e limpas. Em retorno, haviam lhe dado uma lata de Coca que por dentro levava escondido um dispositivo de rastreamento por satélite. Quando soube a nova localização do refém, amassou a lata para ativar o rastreamento e a jogou na sarjeta do lado de fora da casa. Havia-a deixado lá há duas horas, e desde então a Firma sabia exatamente onde Bratton estava. Mas tinham que ir hoje à noite. De manhã, ele poderia ter sido transferido para outro local.

O setor de inteligência acreditava que havia doze guardas do Hezbollah, divididos em dois turnos rotativos de seis homens. Havia reforços por perto, logo deveriam ser rápidos. Trinta minutos era o intervalo máximo de tempo entre a aterrissagem e a evacuação. Se demorassem mais que isso seriam alcançados pelo inimigo. O plano era o que haviam treinado ao longo dos anos. Procedimento padrão de resgate de reféns. Um helicóptero Puma os levaria até lá e os deixaria sobre o telhado do prédio. Entrariam com força total, matariam tudo que estivesse se mexendo, depois dariam o fora de lá. Se algo desse errado havia uma unidade de reforço esperando no navio. Todos eles haviam feito isso no edifício de treinamento em Hereford uma dezena de vezes. Não havia necessidade de mudar a fórmula agora. *É só fazer tudo certo.*

— Só um aviso — disse Pemberton, com a voz ficando mais séria. — A Firma está considerando que o homem deles dentro do Hezbollah botou o rastreador do lado de fora do prédio certo, mas nunca dá pra saber se podemos confiar num desses desgraçados. Beirute é o território mais cheio de gente desonesta e trapaceira do mundo inteiro. Eles podem ter virado a casaca do nosso informante, ou ele pode estar nos traindo desde o começo. Só fiquem preparados para um comitê de recepção esperando por vocês.

Por um breve momento os olhos dele pousaram diretamente sobre Porter.

— Então vocês podem estar indo direto pra uma armadilha. Na hora que sentirem que alguma coisa cheira mal, não parem pra investigar. Abram o caminho a tiros pra sair do perigo e voltem correndo pra base. A última coisa que precisamos é que façam cinco soldados britânicos prisioneiros naquele inferno, e não vamos poder fazer porra nenhuma pra ajudar vocês se isso acontecer. Lembrem-se, já é uma vitória só sobreviver pra lutar num outro dia. Então boa sorte, e acabem com a raça deles.

Porter estava próximo a Steve enquanto subiam em direção ao convés. O motor do helicóptero Puma estava ligado e pronto para partir. Antes de levantar voo, cada homem ficava responsável pelo próprio equipamento. Porter fez um rápido inventário das suas provisões. Duas granadas de efeito moral, duas granadas normais, uma pistola, uma faca, um kit de primeiros-socorros, uma garrafa d'água e, o mais importante de todos, um fuzil de assalto M16, com duzentos cartuchos de munição.

Subiram rapidamente a escada metálica, girando pelos espaços estreitos que levavam até o convés de metal. Faltavam apenas dois minutos para as oito: a missão estava marcada para começar às 2000 horas. Porter ouviu um estalo atrás de si, seguido de um grito abafado. Enquanto se virava para trás, pôde ver Dan caindo, com o rosto contorcido de dor. Porter havia visto aquela expressão uma dezena de vezes jogando futebol. Ele rompeu um tendão, pensou.

— Você está ok? — perguntou-lhe.

Dan estava tentando se levantar, arrastando-se em direção à escada, mas toda vez que colocava o pé no chão lágrimas de dor corriam pelo seu rosto.

— Não está ok porra nenhuma — Steve disse, assoviando. — Você não presta pra nada assim.

— Dá pra eu ir.

— Foda-se o heroísmo, meu chapa — rosnou Porter. — Você vai ficar de fora dessa.

— Eu vou no lugar dele — propôs Perry, parado ao lado de Porter.

Porter se virou para olhá-lo.

— Isso é trabalho do Regimento, meu chapa. Vá pra Hereford e passe no teste de seleção, aí vamos cogitar levar você.

Pemberton já havia se juntado a eles. Estava olhando de Porter para Steve, e então em direção a Perry. As sobrancelhas franzidas formavam vincos na testa dele. Não é uma surpresa, pensou Porter. Estamos a um minuto da partida e já ferramos tudo.

— Vocês estão com um homem a menos — ele disse.

— Isso não vai ser um problema — respondeu Mike.

— Vocês precisam dos homens — retrucou Pemberton.

— Chama um dos caras da equipe de reforços — propôs Steve.

Pemberton fez que não com a cabeça.

— Eles estão longe demais.

Olhou de relance para Perry, como se estivesse avaliando o caráter dele.

— Você está dentro — vociferou. — Agora, vocês todos têm trinta segundos para estarem naquele helicóptero.

Porter começou a correr. Dentro de segundos estava na parte aberta do convés.

— Não acredito que tem um merda de um filhinho de papai indo com a gente — disse Steve, com raiva. — Eu acho que a gente podia é empurrar esse imbecil metido pra fora do helicóptero.

— Quem é ele? — perguntou Porter.

— O coroa dele era general, Daniel Collinson — respondeu Steve. — Aí ele fez carreira em outra coisa na City em Londres. O padrinho dele, Sir Arnold Langham, trabalhava no Ministério da Defesa. Collinson sabe onde estão todos os pauzinhos e como mexer eles. O cara tem mais contato que circuito elétrico. E nem vê problema em usar esses contatos.

O helicóptero estava ligado e pronto para levantar voo. Porter subiu nele, forçando as costas contra a armação de metal da máquina. Steve, Mike e Keith ficaram apertados ao lado dele. Perry estava sentado a alguma distância. Enquanto o helicóptero se elevava, Porter sentiu uma vertigem momentânea, como se o próprio corpo tivesse perdido o peso. Olhou nos olhos de Perry, perguntando-se o que poderia enxergar neles. Medo, talvez? Não. Era desprezo. Pelos companheiros ou pelo inimigo, era impossível dizer.

O rugido das pás do Puma era ensurdecedor. Cada homem tinha um rádio bidirecional enfiado no capacete, possibilitando que o piloto lhes passasse instruções. Ninguém estava falando. Nos momentos que precediam o início de uma missão, ninguém jamais falava. Cada um precisava de alguns minutos de silêncio para se acalmar e ficar em paz com a certeza de que, embora houvesse uma probabilidade aceitável de voltar vivo, nenhum homem são aceitaria chances como aquelas.

— Como disse Sir Winston Churchill na BBC, em julho de 1940 — começou Collinson, falando pelo rádio para que suas palavras ficassem claras para todos no helicóptero, — "Esta é uma guerra de soldados anônimos; mas que todos se empenhem sem perder a fé nem o senso de dever, e a maldição nefasta da tirania será apagada dos nossos tempos". — Parou por um momento. — Só achei que devemos nos lembrar disso nas próximas horas e talvez tirar forças daí.

Steve virou os olhos. Tirou o capacete e arrancou os fones de ouvido que estavam presos na parte de dentro dele.

— Engraçado, não dá pra ouvir merda nenhuma — disse, gritando para se fazer ouvir apesar do barulho do motor. — Esse equipamento de merda já deve estar com defeito.

O Puma havia subido bem alto enquanto se aproximava da costa, mas agora estava mergulhando, abraçando o chão enquanto sobrevoava as docas, e os levou diretamente até o coração da cidade. Ficando o mais próximo possível do chão, seria impossível que o radar detectasse o helicóptero e muito mais difícil que o acertassem com um lança mísseis: o inimigo não tinha tempo para colocá-lo na mira antes que desaparecesse do seu campo de visão. Mas era um voo que embrulhava o estômago. Porter já havia feito viagens assim algumas vezes, no Ulster, sobrevoando em baixa altitude o perigoso país vizinho quando era controlado pelos Provos, e havia aprendido a não se dar ao trabalho de comer nada nas horas que precediam uma missão. Só acabava tudo em cima dos sapatos. Olhando de relance ao redor, podia ver Steve e Keith agarrados à lateral da máquina, com expressões severas. E olhando para o outro lado, para Perry, percebeu com certa satisfação que ele segurava o estômago. *Você vai comprometer essa merda dessa tarefa, meu chapa*, pensou.

— Vinte segundos, vinte segundos — gritou o piloto pelo rádio.

O helicóptero balançou violentamente enquanto descia os últimos metros de altura no céu. O piloto sabia exatamente onde era a casa: a lata de Coca na sarjeta estava mandando um sinal forte o bastante para guiá-lo diretamente ao destino. Mas ele estava voando baixo agora, quase tocando o chão das ruas pelas quais passava, à altura dos telhados. Um pouco mais alto e daria a um oponente uma chance de fechar a mira de um lança-mísseis no Puma. De repente, o helicóptero deu uma guinada violenta para cima e Porter sentiu o estômago palpitar. O Puma estremeceu e então pairou no ar.

Porter apertou o M16 contra o peito. Havia luzes piscando no helicóptero, e o rugido do motor enquanto a porta se abria era ensurdecedor.

— Vai — gritou Steve. — Vai, porra!

Quatro jogos de corda foram lançados da lateral do Puma. Batendo as pernas contra o metal, Porter se impeliu porta afora. Steve foi primeiro, depois Porter, então Mike e Keith. Collinson estava ficando para trás, notou Porter. Uma nuvem de poeira estava sendo lançada em direção ao céu enquanto o helicóptero pairava sobre o prédio, formando uma luz brilhante e clara que tornava impossível ver o que quer que fosse. Porter se segurou na corda e deslizou para baixo, depois se jogou com força sobre o telhado do edifício.

— Anda! — gritou Steve, com uma voz bruta e rouca.

Haviam praticado essa manobra cem vezes no edifício de treinamento. Ir com decisão e rapidez. Velocidade máxima e agressão máxima. As táticas haviam sido estabelecidas. Mas era sempre diferente na vida real. Lá na base, os oponentes só fingiam querer matá-los.

Haviam aterrissado sobre um telhado plano, com uma única porta que levava para baixo, dentro do prédio de dois andares. Steve e Mike já haviam aberto a porta a tiros e os dois mostravam o caminho sem medo. Porter correu atrás deles, de ouvidos atentos à primeira leva de disparos que inevitavelmente os receberia, com a arma engatilhada apertada contra o peito e o dedo posicionado sobre o gatilho, pronto para atirar. Collinson estava bem atrás deles, a alguns metros de distância.

— Abrir fogo, abrir fogo! — gritou Steve.

Porter se jogou de joelhos assim que tocou no piso do primeiro andar. Conseguia enxergar o homem bem o bastante: uma figura solitária, enrolada em túnicas pretas, com um AK-47 preso ao peito e óculos escuros cobrindo os olhos. Apertando o gatilho do M16, Porter soltou uma saraivada de tiros. Ao lado dele, Mike e Keith haviam feito o mesmo. Uma tempestade letal de balas estava arrancando pedaços de tijolos e argamassa. Uma quantidade grande o bastante destas se alojou no peito do oponente solitário para lançá-lo de costas contra a parede, com sangue jorrando de uma dezena de feridas diferentes, e um gemido deplorável irrompeu de seus lábios enquanto se agarrava miseravelmente aos últimos segundos de vida que tinha.

Steve chutou o corpo para fora do caminho, concedendo-lhe uma brevíssima olhadela para se certificar de que não respirava mais. A casa era uma estrutura simples de concreto com a fachada lisa, e só souberam que se tratava de um complexo subterrâneo de abrigos de guerra através dos relatórios do setor de inteligência. Outro homem já estava entrando correndo no campo de visão deles. Uma rajada dos fuzis de assalto rapidamente o liquidou. Havia outro cadáver dilacerado por balas estirado no chão à frente deles. Porter sentia a excitação crescendo dentro de si, tornando-o mais forte a cada segundo que passava.

Com uma rápida rajada de tiros, Keith e Mike haviam aberto o caminho até o piso térreo do edifício. Havia um pequeno aposento de quatro paredes com laterais de seis metros por sete e meio, com algumas motocicletas armazenadas em um dos cantos. Cheirava a ferro de solda e óleo diesel. No fundo, havia uma escadaria que levava ao andar de baixo. Uma luz pálida serpenteava de lá até a superfície. Porter parou por um momento. Houve um silêncio breve e misterioso enquanto as armas cessavam o fogo assassino. Ele olhou para a esquerda, depois para a direita. De repente, ouviram um grito, seguido de uma rajada de tiros. Porter sentiu um pedaço da parede logo ao lado sendo talhado por balas. Ajoelhou e apertou o gatilho do M16. Sequer sabia no que estava atirando até ver o seu agressor cair no chão.

— Matamos quantos? — ladrou.

— Uns três ou quatro — respondeu Steve. — Mas deve ter mais desses desgraçados.

Porter foi em direção à escadaria. Podiam ter certeza de que havia mais combatentes do Hezbollah no andar de baixo.

— Granadas de efeito moral — murmurou Steve.

Os dois desengancharam os dispositivos ovais dos cintos de munição, puxaram os pinos e os jogaram escada abaixo. Esperaram três segundos, então ouviram o som abafado de uma explosão. O estouro da granada liberou uma onda de calor, seguida de uma nuvem bamboleante de gás que incapacitaria temporariamente qualquer um que a encontrasse. Nos dois minutos que ganharam com a explosão, a unidade deveria resgatar o refém.

— Vamos! — gritou Steve.

Atrás dele, Porter escutou o som de alguém vomitando. Na lateral do aposento, Collinson havia acabado de passar mal. Estava apoiado contra a parede, olhando para o vômito no chão com vergonha, apertando o peito para tentar recuperar o fôlego.

— Você está bem, meu chapa? — perguntou Porter.

— Bem pra cacete — respondeu Collinson com rispidez.

— Não parece.

— Eu disse pra você, estou bem, porra! — insistiu Collinson.

— Pode esperar aqui se você...

— Deixa esse cagão de merda pra trás! — gritou Steve. — Vamos descer.

Mike, Keith e Steve já haviam começado a descer as escadas. Suas botas faziam barulho contra o concreto desprotegido, criando uma onda de ecos que ressoava pelo espaço fechado. Porter seguiu rapidamente no rastro deles. No sopé da escada, havia um corredor estreito que se alongava por seis metros tanto para a esquerda quanto para a direita, com duas portas em ambas as direções. Um homem estava deitado inconsciente no chão, com sangue escorrendo pelo nariz: havia sido nocauteado pela fumaça da granada de efeito moral. Ela ainda ocupava o aposento com um odor tóxico e brutal. Algumas lâmpadas pálidas preenchiam o lugar com um brilho misterioso que se esforçava para penetrá-lo apesar dos gases. Com um movimento rápido, Steve esvaziou três cartuchos de munição no crânio do homem estirado aos seus pés, espalhando o cérebro dele a balas. O cadáver se contorcia com o impacto e um pedaço de crânio escorregou pelo concreto, mas menos de um segundo depois o defunto parou de se mexer.

— Dois homens pra esquerda, dois pra direita! — gritou Steve.

A voz dele reverberou pelo corredor e ainda ecoava nos ouvidos de Porter enquanto ele se destacava do grupo, indo para a direita, e começava a andar a passos largos através da passagem secreta de concreto. Levava seu M16 engatilhado enquanto ele e Steve se moviam em direção à primeira porta. Já haviam treinado o procedimento operacional padrão enquanto ainda estavam no navio. Porter iria abrir as portas com um chute e Steve ficaria atrás dele pronto para atirar em qualquer coisa que se movesse. Nenhum deles precisava dizer nada.

Porter escutou o barulho de tiros vindo do corredor atrás dele e depois o som de um homem gritando. Sem parar para pensar, segurou o fuzil com a mão esquerda, equilibrou-se, então jogou todo o seu peso contra a porta de madeira. Enquanto ela se abria com força, Steve já estava se ajoelhando na entrada, com a arma na mão. Levou apenas uma fração de segundo para determinarem que não havia reféns lá dentro e, tomada a decisão, Steve soltou uma descarga de tiros. As balas se alastraram pelo quarto de três por três metros, abatendo os dois guardas que ainda estavam tentando se recuperar dos gases da granada de efeito moral. Nenhum deles soube o que os havia atingido: antes de terem tempo para alcançar as próprias armas, seus pulmões foram perfurados por feridas a bala, lançando os dois ao chão, desacordados.

Porter percebeu que eram oponentes fortes, treinados: mantiveram a disciplina e tentaram se reagrupar, mas foram superados pela extensão e velocidade do ataque.

Porter escutou um movimento. Mais à frente no corredor, outra porta estava se abrindo. Ele conseguia ver apenas um pedaço de metal surgindo por detrás dela. Porter o reconheceu na hora. O bocal de um AK-47. Esperou, contando as batidas do coração enquanto deixava que o atirador se expusesse apenas o suficiente para perder a própria vida. Um centímetro, depois outro centímetro. Levaria apenas um instante para o homem se virar e atirar. Porter estava contando os segundos, um, depois outro. A mão estava à mostra. Firmando o M16 encaixado no ombro, Porter alinhou a mira. O homem tinha cerca de trinta anos, era magro, com uma barba áspera e suja. Ao apertar o gatilho, as balas explodiram do cano da arma. O AK-47 caiu ao chão, enquanto os estilhaços de metal quente transformavam a mão que a segurava em tiras de pele dilacerada e sangrenta.

Com um rugido de raiva controlada irrompendo dos pulmões, Porter pulou à frente, apontando o M16 para o homem ferido e o liquidando com uma rajada rápida de tiros. Ao olhar para cima, viu Kenneth Bratton amarrado a uma cadeira que havia sido pregada ao chão. Haviam amarrado seus braços com uma corda, que estava cortando a pele desprotegida, e enfiaram uma mordaça na boca dele, prendendo-a com grossas camadas de fita plástica. Estava vestindo um macacão operacional preto, manchado na parte da frente. Era possível ver a expressão de puro terror nos olhos dele: o medo servil e suplicante de um homem que sabe estar preso à vida pelo mais fino dos fios.

Atrás dele, havia mais um guarda. Era um garoto, que talvez não tivesse nem quinze anos, com a cabeça raspada e, no rosto, uma barba de uma semana por fazer. Tinha uma pistola Browning BDA 380 de cano curto na mão. E estava apontada diretamente para Porter. Por um segundo, Porter sentiu um suor frio escorrer pela pele: refletiu brevemente sobre Sandy e, com tristeza, pensou que talvez nunca conseguisse conhecer sua nova bebezinha. Já haviam apontado armas para ele antes. Mas não com a mesma certeza letal de que tinham a intenção de matá-lo.

— Calma, meu chapa — Porter disse.

O garoto grunhiu alguma coisa em árabe.

Porter notou que havia um toque de nervosismo na voz dele. É só uma criança. *Ele está amarelando.*

Porter manteve a posição, apontando a M16 diretamente para o oponente, com o dedo a postos sobre o gatilho. Poderia matá-lo em um instante. Mas sabia que, no mesmo momento, o árabe poderia matá-lo. Ou matar o refém.

— Joga a arma no chão! — vociferou Porter.

— Pra trás, pra trás! — gritou o árabe.

Ele estava fazendo gestos selvagens com a Browning. Porter manteve a arma à altura da cabeça do garoto. Deixe ele perder a cabeça, disse para si mesmo. Talvez assim eu consiga mirar bem no desgraçado.

— Pra trás, pra trás! — gritou o garoto de novo.

A voz dele estava irregular e suor brotava do seu rosto.

Porter via a mão dele indo e voltando com a Browning, apontando primeiro para ele e depois para o refém. Avaliou que ele estava se movendo rápido demais para conseguir atirar direito. Seu dedo começou a fechar no gatilho do M16. Nessa hora, uma rajada súbita de tiros causou um estrondo no quarto. A primeira bala atingiu o árabe no queixo, destruindo o osso e arremessando a cabeça dele para trás. Uma luz vacilante de fogo lançou o bocal da Browning para trás ao disparar, mas a bala atingiu a parede inofensivamente, arrancando um pedaço de concreto poeirento. O garoto cambaleou para trás, já com sangue jorrando da parte inferior do rosto. Estava tentando gritar de dor, mas sua boca havia ficado em pedaços. Porter virou o M16 na direção dele e colocou uma bala diretamente no crânio do garoto. Quando a terceira bala perfurou o coração, ele já estava morto.

Trabalho sujo, declarou Porter. *Mas foi você que começou...*

Steve estava parado na entrada, ainda saía fumaça do cano do seu M16.

— Bom trabalho — murmurou Porter.

— Você cuidou de toda a parte pesada, meu chapa — disse Steve. — Agora vamos dar o fora dessa merda.

Com os canivetes do Regimento, levou apenas alguns segundos para cortar as cordas que amarravam Bratton à cadeira. As mãos dele ficaram livres do cativeiro, mas ainda não conseguia falar, devido à fita que tapava a sua boca. Porter o pegou pelo ombro para ajudá-lo a se levantar, mas, como alguém que havia passado um mês com a perna engessada, seus nervos haviam ficado enferrujados e ele não conseguia se equilibrar. Ficou se segurando nos ombros de Porter enquanto navegavam pelo caminho de volta até a escada. Porter sentia a própria pulsação diminuindo. A onda de adrenalina estava começando a se dissipar enquanto o perigo imediato passava, e ele se sentiu vazio e exausto.

Quando chegaram ao final do corredor, Mike e Keith já haviam se aproximado. Collinson estava ao lado deles, com sujeira no rosto.

— Um belo de um espetáculo, gente — ele disse.

— Não vi você a postos pra tomar um tiro — Steve rosnou. — Onde é que você estava, porra?

Collinson estava prestes a dizer alguma coisa, mas então abafou as próprias palavras. Ao encontrar os olhos dele de relance, Porter entendeu que estava se sentindo humilhado e que a dor ardia por todo o corpo.

— Só vamos embora daqui — disse, severo.

— Deixa isso pra uns soldados de verdade, merda — advertiu Steve. — Uns que lutem.

Apontou para Keith, para que tomasse conta de Bratton, depois começou a subir as escadas. Mike e Porter o seguiram e Collinson veio na retaguarda. Quando Porter botou a cabeça no aposento principal, o caminho parecia seguro o bastante. Tinham apenas que voltar para o telhado, então o helicóptero poderia pegá-los e conseguiriam voltar para casa.

— Está limpo — Steve disse, enquanto olhava ao redor na sala vazia.

Porter fez um sinal para debaixo da escada. Keith e Mike começaram a ajudar Bratton a subir os degraus.

No instante seguinte, uma explosão encheu o ar noturno de estilhaços. Porter olhou ao redor, alarmado. Sua pulsação estava recomeçando a acelerar.

A granada havia explodido a apenas alguns centímetros da porta da frente. Steve já havia se jogado para trás, agachando-se próximo à escadaria.

— Deem cobertura! — disse vigorosamente para Porter.

Sem pensar, Porter soltou uma saraivada de tiros na direção da entrada. Um combatente apareceu e foi morto na mesma hora, depois outro adentrou a tempestade de balas. Ambos os cadáveres estavam estirados na entrada. Então jogaram uma granada pela porta, dez metros à frente dele, e por uma fração de segundo Porter pôde vê-la assobiando. Seu coração estava acelerado. Sabia que estava prestes a explodir, possivelmente destruindo a casa inteira e matando todos eles. Correu para a frente, pegou a granada, lançou-a pela porta e a observou enquanto rolava de volta pelo beco: dois segundos depois, ela explodiu, transformando metade de uma parede em uma pilha de destroços.

— Cubra a entrada! — Collinson gritou atrás dele.

Porter olhou rapidamente para trás. Com a mão direita, Collinson o estava mandando em direção à porta. Diretamente para a linha de fogo.

— Vai, cara! — gritou Collinson, com o rosto vermelho de raiva. — Eu dou cobertura pra você!

— Desde quando você está no comando, imbecil? — Steve rosnou.

Porter foi para a frente e se agachou na entrada. No meio do barulho ensurdecedor da explosão da granada, parou um segundo para recuperar o fôlego. Sua pulsação estava acelerada e os nervos em farrapos. Enquanto seus pulmões se enchiam com um ar esfumaçado e poeirento, o atirador se esquivou do seu campo de visão. Só depois Porter percebeu que o desgraçado devia estar empoleirado bem na frente dele. O tiro pareceu vir de lugar nenhum, e Porter só o notou quando sentiu o dedo indicador da mão esquerda cair separado do resto do corpo. Olhou para baixo, primeiro sem perceber a dor, depois sentiu uma ardência estranha correndo pelo braço, como um choque elétrico suave. Estava usando a mão direita para posicionar a M16, enxergando através da noite sombria para tentar identificar quem o estava atacando. Então o segundo tiro o atingiu, logo abaixo da ferida anterior, partindo o osso que juntava outro dedo à mão esquerda. Desta vez, sentiu o ferimento. A dormência e o choque estavam começando a diminuir e a dor era como uma explosão violenta. Suas terminações nervosas estavam gritando de dor e a arma caiu da sua mão direita. Sentia o sangue jorrando do ferimento e as lágrimas que já estavam brotando dos olhos faziam com que mal conseguisse enxergar. Outro tiro atingiu o concreto à sua frente e, por instinto, Porter se jogou para trás da entrada, voltando para o interior da sala.

É só a mão, pensou. Sentia o desespero emergindo dentro dele. Não havia como dizer quantos deles estavam lá fora, nem quanto tempo o tiroteio duraria. O próximo tiro seria bem pior.

— Subam aqui! — Steve gritou para baixo das escadas.

Keith e Mike subiram correndo pela passagem, com as armas a postos, mas Collinson já havia voltado para baixo da escada, fora da linha de fogo. O ataque estava começando a ficar mais sério agora. Três, quatro, depois cinco homens fortemente armados começaram a investir contra a porta de entrada, com as armas engatilhadas e, no rosto, expressões impiedosas que deixavam transparecer a determinação de soldados que já haviam se preparado para morrer. Steve estava mantendo a posição, conseguindo atirar em alguns deles enquanto se aproximavam da entrada. Keith abateu outro deles, depois o quarto e o quinto, rasgando-os com um fogo mortal, mas o ataque ainda não dava sinais de estar diminuindo.

Somos nós contra... quantos?, Porter se perguntou. *A porra de uma cidade inteira.*

De repente, Porter viu algo correndo na sua direção. Vinha da esquerda, a seis metros de distância: deve ter se metido por uma janela escondida, ou vindo rastejando pelo esgoto. Um vulto pequeno e escuro, com menos de um metro de altura e que pesava de 30 a 35 quilos. Uma criança. Os desgraçados estavam usando crianças para penetrar nas linhas de combate. Havia algo que parecia uma carga de explosivos amarrado ao peito dela, que estava indo na direção de Porter. Desesperadamente, ele tentou alcançar a arma que havia caído no chão. Então percebeu que não poderia atirar no garoto sem detonar os explosivos. Era isso que os desgraçados queriam. Explodir o lugar todo. O garoto estava levando a mão ao cinto, agora a apenas alguns metros de Porter, procurando pelo cordão que levaria todos dali para conhecer o Deus deles. Porter se precipitou à frente, agarrando o garoto pelo pescoço e empurrando-o para o chão. Caiu por cima dele, sufocando o garoto com o próprio corpo, determinado a absorver o bastante do impacto para salvar os outros, caso os explosivos fossem efetivamente detonados.

A túnica preta que cobria o rosto do garoto caiu. Porter olhou para baixo. Era uma criança, tinha menos de doze anos e um corpo magro e delicado. Porter sentia sua raiva crescendo, devido à forma como os terroristas estavam utilizando crianças para lutar nas batalhas no lugar deles. Por que não mandam homens pra cuidar da gente?, ele se perguntou. Os olhos do garoto eram de um castanho suave e a expressão de terror no rosto dele sugeria que quem quer que o houvesse persuadido a morrer por essa causa não havia feito um bom trabalho. A boca era deformada, o lábio inferior parecia ter sido fendido no meio, e primeiro Porter pensou que era apenas por causa do medo, mas então viu que o pobre garoto devia ter nascido com aquela deformação.

Porter tirou a faca do cinto e a levantou alguns centímetros no ar. Estava prestes a cravá-la no pescoço do garoto, quando os olhos dele encontraram os seus. Ele estava olhando diretamente para Porter.

— Por favor — implorou em um inglês precário, com a voz rouca devido a um medo abjeto.

Havia sangue pingando da mão ferida de Porter e as pontadas de dor causadas pela lesão estavam atravessando o braço esquerdo e martelando diretamente o peito dele. Era como se cem furadeiras estivessem perfurando o seu corpo ao mesmo tempo.

— Meu, meu...

O garoto estava se esforçando para encontrar as palavras em inglês, mas elas não vinham. Uma explosão de árabe, frenética e desesperada, irrompeu dos lábios dele, depois o menino retrocedeu para o silêncio atordoado que às vezes domina até mesmo crianças quando têm certeza de que estão próximas da morte.

Dez metros atrás dele, Steve e Keith estavam protegendo a linha de fogo, usando fuzis de assalto para combater outra onda de ataques do Hezbollah. Em meio ao estrondo e o rugido do tiroteio, o refém havia amarelado, gritando a plenos pulmões com um medo em estado bruto.

Porter estava segurando a faca na mão, com os olhos percorrendo a pele lisa do pescoço do garoto enquanto procurava a traqueia que precisaria cortar para que a morte dele fosse tão rápida e indolor quanto possível.

Abaixou a faca até a posição adequada, talhando a pele e desenhando um ponto de sangue vermelho. Pensou brevemente em Sandy. Qual era a idade dela agora? Estava entrando no seu segundo dia de vida, considerando o tempo que o telegrama havia levado para chegar ao navio.

— Foda-se — murmurou Porter, arquejando as palavras por entre os lábios exaustos.

Ele é só uma criança.

Com a mão esquerda, arrancou os explosivos do peito do garoto, lançando-os para o lado. Dobrou o canivete na palma da mão, usando-o mais como um peso que como uma arma. Forçando os músculos do ombro, afundou o punho direito na lateral do rosto do garoto. Os lábios deformados estremeceram, então cuspiu um pouco de sangue e um dente quebrado no peito de Porter.

— *Amiat al-Ikhwan al-Muslimun* — sussurrou. Fechou os olhos e Porter entendeu que não havia mais luta nele, mas o socou de novo e de novo, drenando os últimos poucos litros de consciência do garoto. Lentamente, levantou-se de cima do corpo dele. Você vai demorar pelo menos três horas pra acordar dessa, meu chapa, pensou. Mas você vai viver, pelo menos. Talvez até encontre alguma coisa melhor pra fazer com a sua vida.

À frente dele, Steve e Keith haviam lidado com as últimas ondas de ataques. Os disparos haviam diminuído o bastante para correrem até o telhado e o Puma.

— Vai pro helicóptero! — Steve gritou. — Vamos dar cobertura pra você.

— Vou ficar e abrir caminho até lá lutando com o resto de vocês — disse Porter grosseiramente.

Steve deu dois passos à frente, ficando tão próximo que Porter conseguia sentir o cheiro do suor e da sujeira que pingavam do rosto dele.

— Você está com a porra de um ferimento, seu imbecil.

Porter estava com a mão esquerda cerrada. A ferida doía e ainda pingava sangue dos dois tocos que sobraram no lugar de onde ficavam os dedos. Sentia as suas forças escorrendo junto com o sangue.

— Consigo aguentar até a gente levar o refém de volta para o helicóptero.

Agitando a cabeça rapidamente para discordar, a raiva de Steve estava evidente nos olhos dele.

— Você está ferido e temos que tirar o refém daqui. Vamos dar cobertura pra você e manter os desgraçados do Hezbollah longe. Está todo mundo pouco ligando se tomarmos um tiro, mas se perdermos Bratton estamos fodidos. Agora corre pra cacete, sobe naquele helicóptero e volta pro navio, lá tem chances dos médicos salvarem essa mão. Pede pro piloto chamar reforços e vamos sair daqui assim que for seguro.

— Minha mão...

— Mexa-se, porra! — vociferou Steve. — Esse é o Regimento. Somos pagos pra lutar e ganhar. Não pra perder uma das mãos e passar o resto das nossas vidas sentados numa mesa porque fomos imbecis demais pra saber quando dar o fora.

Porter parou. Estava prestes a falar, mas viu que Steve já estava dizendo a Keith como poderiam se certificar de que o prédio estivesse suficientemente seguro para o helicóptero descer no telhado.

Segurou firme a arma, depois olhou de relance para a escada. Bratton estava logo ao lado dele: o homem tremia de medo e seus nervos estavam tão abalados que não conseguia mais falar. Os pés de Porter martelavam o concreto enquanto começava a correr. Atrás dele, escutou um tiro ser disparado, depois outro. Arrastou Bratton consigo, em uma carreira, depois em outra, antes de brotar sobre o telhado a céu aberto. Embaixo, podia ver o resto da unidade soltando mais disparos para manter os oponentes à distância. Acima, podia ver o helicóptero pairando a alguns metros do telhado. Dentro de segundos, cobriu os poucos metros que restavam e agarrou-se à porta do Puma. Empurrou Bratton, que estava aos berros, pela porta aberta e, precipitando-se para o piso do helicóptero, gritou ao piloto que o levasse de volta, depois desengatou um kit de primeiros-socorros do piso da máquina. Enquanto o Puma alçava voo e começava a se elevar sobre a cidade em direção ao oceano, Porter encontrou o desinfetante. Estremeceu de dor quando o borrifou sobre a nojeira bruta e atarracada que estava no lugar onde ficavam seus dedos. Sabia que havia chances de ter que decepar a coisa toda no pulso se não limpasse logo a ferida.

E um sujeito de uma só mão não tem utilidade para o Regimento.

Porter saiu lentamente da sala de cirurgia. Os antibióticos que lhe deram o haviam deixado tonto e a anestesia local que injetaram no braço e no peito dele o deixaram entorpecido e dopado. Fora um momento terrível, mas pelo menos o pior já havia passado, disse para si mesmo. Após serem deixados no convés do *Dorset*, Bratton havia sido levado embora, ainda tremendo e soluçando de medo, e ele fora encaminhado às pressas para os médicos, que rapidamente concluíram que poderiam salvar a mão, mas só se retirassem a pele e o osso que restaram e reduzissem ambos os dedos ausentes a nada além de cepos. Havia uma sala de cirurgia a bordo, mas provavelmente seria mandado para Chipre ao amanhecer para receber mais tratamento.

— Se você tivesse guardado os dedos a gente poderia tentar colocar eles de volta — disse o médico com uma alegria perturbadora enquanto serrava o que havia sobrado.

— É, bem, uns viados árabes estavam jogando granadas na gente — Porter rosnou. — Então na verdade não tinha muito tempo pra procurar pedaços do meu corpo que pudessem ter sido arrancados por balas.

No total, a operação demorou menos de vinte minutos e os médicos lhe garantiram que ficaria bem, contanto que mantivesse a ferida limpa e tomasse alguns antibióticos pesados por algumas semanas. Disseram-lhe que teve sorte. O ferimento havia estancado rápido o suficiente para que não perdesse muito sangue: um pouco mais e teria desmaiado.

Não faz sentido se alistar no Regimento se for pra reclamar de se ferir, Porter disse para si mesmo enquanto subia as escadas que levavam de volta ao convés. Havia sido culpa de Collinson, por tê-lo mandado até a porta de entrada, mas esse foi o azar. No combate, coisas aconteciam. Tinha apenas que viver com isso.

Ficou olhando para o oceano. Pegando um maço de Rothmans, botou as mãos em concha para proteger o fogo do vento e acendeu um cigarro. Prometera a Diana que pararia quando ela havia engravidado e conseguiu ficar sem fumar nenhum cigarro durante o último período de licença que havia tirado, mas sabia que a nicotina ajudaria a entorpecer a dor que inevitavelmente voltaria com força assim que a anestesia passasse.

Sorte que não seguro o cigarro com a mão esquerda, gracejou para si mesmo enquanto lançava as cinzas no mar que se elevava sobre as laterais do navio. Com sorte, talvez não atrapalhasse muito a carreira dele. Havia vários caras no Regimento que haviam perdido dedos, mas se ainda conseguissem segurar uma arma direito, não era um problema para eles. Contanto que não o impedisse de realizar o trabalho, um ferimento poderia até ajudar a seguir em frente: mostrava que podia suportar a punição.

Primeiro ouviu o helicóptero, o motor roncando sobre o mar, depois viu as luzes dele. Estava voando baixo, quase roçando as ondas, antes de ganhar altitude ao se aproximar para a aterrissagem no convés do *Dorset*. Porter olhou rapidamente o relógio. Agora havia passado um pouco das dez da noite. Haviam partido duas horas atrás em um voo de dez minutos. Tinham um intervalo de no máximo meia hora para completar a missão. Porter havia ficado em solo libanês por apenas vinte minutos. Deveriam ter voltado há pelo menos uma hora. Que maldição os impediu?

Olhando ao redor, observou o Puma pairar sobre o convés por uma fração de segundo antes de o piloto aterrissá-lo e desligar o motor. Quando as pás pararam de girar, escutava-se apenas o oceano batendo contra o casco do *Dorset* e o zumbido dos propulsores do navio sob as ondas. Já havia seis marinheiros correndo em direção ao Puma, prendendo a máquina ao convés e abrindo energicamente a porta.

Porter deu um longo trago no cigarro, deixando a nicotina se misturar ao anestésico para acalmar os nervos. Observou enquanto o primeiro homem dava um passo para fora do helicóptero. Collinson. Esse babaca, pensou Porter. Não disparou sequer uma bala durante toda a missão.

Collinson estava levando as mãos para dentro do helicóptero.

— Macas! — gritou para os marinheiros que estavam à espera.

— Merda — disse Porter, com a voz mais baixa que um sussurro rapidamente abafada pela brisa do mar. *Espero realmente que a gente não tenha sofrido mais baixas.*

Dois marinheiros já haviam desaparecido após entrar no helicóptero levando a maca, então mais dois, e mais dois. Esperaram por alguns segundos. Porter deu um passo à frente, dando um último trago no cigarro. Uma das macas estava surgindo, sendo levada rapidamente para fora do helicóptero.

Coberta por um lençol branco.

— Porra, não — murmurou Porter.

Sentia a dor apunhalando o braço esquerdo.

Outra maca.

E outro lençol branco.

Porter sentia seu coração batendo com força. Deu outro passo à frente, então parou. Não conseguia suportar chegar mais perto.

Mais outra maca surgiu do Puma.

E também essa estava coberta por um lençol branco.

Porter enxugou uma gota de suor frio que havia se formado sobre a sua sobrancelha.

Todos os três, pensou consigo mesmo. O Steve, o Mike e o Keith. Mortos.

Como foi que essa merda aconteceu?

— Porter.

A voz era aguda, insistente.

Porter se virou. Um jovem marinheiro estava olhando diretamente para ele.

— Precisam de você na sala de inquérito — disse apressado. — Agora.

Com a pulsação ainda rápida, Porter começou a andar. Sabia exatamente aonde ir: à mesma sala onde haviam recebido as instruções da missão há apenas algumas horas. Estava andando devagar, apertando o corrimão da escada de metal. Quando os deixou, Steve disse que tinha a situação sob controle. Disse que só precisavam garantir que o edifício estivesse seguro, depois iriam evacuar. Agora todos os três estavam mortos. E eu não estava lá pra ajudar.

Abriu a porta da sala de inquérito com um empurrão. Pemberton já estava lá, assim como Collinson, com dois oficiais nos seus flancos. Ninguém estava sorrindo. Pemberton olhou para ele com frieza.

— Entre, Porter — disse vagarosamente. — Fico feliz de ver que alguém sobreviveu a essa maldita missão.

Uma cadeira havia sido colocada do lado diretamente oposto à mesa principal.

— Sente-se, Porter — Pemberton pediu.

— Prefiro ficar em pé.

— Eu já disse, sente-se — repetiu, frio como gelo. — Você está ferido, precisa descansar.

Porter puxou a cadeira. Não reconheceu os outros dois oficiais, mas viu que um deles estava fazendo anotações.

— O que aconteceu, senhor? — perguntou. — Com os outros soldados, quero dizer.

Pemberton se apoiou na borda da mesa, mas não se sentou.

— Vou deixar o Collinson contar pra você — respondeu.

Ao olhar rapidamente para cima, viu Perry dando um passo à frente. Estava a apenas um metro de onde Porter se havia sentado e mesmo assim dava para sentir o cheiro de pólvora no seu uniforme. Havia uma lágrima no casaco dele e um curativo cobrindo um corte no rosto.

— Foi assim — começou. — A gente evacuou você, assim como o refém. O Steve queria garantir que o edifício estivesse seguro. Era um plano sensato o bastante. O Steve é um bom homem. A gente deu alguns disparos, o suficiente para manter longe os combatentes do Hezbollah. Não deve ter levado mais do que alguns minutos. A gente estava quase pronto para ir embora quando, de repente, o arabezinho filho da puta que você deixou inconsciente apareceu. Ele rastejou pelo chão e pegou um dos AK-47 que os amigos dele tinham largado. — Parou, olhando de relance para Pemberton antes de continuar. — Aí ele encheu o lugar de balas. Abateu o Steve e o Keith na hora. Os coitados nem tiveram chance. O Mike conseguiu começar a responder os tiros, e talvez tenha até ferido o garoto, mas até lá ele já estava correndo de volta para o beco. Ele conseguiu acertar o Mike logo antes de sair de vista. Ele ainda ficou vivo por uns vinte minutos, por aí, mas estava perdendo muito sangue e não tinha nada que eu pudesse fazer pra ajudar. Eu sabia que o helicóptero estaria esperando pela gente, então eu atirei o máximo que podia e comecei a abrir caminho escada acima. E tive sorte. Acho que o garoto já tinha fugido. Disse pro piloto esperar a postos, aí voltei pra pegar os rapazes.

— Eu deixei ele bem apagado — disse Porter energicamente.

— Então acho que o seu soco não é forte o bastante — respondeu Collinson. Parou, secando um pouco de suor oleoso da testa. — Tiveram dois tiroteios enquanto eu voltava pra pegar os corpos. Alguns atiradores estavam tentando me pegar. Acho que matei um deles, não tenho certeza. Tive que ir e voltar três vezes pra pegar nossos homens, e não tenho vergonha de dizer pra vocês que foi um pouco difícil. Mesmo assim, pelo menos conseguimos sair. E, afinal, o refém foi resgatado.

Os olhos de Porter continuaram plantados no chão. Se pudesse abrir um buraco no casco do navio, iria alegremente se afundar até as profundezas do oceano. O Steve, o Mike e o Keith. *Três dos melhores companheiros com quem já trabalhei. Todos mortos. E tudo porque não liquidei aquele desgraçado daquele arabezinho quando tive a chance.*

— Então, como o Perry diz, missão cumprida — declarou Pemberton. — O refém voltou, e sem ferimentos. Mas três de nossos homens morreram e o Regimento não aceita baixas com facilidade. Esse é o nosso pior dia desde as Falklands. Então, a pergunta é essa, Porter. Por que você não matou o garoto?

Os olhos de Porter ainda estavam plantados no chão. Não conseguia movê-los. Não sabia ao certo se voltariam a se mover algum dia.

— Eu... Eu...

Conseguia começar a frase. *Mas como é que poderia terminar essa merda?*

— Bem, soldado? — Pemberton perguntou energicamente. — Qual é a maldita resposta?

Era só um menino, Porter pensou. Estava me implorando. Uma criança...

— Porra, você não consegue nem falar?

— Nós não somos carniceiros — Porter respondeu subitamente. — Deixei o garoto inconsciente. Não tinha como ele acordar.

— Mas ele acordou, não acordou? — disse Pemberton. — E três bons homens perderam a vida. Não posso punir você, Porter. Nesse Regimento, cada homem toma as próprias decisões no momento do combate. Não temos muitos oficiais analisando o que fizeram depois.

Pemberton se inclinou próximo ao rosto de Porter e ele pôde sentir um leve cheiro de uísque no hálito do superior. Com o rosto afundado nas mãos, Porter estava desesperado por uma bebida. Qualquer tipo de bebida.

— De acordo com a Convenção de Genebra, não se deve matar uma criança, então não acho que eu possa mandar você pra corte marcial, por mais que queira. — Parou. — Mas vou dizer uma coisa pra você. O Perry aqui merece a merda de uma medalha, e vou garantir que ele receba uma. E você... bem, eu não ia querer olhar pro seu rosto no espelho toda manhã sabendo que o sangue de três dos meus colegas estão nas minhas mãos.

Porter se virou e começou a andar em direção à própria cabine. Sentia-se vazio e amargo por dentro. Ninguém estava olhando para ele, mas ouviu um homem sussurrar:

— Vai ter vários olhos mortos encarando aquele cara ali.

UM

Vauxhall, Londres: segunda-feira, 23 de outubro de 2006

Porter sentia a umidade da folha de papelão com a qual estava se cobrindo. Havia caído uma leve garoa durante a noite, e apesar de haver se abrigado em um arco debaixo da ferrovia, isso não impediu que a chuva se infiltrasse. Fazia parte de uma sequência de arcos que ainda não havia caído nas mãos das construtoras, na Goding Street, entre o Albert Embankment e a Kennington Lane. Sentia uma luz suja procedente do rio adentrando vacilante a viela e, com dor, abriu primeiro um olho depois o outro. Um pouco de lixo de um dos restaurantes de kebab das redondezas estava transbordando da lixeira próxima a ele — os caras que cuidavam do restaurante o jogaram fora ali quando fecharam as portas, às três ou quatro da manhã — mas pelo cheiro sabia que não havia nada que fosse querer comer. Um cachorro já havia passado por ali sem parar.

Empurrou o papelão para o lado e se levantou cambaleando. Uma dor forte martelava a sua cabeça, como se lhe estivessem perfurando o crânio. Sentia dor na perna esquerda. Os nervos estavam em pedaços, sabia, e havia alguns hematomas feios. Ajoelhou-se para dar uma olhada e notou o estado dos pés. Fazia mais de uma semana desde a última vez em que havia tirado as meias e os sapatos e, embora não estivesse com vontade de dar uma olhada, sentia que um pouco de sangue estava começando a coagular em volta dos dedos dos pés. Deixa pra lá, disse para si mesmo. Que diferença isso faz, de qualquer forma?

Começou a andar, tentando apoiar o mínimo de peso possível sobre a perna esquerda. Por um breve segundo, pensou sobre a filha, Sandy, e imaginou o que ela poderia estar fazendo. Que dia é hoje? perguntou-se. É final de semana? Olhou de relance para a estação de metrô. Não. Tem homens demais de terno. Deve ser um dia de semana então. Quem sabe o começo de uma nova semana. Não que faça alguma diferença. As semanas se parecem muito umas com as outras aqui.

O hotel Travel Inn ficava a meia hora de caminhada acompanhando a margem do rio. É bem agradável para quem estiver com disposição de andar, mas Porter descobriu que a dor na perna esquerda crescia quanto mais ele a usava. Algo estava definitivamente errado ali. Iria ao hospital, mas se houvesse algum problema sério com ele o fariam ficar por lá. E então como ele conseguiria uma bebida? Não, disse para si mesmo. Você vai ficar bem daqui a um ou dois dias. E caso não fique... bem, de qualquer forma, quem se importa?

Trabalhar com limpeza não era a melhor das tarefas, mas quando se vive nas ruas normalmente era tudo o que havia à disposição. O Travel Inn não era um lugar de classe, mas com frequência precisavam de alguém para lavar a louça do café da manhã. Não pagavam sequer o salário mínimo — poucos hotéis em Londres ainda pagavam — mas o trabalho não era muito complicado, embora fosse difícil manter os pratos firmes na mão esquerda devido aos dois dedos que faltavam. E eles não se importavam muito se terminasse de comer algumas das sobras deixadas nos pratos antes de jogá-las no lixo. Em todo o caso, havia formas piores de se começar uma semana.

Porter bateu na porta dos fundos. Quem cuidava das cozinhas era um cara chamado Dan, um irlandês grosseiro do Ulster que afirmava ter passado alguns anos na reserva militar, apesar de nunca saber dizer em qual regimento. Na verdade, Porter não gostava muito dele. Dan o tratava de uma maneira sarcástica e lidava com o seu imperiozinho de dar pena como se estivesse comandando a cavalaria nacional. Havia três cozinheiros e seis garçonetes e ele oprimia os homens e dava em cima das garotas, e ainda era sovina com os pagamentos deles e todos diziam que pegava metade das gorjetas para si próprio. Frequentemente pedia uma comissão de vinte ou trinta libras antes de dar um emprego para alguém.

— Que merda que você quer? — Dan perguntou, enquanto abria a porta.

Por alguns segundos, Porter ficou apenas parado sem dizer nada. O que é que eu quero?, perguntou-se. Tentou manter o pensamento por um instante, mas a dor de cabeça violenta logo o mandou embora.

— Um trabalho — respondeu lamentosamente.

— Não tem nada pra fazer — vociferou Dan. — Agora cai fora.

Porter deu um passo para dentro. Estava mais quente na cozinha e as linguiças e os ovos fritando enchiam o ar com um calor aconchegante. Próximo à pia, viu uma pilha de louças, de pelo menos uns cinquenta pratos.

— Tem trabalho, eu estou vendo — disse.

— Você não entendeu o "cai" ou o "fora"? — rosnou Dan.

Porter fez pé firme. Anelka o encarou, uma garota búlgara, romena, ou talvez ucraniana, com cabelos loiros da cor de água suja e rosto carrancudo. O rosto dela estremeceu quando uma lufada de ar quente vinda de um dos fornos passou por Porter e levou o cheiro dele diretamente até ela.

— Amanhã, talvez?

— Esqueça — respondeu Dan amargamente. — Tem um monte de búlgaros procurando trabalho agora. Fazem um turno inteiro por uma libra a hora, não roubam os restos e nem fedem a cerveja. Agora cai fora.

Mas Porter continuou andando para a frente. Uma garçonete estava gritando com um dos cozinheiros que alguns ovos haviam passado do ponto e isso havia distraído Dan, que não estava mais prestando atenção. As palavras ricocheteavam nele, assim como a chuva ricocheteava no para-brisa de um carro. Elas são apenas esquecidas, pensou. Tantas humilhações já foram suportadas, uma a mais não faz diferença. Posso tentar a Bulgária, decidiu com um sorriso de esguelha, enquanto pegava metade de uma linguiça de um prato sujo. Tem tantos caras de lá aqui, deve ter algum trabalho sobrando por lá.

— Ei, para de mexer nessa comida, seu merda — disse rispidamente um dos cozinheiros.

Sem pensar, Porter continuou andando pela cozinha, indo em direção ao saguão do hotel: havia tão poucos funcionários trabalhando que ninguém tentou impedi-lo. O relógio na parede marcava um pouco além das oito horas. Ninguém estava dando entrada no hotel ainda. Era cedo demais. Uma das garotas da limpeza estava fazendo um arranjo de flores recém-cortadas na recepção. Olhou de relance para Porter com suspeitas, depois fugiu rapidamente com o olhar: sabia que ali não era o lugar dele, Porter notou, mas não era trabalho dela lidar com ele. Era assustador demais.

No canto do salão de entrada, uma TV de tela plana presa à parede estava no canal da Sky News. A meia linguiça que havia comido fez com que Porter percebesse como estava desesperado de fome. Havia mais de um dia desde quando comera pela última vez: a ingestão de calorias de ontem consistira em meia garrafa pequena de vodca. Entretanto, não tinha dinheiro no bolso. E poucas expectativas de ganhar algum, agora que Dan havia se recusado a lhe dar trabalho.

— Agora as últimas notícias dessa manhã — disse um jovem apresentador sem pelos no rosto. — A captura da repórter Katie Dartmouth, da Sky News, no Líbano. À uma da manhã no horário local, homens mascarados pararam a van da Sky News que se dirigia à fronteira ameaçando os jornalistas com armas. O cinegrafista e o produtor foram forçados a sair do veículo, então Katie foi amarrada e levada pelos sequestradores. Agora, acreditamos que ela esteja sendo mantida refém em algum lugar do Líbano. Mais notícias após o intervalo...

Porter parou por um instante, desfrutando do calor da recepção do hotel. O Líbano, pensou. Mais reféns. *Essa merda não acaba nunca, acaba?*

Passaram alguns comerciais rapidamente, mas Porter não tinha vontade de se mexer. Afinal, para onde iria?

O apresentador voltou ao ar, com uma entrevista com Doug Freeman, o produtor que estava na van quando havia sido contida. Fora uma experiência curta e aterrorizante, ele disse. Estavam andando pela estrada principal, quando de repente o caminho deles foi bloqueado. Havia seis homens no total. No começo pensaram que era um assalto — saindo de Beirute, havia bandidos em todos os lugares do Líbano. Mas não quiseram as câmeras, nem a van, nem nenhum dos cartões de crédito deles.

— Eles queriam a Katie — disse Freeman, olhando diretamente para a câmera. — Sabiam quem ela era, e tinham vindo pegá-la.

— Você acha que eles tinham a intenção de machucá-la, Doug?

— Espero que não — respondeu. —A Katie é uma das melhores repórteres com quem já trabalhei. — Parou, limpando o suor do rosto. — Estamos todos rezando pra ela hoje de manhã.

Porter sentiu um tapinha no ombro. Ao se virar, uma jovem estava bem perto dele. Vestia um uniforme do Travel Inn e no crachá preso ao peito lia-se Sarah. Pelas rugas que estavam se formando no nariz dela, Porter sabia que estava morrendo de medo só de estar perto dele.

— Vou ter que pedir pro senhor se retirar — ela disse.

— Um minuto — respondeu Porter energicamente.

— Eu...

— Um minuto, já disse.

Voltou a olhar para a TV. As palavras "últimas notícias" estavam piscando na tela de novo.

— E agora vamos ao vivo para a Downing Street, onde Sir Peregrine Collinson, enviado especial do primeiro-ministro ao Oriente Médio, vai conversar ao vivo com Adam Boulton, da Sky News. Adam, o que você tem pra nos contar?

Porter continuou assistindo. Collinson, pensou. Quando o vi pela última vez, você estava vomitando no canto porque estava com medo demais pra levar a missão adiante. Você é que devia ter levado a reprimenda pelo que deu errado na missão. *Não eu.*

— Como a maioria dos espectadores sabe —começou Boulton, olhando bem para a câmera. — Sir Peregrine Collinson é um dos mais condecorados combatentes britânicos e seu livro de memórias militares ainda está na lista de mais vendidos. Agora ficamos sabendo que Sir Perry foi nomeado o responsável pelo resgate de Katie Dartmouth.

Porter assistiu enquanto a câmera se distanciava para mostrar um homem alto, vestido elegantemente, com os cabelos loiros e empoeirados somente um pouco mais longos do que seria permitido quando ainda fazia parte do exército. Passaram-se dezessete anos, refletiu Porter.

— O que vocês podem nos dizer, Sir Perry? — Boulton perguntou.

Collinson franziu os lábios e as sobrancelhas como se estivesse pensando. Conjurou um ar de seriedade.

— Não temos muito a dizer nessa fase, Adam — começou. — Não sabemos quem sequestrou a Katie Dartmouth, pra onde a levaram, nem o que querem. Mas o PM me deixou encarregado de todas as investigações e posso garantir a você que todas as nossas forças estarão voltadas para trazer a Katie de volta, sã e salva.

— E vocês realmente não têm nenhuma pista de onde ela se encontra?

Collinson fez que não com a cabeça.

— Nessa fase, infelizmente, não temos nada firme para usarmos como ponto de partida. Entretanto, todos os nossos esforços estarão devotados a trazê-la de volta. Pode haver horas e dias de provação pela frente, mas juntos conseguiremos superá-los.

Enquanto Porter observava a tela, ponderou sobre como os anos haviam sido melhores para Collinson do que para ele. Após voltar da incursão no Líbano, sabia que nunca mais conseguiria voltar ao mesmo patamar de antes. O dano físico à mão havia melhorado a tempo, mas o mental continuou fresco e em carne viva, como se houvesse se ferido ontem. Fez o melhor que pôde para se reintegrar ao Regimento, mas todos os homens pareciam saber que Porter era o cara que havia poupado a vida de uma criança árabe que então matou três dos homens deles. Não disseram nada na cara dele, mas na época não era necessário. Ele conseguia ver nos olhos deles. Conseguia perceber na forma como era evitado no bar. Conseguia sentir no jeito como ninguém jamais confiaria nele de novo. Quando era a hora de apostar as fichas, ninguém contaria com John Porter. E, no Regimento, não havia muito espaço para aqueles que não eram confiáveis.

Dentro de três anos, havia deixado o serviço ativo e sido mandado para servir no estande de tiro: não havia posto mais humilhante para um membro do Regimento. Depois de mais alguns anos, deixara o exército de vez. A única carreira que havia planejado para si havia acabado. Como se coloca a vida no lugar depois de algo assim? Porter se perguntou. Se houvesse uma resposta, nunca a encontrou.

De repente, Porter sentiu a mão no ombro. Quando se virou, Dan estava olhando diretamente para ele.

— Pensei que tinha dito pra você cair fora.

— Só estou... — começou Porter.

— Você só está fedendo o lugar — vociferou Dan. — Agora suma antes que eu chame a polícia e você acabe passando a noite levando porrada.

Porter estava prestes a dizer alguma coisa, mas as palavras se paralisaram nos lábios dele. A dor de cabeça estava terrível e a na perna esquerda ia piorando: um formigamento que parecia deixar toda a perna dormente até o joelho. Com a cabeça abaixada, começou a andar.

— Pela porta dos fundos, porra! — gritou Dan.

Porter o ignorou e continuou andando. Saiu do saguão do Travel Inn em direção à rua escura e nublada. Havia um McDonald's na esquina e olhou de relance para as lixeiras, mas até onde pôde ver elas haviam sido esvaziadas recentemente. Sem chance de conseguir alguma coisa pra comer ali então, refletiu.

Andou devagar, atravessando o rio. Havia um furo em um dos sapatos de lona que estava usando, por onde sujeira entrava, mas a perna esquerda já estava em uma condição tão terrível que provavelmente não fazia nenhuma diferença. Havia muitas pessoas ao seu redor enquanto atravessava a ponte e subia a rua lotada que levava na direção dos prósperos bares, casas e lojas de Chelsea e Fulham.

— Pode me ver um trocado? — balbuciou para um homem que passava por ele indo em direção à estação de metrô.

O homem o evitou com o olhar, sem dizer nada.

— Só uns trocados pra me ajudar — murmurou Porter para outro cara que estava parado próximo a ele.

Ele vociferou alguma coisa numa língua que parecia ser polonês, depois seguiu o seu caminho passando direto por Porter.

— Um trocado pra uma xícara de chá, querida — pediu, tentando encontrar os olhos castanhos de uma garota enquanto ela vasculhava a bolsa para procurar o celular que estava tocando.

Ela não disse nada, olhou rapidamente para ele uma vez, depois começou a sorrir quando atendeu o telefone.

— Deus — murmurou Porter. — Será que ninguém...

Uma mulher esbarrou nele ao passar, ignorando-o enquanto ele cambaleava. A cabeça dele estava girando e não estava conseguindo se concentrar direito.

— Olha por onde anda, caralho! — ele gritou.

Ela se virou e olhou para ele. Tinha cerca de quarenta anos e cabelo castanho escuro, com um terninho preto bem cortado e uma pasta debaixo do braço.

— Vai à merda! — ela vociferou bruscamente. — Tem gente que precisa ir pro trabalho!

Porter foi em direção a ela de forma ameaçadora. Não tinha certeza do que iria fazer. Não conseguia nem pensar direito. O barulho violento e agressivo na cabeça dele estava piorando. Havia estrelas piscando em frente aos seus olhos e tinha dificuldade para se equilibrar. Balançava enquanto estava andando, sem saber ao certo quanto tempo os pés ainda o aguentariam.

— Presta atenção nas merdas que você fala! — gritou, surpreendendo-se com a força e a raiva que havia colocado nas palavras. — Você não sabe nada sobre mim. Nada, porra!

Ele se ajoelhou. Ela já havia se virado e fugido, mas enquanto corria para ir embora dali havia deixado a carteira cair da bolsa. Rapidamente, certificando-se de que ninguém o observava, Porter enfiou a carteira no seu casaco sujo e esfarrapado e começou a andar. Havia caminhado cem metros em direção a New King's Road antes de parar para checar o que havia no interior dela. Cinquenta libras, observou com prazer. Em cédulas novas de dez libras. Isso e alguns cartões de crédito.

Dinheiro o bastante para um homem ficar bem bêbado.

Dinheiro o bastante para aguentar mais um dia miserável.

DOIS

Porter segurou a garrafa de vodca de marca barata na mão direita, abriu a tampa torcendo-a com os dentes, depois derramou o conteúdo na boca vagarosamente. O álcool desceu ardendo, forte, e fez a garganta parecer uma lixa, mas ele podia sentir que o levava cada vez mais perto do esquecimento.

Quando o álcool fala, a memória se cala, pensou. Cantarolando dá até pra transformar numa música agradável.

Uma chuva fina estava começando a cair. Porter não sabia ao certo que horas eram. Já estava sentado aqui há algumas horas, disso tinha certeza. Depois de pegar o dinheiro da carteira, voltou devagar em direção ao arco habitual, parando no supermercado para pegar algumas garrafas do seu líquido preferido. Mesmo com as cinquenta libras no bolso, pegou a mesma marca barata de sempre. Gastar o dinheiro não fazia sentido. Não tinha como saber quando conseguiria um pouco mais.

Um kebab comido pela metade estava jogado ao lado dele. A garoa o estava deixando um pouco úmido, mas isso fazia pouca diferença na qualidade do rango. Pegou-o no restaurante da esquina, o mesmo onde trabalhavam os funcionários que haviam jogado fora os restos do dia nas lixeiras durante a noite. Porter não podia dizer que havia muita diferença entre o que vendiam no balcão e o que jogavam no lixo. Mas talvez minhas papilas gustativas estejam acabadas, pensou. Fazia tanto tempo desde a última vez em que comera uma refeição decente que não tinha mais certeza se saberia qual era o gosto de uma delas.

Pegou uma fatia da carne cheia de nervos, sem saber ao certo se tratava-se de cordeiro ou frango, e a mastigou devagar antes de dar outro trago na vodca. Lembrou-se de que ainda tinha cerca de trinta libras no bolso. O suficiente para ficar bêbado por uma semana.

— Ei, Jimmy — gritou uma voz.

Porter levantou a cabeça rapidamente. Viu dois contornos cambaleando na sua direção, mas se estavam cambaleando porque não conseguiam andar direito ou porque a visão dele já era, Porter não sabia. Talvez um pouco dos dois. Eu estou bêbado, eles estão bêbados, todo mundo que passa a noite nesse beco está bêbado. *Porra, que outro motivo teriam pra estarem aqui?*

— Que é que cê tem aí, Jimmy?

Estavam se aproximando agora. Porter tinha certeza de que os havia visto antes. Uma dupla de escoceses, não conseguia se lembrar dos nomes deles. Costumavam passar a noite na estação Waterloo, mas estavam escavando o lugar antigo deles para passar um novo cabeamento pela rua e então se mudaram para Vauxhall. Haviam sido empreiteiros profissionais, pelo menos era o que diziam, mas pelo olhar deles há anos não tinham um dia decente de trabalho. Quais eram os nomes deles mesmo? Porter se perguntou. Bill, ou Bob, ou Bert. Alguma coisa assim. Ninguém precisa realmente de um nome por aqui, refletiu. Passar o dia evitando ligações não era um problema pra eles.

— Num tem um traguinho dessa bebida pros seus amigo aqui não? — perguntou o primeiro homem.

Ele estava se inclinando sobre o rosto de Porter, com pelos nojentos emaranhados na bochecha.

— Só um traguinho — repetiu, mostrando uma dentição podre e uma língua com a cor e a textura de asfalto.

— Cai fora — murmurou Porter, agarrando o gargalo da garrafa de vodca.

O segundo homem, mais baixo, ajoelhou-se. Cheirava a guisado de carne, e os olhos dele pareciam dois cristaizinhos negros nadando em uma piscina de pele sarnenta.

— Tá falano pra eu cair fora, Jimmy? — resmungou, com a voz severa. — Isso num é muito amigável, né não, Jimmy?

— Parece que cê tá se dano bem sozinho, Jimmy — disse o homem mais alto. — Uma bebida boa, com uma comida ainda. Tudo bem apetitoso, Jimmy. Cê deve ter até uma garota enfiada embaixo desse monte de caixa de papelão também.

— E cê vai querer dividir com seus amigo, né não, Jimmy? — completou o mais baixo.

Agora a chuva estava começando a ficar mais forte. Estava pingando no cabelo de Porter, que via uma pequena poça começando a se formar dentro do kebab comido pela metade. Foi mais para dentro do arco, mas os dois homens foram para a frente, ambos ficando ajoelhados a apenas alguns centímetros do rosto dele.

— Porque é assim que se faz na rua, né não, Jimmy? — o menor insistiu. — Um cara tem um pouco de sorte, aí divide com os amigo.

— E a gente é seu amigo, Jimmy — disse o maior.

— Então tirem as mãos da porra da minha bebida! — vociferou Porter.

— Mas ninguém tá pegano suas coisa, Jimmy — o menor respondeu. A mão dele estava indo em direção à garrafa de vodca. — É só dividir.

Porter puxou subitamente a garrafa. Botou o gargalo na boca e tomou um trago da bebida, relaxando enquanto a vodca se misturava à sua corrente sanguínea, entorpecendo os sentidos e diminuindo a dor terrível na perna esquerda.

— Se todo mundo dividisse, quem sabe o mundo num fosse um lugar melhor, Jimmy — disse o mais alto. — Quem sabe gente que nem a gente num tivesse que morar na rua.

De repente, Porter começou a prestar atenção. A chuva estava mais forte agora, batendo contra o rosto dele.

— O mundo está cheio de escória imprestável e ladra que nem vocês dois. Por isso que tem caras que nem eu na rua. Por isso...

Não havia terminado a frase, mas Porter sabia que nunca conseguiria terminá-la. O primeiro golpe o atingiu diretamente no estômago, tirando o pouco fôlego que ainda tinha. O segundo colidiu bruscamente com a mandíbula, lançando sua cabeça para trás. A mão dele soltou a garrafa de vodca e, enquanto Porter cambaleava, o homem mais alto havia pulado e agarrado a bebida. Levou-a na mesma hora à boca, tomando três ou quatro tragos de uma vez só. O efeito foi tanto instantâneo quanto feio: o seu rosto se embrulhou e a bota dele bateu forte na lateral de Porter, fazendo um estrago nas costelas dele.

— Vão se foder, seus escoceses de merda! — gritou Porter.

O grito se elevou pelo beco, mas ele sabia que ninguém estava ouvindo. Nessa parte da cidade, mesmo se corresse pelas ruas com um machado enfiado na cabeça ninguém prestaria a menor atenção. Nem mesmo a polícia se importava de se aventurar por aqueles becos: não conseguiam suportar o cheiro. Posso gritar o quanto eu quiser. Ninguém vai vir me ajudar. Não agora. Nem nunca.

Agora os golpes o açoitavam como as gotas de chuva, fortes, sem pensar nem ter pena. Os dois homens estavam de pé, passando a garrafa de vodca um para o outro, dando goles longos e intensos de álcool puro. A bebida estava aumentando a agressividade deles, transformando um roubo em espancamento. As botas robustas de couro, a única peça do vestuário deles que não estava caindo aos pedaços, chocavam-se contra o peito, o rosto e as pernas de Porter. Ele estava absorvendo os golpes, rolando após cada um deles, incapaz de oferecer qualquer resistência que fosse. A vodca que já havia bebido entorpeceu a dor e mal podia sentir os golpes enquanto o atingiam, mas sabia do estrago que estavam fazendo no seu corpo já enfraquecido. Havia sangue em todos os lugares, no rosto, nas mãos, dentro das calças encharcadas, mas ainda assim continuavam a golpeá-lo. Tudo que posso fazer é esperar eles cansarem de me bater. E aí vejo se ainda estou vivo no final.

Deitado de lado, Porter conseguia ouvir os escoceses cambaleando pelo beco, bêbados e rindo. Observou quando uma gota do próprio sangue pingou das feridas que tinha no rosto e, ao ser chicoteada pela chuva, rodopiou em direção ao esgoto.

Foi pro lugar dele, pensou amargamente, enquanto fechava os olhos rasgados e feridos e deixava a consciência escapar vagarosamente dele.

Grogue, Porter abriu um olho depois o outro. Estava deitado de barriga, com o rosto afundado numa poça d'água que o próprio sangue havia deixado carmesim. O corpo inteiro doía e outro de seus dentes remanescentes parecia ter ficado meio solto.

Lentamente, tentou se levantar. Não fazia ideia de que horas eram, mas já estava escuro e a forte chuva havia sido substituída por uma garoa fina. Porter procurou a garrafa de vodca à sua volta, mas não estava lá. Assim como o kebab que estava comendo. Colocando a mão no bolso, procurou as trinta libras que sobraram. Nada.

— Desgraçados — murmurou.

Ao se levantar, cambaleou um pouco, depois conseguiu se equilibrar. Mal notava a dor na perna esquerda: todas as terminações nervosas do corpo estavam gritando com agonia, sobrepondo-se ao que quer que estivesse errado com a perna dele. Tenho que me limpar, disse para si mesmo. Eu vou morrer se ficar aqui hoje à noite.

Andou devagar na direção da ponte Vauxhall. O tráfego estava rugindo ao passar por ele, um coro crescente e raivoso de buzinas e motores. Um ciclista passou rápido na calçada, gritando para Porter sair do caminho. Continuou cambaleando à frente. Só oitocentos metros, disse para si mesmo. Talvez o abrigo me ajude.

Agora, o único lugar em que conseguia pensar era o Orchid Centre. Administrado por uma instituição de caridade, o centro arranjava camas para o pernoite de desabrigados, com direito a banho e alguns remédios, além de uma refeição quente se houvesse voluntários para cuidar da cozinha. Era financiado por um dos grandes bancos americanos com filiais na City, como parte do programa de "responsabilidade corporativa" que tinham, e às vezes se via banqueiros americanos passando parte da noite ali, ajudando com os vagabundos até que fizessem seus motoristas os levarem de volta para suas mansões em Notting Hill. Mesmo assim, após passar alguns anos como um visitante frequente, Porter havia constatado que não era tão ruim. Pelo menos não tentavam lhe enfiar uma religião goela adentro como nos outros abrigos. A única religião que esses malditos banqueiros possuíam era o dinheiro, e nenhum dos caras que pernoitava no abrigo tinha chances de conseguir isso.

— Vocês têm vaga? — perguntou, apoiando-se contra a porta.

A porta foi aberta por um jovem de calça jeans e suéter. Matt, acho que é esse o nome dele, Porter pensou, esforçando-se para lembrar como se chamava. Pelo que se lembrava da última vez que havia estado ali, ele era legal. Não dava sermões nem sugeria que arrumasse um emprego. Apenas lhes arranjava um banho quente, alguns antibióticos e os deixava descansar.

— Cacete, o que foi que aconteceu com você? — perguntou Matt.

Porter não havia se olhado no espelho — não era o tipo de coisa que se levava por aí quando se morava na rua — mas imaginou que estava com uma aparência terrível. Ainda havia um pouco de sangue no rosto e alguns pequenos ferimentos na pele da surra que havia levado. As roupas estavam cortadas e esfarrapadas e ele estava completamente ensopado. Tudo é relativo, mas mesmo num abrigo para desabrigados em Vauxhall ele parecia um lixo.

— Preciso de alguma coisa pra beber, meu chapa — resmungou Porter. — Alguma coisa pra beber e um lugar pra dormir...

Matt deu um passo para trás e Porter o seguiu. O saguão de entrada do Orchid Centre era verde-limão e cheirava a desinfetante e repolho cozido. O escritório de Matt tinha um fogão elétrico e uma TV pequena. O relógio na parede marcava pouco depois das nove.

— Não tem bebida alcoólica aqui — disse Matt rispidamente. — Você sabe disso.

Porter estava cambaleando, tentando manter o equilíbrio. Ainda havia vodca o bastante girando dentro dele para tornar difícil se manter de pé. Na TV, viu rapidamente Perry Collinson. Ele estava falando sobre Katie Dartmouth: era uma reprise da mesma entrevista que havia assistido mais cedo naquele dia. Quando terminou de pronunciar a citação de Churchill, a reportagem cortou para uma mulher com quase sessenta anos, loira e bem arrumada. Era uma entrevista com a mãe de Katie, diretamente do povoado em que a repórter havia nascido, em Hampshire. Havia lágrimas nos olhos dela enquanto dizia como estava preocupada com Katie, e como estava desesperada para vê-la de novo.

— Voltaremos logo após o intervalo com as últimas notícias sobre o drama do sequestro de Katie Dartmouth — concluiu o apresentador. Então a tela mostrou uma foto elegante de Katie Dartmouth, loira e radiante, enquanto os saudosos acordes de abertura de "Someone Saved My Life Tonight", de Elton John, tocava no fundo.

— Eu preciso da porra de uma bebida! — vociferou Porter, parando de olhar para a tela da TV.

— Como eu já disse, não tem álcool aqui — respondeu Matt, ficando bravo. — Podemos arranjar uma cama pra você. Pelo jeito que você está, provavelmente temos que tentar arrumar um médico pra você de manhã também.

— O que eu preciso é de uma bebida, não da porra de um médico!

Matt deu um passo para se aproximar. Era magro, mas já trabalhava no abrigo há tempo suficiente para não se deixar intimidar por quaisquer das pessoas que pernoitavam ali.

— Você precisa aprender a seguir as regras, meu chapa.

— Eu pago, merda! — disse Porter bruscamente.

Pescou no próprio bolso e tirou os dois cartões de crédito que havia pegado da carteira da mulher de manhã. Os escoceses haviam pegado todo o dinheiro do bolso dele, mas não se deram ao trabalho de pegar os cartões. Sabiam que mesmo a loja mais esquiva e ilegal de Vauxhall não aceitaria que pagassem no cartão. Porter os empurrou em direção a Matt.

— Eu pago por umas bebidas.

Matt olhou de relance para os cartões.

— Agora você se chama Helen, né? — ele disse, lendo o nome escrito na tira de plástico. — Muito elegante. Combina com você. — Olhou diretamente nos olhos inchados e ensanguentados de Porter. — Nós estamos aqui pra ajudar caras que nem você, e fazemos um bom trabalho, mas não estamos interessados em ladrões, porra.

— Eu preciso de uma bebida, cara — gritou Porter. — Só uma merda de uma bebida! Olha o meu estado...

— Suma daqui — disse Matt.

— Estou completamente desesperado, cara. Qual é o problema de uma porra de uma bebida?

Matt o empurrou para trás. Porter cambaleou, mas conseguiu manter o equilíbrio.

— Cai fora. A gente pode ser uma instituição de caridade, mas tudo tem um limite, porra, e você acabou de ultrapassar esse limite. Fica sóbrio e a gente vai poder ajudar você. Se continuar assim, vai ter que se virar sozinho.

— Porra, não faz sentido nenhum — rosnou Porter.

O rosto dele ficou subitamente enrugado de tristeza enquanto se virava e voltava para debaixo da chuva. Atrás dele,

Matt estava aumentando o volume da TV. Porter conseguia escutar os acordes de “Someone Saved My Life Tonight” assobiando pelo ar frio.

Virando à esquerda, seguiu debaixo da chuva que caía lentamente. Estava indo em direção ao rio. Não tinha por que voltar para o velho arco. Os escoceses desgraçados iriam apenas lhe dar outra surra. Havia um lugar próximo à ponte, perto de um bloco novo de apartamentos, onde alguns caras passavam a noite às vezes. Talvez vá pra lá, pensou. Ver se acho um jeito de me manter aquecido. E ver o que acontece amanhã.

TRÊS

Porter estava olhando para o rio. Próximo às margens enlameadas do Tâmisa, havia uma poça encardida com algumas ondulações. Ele mergulhou as mãos dentro dela. A água estava fria e refrescante e ele levou um pouco ao rosto, tentando limpar o sangue grudado na pele. Já havia andado quase dois quilômetros pela margem do rio, procurando algum lugar para passar a noite. Um local debaixo do primeiro arco de Vauxhall já havia sido colonizado por alguns macedônios que tinham armado uma fogueira e pareciam estar esquentando algumas latas de comida. Porter havia feito alguns gestos dizendo que talvez se juntasse a eles, mas se ainda não sabia como era cai fora em macedônio, agora sabia. Alguns brigões tinham tomado um posto de gasolina abandonado onde pessoas às vezes passavam a noite e Porter não estava a fim de brigar de novo. Só queria algum lugar para descansar a cabeça até conseguir se levantar e recomeçar.

Mas não parecia haver nenhum lugar para isso. Em Londres, ele não conseguia sequer encontrar um lugar na rua para dormir e não ser perturbado por mais ninguém.

Num lugar lá em cima, alguns raios de luz da lua tentavam aparecer, mas no geral o céu ainda estava escuro e furioso. Sentou-se numa elevação de concreto, olhando para o rio, e sentiu um forte vento noturno passar por ele. Só tenho que tentar me manter aquecido, disse para si mesmo. Até amanhã.

— John! — uma voz gritou.

A palavra percorreu rapidamente o trecho vazio de concreto que levava até a água.

Porter encolheu os ombros e olhou de novo para o rio. Quem se chama John se acostuma a ouvir o próprio nome e não acha que está sendo chamado. Porra, quem iria querer falar comigo de qualquer forma?, pensou com raiva. Nessa noite ou em qualquer outra.

— John! — a voz gritou de novo, agora se aproximando.

Porter olhou ao redor rapidamente. Então reconheceu a voz de Matt e, olhando atentamente sob a luz escura e nebulosa, conseguia vê-lo. A cerca de cem metros de distância descendo o rio, ao lado de alguém. Um médico, talvez. Não estou com saco pra ver um médico, resolveu Porter. A não ser que eles tenham começado a receitar garrafas de vodca.

— Cai fora — disse.

A voz dele foi carregada pela brisa, descendo o rio com velocidade. Voltou a observar as margens, assistindo ao lento progresso de uma barca indo em direção ao mar. O dia já havia sido ruim o suficiente. Tudo o que queria era que acabasse logo. Ir para o próximo.

— Estou com uma pessoa que quer ver você! — gritou Matt.

Porter olhou de relance para a esquerda. Matt devia estar a uns cinquenta metros de distância agora. Era difícil decifrar o contorno ao lado dele. Tudo que conseguia ver era um sobretudo. Besteira, pensou. É um truque. Eles trouxeram um médico, ou alguém do serviço social, ou a polícia. Eles vão me internar. Ou me prender. Ou algo pior.

— Cai fora! — repetiu, dessa vez mais alto.

— Espera aí — Matt pediu.

Porter se levantou e começou a subir a margem do rio. As pernas dele estavam exaustas e sentia os hematomas por todo o corpo, mas ainda tinha forças para fugir se precisasse.

— Essa mulher precisa falar com você! — gritou Matt.

Porter se virou e olhou diretamente para ele. Agora o contorno ao lado dele vinha se aproximando. Estava a cerca de trinta metros. Vestia um sobretudo longo, azul e com um bom corte, e tinha cabelos escuros e fartos que chegavam a uns dez centímetros abaixo dos ombros. É só uma menina, na verdade, pensou Porter rapidamente. Tem no máximo uns dezessete ou dezoito anos. Mas é gata. Tinha traços vivos e elegantes, maçãs do rosto salientes e uma boca forte.

Não é qualquer menina, percebeu. *É a minha menina.*

A Sandy.

Não devia ser difícil pra um pai reconhecer a própria filha, devia? Porter se perguntou. Diana o havia expulsado da casa há onze anos, quando Sandy era apenas uma criança de seis anos, e ele não a tinha visto desde então. Ela havia mudado muito, assim como ele, mas o rosto dela estava gravado na alma dele e esquecê-lo seria o mesmo que esquecer o próprio nome.

— Pai — ela disse, com a voz hesitante e delicada. — Pai? É você?

As palavras machucaram mais a pele de Porter que qualquer um dos golpes que haviam chovido sobre ele no beco, mais cedo naquele dia. A voz dela se instalou nos ouvidos dele e, por um momento, quis correr na direção dela e tomá-la nos braços. Então parou. Não sou eu, sou? Eu não sou o pai dela. Abandonei essa tarefa há onze anos. Não consegui lidar com isso e a mãe dela não aguentava mais minha bebedeira, e não posso culpá-la. Não posso mudar isso agora. Não faz sentido sequer tentar.

— Não sou ninguém — rosnou.

— Sou eu, pai, Sandy...

Ele podia escutar a determinação na voz dela, o que o lembrou de Diana. Ela sempre havia sido a mais forte dos dois: eu posso ter sido o soldado, mas era ela quem sabia lutar.

— Cai fora! — gritou. — Nunca ouvi falar de nenhuma garota chamada Sandy.

Ele se virou e começou a andar pela margem do rio. É claro que não era verdade. Não houve sequer um dia nos últimos onze anos no qual não havia pensado sobre ela. Provavelmente nem mesmo uma hora. Mas não conseguia olhar para ela agora. Não assim. Ninguém quer ter um pai que vive na rua, que não tem uma casa para morar nem um carro para dirigir, que fede a esgoto. Qual é o sentido de um pai assim? É melhor só continuar andando. Ela vai viver sem mim. Conseguiu até agora e vai ficar só mais fácil com o passar dos anos.

De repente, escutou passos correndo pelo caminho. Agora, o vento estava mais forte e as nuvens haviam se dissipado brevemente, lançando inúmeras flechas brilhantes de luz da lua ao longo do rio. Porter sentiu a mão no ombro. Virou-se. Matt estava parado bem próximo a ele, com o rosto suado.

— Puta que pariu, seu idiota! — disse rispidamente. — É a sua filha!

Porter parou. Viu Sandy parada a vinte metros de distância.

— Ela foi no abrigo esta noite pra procurar você — pressionou Matt, lutando para recuperar o fôlego. — Ela está procurando você há semanas. Ela entrou em contato com a ASAE, tentou de tudo, e uma hora encontrou alguém que sabia que você passava a noite lá no abrigo às vezes. Achei mesmo que você fosse estar perto do rio. — Estava olhando diretamente nos olhos de Porter, com uma expressão penetrante e severa: aqueles olhos com uma infinidade de julgamentos, nenhum deles a favor de Porter. — Ela quer conhecer você. Faz só isso por ela. Não estou pedindo muito...

Porter concordou com a cabeça. Era um movimento simples, mas foi mais difícil que dar o mais forte dos socos. Olhando de relance para Sandy, tentou sorrir rudemente.

— Vem então, meu amor — ele chamou. — Vamos sair pra curtir a merda da cidade.

Ela sorriu também e andou na direção dele. Porter sentiu vergonha de como estava. Normalmente não ligava: quando se morava na rua não fazia diferença para as pessoas ao redor. Agora desejava ter encontrado algum lugar para se lavar, talvez até ter uma muda de roupa. Teria sido bom ter limpado um pouco do sangue do rosto. Ela provavelmente não estava esperando grande coisa quando veio me procurar, mas isso... Deus, ninguém estava preparado pra isso.

— Desculpa — ele disse, olhando rapidamente para as roupas molhadas e imundas que estava vestindo.

— Não tem problema — respondeu Sandy. — Vamos achar um lugar pra conversar.

Porter concordou com a cabeça. Caminhou ao lado dela, afastando-se de Vauxhall, na direção da estação Waterloo. Não sabia ao certo que horas eram. Talvez onze ou meia-noite. A maior parte dos bares já estaria fechando, mas conhecia uma lanchonete onde os taxistas iam tomar café e comer um sanduíche de bacon antes de irem para o turno das boates. Lá, não se importavam com a aparência dos clientes e nunca fechavam.

Porter parou do lado de fora da entrada. Ouvia o chiado de bacon fritando e sentia o cheiro acolhedor e reconfortante de gordura e fumaça de cigarro. Haviam caminhado em silêncio, ambos incertos do que dizer.

— Eu pago — disse Sandy quando ele hesitou próximo à entrada. — Não se preocupe com isso.

Ao se sentar, Porter a observou enquanto caminhava com calma até o balcão e pedia dois cafés e dois sanduíches de bacon. Alguns caras ali a estavam seguindo com o olhar e um deles parecia prestes a lhe dizer alguma coisa, mas então percebeu o olhar penetrante que Porter lhe dirigia e voltou rapidamente a ler o jornal. Havia uma TV no canto que mostrava as últimas notícias sobre a saga do sequestro de Katie Dartmouth e algumas pessoas olhavam ocasionalmente para ela. De acordo com o apresentador, haviam emitido um ultimato. Ela havia sido capturada por terroristas do Hezbollah que exigiam a retirada das tropas britânicas do Iraque e do Afeganistão até as oito horas da noite de sábado, ou então Katie seria decapitada ao vivo na televisão. Porter olhou para o outro lado. Por que todo mundo está tão interessado?, perguntou-se. Eles não podem nem fazer nada pra ajudar.

Sandy colocou os cafés e os sanduíches de bacon na mesa. Ele conseguia enxergá-la melhor agora, sem o casaco e sob uma luz apropriada. Ela era uma mulher jovem, com feições fortes e vigorosas, sem nenhum traço em comum com a menininha gordinha e alegre que se lembrava de haver deixado para trás. Tinha olhos verdes-claros e um ar de seriedade que Porter não esperava. Mesmo assim, enquanto a observava andar pela lanchonete não conseguia deixar de sentir orgulho pela simples existência dela. Posso não ter feito muita coisa certa — provavelmente nada se parasse pra contar — mas pelo menos ela é algo pra me deixar orgulhoso.

— Que merda que você está fazendo aqui? — ele perguntou.

Sandy olhou diretamente para ele e Porter ficou surpreso com a afeição nos olhos dela. Faz tanto tempo desde a última vez que alguém me olhou com qualquer coisa que não fosse desprezo que esqueci qual é a sensação disso, refletiu.

— Mamãe nunca me conta nada sobre você — disse, misturando o açúcar no café. — É como se você nunca tivesse existido. Mas é claro que me lembro de você de quando eu era criança.

Sandy tirou um cacho de cabelos negros do rosto e continuou.

— Mamãe não me dava nenhuma dica de onde você estava, mas o irmão dela, o tio Ken, disse que achava que você estava em Londres. Ele ouviu dizer que você estava na rua, que estava com problemas, e que ia pra um abrigo às vezes. Ele me botou em contato com a Associação de Soldados do Exército e da Aeronáutica e, depois de falar com eles no telefone algumas vezes, eles me mandaram na direção certa. Tio Ken me fez prometer que não ia contar pra mamãe. Nem pra tia Sally. — Sandy franziu o nariz de uma forma que fez Porter se apaixonar novamente por ela. — Eu acho que a tia Sally também não gosta muito de você não.

Porter riu.

— As mulheres não gostam de mim — disse rispidamente. — Cedo ou tarde você vai perceber isso.

— Mas, bem, eu tenho uma entrevista amanhã à tarde na University College London, por isso mamãe me deu dinheiro pra pegar o trem de Nottingham. Vou pegar o trem das oito da noite amanhã. É a primeira vez que venho a Londres sozinha. A primeira vez que tenho a chance de procurar você. Mamãe ia me matar se soubesse, mas eu não ligo pra isso. Fui no abrigo e conversei com o Matt. Cara legal. Ele disse que você tinha aparecido lá e que achava que ia estar em algum lugar perto do rio.

— Eu não consigo tomar conta nem de mim, que dirá de uma filha — disse Porter com amargura. — Você vai ficar melhor sem mim.

— Besteira! — respondeu Sandy bruscamente. Essa raiva de novo, Porter notou. Era como se estivesse sentado em frente à mãe dela há uma vida atrás. — Ninguém fica melhor sem um pai. Por mais que ele seja imprestável.

— Eu sou a exceção — grunhiu Porter.

— Não, você não é porra nenhuma! — insistiu Sandy. — Ninguém é uma exceção, nem você, nem ninguém. Você é o único pai que tenho. Azar de nós dois, provavelmente, mas vamos ter que viver com isso.

Porter parou. Ela estava olhando diretamente para ele e sentia o orgulho inchando dentro dele de novo. Mas qual era o sentido daquilo? Porter refletiu com tristeza. Como ele poderia ter um relacionamento com ela agora? O que ela iria fazer, vir passar o final de semana aqui e passar a noite debaixo de algum arco sob o qual ele estivesse dormindo? Arrastar-se pela cidade enquanto ele procurava algum trabalho lavando louças? Talvez conhecer uns chapas dele, como os escoceses. Outros pais divorciados podiam levar as filhas para esquiar, para correr de Jaguar ou de Land Rover. Eu não. Eu ia oferecer tudo que tenho pra ela. Só que não tenho nada, e como é que você pode oferecer isso pra alguém?

— Não vai funcionar — ele disse, inexpressivo. — A vida não tem dado certo pra mim já faz um bom tempo. Isso não vai mudar agora.

— Dá pra mudar pra qualquer pessoa.

Porter sorriu.

— Você é jovem. É fácil acreditar nisso. Eu tenho quarenta e cinco anos. Isso é o que eu sou. Agora não tem nada que se possa fazer.

Sandy já estava pescando alguma coisa na bolsa. Tirou dela um maço de notas novas e o deslizou pela mesa.

— Aqui tem cem libras. Não tem nada de errado com você que um bom banho e uma razão pra viver não consertem. Porra, vai se limpar e começar a ser um pai de verdade!

Porter empurrou o dinheiro.

— Onde é que você conseguiu isso?

— Eu juntei. Empregos nas férias. Agora aceite, é seu.

— Não posso.

Sandy se levantou e vestiu o casaco.

— Pode sim, e vai aceitar. Você já me deixou na mão uma vez. Agora, não faça isso de novo. Quando você se arranjar, entra em contato comigo no nosso endereço antigo. Nós não nos mudamos.

Ela apertou o cinto do casaco com raiva, fazendo um estalo, e começou a andar em direção à saída. Alguns homens desviaram a atenção da TV e a olharam com expressões maliciosas, mas depois voltaram a assistir à TV. Porter pegou o sanduíche de bacon e o comeu em duas mordidas grandes. Sandy havia apenas mordiscado o dela, então ele o comeu também. Era a primeira comida de verdade que havia conseguido durante todo o dia e começou a fazê-lo se sentir melhor. Tudo que preciso agora é de uma bebida, disse para si mesmo.

Começou a andar. A lanchonete era na esquina da estação de metrô, e mesmo àquela hora da noite pessoas jorravam para dentro da Waterloo. Andando diretamente para o sul, havia um bar que Porter frequentava às vezes, nas raras ocasiões em que tinha dinheiro. O Three Kings ficava aberto até tarde e não se importava com a aparência nem com o cheiro dos clientes. O próprio lugar não tinha uma aparência nem um cheiro muito bom, logo dificilmente se preocupariam com a aparência das outras pessoas. Havia bastante vodca atrás do balcão e, contanto que tivesse dinheiro no bolso, continuariam servindo o cliente até ele cair.

Um bafo de fumaça de cigarro o atingiu assim que deu um passo porta adentro. Apesar de haverem proibido que fumassem em áreas públicas, o Three Kings não se importava. Ninguém se preocupava muito com a lei aqui e, se a polícia alguma vez desse uma batida no local, haveria muito mais com o que se preocupar do que com restrições a fumantes. Havia cerca de vinte e cinco caras em pé ao redor do balcão, Porter reconheceu dois deles: ambos eram ex-soldados que, como ele, haviam passado por tempos difíceis e levavam a vida entrando e saindo de abrigos. Porter acenou com a cabeça na direção deles, mas não disse nada. Como a maioria das pessoas no Three Kings, ele estava ali para ficar bêbado. O mais rápido possível.

— Uma dose de vodca —pediu, olhando para o barman do outro lado. — Melhor, uma dose dupla.

Observou o copo com o líquido incolor. Já vi o fundo de um monte de copos, pensou, mas raramente vi alguma coisa tão claramente como isso. Não tem volta pra mim. Eu só tenho que esquecer a Sandy, do mesmo jeito que fiz há tantos anos. E logo logo ela me esquece também.

Tomando um trago da vodca, jogou-a no fundo da garganta. Sentiu o abraço caloroso e presunçoso do álcool começando a tomar conta dele enquanto a vodca se misturava à corrente sanguínea. Sentiu os músculos começarem a relaxar. E as dúvidas na sua mente começaram a golpear com menos ferocidade, como uma tempestade se dissipando sozinha. Afinal, repetiu para si mesmo, como é que um cara que nem eu conseguiria botar a vida no lugar? É muito legal a Sandy dizer que eu consigo mudar agora. Mas o que é que ela sabe da vida? Ela é só uma criança.

Olhou para a TV no canto do bar. Pelo menos uns dez caras estavam sentados em volta, com cervejas nas mãos. Mais dessa história sem sentido de Katie Dartmouth, refletiu Porter. O país todo está ficando maluco.

Deu um passo à frente, com o copo de vodca ainda na mão. O apresentador já havia falado sobre como os departamentos de segurança estavam frenéticos em busca de pistas sobre a localização da repórter. Havia um árabe na TV. De acordo com a legenda, chamava-se Hassad Naimi, e era um dos comandantes superiores do Hezbollah que haviam feito Katie refém. Havia sido filmado com uma webcam e o vídeo fora transmitido pela al-Jazeera. Estava explicando como Katie seria decapitada na noite de sábado. A execução seria transmitida ao vivo na internet.

— A menos que os criminosos de guerra britânicos retirem os invasores infiéis do Iraque e do Afeganistão até essa hora, ela vai morrer — estava dizendo, olhando diretamente para a câmera. — Digo para o povo da Grã-Bretanha, o destino dela será decidido por vocês. Digam aos líderes de vocês que é hora dos seus soldados voltarem pra casa. Ou o sangue de Katie Dartmouth estará nas mãos de vocês.

Porter o observou falar. Não estava nem escutando de verdade. Estava apenas olhando para o rosto do homem. Observou os olhos castanhos dele enquanto falava. E observou o lábio inferior tremer e sacudir enquanto balbuciava cada frase.

O lábio era deformado. Muito deformado.

Deus, Porter pensou. *Eu conheço esse desgraçado.*

Voltando ao bar, Porter pediu outra dose de vodca. Jogou-a no fundo da garganta com um gole e depois fez sinal para o barman pedindo outra.

Eu conheço esse desgraçado, repetiu para si mesmo.

É o mesmo garoto que poupei naquele porão em Beirute há dezessete anos. A criança que matou o Steve, o Keith e o Mike.

Porter segurou a terceira dose de vodca mas não a bebeu.

Talvez a Sandy esteja certa. O pensamento caiu sobre ele com a força de um martelo. Talvez, apenas talvez, ainda tenha volta pra mim.

Colocou a vodca de volta no balcão. Virando-se, começou a andar, passando pela porta e saindo para as ruas frias e escuras. Os acordes de "Someone Saved My Life Tonight" estavam trovejando pelo bar enquanto a Sky News mostrava uma foto de Katie Dartmouth e seguia para os comerciais.

Pelo menos uma vez, Elton, Porter pensou com um sorriso de esguelha, você pode estar certo.

QUATRO

O rio parecia melhor de manhã, Porter pensou. A correnteza estava forte e a água batia bem próxima às barricadas. Como primeiro passeio do dia, alguns barcos de turistas estavam indo em direção a Greenwich. O sol estava nascendo do outro lado do rio, no Battersea Park, lançando flechas de luz brilhante que vinham roçando pela água. Porra, todos nós parecemos melhores durante o amanhecer, disse Porter para si mesmo. O dia ainda está começando e ainda podemos ter esperanças.

Olhou de relance para cima, em direção à sede da Firma, bem próxima à ponte Vauxhall. Havia passado por ali mil vezes durante os poucos anos em que dormira naquela região. Até ver Sandy de novo e perceber o quanto ela havia sentido a sua falta, nunca havia lhe ocorrido entrar lá.

Pensei que meus dias de soldado estavam terminados. Até agora.

Porter conferiu a própria aparência no reflexo de uma cabine telefônica. Até que estou bem, decidiu. Depois de sair do bar, havia encontrado um lugar tranquilo próximo à garagem de ônibus e se deitou no meio de algumas caixas de papelão que haviam sido jogadas fora. Não havia dormido bem, mas, de qualquer forma, ele nunca dormia bem. Às cinco da manhã, havia andado meio quilômetro até o supermercado Asda, na rua que serpenteava em direção a Brixton. O lugar ficava aberto a noite toda, era tanto barato quanto sujo, e lá não se importavam com a aparência dos clientes. Porter pegou calças jeans novas, uma camisa branca, meias, tênis e um casaco. Todo o conjunto saíra por trinta libras.

Foi escondido até o banheiro, lavou-se na pia o melhor que podia, então vestiu as roupas novas. Jogou as antigas na lixeira do lado de fora, depois foi para a lanchonete torrar outras cinco libras em um café da manhã inglês completo e uma garrafa de café. A água, pelo menos, era de graça. Quando terminou de comer, quase se sentiu como um ser humano de novo.

Olhou rapidamente para a Firma mais uma vez. O escritório era deliberadamente ameaçador: uma massa de torres e espigões, com um imenso pátio interno. Havia uma dúzia de policiais armados e uniformizados na entrada e, sem dúvida, o dobro de homens à paisana de olho nela também. Em Londres, não havia edifício que fosse mais fortemente protegido. Não se preocupe com isso, Porter disse para si mesmo. Você consegue fazer isso. É questão só de segurar os nervos.

Andou com firmeza na direção do prédio, num passo regular, invariável. Quem entrasse correndo naquele lugar provavelmente seria abatido a tiros. Olhando para o outro lado do rio, na direção do relógio no Big Ben, notou que acabava de passar das sete da manhã. Cedo. Mas os informantes nunca dormiam. E certamente não quando estavam no meio de uma crise.

O policial o olhou com suspeitas enquanto ele cruzava a garagem da frente e chegava ao saguão de entrada, mas não tentou pará-lo. É um edifício público, Porter refletiu. Eles têm que pelo menos deixar as pessoas entrarem no lugar. Era só depois de dar entrada nos balcões que as revistavam para procurar armas e facas.

A decoração da entrada era cinza, com pisos de ardósia e bastante vidro na frente. Paredes revestidas de mármore levavam a uma série de elevadores. De um lado havia uma mesa de recepção com três guardas de uniforme sentados. No outro, havia dois sofás pretos de couro e uma coleção de jornais do dia espalhados sobre uma mesinha de centro. Porter notou que todos eles tinham fotos de Katie Dartmouth. “TRAGAM NOSSOS GAROTOS DE VOLTA HOJE” diziam letras enormes na primeira página do *Independent*. "SALVEM-NA" dizia o *Mirror*.

Porter seguiu com firmeza até a mesa. Um homem corpulento na casa dos quarenta anos olhou diretamente para ele, com uma expressão tão receptiva quanto um pedaço de granito.

— Eu sei como resgatar Katie Dartmouth —disse.

Mesmo enquanto enunciava a frase, Porter sabia como estava soando ridículo. Se não fosse pelo fato de que realmente sabia, estaria rindo dele mesmo.

O recepcionista olhou para ele, levando meio segundo para julgá-lo e, então, levou a mão para baixo da mesa para apertar um botão. Apesar de ele ser treinado para se manter impassível, Porter sabia que já havia chegado a um veredito. Ele está achando que eu sou um maluco. Quem sabe? Talvez ele esteja certo.

Cinco guardas armados apareceram na porta de saída dos elevadores. Andavam rápido pelo piso de ardósia. Não correndo, mas andando decididos. Algumas pessoas estavam passando pelas portas de entrada, indo em direção aos elevadores para chegarem às próprias mesas, mas simplesmente abriam caminho para os homens armados, sem prestar atenção neles.

— Temos que pedir pra que se retire, senhor — disse o primeiro guarda, parado em frente a Porter.

Ele olhou de relance para o rosto do homem. Era inexpressivo, como uma pedra. Não estava uniformizado, mas não precisava estar. Tinha um MP-5 preso ao peito e isso lhe dava toda a autoridade de que precisava.

Porter olhou diretamente nos olhos azuis metálicos dele.

— Eu sei como resgatar Katie Dartmouth.

Conseguia ver a reação do homem pelo rosto dele. Maluco, ele estava pensando. Igual ao outro cara. Mas ele se manteve em silêncio.

— Eu posso resgatar ela.

— Por favor, senhor, por aqui — o guarda indicou.

Porter sentia o coração batendo forte. Essa era a única chance que tinha para mostrar a Sandy que poderia fazer alguma coisa. Para olhá-la nos olhos sem sentir vergonha de si mesmo. Jogar essa oportunidade fora era o mesmo que jogar fora a própria vida.

— Eu sou a única pessoa que pode chegar até os sequestradores dela — Porter gritou.

Viu alguns dos funcionários lhe lançando olhares de desprezo antes de apertarem o passo. Nenhum deles queria ouvir o que estava dizendo e nenhum deles queria olhar na sua direção. Os cinco guardas estavam se aproximando lentamente dele, formando um semicírculo apertado do qual não havia chances de escapar.

— Essa é a sua única chance de salvar Katie — disse Porter. — Eu era do SAS, sei de uma coisa sobre o homem que está mantendo ela em cativeiro, uma coisa que a gente pode usar.

Sentiu a mão segurando firme seu ombro. O MP-5 não espetava o seu peito, mas estava definitivamente apontado na direção dele, e a expressão no rosto do homem com o dedo no gatilho sugeria que não hesitaria em usá-lo se fosse necessário. Estavam começando a levá-lo em direção à porta. Porter se encolheu para se desvencilhar. Esses capangas imbecis não iam escutar ninguém, refletiu com amargura. Osama bin Laden poderia entrar pela porta se entregando e lhe diriam para voltar quando tivesse um horário marcado.

— Eu sei andar — rosnou.

Um sopro fresco de vento frio atingiu Porter no rosto quando deu um passo para fora do prédio, adentrando o ar matinal. Uma lufada de vento passou por ele. Pode pegar minhas esperanças e soprar elas pra longe, Porter disse para si mesmo. Devia estar louco pra achar que iriam lhe dar ouvidos.

— Não volte aqui — advertiu o guarda com firmeza.

Um Jaguar estava parando na parte de fora e um homem com um terno cinza escuro saía pela porta traseira. Porter o reconheceu na hora. Sir Angus Clayton, o diretor geral da Firma. Porter havia visto a foto dele nos jornais que às vezes pescava nas lixeiras próximas aos lugares onde dormia. Talvez tenha até usado um retrato dele tirado às escondidas como cobertor uma vez ou outra. Alto, com cabelos negros que estavam desaparecendo rápido e um rosto frívolo e enrugado, parecia cansado apesar de ainda não haver começado a trabalhar. Porter estava parado a apenas alguns metros dele. Se não aproveitar essa chance, nunca mais vou ter outra, disse para si mesmo.

— Eu posso libertar Katie Dartmouth pro senhor, Sir Angus! — gritou.

O homem olhou para ele. Os olhos dele estavam focados, decididos, enquanto as palavras chegavam ao destino delas. Estava avaliando Porter em um instante, examinando o rosto dele, usando a experiência que havia conquistado em uma vida no departamento de inteligência para julgar rapidamente se o homem merecia ser ouvido. Bateu a porta do Jaguar e começou a andar na direção da porta de entrada.

O guarda estava apertando com mais força o braço de Porter.

— Senhor, nós já pedimos para que se retire — vociferou.

Porter deu um passo à frente.

— Um minuto do seu tempo. É tudo o que peço.

Sir Angus continuou andando em direção à porta giratória de vidro que levava à sede da Firma. Pela expressão no rosto dele, não era possível saber nem se havia escutado Porter.

— Se o senhor causar mais problemas... — o guarda começou.

Porter se desvencilhou dele.

— Aquela mulher vai morrer dentro de cinco dias, Sir Angus — disse Porter. — E eu sou a única pessoa que pode fazer alguma coisa pra ajudar.

O guarda o estava puxando para trás.

— Só um minuto, porra! Sou do SAS, sou...

— O senhor está se arriscando a ser preso — o guarda advertiu.

Sir Angus parou. A mão dele já estava empurrando a porta giratória, mas os pés haviam parado de se mover. Lentamente, ele se virou. Estava olhando diretamente para Porter, interrogando-o e sondando-o ao mesmo tempo.

— Você é do Regimento?

Porter fez que sim com a cabeça.

— Qual era o codinome do oficial de ligação da Firma em Hereford em 1990?

— Zebra, senhor — respondeu Porter, sem um instante de hesitação.

— E você mantém contato com o Jim West?

— É pouco provável, senhor. Ele morreu numa operação secreta na Somália.

Passei no teste, Porter pensou. Somente um membro do Regimento poderia responder essas perguntas.

— Um minuto é tempo demais — Sir Angus disse, baixo. — Dou trinta segundos pra você.

O guarda soltou Porter, mas ainda estava parado a alguns centímetros de distância atrás dele e com a arma a postos, pronto para jogá-lo ao chão caso criasse qualquer problema. Porter parou. Trinta segundos, disse para si mesmo. Melhor fazer isso direito.

— Em 1989, eu estava no SAS — começou, com um tom forte e confiante. — Teve uma missão de resgate de refém em Beirute. Um cara chamado Kenneth Bratton. Tinha uma criança pequena, um dos garotos do Hezbollah. Eu poupei a vida dele. O cara era esse tal de Hassad, o que está mantendo Katie Dartmouth refém. Reconheci ele por causa da boca deformada. — Porter parou, olhando diretamente nos olhos de Sir Angus. Sabia que ele havia se interessado: se o havia convencido ou não, era impossível dizer. — Ele vai falar comigo, porque ele tem uma dívida comigo. Eu sei que pode não funcionar, mas vale a pena tentar, e quais são as alternativas? Se o senhor tiver uma linha segura de acesso a ele, diz pra ele que tem um cara do SAS com dois dedos faltando na mão esquerda. Diz pra ele que eu quero ir falar com ele.

Sir Angus olhou de relance para a mão esquerda de Porter. Viu na hora os dois cepos onde ficavam os dedos. Coçou a sobrancelha, franzindo o rosto.

Porter sentia o coração martelando as paredes do próprio peito.

— Estou à altura dessa missão — ele disse. — Eu era do Regimento. Pode checar os meus registros.

Sir Angus hesitou.

— O que vou fazer é o seguinte. — Fez um sinal para os guardas com a cabeça. — Esses cavalheiros vão levar você pra uma sala de segurança. Um oficial de processos vai vir checar a sua história.

— Obrigado, senhor — Porter agradeceu.

— Mas me deixe dizer minhas condições — Sir Angus continuou. Já estava começando a se virar de novo para a porta giratória. — Se você tiver desperdiçando o nosso tempo, vou fazer eles darem uma surra das boas em você, depois levá-lo pros fundos desse prédio e transformar você em uma merda de uma comida de peixe. Entendeu? Você pode ir embora agora, se quiser...

— Eu aceito essas condições — disse Porter com uma determinação silenciosa.

CINCO

Na mesa à frente dele, havia uma garrafa de café e um prato de biscoitos. Porter pegou a garrafa e encheu a xícara pela terceira vez, bebendo-a em alguns goles e depois comendo outro dos biscoitos. Limparia o prato inteiro daqui a poucos minutos, notou. Quando se morava nas ruas, era preciso comer rápido, como um cachorro selvagem, antes que alguém roubasse a comida.

Já estava sentado ali há dez ou quinze minutos. Os guardas haviam descido três andares com ele no elevador, levando-o até a rede de celas e salas de interrogatório que ficava bem fundo no subsolo da sede da Firma. Haviam ficado em silêncio durante todo o tempo que levaram para deixá-lo ali: Porter sabia que o cara no comando estava esperando ansiosamente para lhe dar uma surra caso a história dele não fosse confirmada.

— Alguém vai vir ver você num minuto — disse rispidamente, enquanto encaminhava Porter para a sala.

Não parecia uma cela de prisão, Porter pensou, mas era exatamente isso. A porta foi trancada depois que ele passou e avaliou que precisaria de pelo menos um quilo de Semtex para atravessá-la. O chão estava coberto por um carpete cinza e as paredes pintadas de cinza claro. Uma mesa simples ficava no centro da sala, com uma garrafa de café sobre ela e, ao lado, uma cadeira. Uma TV de tela plana aconchegada em um dos cantos. Fora isso, a sala estava completamente vazia.

Porter pegou outro biscoito e ligou a TV. A Sky News estava cobrindo a história de Katie Dartmouth vinte e quatro horas por dia agora. O apresentador estava ao vivo na Downing Street, onde o primeiro-ministro estava prestes a dar uma declaração. Porter assistiu com interesse enquanto a figura familiar aparecia na tela. Ele parou, e havia uma hesitação na voz dele enquanto se concentrava no que estava prestes a dizer.

— Deixe-me começar dizendo que todos os nossos pensamentos estão voltados para Katie Dartmouth e a sua família nesse momento — começou, olhando diretamente para a câmera. — Para as pessoas que a raptaram, só digo isso. Seja qual for a desavença que tenham com o governo britânico, podemos conversar sobre isso, mas não há nada a ser ganho com o assassinato de uma jovem inocente. Agora, para o povo britânico, eu digo isso. Eles estão pedindo a retirada das tropas britânicas do Iraque, mas nada é mais importante do que permanecermos no nosso rumo e não darmos as costas à guerra ao terror. Sir Perry Collinson foi nomeado o responsável por nossos esforços diplomáticos para tirar Katie Dartmouth do Líbano. Podem ter certeza de que tudo o que for necessário para atingirmos esse objetivo será colocado à disposição dele. — O PM fez uma pausa e tossiu levemente. — Certamente, não é hora para frases de efeito. Mas nos momentos mais difíceis, nossos melhores homens tomam a dianteira. Perry Collinson é um destes homens.

Porter diminuiu o volume.

— Bobagem — resmungou em voz alta. Esse imbecil não consegue nem abrir um pacote de Cheetos. Com certeza ele não sabe como tirar Katie Dartmouth de um porão em Beirute.

Porter voltou rápido e rigidamente à atenção quando escutou a porta sendo destrancada. Uma mulher estava entrando na sala. Julgou que ela tivesse cerca de 35 anos, com cabelos escuros que não chegavam nem aos ombros e olhos azuis claros em meio a um rosto firme e sério. Estava vestindo uma saia e um paletó pretos, com uma blusa branca e um colar de âmbares envolvendo a pele branca e delicada. Só mantenha o foco, Porter disse para si mesmo. Mostre finalmente à Sandy que você consegue fazer alguma coisa.

— Meu nome é Layla Thompson — disse ela, olhando diretamente para Porter. — E você é...?

— Porter — respondeu rispidamente. — John Porter.

Ela puxou uma cadeira e se sentou do lado oposto a ele. Havia um bloco de anotações e uma caneta à frente da mulher, que instintivamente os pegou, mas Porter percebeu que ela não estava escrevendo nada. Estava apenas desenhando uma série de retângulos.

— Sir Angus disse que você sabe como pegar Hassad Naimi.

— Já disse isso uma vez pro chefe — disse Porter. — Eu era do SAS em 89. Fomos pro Líbano pra resgatar um refém. O Hassad estava lá. Ele era só uma criança na época, então poupei a vida dele. Reconheci ele pelo formato da boca. É deformada, não tem como não ver.

— E você acha que ele vai falar com você? — perguntou Layla.

Ela estava prestes a se servir de um pouco de café e pegar um biscoito, mas então percebeu que já haviam acabado.

— Como eu disse, eu deixei ele viver. Três bons homens morreram nessa missão e eu perdi dois dedos da mão esquerda. Lamentei isso todo santo dia desde então, mas isso não muda os fatos. Ele tem uma dívida comigo. Os árabes podem não ser bons em muita coisa, e confiaria nele tanto quanto conseguiria arremessar um camelo. Mas eles nunca esquecem uma obrigação. Não quando a honra deles está em jogo.

— Por que você deixou ele vivo?

— Deus, ele era só uma criança...

— Mas uma criança perigosa.

— Já falamos sobre tudo isso — vociferou Porter. — Não tem importância agora.

— Quais foram os anos que você passou no Regimento?

— De 88 até 92.

Layla mexeu a cabeça para mostrar que havia entendido. Tinha uma conduta paciente como a de um médico, escutando com cuidado o que estava sendo dito, sem aprovar nem desaprovar.

— O que eu vou fazer é o seguinte — ela disse. — Vou pegar suas digitais e um pouco do seu cabelo pra fazermos testes de identidade e de DNA. Temos que garantir que você seja quem você está falando que é. Se tudo estiver certo, aí vamos conversar. Ok?

Porter concordou com a cabeça. Ia levar tempo, disse para si mesmo. Não dava pra voltar do nada depois de quatorze anos e esperar que o departamento de segurança fosse confiar em você.

Levou apenas alguns momentos para cortar um cacho de cabelo e tirar as impressões digitais, depois Porter ficou sozinho de novo. Layla havia saído, trancando a porta depois de passar: percebeu que ainda não acreditavam nele, mas também não iam se arriscar a perdê-lo.

Porter ligou a TV, mas só estavam passando reprises da declaração do PM sobre Katie Dartmouth. Um dos comentaristas políticos estava falando sobre as eleições fora de época que seriam realizadas em nove dias e sobre como o governo estava sujeito a uma humilhação caso Katie fosse executada durante o fim de semana. Houve mais ligações da oposição pedindo a retirada das tropas do Iraque e uma vigília havia sido iniciada pela coalizão "Parem a Guerra" na Trafalgar Square[3]. Porter desligou novamente. Já havia assistido o bastante para saber o quanto eles queriam que Katie fosse tirada de lá.

Sozinho com meus próprios pensamentos, refletiu. É sempre uma situação perigosa. Uma hora se passou e depois outra. Porter estava começando a se sentir desesperado por uma bebida. A garrafa de café estava vazia e os biscoitos haviam acabado. Enquanto encarava as paredes, as dúvidas começaram a rastejar sobre ele, como larvas se arrastando sobre carne podre. Merda, o que é que estou fazendo aqui? Quem, em nome de Deus, quem é que eu estou enganando?

---

3 Principal praça de Londres. *(N. do T.)*

Eu devo estar louco pra querer voltar pra isso, decidiu, enquanto se levantava para dar voltas pela pequena sala. O que quer que seja que um homem precise pra se transformar em um guerreiro, eu não tenho isso. *E não faz sentido achar que vou conseguir isso do nada, na minha idade.*

Olhou novamente para a porta. Se ao menos não estivesse trancada, simplesmente sairia dali. Voltar para o arco dele, usar o dinheiro de sobra para comprar umas garrafas de vodca e tirar um descanso. Se eles não voltarem logo, vou começar a bater na porta. Não consigo lidar com isso por mais muito tempo. Não sem alguma coisa pra beber.

Naquele exato momento a porta começou a se abrir. Layla adentrou a sala.

— Ok, então você realmente é quem você diz que é — disse, sentando-se atrás da mesa.

Fez um gesto para que Porter se sentasse do lado oposto, mas ele preferiu ficar de pé.

— O problema é que John Porter fodeu com tudo — ela continuou.

Layla olhou de relance para um maço de papéis impressos que estava carregando embaixo do braço.

— Nós recuperamos os seus registros. E, de fato, você esteve no SAS de 1988 até 1992. Mas, como é que eu posso dizer isso delicadamente? Você não estava correndo atrás de medalhas, estava?

— Eu era bom o bastante pra conseguir entrar — Porter rosnou.

— Mas não o bastante pra permanecer lá — Layla completou, com um toque de sarcasmo no tom de voz. — Você se ferrou no Regimento. Você foi mandado pro estande de tiro como diretor, mas também não conseguiu lidar com isso. Depois de sair do exército, tentou alguns trabalhos, mas não conseguiu manter nenhum deles. Sua esposa mandou você embora há mais de dez anos. Ela se divorciou de você há cinco anos, mas você provavelmente nem sabe, porque os advogados dela não tinham nenhum endereço pra enviar os documentos.

Ela mexeu os ombros para tirar um pouco de poeira do enchimento do paletó preto. Porter o observou cair no chão: sabia exatamente como era esse sentimento.

— Se é que eu posso colocar dessa forma, John Porter não é exatamente a primeira pessoa à qual a nação recorreria nesse momento de necessidade.

Porter ficou encarando o chão. Não devia ter me incomodado com isso, estava dizendo para si mesmo. Devia simplesmente ter ido pra algum lugar onde pudesse beber alguma coisa.

— Eu não devia ter vindo...

Ele começou a andar em direção à porta.

— Espere — Layla chamou.

Ele olhou para ela. Layla estava mostrando um sorriso para ele e, pela primeira vez, ele percebeu como ela era bonita. Tem uma mulher em algum lugar debaixo daquele terninho preto, ele pensou. Mas ela está enterrada bem fundo, pra encontrar ela vão precisar de umas picaretas e pás bem fortes.

— O que passou passou — ela disse, com um tom de voz mais suave. — O que sabemos de verdade é que você fez parte do SAS e que foi ao Líbano. Você realmente conhece esse desgraçado desse Hassad?

Porter fez que sim com a cabeça.

— Eu poupei a vida dele...

— E você acha que ele vai falar com você?

Porter concordou mais uma vez.

— Já disse isso pra você.

Layla se levantou.

— Se a gente tivesse qualquer outra alternativa, acredite, a gente ficaria com ela. Espere aqui. Vou falar com o chefe. Nem sempre ele me escuta, mas se escutar, bem, você talvez tenha conseguido um emprego na conversa.

SEIS

Porter lançou um rápido olhar para Layla no elevador. Estavam se movendo com velocidade em direção ao décimo andar, onde ficavam os escritórios de todos os chefões. Uma chance, Porter pensou. É tudo que vou ter aqui. Talvez esteja de novo nas ruas dentro de uma hora.

Uma breve centelha de dúvida passou pela mente dele. Isso pode acabar custando a minha vida. Mas afinal, que tipo de vida é esse?

O elevador subiu em um ritmo constante até parar bruscamente e, enquanto a porta se abria, Porter saiu, pisando sobre o grosso carpete do corredor. Havia esperado por três horas na sala de interrogatório até que dissessem que estavam prontos para conversar com ele. Tempo o bastante pra ensaiar o que vou dizer, pensou.

Estava andando rápido pelo corredor, seguindo os passos de Layla. Nesse andar da Firma, não havia janelas: ainda em 2000, uma dissidência do IRA havia lançado mísseis no edifício, que agora tinha paredes grossas de aço blindado, mas não havia forma de se deixar uma janela completamente segura, logo livraram-se delas de vez. Uma luz artificial suave iluminava o corredor e obras impressionantes de arte moderna decoravam suas paredes. A principal sala de conferência ficava a quinze metros do elevador, selada por uma porta de vidro fosco. Havia dois guardas na entrada, nenhum dos dois de uniforme, mas ambos com fuzis de assalto MP-5 presos ao peito.

— Porter — Layla disse, parando em frente à porta da sala de conferência —, se você quiser se fazer de idiota, isso é problema seu. Mas se você me fizer de idiota também, aí vou arrancar seus bagos. Isso está claro?

Porter a ignorou e continuou entrando. A sala tinha pelo menos dez metros de comprimento e três de largura. Era dominada por uma mesa fina de vidro, que era rodeada por cadeiras pretas de couro. Havia garrafas de café e de água mineral distribuídas sobre toda a sua extensão. Na parede da esquerda, havia uma fileira de monitores de plasma, pretos e de tela plana: estavam sintonizados na Sky News, CNN, BBC, News 24, Fox News e al-Jazeera, todas no mudo. Na parede oposta, havia uma série de telas de computador e uma mesa de equipamentos de telecomunicação. Um monte de equipamentos, Porter observou, mas tudo que dá pra aprender aqui dá pra aprender vendo TV em casa. Eles não confiam o bastante em mim pra me deixar ver os recursos mais sensíveis do setor de inteligência.

O covil dos leões, Porter pensou enquanto dava outro passo à frente. Deve ser isso que os cristãos sentiam quando eram jogados dentro do Coliseu. *Com a exceção de que eles tinham pelo menos um pouco de fé neles mesmos.*

Sir Angus estava sentado na cabeceira da mesa. E, bem à sua direita, estava Perry Collinson.

Os olhos de Porter passaram por ele, sem esconder o desprezo.

Collinson retribuiu o olhar e, enquanto o fazia, um sorriso pequeno e solitário atravessou os lábios dele. Fazia mais de quinze anos desde a última vez que Porter o havia visto, mas ele ainda estava notavelmente em boa forma para um homem de quarenta e poucos anos. O cabelo havia ficado mais escuro, mas ainda estava bem cheio. Estava um pouco mais encorpado, mas ainda era magro e tinha uma boa aparência.

— John, sente-se — disse Layla, com a voz baixa.

Ela puxou uma cadeira na cabeceira da mesa. Ele percebeu como a conduta dela havia mudado assim que avistou Sir Angus: estava no controle quando o estava interrogando, mas ficou subitamente em silêncio na presença do chefe. Não há dúvidas sobre quem manda aqui, observou Porter. Não há dúvidas também de que ele deixa esse grupo se cagando de medo.

— Você apareceu de uma forma bem inesperada, Porter — começou Sir Angus. — E acredito que nos próximos minutos vamos descobrir se você é bem-vindo ou não.

Porter concordou com a cabeça, mas continuou em silêncio. Não abra a boca mais do que for necessário, disse para si mesmo. Nunca fez bem pra você antes e, provavelmente, agora também não vai fazer.

Sir Angus fez um gesto com a mão, apontando o entorno da mesa.

— Me deixe fazer as apresentações — disse, fazendo um sinal com a cabeça para quem estivesse na vez. — Peter Thornton, o responsável pelo seu antigo Regimento, o SAS. Sir Gerald Daniels, o chefe da Equipe de Defesa. James Middleton, que comanda a bancada do Ministério das Relações Exteriores no Oriente Médio. Provavelmente o senhor vai reconhecer Geoff Bramley, o ministro da Defesa. Jim Muir, da Downing Street, que conduz as operações de imprensa. E, é claro, Sir Peregrine Collinson, o enviado especial do primeiro-ministro ao Oriente Médio.

— Nós já nos conhecemos — Collinson acrescentou.

Porter não hesitou.

— Acredito que sim — completou com a voz baixa.

Quando mencionou o nome de Collinson, havia algo no tom de voz de Sir Angus que sugeria que ele também não gostava muito dele. *Junte-se ao clube, meu chapa.*

— Vamos deixar pra lá esses reencontros sem importância, rapazes? — Muir declarou rispidamente. — Tem uma enquete no *Evening Standard* dessa manhã mostrando que 75 por cento do público britânico prefere que as tropas britânicas sejam retiradas do Iraque do que deixar a Katie Dartmouth ser executada. Então vamos logo à merda dos negócios?

Porter percebeu que Muir estava rabiscando o retrato de uma mulher com peitos enormes e saia bem curta no bloco de anotações que estava à frente dele. Olhou de novo para Sir Angus.

— Então você acha que esse tal de Hassad vai falar com você? — Sir Angus perguntou.

— Acho, senhor — respondeu Porter. — Digam pra ele que vocês estão com um homem do SAS que poupou a vida dele em 89, um que perdeu dois dedos da mão esquerda.

Sir Angus concordou com a cabeça.

— E se ele for falar...?

— Então me mande pra negociar — completou Porter.

— Quem é esse cara, afinal? — Muir vociferou. — Porra, em que buraco você achou ele?

— Na verdade, foi ele que achou a gente — respondeu Sir Angus. — Ele veio hoje de manhã...

— Meu Deus, não dá pra acreditar nessa merda! — Muir interrompeu, com o tom de voz exasperado. — Porra, a gente gasta bilhões por ano com os departamentos de segurança pra ter que confiar num cara que fica vagando pelas ruas. Meu Deus do céu! Seu orçamento vai ser cortado na próxima revisão de gastos, junto com as suas bolas.

Muir estava rabiscando ainda mais freneticamente no bloco — os peitos da mulher estavam ficando maiores e a saia menor.

— Ele era um dos nossos — lembrou Peter Thornton. — O Porter ficou no Regimento de 88 a 92.

— E está dizendo que o Hassad vai falar com ele — Sir Angus completou.

— Não acho que a gente precise dele — Collinson declarou, inclinando-se sobre a mesa.

Porter olhou na direção dele, mas se certificou de não mexer absolutamente nenhum músculo do rosto.

— Sem ofensas, Porter — continuou Collinson. — É bom ver você de novo e tudo o mais. Mas nossos homens estão peneirando todo o Oriente Médio, olhando em todos os porões infestados de ratos de sempre, e sem dúvida vamos encontrar alguma coisa. Você ficou fora do jogo por muito tempo. — Outro pequeno sorriso começou a se alastrar pelos lábios dele. — E afinal, é uma pena que você não tenha matado o cara dezessete anos atrás.

— Você... — Porter estava prestes a continuar, mas se conteve no último segundo. Percorrendo o olhar pela mesa, pôde ver Sir Angus hesitar logo após a fala de Collinson. Enquanto ele estiver contra mim, tenho uma boa chance, percebeu. Na Firma, o inimigo do inimigo sempre havia sido um amigo. Posso me aproveitar disso. *Contanto que use isso direito.*

— Se vocês não precisam de mim, vou entender, senhor — disse Porter baixo, olhando diretamente para Sir Angus, depois de relance para Muir.

— E quais são as outras indicações que você tem? — Muir perguntou para Sir Angus.

— Nesse momento, absolutamente nenhuma — Sir Angus respondeu. — E por mais confiante que o Perry esteja, a verdade é que não temos a menor ideia de onde ela está. Pode ser que esteja no Líbano. Pode estar na Síria ou na Jordânia. Talvez a tenham levado até pro Iraque.

— Conversamos com o Mossad — Sir Gerald Daniels acrescentou. — Eles têm a melhor rede de espiões de todo o Oriente Médio, e nem eles fazem ideia de onde o Hassad pode estar escondendo a mulher. Eles não têm nem umas indicações acerca dos motivos do Hezbollah pra estarem tentando essa manobra agora.

— Parece que esse cara é a melhor chance que temos — disse Muir.

Sir Angus olhou para o outro lado da mesa.

— Por favor, tente não ferrar essa missão.

Porter sentiu uma onda de adrenalina pulsar nas suas veias: talvez, apenas talvez, eu tenha conseguido. Olhou de relance para Collinson. Conseguiu ver um lampejo de irritação passar pelo rosto dele, mas dentro de poucos segundos o substituiu por um sorriso relaxado. Ao lado dele, Layla se levantou, dizendo que iria chamar os técnicos para realizar a ligação. Hassad não havia lhes dado um número de telefone. Era perigoso demais: até um telefone celular poderia ser rastreado pelos sistemas de satélite americanos e a Firma nunca teria problemas para pegar o equipamento da CIA emprestado por um dia. Ao invés disso havia lhes dado um número do Skype, que permitia com que se falassem pela internet. A ligação seria roteada pela web e entraria em contato com Hassad no outro lado. Os técnicos estavam tentando usar o número para conseguir uma localização, mas era impossível. A ligação era roteada por uma centena de servidores de internet e computadores diferentes, alguns deles estavam em simples cybercafés nas ruas secundárias de Damasco ou do Cairo, e alguns dos outros eram computadores caseiros que haviam sido invadidos por vírus. Não havia como dizer de onde vinha a ligação. O Hezbollah, assim como a al-Qaeda, era especialista em usar a internet para se comunicar com segurança, sem dar chances de revelar a própria localização.

— Esse cara fode tudo o que faz, a gente não pode confiar nele! — Collinson disse subitamente.

Os técnicos ainda estavam tentando estabelecer as conexões de internet, perdendo tempo. A ligação via Skype estava passando por tantos roteadores diferentes que estava levando vários minutos para simplesmente chegar até Hassad. Ele responderia, não havia dúvidas quanto a isso. Já havia entrado em contato para confirmar a captura de Katie e lhes mostrar a webcam que iria transmitir a execução ao vivo para o mundo inteiro na próxima noite de sábado. Onde quer que estivesse enfiado, tinha conexão com a internet e a mantinha funcionando 24 horas por dia. Era apenas questão de se estabelecer as conexões necessárias.

Porter sentia o coração batendo forte. Sabia que ainda era possível estragar tudo.

— Nós lemos os registros — disse Peter Thornton. — Na primeira e única missão de combate de Porter pelo Regimento, três homens morreram. Foi a pior leva de baixas desde as Falklands, e não teve nada pior até o Iraque Um. Então, não, ele não conquistou muitas honrarias. Mas nenhuma culpa foi atribuída oficialmente a Porter e... — parou um momento, decidindo não continuar naquele caminho. — Não o vimos nem ouvimos falar dele por pelo menos uma década. A ficha dele não é ótima, mas também não o desqualifica.

— Por que é que você está fazendo isso? — perguntou Bramley, olhando diretamente para Porter.

— Pra ajudar o meu país, senhor — ele respondeu, com um tom de voz regular e controlado. — E aquela jovem, bem, eu vi pessoas em cativeiro no Líbano e é bastante duro.

— Isso é bom o bastante pra mim — insistiu Sir Angus. — Eu acho que devemos deixar ele fazer a ligação.

Nesse momento Layla ligou no viva-voz um telefone que estava no centro da mesa de conferências.

— Estamos com Hassad Naimi na linha — ela disse suavemente.

A sala ficou em silêncio. Todos ao redor da mesa ficaram subitamente rígidos pela expectativa.

Sir Angus se inclinou sobre a mesa, falando com clareza para que a voz pudesse ser captada pelo telefone.

— Tem um homem aqui que diz que salvou a sua vida. Um cara do SAS com dois dedos faltando na mão esquerda.

Houve uma pausa, quase audível na linha. Mas Hassad não disse nada.

A sala inteira continuou em silêncio. Ao lado dele, Porter escutou Layla respirando fundo.

— Você conhece ele? — Sir Angus perguntou rispidamente, com impaciência.

Houve outra longa pausa. Ninguém estava olhando para Porter. Estavam encarando a mesa.

— Sem truques — respondeu Hassad. — A mulher morre às oito no sábado.

A voz era tensa e sombria, com um leve sotaque americano.

— Você conhece esse homem? — Sir Angus repetiu.

Outra pausa.

— Não faz diferença...

Porter se levantou e deu cinco passos ao redor da mesa. Inclinando-se, limpou uma fina camada de transpiração da nuca. Olhando para o telefone, como se estivesse olhando diretamente nos olhos do homem do outro lado da linha, começou a falar.

— Você disse que agradecia por eu ser um "*amiat al-Ikhwan al-Muslimun*" — rosnou. — Dívida é dívida. Tudo o que peço é que você se encontre comigo.

A pausa foi ainda maior dessa vez. Um, dois, depois três segundos durante os quais o único som na sala era o assovio abafado do telefone.

— Quando é que você consegue chegar aqui? — Hassad perguntou.

— Onde é aqui? — retrucou Porter.

Todos na sala trocaram olhares.

— Não posso lhe dizer— Hassad respondeu rapidamente. — Mas se for pra Beirute... aí podemos ir buscar você.

Porter olhou de relance para Sir Angus. Ele já havia rabiscado uma palavra em um pedaço de papel e agora o deslizava pela mesa.

— Quinta — disse Porter. Hoje era terça-feira, logo isso lhe dava menos de quarenta e oito horas para ficar pronto para a missão. — Eu posso chegar a Beirute no voo de quinta de manhã.

— Então vou fazer os preparativos pra buscarem você — declarou Hassad. — Eu devo uma conversa a você, reconheço. Mas qualquer truque e eu arranco a sua cabeça logo depois de matar a garota.

Silêncio.

A conexão já havia sido cortada.

Na cabeceira da mesa, Porter viu Sir Angus lançar uma olhadela para Collinson e podia ver a raiva inscrita nas dobras ao redor da boca do homem.

— Parece que você conseguiu um emprego de negociador, Porter — Sir Angus disse. — Bem-vindo à equipe.

Porter se levantou e começou a voltar para a própria cadeira. A transpiração ainda estava correndo pela sua nuca, mas tinha esperanças de que ninguém a notasse.

— Vou precisar de pagamento — ele disse.

Sir Angus ficou rígido. Os dedos na sua mão direita estavam tamborilando na mesa.

— Pensei que você estava fazendo isso voluntariamente, pra ajudar o seu país — retrucou com frieza.

— Fiz isso quando era mais novo, obrigado — rosnou Porter. — E acabei na sarjeta.

— Então quanto? — perguntou Sir Angus.

— Duzentas e cinquenta mil libras, depositadas na minha conta bancária até amanhã de manhã.

Sir Angus olhou de relance para os documentos sobre a mesa.

— Você nem tem uma merda de conta bancária — vociferou. — Você não teve nem um emprego de verdade nos últimos sete anos.

— Então corre até a merda do Barclays e abre uma — respondeu Porter. Podia sentir a sua confiança crescendo agora que havia falado com Hassad: agora precisavam dele. Se conseguisse apenas colocar dinheiro o bastante no banco para cuidar de Sandy, bem, então pelo menos ela teria algum respeito pela memória dele. Isso faria o trabalho valer a pena, mesmo se não retornasse da missão.

— Eu estou arriscando minha vida por vocês.

— Um quarto de milhão de libras é muito dinheiro — protestou Sir Angus.

Porter estava descansando as mãos sobre a borda da mesa. Sentia o sangue pulsando nas veias enquanto a discussão tomava conta dele.

— Não tem muita coisa pra se aprender nas ruas, exceto que a maioria das pessoas estão pouco ligando pros seus semelhantes, mas uma coisa se aprende. Quando as pessoas estão desesperadas elas fazem praticamente tudo. Acho que eu sou o último cara da Inglaterra que vocês vão querer de volta na folha de pagamento, e isso significa que vocês estão desesperados. Então vocês vão pagar tudo direitinho.

Sir Angus estava prestes a dizer alguma coisa, mas na lateral da mesa Geoff Bramley já havia levantado a mão.

— Paga logo. Mandamos a conta pro chanceler. É sempre bom arruinar a manhã daquele escocês desgraçado e miserável.

Porter fez um sinal com a cabeça para o ministro da Defesa. Havia perdido dois dedos no Regimento e nunca haviam lhe pagado sequer uma pensão apropriada, logo isso era o mínimo que poderiam fazer por ele.

— Obrigado — disse ele. — Vamos botar os detalhes em ordem. Se eu morrer nessa missão e, vamos ser honestos, todos sabemos que tem uma grande chance que eu morra, então quero que o dinheiro vá pra minha filha, Sandy. Abram uma conta conjunta nos nossos nomes e se certifiquem de que o dinheiro tenha sido pago antes de o avião decolar.

— De acordo — respondeu Sir Angus, cansado. — Se precisar de meias de uma cor específica, certifique-se de que fiquemos sabendo, e vamos ver se conseguimos arranjar. — Riu da própria piada, mas a expressão dele rapidamente ficou séria de novo. — Layla vai arrumar as coisas pro senhor se limpar e pra voltar ao treinamento. Temos vinte e quatro horas pra nos informarmos e decidirmos nossa tática.

Layla já havia se levantado, com uma expressão decidida e de eficiência. Porter começou a segui-la em direção à porta.

— Mais uma coisa, Porter — Sir Angus o chamou. — Que merda é essa de "*amiat al-Ikhwan al-Muslimun*"?

No lado direito da mesa, James Middleton, do Ministério de Relações Exteriores, levantou a cabeça. Um homem magro, com a cabeça calva e uma camisa que parecia pelo menos um número pequena demais, havia permanecido em silêncio durante toda a reunião até agora.

— É uma referência à Irmandade Muçulmana, Sir Angus — explicou. — Eles são a facção fundamentalista islâmica mais extrema e secreta de todas. Surgiram no Egito em 1928, e as ramificações deles incluem o Hamas, o Hezbollah, a al-Qaeda, todos esses malditos. Mas a Irmandade foi onde tudo começou, e muitas pessoas acham que ela ainda controla todo o movimento fundamentalista islâmico. Evidentemente, o Hassad é um membro dela, e quando se referiu a ela com o Porter há todos esses anos ele estava reconhecendo o quanto estava devendo a ele. A simples menção do nome da Irmandade pra um ocidental já é um sinal de respeito extraordinário, e quem menciona ele cria um compromisso com a pessoa que nunca mais pode quebrar.

Porter mostrou um sorriso, deixando o mais irônico deles para Collinson, que ainda estava soltando fumaça ao lado de Sir Angus.

— Parece que eu sou um membro honorário — Porter disse. — Graças a Alá, porra!

SETE

O médico era novo, não tinha nem trinta anos. Estava vestindo um jaleco branco, com o cabelo preto cortado rente e olhos que sugeriam que não gostava de quem discordasse dele. De acordo com a etiqueta no jaleco, chamava-se Simon.

— Basicamente, você está num péssimo estado — disse ele. — Mas acho que já sabia disso.

Porter concordou com a cabeça. A última vez que havia ido ao médico fora há mais de dez anos, antes de Diana mandá-lo embora. Havia ido vê-lo porque Diana o estava deixando louco, importunando-o por causa da bebedeira. Havia se arrastado até a médica de clínica geral da região, em Nottingham, uma mulher gentil de trinta e poucos anos que ofereceu encaminhá-lo para umas sessões de terapia. Porter lhe agradeceu e guardou o número do terapeuta, mas nunca lhe telefonou. Por que faria isso? ele pensou naquele tempo. Bebia porque só assim conseguia viver consigo mesmo, sabendo que havia estragado o único emprego que já desejara e que, por descuido, desperdiçara as vidas de três bons homens. Nenhum terapeuta poderia voltar no tempo e mudar isso. Então por que sequer conversaria sobre o assunto?

— Você quer a notícia boa ou a ruim? — perguntou Simon.

Depois de deixarem a sala de conferência, Layla havia levado Porter diretamente de volta para o elevador, descendo até a sala de operações no segundo piso do edifício. Já estavam tomando as providências acerca do voo que o levaria até Beirute na manhã de quinta-feira. Agora, era terça à tarde, o que lhes dava 36 horas para prepará-lo para a missão e resolver que tipo de tática ele deveria implantar quando se confrontasse com Hassad. Primeiro vamos levar você pro centro médico, Layla havia lhe dito. Eles tinham que descobrir qual era o estado dele antes de fazer qualquer outra coisa.

Estava sentado numa cadeira confortável há vinte minutos, enquanto tiravam amostras de sangue e raios X do seu corpo inteiro.

— A ruim — respondeu Porter, com uma expressão severa. — Estou acostumado com elas.

— Seus pulmões estão horríveis. Fumante, não é?

— Só quando tenho dinheiro pra isso. O que não é muito comum agora.

— Ainda assim — completou Simon. — Enfim, você está com várias infecções diferentes. Vou passar uns antibióticos bem fortes pra você. — Olhou para os papéis sobre a mesa. — Tem uma série de problemas com a sua perna esquerda. Você está com uma úlcera arterial feia, infeccionada, logo abaixo do joelho. Vai precisar de uma pequena cirurgia pra consertar. Vamos tentar fazer isso o mais rápido possível. Vou ter que apagar você, senão vai doer um pouco. Você está com uma série de lesões na pele das costas, e um caso grave de gota nos pés, então vamos tentar limpar isso tudo. Ainda estamos esperando uma análise completa do seu sangue, mas acho que podemos afirmar com segurança que o seu fígado não é dos melhores, mas não tem basicamente nada que possamos fazer quanto a isso no tempo que temos à nossa disposição. — Simon levantou a cabeça e olhou de relance para Porter, tentando sorrir. — E quanto aos seus dentes, bem, chamamos um dos melhores dentistas de Londres, e mais tarde ele vai estar aqui. Vai demorar um pouco, infelizmente.

Ele colocou a caneta sobre o maço de papéis.

— Alguma dúvida?

— Você disse que tinha uma notícia boa.

Simon encolheu os ombros.

— Menti sobre isso. Não tem nenhuma. — Ele sorriu. — Veja por esse lado: você ainda está vivo, o que é um milagre levando em conta o jeito como tem vivido nos últimos anos. Basicamente, você é bem forte. Se limpe e ainda vai viver mais alguns anos.

— Só preciso de alguns dias — respondeu Porter. — Dá um jeito pra eu aguentar até sábado à noite e vou ficar bem.

Simon concordou com a cabeça.

— Então vamos começar agora mesmo.

Porter caminhou até o quarto que lhe havia sido alocado na sede da Firma. Não era o Ritz, mas para os padrões aos quais se acostumara, era um luxo. Tinha a própria TV, uma cama pequena, mas confortável, e, próxima a ela, uma série de aparelhos de acompanhamento médico. Era uma mistura de uma rede hoteleira com um hospital particular sofisticado. *Que bom ver que a Firma não está só dando ao trabalho de lidar com a rede pública de saúde*, pensou Porter. *Eles não ligam de se misturar com a al-Qaeda, mas não querem que seus melhores homens peguem sarna na sala de cirurgia da região.*

Havia um guarda-roupas junto a uma parede e, quando ele o abriu, havia um terno cinza-escuro de uma loja de departamento, uma camisa branca, uma gravata azul-escura e um par de sapatos oxford pretos. Perto deles, havia uma calça chino bege, uma camisa azul de linho, um par de mocassins e um suéter preto. *Elegante ou casual*, Porter pensou, mas, em ambos os casos, era tudo muito melhor do que qualquer coisa que havia vestido por pelo menos uma década. *Acho que eles não querem ninguém na folha de pagamento que usa roupas da Asda.*

Havia uma declaração do banco sobre a mesa. Porter a conferiu brevemente. Haviam aberto uma conta na filial de Westminster do Barclays. Estava nos nomes de John e Sandy Porter, registrada no endereço dela em Nottingham. De acordo com o balanço inicial, havia 250.000 libras na conta, que rendia 4 por cento de juros todo mês. Havia dois cartões de débito, um no nome dele e outro no de Sandy. *Sem essas besteiras de o cartão* ficar na agência de correio e levar três dias pra processar a fatura, Porter pensou com um sorriso. É impressionante como se consegue rápido as coisas quando se conta com as pessoas certas.

No canto, havia uma geladeira. Porter se ajoelhou e deu uma olhada. Algumas garrafas de água mineral, umas Cocas e limonadas, alguns isotônicos esportivos e amendoins, observou. Nenhum sinal de uma garrafa de vodca.

— Nada de bebida — disse uma voz.

Porter se virou. A enfermeira era loira, com cabelos que passavam um pouco dos ombros e contornos bem torneados que deixavam à mostra alguns centímetros a mais de pele além do estritamente necessário. Estava parada na porta de entrada, vestindo um uniforme branco engomado e segurando uma agulha horrorosa na mão direita. De acordo com a etiqueta presa bem ao lado do seu enorme peito esquerdo, ela se chamava Danni.

— Onde é que eles guardam as bebidas alcoólicas aqui então? — Porter perguntou.

— Eles não guardam — Danni respondeu, dando um passo à frente.

— Estão na seca?

— Que nem o deserto de Gobi, senhor. É mais fácil o senhor achar uma bebida na mesquita da sua região do que aqui.

Ela tinha grandes olhos azuis e um rosto que era amigável, ao invés de bonito de uma forma clássica.

— Isso aí é pra quê? — ele perguntou, fazendo um gesto com a cabeça na direção da seringa.

— É uma seringa, então adivinha — respondeu ela. — Agora deita na cama que nem um bom menino. Eu posso fazer isso com dor ou sem dor. Nos dois casos, não faz diferença pra mim.

Porter se deitou na cama. Os lençóis estavam frescos, brancos e macios, e ao colocar a cabeça no travesseiro ele percebeu que fazia anos desde a última vez em que havia dormido sobre roupas de cama brancas.

— Fica parado aí — pediu Danni.

Ele sentiu a agulha furando a pele, mas ela estava certa. Quase não doeu. Ele deixou a cabeça repousar sobre o travesseiro e fechou os olhos. *Em apenas um pouco mais de um dia, vou estar cara a cara com o Hassad. Posso matar ele, como devia ter matado há dezessete anos. E aí...*

Mas antes de terminar o pensamento, perdeu a consciência.

Porter se esforçou para abrir os olhos. Uma luz branca e ardente brilhava sobre ele. Fez um movimento repentino para trás e se sentou com as costas eretas. Estava sentado sobre uma cadeira de metal acolchoada com couro, e um homem de jaleco branco estava de pé ao lado dele.

— Mas que... — ele começou.

— Calma, meu chapa — disse o homem de jaleco branco, empurrando-o de volta contra a cadeira com mão firme.

Ele tinha cerca de cinquenta anos, com cabelos loiros e um rosto gordinho e amigável. Porter não o havia visto antes. A cabeça dele girava e suas pernas estavam doloridas e fracas.

— Você estava sob o efeito da anestesia e só está voltando à consciência agora — o homem explicou. — A gente não tinha muito tempo, então decidimos trazer você correndo pra cá enquanto a anestesia ainda estava fazendo efeito. Meu nome é Peter Shaperio. Faço uns serviços dentários pra esses caras. Espero que você não tenha se importado de eu fazer um pouco do trabalho enquanto você ainda estava anestesiado, mas já que você estava bem apagado fazia sentido andar logo com isso.

Porter começou a falar, mas sentiu a dormência na boca.

— Ok — respondeu.

Parece que eu não tinha muitas opções, pensou.

— Você está um monte de problemas, não vejo problemas em dizer. Não vou perguntar quanto tempo faz desde a última vez que você deu uma checada, já que suspeito que não vou gostar da resposta. Enquanto você estava dormindo, tirei dois dentes na hora. São molares, então você não vai sentir muita falta deles. A gente pode fazer um implante pra substituir eles se você quiser, mas não tem tempo pra isso antes de você ir embora daqui. Botei mais duas coroas nos dentes que precisavam ser remodelados. E ainda tenho que fazer três obturações pra terminar. Então deita aí. Vai demorar só mais uma meia hora.

Porter encostou a cabeça na cadeira de novo e fechou os olhos. Sentia as luzes se aproximando bastante do seu rosto e o calor delas na pele, mas os anestésicos o deixaram tão cansado e dopado que era difícil se concentrar no que quer que fosse. Conseguia escutar a broca entrando em ação, esmerilando e raspando o interior da boca, mas não sentia nada exceto uma leve dor de cabeça. O dentista havia colocado um jazz para tocar no fundo — música agradável, leve, relaxante — e tentar acalmá-lo, mas não estava funcionando. Ele estava elétrico demais. Excitado demais. É impossível relaxar, refletiu, quando você acabou de ganhar 250.000 libras e tem plena noção de que pode morrer nas próximas 48 horas.

— Tudo pronto — Shaperio declarou, deixando a broca na mesa.

Ofereceu a Porter um copo de um líquido verde, que ele bochechou e depois cuspiu.

— Normalmente eu daria um sermão pra você sobre passar fio dental regularmente — Shaperio continuou. — Mas, por algum motivo, acho que não tem muito por quê.

— Vou ficar bem — respondeu Porter. — De qualquer forma, obrigado...

Começou a se levantar da cadeira, mas suas pernas estavam fracas. Estava começando a cambalear, e só conseguiu se equilibrar com a ajuda de Shaperio. Não havia como saber ao certo o que haviam feito com as pernas dele na sala de cirurgia, mas havia ataduras enroladas no joelho esquerdo e no pé direito dele.

Estava tonto e seu corpo parecia como se houvesse acabado de se dar mal em uma briga de bar.

— Você vai ficar ok — Shaperio disse, ajudando Porter a se equilibrar. — Só precisa de um descanso, só isso.

Do outro lado da porta, Layla já estava à espera.

— Por aqui — ela indicou rispidamente.

Ele a seguiu pelo corredor bem iluminado. No final dele, Danni e o médico, Simon, estavam esperando por ele. Danni pegou no seu braço e ele conseguiu sentir o cheiro de perfume do pescoço dela e ver pelo menos dois centímetros do decote pelo único botão aberto da túnica branca e engomada da enfermeira. Porter sentiu uma sensação agradável ao encostar na pele dela. Ela o conduziu até uma mesa.

Simon já estava olhando para ele com atenção.

— Descansa um pouco — disse com firmeza. — A operação foi tranquila, assim como o tratamento dentário. Posso dar alguma coisa pra ajudar você a dormir se quiser. Um bom e longo descanso, e você deve estar pronto pra ação de manhã.

— Trouxemos um pouco de comida pra você — completou Layla. — Você precisa muito ficar mais forte.

Danni colocou a comida sobre uma travessa na frente dele: uma massa com uma espécie de molho de carne e tomate, algumas batatas, uma salada verde e uma tigela de espinafre cozido. Porter não conseguia nem se lembrar da última vez em que tivera uma refeição tão boa: provavelmente no último Natal antes de Diana expulsá-lo, embora já estivesse tão bêbado na hora em que o peru havia ficado pronto que não tinha certeza se havia conseguido sentir o gosto do que quer que fosse quando havia começado a comê-lo.

— Onde é que está a carta de vinhos? — perguntou Porter, sorrindo.

— Esquece — respondeu Layla.

Porter começou a mandar para dentro. Sua boca estava dolorida e dormente devido ao tratamento dentário, mas contanto que não mastigasse demais, conseguia comer sem sentir muita dor. Simon enfileirou dezesseis comprimidos diferentes de vitaminas na frente dele.

— É a sobremesa — ele disse. — Fizemos um teste com o seu cabelo, e você está com deficiência de quase todos os grupos principais de vitaminas.

— Exceto vitamina B, por mais engraçado que pareça — Layla completou rispidamente. — Deve ser porque essa você encontra na vodca.

Porter ignorou o comentário e continuou comendo. Ninguém mais estava comendo nada, mas isso não o incomodava. Terminou a massa e começou a engolir as vitaminas, uma de cada vez, usando a jarra de suco de laranja que estava sobre a mesa para ajudar a descer.

— Eu tenho que sair — ele disse. — Vocês podem me arranjar um carro?

Layla arregalou os olhos na direção dele.

— Você está brincando, né?

Porter fez que não com a cabeça. Esperou até que Simon e Danni houvessem saído da sala, depois explicou:

— Minha filha, Sandy, teve uma entrevista pra conseguir uma vaga na universidade hoje. Acho que ela vai voltar pra Nottingham no trem das oito horas na estação St Pancras. Queria me despedir dela.

Layla fez que não com a cabeça. Pela expressão dela, não iria nem pensar sobre o assunto.

— Você pode ver ela quando voltar.

Não vou voltar, Porter pensou. Vou tentar libertar a Katie. *Mas os caras de turbante provavelmente vão arrancar meus membros um por um e me dar de comer pros cachorros.*

— Você sabe como isso é arriscado.

— E nós não vamos arriscar perder você.

As palavras ainda pairavam entre eles, quando a porta foi aberta. Perry Collinson já havia entrado. Olhou de relance para Porter, com uma tentativa de sorriso franzindo seus lábios.

— Deixa ele ir — disse com a voz baixa.

Layla o encarou com raiva.

— Vamos precisar checar com Sir Angus.

Collinson fez que não com a cabeça.

— Ele pode usar o meu carro, tem uma escolta policial permanente nele.

— Quem é que está comandando a operação? — Layla perguntou.

— Na verdade, minha querida, você vai chegar à conclusão de que sou eu — respondeu Collinson. — A nomeação pessoal do PM, se preciso lembrá-la. — Olhou na direção de Porter. — Falei com o PM sobre você, e ele está feliz pra cacete de você estar dentro. Foi a única pequena boa notícia que ele teve até agora sobre essa merda dessa saga de Katie Dartmouth.

— Se dependesse de você, eu ia dormir na rua hoje à noite — rosnou Porter.

— Na última vez que o vi, você estava perdendo seus dedos com tiros — vociferou Collinson. — E deixando o inimigo vivo porque você estava com pena dos viadinhos.

Porter se levantou. Sentia a cabeça girando e teve que colocar a mão na mesa para se equilibrar.

— E na última vez que o vi, você estava vomitando porque o barulho de tiros o tinha deixado perturbado.

Por um momento, Collinson enrijeceu. Seu rosto ficou branco e os lábios se comprimiram. Então, subitamente, relaxou. Outro sorriso formou rugas no seu rosto.

— Vamos jogar uma pá de terra sobre o assunto, pode ser? Estamos trabalhando juntos nessa tarefa. Você não seria a minha primeira opção, mas agora você faz parte da equipe, e estou bem feliz de estarmos trabalhando juntos.

Ele deu-lhe um tapinha no ombro, mas Porter instintivamente recuou para fugir do toque.

— Meu carro está lá fora, então pega ele e vai dizer tchau pra sua filha — ofereceu.

— Sir Angus vai... — Layla começou a dizer.

— Vai me escutar — completou Collinson. — E se não escutar vou simplesmente ligar pro PM.

— Obrigado — disse Porter, sucinto.

Foi em direção à porta e deixou a sala. Enquanto chegava ao elevador, viu Layla andando pelo corredor atrás dele. Ela o seguiu até o saguão de entrada, depois saiu do edifício e começou a falar com o motorista do Jaguar que estava à espera.

— Não demore mais de uma hora — ela advertiu, olhando fixamente para Porter. — Se não estiver de volta até as oito e meia, a polícia vai trazer você de volta. Você precisa descansar. Estamos entendidos?

Porter concordou com a cabeça, entrando pela porta de trás do carro e dizendo para o motorista levá-lo diretamente até a St Pancras.

— Entendi — respondeu. — Vim como voluntário, lembre-se. Não vou sumir agora.

OITO

Porter sentia-se luxuosamente confortável sentado no estofamento de couro bege do Jaguar. Estava vestindo o terno cinza-escuro que haviam deixado para ele no quarto e se surpreendeu com como caiu bem. Os sapatos eram confortáveis e mesmo a gravata não estava apertando muito o pescoço. Na última vez que usei uma dessas, estavam me rejeitando pra uma vaga de emprego de guarda noturno de um depósito da Tesco[4], Porter refletiu. Vai ver eu simplesmente não conhecia as pessoas certas.

O motorista afastou o carro do meio-fio e atravessou a ponte Vauxhall, começando a curta jornada até a estação St Pancras. Eu podia viver assim pra sempre, Porter pensou. A comida, os carros, o dinheiro. *Uma pena que é quase certo que eu morra dentro dos próximos dias.*

Olhou de relance para o Big Ben. Faltavam vinte para as oito. Pouco mais de doze horas haviam se passado desde quando botara o pé na sede da Firma e menos de vinte e quatro desde que Sandy o encontrara na beira do rio. Parecia que já havia se passado uma vida inteira. O mundo dele havia se transformado num piscar de olhos, e não havia como saber ao certo quanto tempo levaria para se acostumar às mudanças.

— Pisa fundo — disse para o motorista. — Tenho que chegar lá até as oito!

Estava um pouco engarrafado logo após a Trafalgar Square: a vigília de Katie Dartmouth estava acumulando forças e, pela

4 Multinacional varejista britânica. *(N. do T.)*

janela, Porter podia ver várias centenas de pessoas carregando faixas e cantando a versão reformulada por Bruce Springsteen do clássico da Guerra do Vietnã "Bring 'Em Home", de Pete Seeger.

O motorista colocou a sirene azul em cima do Jaguar e conseguiu abrir caminho por entre os carros parados, cortando pela Russel Square para levá-los até a Euston Road. Parou bruscamente ao lado da estação, com apenas poucos minutos a perder. Porter saiu do carro, andando rápido pela multidão do começo da noite. Tinha certeza de que Layla havia colocado alguns policiais para segui-lo, mas decidiu ignorá-los. Só precisava ver Sandy mais uma vez.

Os olhos dele examinaram o painel que mostrava os horários de partidas. O trem para Nottingham iria sair da plataforma 5.

Em três minutos.

Porter correu em direção à plataforma e ao trem que estava à espera. Perscrutava os passageiros enquanto andava pela plataforma, apressado. Passava rapidamente os olhos por eles enquanto tomavam os seus lugares, enganchando os iPods nos ouvidos e abrindo livros e jornais. Mas não conseguia vê-la em lugar nenhum.

Maldição, onde é que ela está?

Observou toda a extensão da plataforma. Havia um fluxo de pessoas indo em direção ao trem, tentando decidir em qual vagão entrar. Porter abriu caminho pela multidão para voltar, fazendo força para passar pelas bagagens.

— Sandy! — gritou.

Porter a viu correndo em direção à plataforma. Estava com o cabelo preso com um rabo de cavalo e o casaco amarrado firme na cintura. Carregava uma revista presa debaixo do braço e uma mala pequena de couro.

— Pai! — ela gritou de volta.

Ele a tomou nos braços e a levantou do chão. O abraço forte dele comprimiu os pulmões de Sandy, fazendo-a arquejar, depois ela lhe deu um beijo na bochecha. Posso não parecer um milionário, mas pelo menos pareço alguém com algumas centenas de milhares de dólares, ele pensou. De qualquer forma, estou muito melhor do que estava ontem à noite.

— Como é que foi a entrevista? — ele perguntou, colocando--a de novo no chão.

Sandy encolheu os ombros e contorceu o rosto.

— Odeio entrevistas — respondeu. — Eu nunca sei o que dizer.

Porter desejou que tivesse alguma espécie de conselho para lhe dar, mas nada lhe veio à mente.

— Ninguém sabe — ele a tranquilizou. — Tenho certeza que tudo vai ficar bem.

Sandy se afastou.

— Você parece... — Ela parou por um momento.

Mais limpo. É isso que você está querendo dizer, Porter pensou com uma pontada de vergonha.

— Melhor — continuou Sandy.

Porter pegou-lhe a mala e começou a acompanhá-la pela plataforma, procurando um vagão onde Sandy pudesse conseguir um assento confortável para a viagem de volta para casa.

— Você me ajudou — ele disse. — E agora arranjei um emprego.

Sandy olhou para ele, a surpresa transparecendo nos olhos. E quem sabe um quê de orgulho também? Porter imaginou. Ou talvez eu esteja só me enganando sobre isso.

— Um emprego? De quê?

Porter sabia que devia varrer a pergunta para baixo do tapete.

— Só de conselheiro de alguns caras — respondeu. — Tipo de consultor. — Sorriu. — Mas paga um bom salário.

Sabia que Sandy não iria pressioná-lo. Ela estava apenas contente por ter feito diferença.

Mais à frente, os passageiros estavam batendo as portas do trem. O locutor da estação anunciava que estavam prontos para partir. Sandy estava parada perto de uma das portas, pronta para subir no vagão.

— Só queria dizer obrigado — disse Porter, devolvendo-lhe a mala. — Eu posso ser o pior pai do mundo, mas você provavelmente é a melhor filha.

Ele colocou um envelope na mão dela. Os detalhes acerca da conta que a Firma havia aberto no nome dos dois estava dentro dele. Já havia 250.000 libras lá e Sandy poderia sacá-las tão facilmente quanto ele.

— Se você não receber notícias minhas dentro de uma semana, abra o envelope — ele a instruiu. — Tem uma coisa aí que você devia saber.

— Mas pai...

— Não se preocupe, vou ficar bem. Vou ligar pra você na semana que vem, pode ser?

Ela mostrou um sorriso frágil. O guarda caminhava vigorosamente pela plataforma para bater as portas que ainda estavam abertas. De repente, havia alguns centímetros de aço e vidro os separando, e Porter estava dolorosamente ciente de que talvez nunca mais a visse.

— Eu te amo, Sandy — disse, enquanto a máquina começou a partir da estação.

Precisou de toda a força de vontade que tinha para disfarçar o aperto na garganta.

Mesmo se eu morrer nessa missão, pelo menos vou ter feito alguma coisa por ela, disse para si mesmo. Isso é o bastante.

Esperou por um minuto, observando o trem desaparecer enquanto seguia pelo caminho escuro. Logo outro trem estava parando na plataforma. As portas estavam se abrindo e as pessoas começaram a jorrar de dentro dos vagões. Porter deu meia-volta e começou a retornar para a parte principal da estação. Mais à frente, viu dois policiais o observando. Mandados por Layla, sem dúvida, concluiu. Pra manter o olho em mim e garantir que eu não dê o fora com as 250 mil libras e o terno novo. Talvez não fosse má ideia, pensou com um sorriso de esguelha. Mas aí não iria conseguir olhar pra Sandy sem me sentir envergonhado. Essa é a razão de tudo isso.

Alguém estava impelindo um jornal gratuito contra o braço dele. "REUNIÃO PARA PARALISAR LONDRES EM FAVOR DE KATIE" proclamava a manchete. Porter o afastou de si e o jornal caiu no chão. Ao lado dele, um homem o estava empurrando. Porter o empurrou de volta. Eu esperava que respeitassem mais quem estivesse vestindo um terno elegante como esse, disse para si mesmo.

Andou rapidamente em meio à multidão. Mesmo depois das oito o lugar ainda estava lotado. Olhou de relance algumas vezes para o bar da estação e os caras que se agrupavam ao redor dele segurando copos de cerveja. Não, disse para si mesmo. Eles vão sentir o cheiro no seu hálito. Não estrague tudo.

Do lado de fora, na rua, um sopro de ar frio o atingiu no rosto. O Jaguar o estava esperando do outro lado da rua, o motorista sentado lendo a seção de esportes. Porter pisou sobre o asfalto, olhando rapidamente para a esquerda. De repente, escutou um rugido enquanto o motorista dava partida no carro. Por um segundo, Porter vislumbrou os olhos do homem. Um árabe, com pouco menos de trinta anos e uma barba hirsuta.

O carro estava acelerando.

E seguindo firme. Bem na direção dele.

Pulou para trás instintivamente, chocando-se com o homem que estava atrás dele.

O carro continuou vindo. O motorista desviou para a esquerda, colocando as rodas sobre a calçada, ainda na direção dele. No mesmo instante, Porter encolheu a perna.

O carro não o acertou por apenas alguns centímetros. Porter observou enquanto o Astra se afastava correndo. Alguém acabou de tentar me matar, pensou.

Porter tentou se concentrar, esforçando-se para entender por que haviam tentado assassiná-lo. Mas seu cérebro estava grogue demais para conseguir manter o foco. As drogas ainda estavam gerando um caos no organismo dele, deixando-o tonto e confuso. Só volta pra base, disse para si mesmo.

Ele se endireitou e entrou na traseira do Jaguar que o esperava: o motorista havia estado ocupado demais com o jornal para sequer perceber que algo havia acontecido. O caminho de volta para Vauxhall não levou muito tempo. Layla estava esperando por ele no saguão de entrada. Ela perguntou como a filha dele estava, mas Porter apenas evitou as perguntas, dizendo-lhe que precisava de um pouco de descanso.

Ao voltar para o quarto, jogou um pouco d'água no rosto. Vasculhou o armário do banheiro, mas não havia bandagens nem ataduras, nem mesmo desinfetante. Não lhe deixaram nem uma lâmina de barbear, somente um barbeador elétrico: obviamente, não queriam que ele colocasse as mãos em nada que pudesse ser usado como uma arma.

— Você precisa tomar uma espetada — anunciou Danni.

Ele se virou. Ela estava parada à porta, ainda vestindo o uniforme de enfermeira, com uma seringa na mão.

— Eu preciso de uma bebida — disse Porter.

— Todos nós precisamos de uma bebida depois de passar o dia aqui — Danni retrucou, caminhando na direção dele.

— O que é que tem nisso aí? — perguntou, movendo a cabeça em direção à seringa.

— Mais antibióticos — Danni respondeu. — O médico disse que você precisa deles por mais vinte e quatro horas. Ainda tem um monte de sujeira pra tirar do seu organismo.

Ele se deitou na cama.

— É você que vai resgatar a Katie Dartmouth, não é? — perguntou Danni, enquanto preparava a seringa.

Porter concordou com a cabeça.

— Coitadinha dela — continuou Danni. — É horrível o que aqueles desgraçados estão fazendo com ela.

Por um momento Porter notou que não havia pensado realmente sobre isso. Estivera tão focado em fazer alguma coisa por Sandy que mal pensara sobre a situação de Katie Dartmouth. E é melhor nem pensar, disse para si mesmo. Porque provavelmente não vai ter porra nenhuma que eu possa fazer por ela mesmo quando estiver lá.

— Tinha uma foto dela presa num poste — prosseguiu Danni. — Ela estava com uma aparência horrível. E eu vi a entrevista com a mãe dela na TV. Fiquei com *tanta* pena dela.

Porter sentiu o toque suave e gentil dela e não pôde deixar de notar que um botão ainda estava solto na túnica impecavelmente branca, revelando alguns centímetros do seu sutiã rosa. A agulha penetrou no braço dele. Porter estremeceu brevemente, depois deixou o remédio atingir a corrente sanguínea. Sentiu os olhos se fechando, sonolentos.

— Você é um homem corajoso, John Porter — Danni estava dizendo suavemente. — Vou estar torcendo por você, se é que isso serve pra alguma coisa.

NOVE

Layla colocou uma série de comprimidos sobre a mesa. Verdes, amarelos, pretos e beges. Perto deles, havia um copo de suco de laranja fresco, uma garrafa de café recém-preparado, uma tigela de cereal, algumas torradas e um pouco de manteiga e geleia.

— Mais vitaminas — disse ela com rispidez. — Não esquece de tomar elas não. Acho que nunca enviamos um agente num estado tão ruim quanto o seu pra uma missão, mas estamos fazendo o melhor que podemos.

Olhando de relance para o relógio na parede, Porter viu que passava um pouco das dez horas da manhã. Deviam tê-lo deixado dormir de propósito. Talvez tivessem até colocado alguma coisa no coquetel de medicamentos que lhe injetaram no braço dele ontem à noite. Quando havia acordado, tomou um banho rápido, vestiu as roupas limpas que estavam no armário e, assim que colocou o pé fora do quarto, encontrou Layla, que já o estava esperando para levá-lo para tomar o café da manhã. Devem ter colocado uma câmera no quarto, Porter pensou. De que outro jeito poderiam saber exatamente quando eu tinha acordado? Seus olhos examinaram a cama, o banheiro e as paredes, mas não conseguiu encontrar nada. Isso não faz diferença. As câmeras de hoje em dia são tão pequenas que nunca iria conseguir encontra-las. Vou ter que simplesmente me acostumar a ser vigiado.

— Aqui está o seu horário de hoje — disse Layla. — Agora de manhã vamos botar você pra treinar de novo. Armas de fogo básicas, autodefesa e...

— Você sabe que eu era do Regimento — interrompeu Porter.

— E faz mais de uma década desde que você saiu — respondeu Layla. — O combate mudou muito desde aquela época. Tem muito mais equipamentos e muito mais trabalho mental.

— Ainda bem que saí então — disse Porter, tomando um gole do suco de laranja.

Layla concordou com a cabeça, depois mostrou um breve sorriso.

— É, provavelmente.

Ela se serviu de uma xícara de café, então continuou:

— O treinamento deve levar a manhã inteira. Aí, pra hoje à tarde, estamos agendando uma série de reuniões de planejamento pra conversar sobre o que você vai fazer quando chegar lá.

— E teve algum avanço?

Layla fez que não com a cabeça.

— Nada — ela respondeu. Enquanto falava, ele percebeu a exaustão na voz dela. Os olhos de Layla pareciam de alguém que não havia dormido há vários dias. — Botamos todos os agentes do setor de inteligência na região pra oferecer fortunas pros informantes deles, mas até agora não conseguimos nada. Os *freelancers* e mercenários sabem que vamos pagar muito bem por qualquer pista, mas ninguém está falando nada. Os sistemas de satélite estão vasculhando a região, e nossos assistentes de computação estão monitorando todas as conversas fiadas da internet. E até agora não conseguimos absolutamente porra nenhuma. Ela pode estar em qualquer lugar.

— Achei que o Perry Collinson estava confiante de que iria encontrar alguma coisa — disse Porter. — Pra que não precisassem de mim.

— Ele estava falando bobagem, como sempre. Todo mundo daqui odeia esse cara, começando por Sir Angus. Ele só serve pra ocupar espaço. Infelizmente o PM gosta dele. Ele soa razoável na TV e solta umas boas frases de efeito. É só quando ele tenta fazer alguma coisa de verdade que bota tudo de cabeça pra baixo.

— Então eu sou tudo o que resta pra vocês.

— Infelizmente é. Alguma dúvida?

Porter parou por um momento. Terminou de comer a torrada e tomou um gole de café quente, esperando a cafeína alcançar a corrente sanguínea. Estava se sentindo melhor nessa manhã. A dor de cabeça havia quase passado e, embora a perna ainda estivesse um pouco dolorida no lugar da operação, podia dizer que ela voltaria ao normal em alguns dias. Até a sensação nos dentes estava melhor, apesar de ainda haver um pouco de dormência onde alguns deles foram extraídos. Não exatamente 100 por cento em forma, disse para si mesmo. Mas bem o bastante pra matar um homem. E essa era toda a força de que precisaria.

— Quem é que tentou me matar?

A xícara de café quase caiu da mão de Layla.

— Alguém tentou matar você? — perguntou cuidadosamente.

— Na estação.

— O que foi que aconteceu?

— Logo depois que vi a Sandy, um carro deu partida e veio bem na minha direção. O cara estava com a intenção de me matar, mas tive sorte, vi ele vindo e consegui me esquivar a tempo. Eu posso estar fora do jogo há um tempo, mas nunca se perde o instinto.

— Ele podia ser só um motorista ruim — Layla retrucou. — Londres tem um monte deles.

Porter fez que não com a cabeça.

— Ele estava vindo bem na minha direção. Conseguia ver nos olhos dele. Ele tinha recebido ordens pra matar.

— Então o que é que você está dizendo?

— Que tem alguém que não quer que eu vá pra Beirute.

— Isso é impossível! — disse Layla bruscamente.

A raiva na voz dela era evidente.

Porter encolheu os ombros, matando o resto de café que havia na própria xícara. Talvez eu tenha errado em sequer falar sobre isso com Layla, pensou. Talvez seja ela quem quer me matar.

— Impossível ou não, foi o que aconteceu — respondeu com a voz calma e equilibrada. — Tem poucas pessoas nessa organização que sabem que estou aqui. Acho que alguém quer me impedir.

— Vou investigar. Nesse meio tempo, fique bem aqui. Não quero que saia do edifício até a hora de irmos pro aeroporto. Devemos conseguir manter você vivo até lá.

Porter terminou de tomar o café da manhã, depois Layla o levou escada abaixo. Havia algum espião ali, ele tinha certeza. E alguém estava tentando impedi-lo de chegar a Beirute. A academia de ginástica ficava no porão: não tão fundo quanto as salas de interrogatório às quais havia sido levado ontem, mas ainda assim abaixo do nível do solo. Havia uma fileira de aparelhos de ginástica e de musculação, uma sauna pequena e uma sala de exercícios. Alguns caubóis de escritório estavam nas bicicletas ergométricas, mas fora isso o lugar estava vazio a essa hora da manhã. Sam Roberts apertou a mão de Porter. Era robusto, com uma cabeça raspada tão redonda quanto uma bola de futebol.

— Como é que você está? — ele perguntou.

— Quem é que está me perguntando? — Porter disse, olhando para o homem com suspeitas.

— PQD, sargento e instrutor de ginástica, 2001 até 2005 — ladrou Roberts. — Isso é o bastante pra você?

Porter concordou com a cabeça.

— Agora, de novo, como é que você está?

— Horrível — respondeu Porter.

— Vamos fazer o que pudermos, mas não dá pra conseguir muita coisa em algumas horas.

— Só faça o seu melhor — disse Layla. Ela olhou para Porter. — Vou investigar o que aconteceu ontem à noite e dou um retorno pra você.

Sam entregou uma corda para Porter.

— Vamos começar dando uns pulos.

Porter segurou a coisa na mão.

— Eu não estou treinando pra ser escoteiro — ele vociferou.

Sam riu.

— Acho que as técnicas mudaram um pouco desde quando você saiu do Regimento. Todo mundo pula corda hoje em dia. É o melhor jeito de se treinar a coordenação visual e motora, ou seja, o que é necessário pra atirar. Se você não consegue pular corda, também não consegue atirar.

Ok, Porter pensou. São só algumas horas. Faz a vontade do desgraçado. Ele pegou a corda e tentou pular por cima dela, mas nunca havia pulado corda, nem quando era criança, e não tinha a técnica necessária. Jogou-a por cima da cabeça e tentou pular. Instantaneamente, a corda se emaranhou nos pés dele. Tentou de novo. Mesmo resultado.

— Pula, cara, pula direito, porra! — Sam dizia rispidamente.

Por um momento, Porter foi transportado de volta para um quartel frio, onde ventava bastante, um quarto de século atrás, nos dias em que ainda se podia fumar no metrô e nos quais as opções profissionais se resumiam a se alistar para atirar em pessoas ou descer nos poços. Podia se lembrar de quando ainda era um jovem recruta, sendo esmagado ao dar os primeiros passos sobre o campo de treinamento. Estava frio e ventando, a cabeça dele estava raspada e a comida era horrível. Mas pelo menos eu tinha planos naquela época, refletiu. Queria seguir a carreira militar: havia botado o olho na posição de sargento-mor do regimento. Isso foi há muito tempo, percebeu com amargura. Jogou a corda por cima da cabeça rapidamente, observou-a mover-se pelo ar, então pulou. Conseguiu passar a corda por um pé. O outro foi atingido pela corda na parte de trás do tornozelo, emaranhando-se com os tênis que calçava.

— Foda-se, acho que vou no parquinho ver se encontro uma garota de seis anos pra mostrar pra gente como se faz — disse Sam. — Vai ver a gente manda ela pra Beirute. Ela tem mais chances de sair viva de lá do que você.

— Vou conseguir! — vociferou Porter, rangendo os dentes.

Fechou os olhos, respirou fundo e ignorou a dor que ainda latejava no lugar onde havia sido operado no dia anterior. Jogou a corda para trás, depois a passou novamente por cima da cabeça, concentrado. Um pulo, e estava pronto. Girou a corda de novo, seguindo o arco que formava no ar com os olhos. Pronto. É só pegar o ritmo, lembrou-se. Aí é fácil.

— Dez minutos — disse Sam. — Aí vamos mexer com uns brinquedos de verdade.

Quando havia terminado de pular corda, Porter sentia o suor jorrando dele. Sua camisa estava ensopada e a pele grudenta e pegajosa. Pegou a garrafa de água mineral que Sam lhe ofereceu e a tomou em dois goles.

— Vamos começar a diversão — disse Sam.

O movimento do punho dele pegou Porter de surpresa. O braço de Sam se lançou para trás, depois golpeou a lateral do rosto de Porter. A palma da mão atingiu a bochecha dele, cortando a pele. Instintivamente, Porter partiu para o ataque, impelindo o punho cerrado à frente, mas Sam já havia saído da direção dele como se estivesse dançando e Porter ficou batendo no vento. Seus pulmões ainda pelejavam para respirar, e ainda estava tentando retomar o fôlego quando Sam pegou seu braço direito e o puxou violentamente para cima. Porter ficou arquejando de dor enquanto Sam lentamente aumentava a pressão sobre o braço. Ele sentia os tendões começando a se esticar e os olhos começando a lacrimejar.

— Você vai ter que ser mais rápido do que isso, meu chapa — Sam advertiu.

Porter rugiu, encheu os pulmões, então desceu o braço bruscamente. A dor estava guinchando dentro dele enquanto se lançava para trás com as pernas, batendo com as costas diretamente em Sam. Sentiu Sam começar a cambalear após a virilha dele receber o impacto do golpe. Por uma fração de segundo, diminuiu a força com que segurava o braço de Porter. Porter o libertou com um puxão. Virou-se, esforçando-se para manter o equilíbrio. Esquivando-se, abaixou a cabeça e se lançou à frente, golpeando o peito de Sam com a cabeça. Essa era uma técnica que havia aprendido na rua, refletiu, enquanto via Sam balançar devido ao impacto do ataque, depois cair de costas no chão. Na dúvida, bata com a cabeça nos desgraçados. Talvez acabe danificando o seu cérebro, mas, vamos falar a verdade, quando se vive largado e bebendo duas garrafas de vodca por dia, não faz muito sentido se preocupar com isso.

— Isso foi rápido o bastante pra você?

— Não ganhou pontos pela técnica — Sam respondeu. — Mas você ainda é forte.

— Só se lembre de que eu estive no Regimento e você não — Porter rosnou.

Sam se levantou do chão e, dessa vez, foi ele quem bebeu meia garrafa d'água, esforçando-se para recuperar o fôlego.

— Mas você precisa se acalmar. Você está se atiçando muito fácil. Fique calmo, descubra as fraquezas do oponente, depois ataque.

Sam o guiou em direção ao estande de tiro. Não havia espaço o bastante no subsolo para um estande completo, mas havia um único bloco fixo de concreto com um alvo, no final de um trecho de vinte metros. A posição do atirador era marcada por uma simples linha branca pintada no chão e, próximo a ela, havia uma mesa preta de madeira tendo cerca de trinta armas enfileiradas. Com um olhar rápido, Porter viu que havia representantes de todas as diversas fabricantes de armas do mundo. Havia Berettas, Brownings, Mausers, Walthers, Enfields, Webleys, Colts e, é claro, Kalashnikovs, assim como uma dezena de diferentes imitações da Ásia e da Europa Oriental.

— Qual delas você quer usar? — Sam perguntou.

— Que tipo de equipamento o Hezbollah está usando hoje em dia?

— De todos os tipos — Sam respondeu. — Eles estão bem financeiramente, e é claro que você pode comprar praticamente qualquer arma que quiser em Beirute. Lá é a B&Q[5] do terrorismo global. De fuzis de assalto, a maior parte do que você vai enfrentar é AK-47 e M16. Quanto às armas curtas, tem praticamente de tudo. Berettas, Walthers, Brownings, à sua escolha. Quase sempre eles usam das boas. Nada daquelas imitações de merda da Bulgária que explodem na sua cara.

Porter examinou a mesa. Não havia pegado uma arma desde que deixara o exército, há mais de uma década. Não havia nem pensado sobre isso. Sondando o arsenal, pegou uma pistola Beretta 92, com a qual se lembrava de haver treinado nos tempos de Regimento. A 92 era uma arma de recuo curto e com trava de culatra. Comportava quinze cartuchos e sua armação leve de alumínio pesava um pouco menos 100 gramas, o que a tornava fácil de segurar e ainda mais fácil de enfiar no interior de um casaco ou de um bolso. Levou um momento para se refamiliarizar com o contato da arma, mas assim que colocou os dedos em volta do cano frio e metálico, era como se estivesse dando boas-vindas a um velho amigo.

Deu dois passos largos à frente. Havia uma linha branca e manchada no chão, e o alvo estava a vinte metros de distância. Levantando a arma com a mão direita, Porter ficou firme, depois alinhou o alvo com a mira da Beretta. Apertou o gatilho uma vez, depois outra, divertindo-se com o recuo poderoso enquanto a arma era impelida na sua direção. Uma arma na mão era como um terno e gravata: fazia ele se sentir como um homem. Dava-lhe poder, controle e certeza: e eram essas as coisas que faziam falta quando se vivia na rua.

— Boa mira — aprovou Sam. — Nunca se esquece isso.

Estava voltando, distanciando-se do alvo, após observar onde as balas haviam atingido. Nenhuma delas havia acertado em

5 Loja britânica de móveis variados. *(N. do T.)*

cheio, mas ambas chegaram suficientemente perto para pelo menos incapacitar um oponente, senão para matá-lo de vez. Quando se está no meio de um tiroteio, isso é tudo que conta, Porter disse para si mesmo. Se quisesse matar o desgraçado, podia simplesmente dar dois disparos na cabeça dele depois.

— Tenta de novo — disse Sam. — Afasta um pouco mais as pernas e mantenha os ombros mais retos.

Porter ajustou a própria posição. Afastou levemente a perna esquerda, o que lhe deu um melhor equilíbrio, e relaxou os músculos do ombro. Estava se sentindo confortável com a pistola na mão, quase como se ela fosse uma extensão do próprio corpo. Um puxão no gatilho, depois outro. O barulho da explosão ecoou pela sala. Cerrando os olhos, Porter conseguia ver onde as balas haviam atingido: a primeira ficou a apenas uma fração de centímetro à esquerda do alvo e a segunda havia acertado em cheio.

Nada mal, disse para si mesmo. Pelo menos num estande de tiro. No combate vai ser bem diferente.

— Aqui, usa essa — Sam ofereceu.

Jogou um AK-47 para Porter. Porter tomou o fuzil nos braços, sentindo instantaneamente a familiaridade com o cabo de madeira polida e o carregador elegantemente desenhado da arma. Os dedos que faltavam na mão esquerda não eram um problema. Conseguia segurar a arma por entre os outros dois dedos e o polegar, enquanto a mão direita permanecia no gatilho. Atirou com vontade, soltando um pente de munição. O AK-47 nunca havia sido uma arma de alta precisão: Mikhail Kalashnikov o havia desenhado após ser ferido na Batalha de Briansk, com a intenção de auxiliar nos combates da infantaria que não envolvessem distâncias muito grandes. As balas saíram rasgando da boca do mecanismo, mastigando o alvo de papel e deixando uma pilha de cartuchos fumegando no chão.

— Eu ainda sei atirar — disse Porter, virando-se para olhar para Sam.

— Contanto que você mantenha a cabeça no lugar.

O comentário atingiu Porter com a mesma força mortal das balas que havia acabado de disparar com o fuzil de assalto.

— Que merda que você quer dizer com isso? — rosnou.

Sam olhou de relance para ele, com os olhos turvos de suspeitas.

— Nada...

— Você acha que eu amarelei, né?

Ainda estava segurando o AK-47 nas mãos. Agora que havia se virado, a arma apontava diretamente para o peito do instrutor. Sam estava olhando fixamente para ela, e pela expressão no rosto dele, não sabia ao certo se Porter atiraria ou não.

— Na última vez que você escutou uns tiros de verdade, tudo ficou de cabeça pra baixo — vociferou Sam. — Foi isso que ouvi dizer.

— Isso é mentira, porra, eu estou dizendo pra você! — gritou Porter. O dedo dele estava estremecendo no AK-47 e sua cabeça latejava de raiva. — Uma merda de uma mentira...

— Mas é isso que está no registro — continuou Sam. — E você não pode voltar atrás e mudar o registro. Não você. Nem mais ninguém.

DEZ

Porter ainda sentia a raiva correndo pelas veias enquanto estava sentado à mesa. Havia tomado um banho rápido e trocado as roupas de ginástica que havia usado durante a seção de treinamento com Sam, mas ainda estava se sentindo nervoso. Talvez tenha sido pegar numa arma de novo, refletiu. Não tinha mais que aguentar todas as merdas que havia suportado enquanto vivia na rua. De agora em diante, ele estava no controle. E se eu morrer daqui a alguns dias, bem, azar meu.

Porter esticou a mão para pegar alguns sanduíches de frango e atum que estavam num prato à frente dele. Era impressionante como estava sempre com fome. Talvez isso fosse outra consequência de se morar na rua por tempo demais. O corpo ficava tão acostumado a comer o que aparecesse, que quando havia comida era impossível se segurar.

Havia acabado de devorar o terceiro sanduíche quando Sir Angus Clayton entrou com passos rápidos na sala, seguido por Layla. Ela deu um tapinha no ombro de Porter e se sentou atrás dele. Porter não reconheceu o terceiro homem. Ele tinha pouco mais de cinquenta anos, com uma barba que estava ficando grisalha e cabelos dispersos nas pontas que seguiam na direção do colarinho aberto da camisa creme. Andava levemente curvado e estava carregando um maço de papéis debaixo do braço.

— Você está bem? — Sir Angus perguntou.

Pela expressão nos olhos dele, Porter sabia que ele estava perguntando apenas para ser simpático, não para saber a resposta. Ele não está nem aí pra como eu estou ou pra o que vai acontecer comigo.

— Estou, senhor — respondeu, servindo-se de uma xícara de café da garrafa que estava à frente dele.

Sir Angus fez um gesto de aprovação com a cabeça.

— Você precisa desse café — disse. — Ainda não temos pistas de onde Katie Dartmouth possa estar, e do jeito que o PM está hesitando, vai ver nossos rapazes em Baçorá fazem as malas deles antes do final de semana. Então, agora, você ainda é a nossa melhor chance de ajeitar essa merda dessa bagunça.

— Que Deus nos ajude! — respondeu Porter.

— É exatamente o que eu estou pensando — completou Sir Angus. — Creio que você nunca tenha gostado muito da escola, então vamos tentar manter isso o mais breve possível. Mas vamos ter que socar o máximo de conhecimento que conseguirmos na sua cabeça em um período muito curto de tempo.

Acenou com a cabeça na direção do homem de barba grisalha.

— O professor Gilton aqui vai deixar você inteirado de tudo o que sabemos sobre o Hezbollah. Depois disso, trouxemos um dos nossos melhores homens de resgate de reféns pra bater um papo. Aí passamos pro diretor da Sky News, que vai vir falar da Katie pra você. Durante o jantar, vamos passar as suas instruções, aí mandamos você pra cama. Você precisa dormir o máximo que puder. — Lançou um olhar penetrante para Porter. — De acordo?

Porter concordou com a cabeça.

O professor Gilton se inclinou sobre a mesa. Já havia tomado um café e estava começando a beber outro.

— O que é que você sabe sobre o Hezbollah? — ele perguntou.

— Que eles são um bando de loucos filhos da puta com toalhas na cabeça — Porter respondeu. Sorriu, mas rapidamente percebeu que ninguém mais na sala estava sorrindo e endireitou os lábios.

— É, bem, essa é uma das interpretações possíveis, embora na verdade eles costumem mais usar as toalhas em volta do pescoço — disse Gilton.

Porter lhe lançou um olhar rápido.

— O Hezbollah foi fundado depois da invasão israelense no Líbano, em 1982 — começou. — É uma organização de muçulmanos xiitas, que começou quando várias organizações extremistas uniram forças pra lutar contra os israelenses. Foram muito ajudados pelos iranianos, que mandaram pra eles grandes somas de dinheiro e cerca de duzentos combatentes armados que formaram a base da força militar deles. Mas é importante lembrar que eles não são apenas militantes. Eles têm muito apoio no Líbano, por serem a principal resistência contra a ocupação israelense no país, e sem esse apoio seria difícil durarem o tempo que estão durando. Se você for pro Líbano, lembre-se de que está lutando no território deles. Não espere nenhuma ajuda das pessoas de lá.

O professor tomou mais um pequeno gole de café. Isso mostrou pra ele que não deve me tratar como um idiota, pensou Porter.

— Nada mal — respondeu o professor. — O Hezbollah praticamente inventou o terrorismo islâmico moderno. Em 1983, eles criaram os homens-bomba quando os usaram pra explodir os quartéis militares americanos em Beirute, matando 241 soldados de uma vez só. E poucos minutos depois explodiram um bloco de apartamentos que abrigava uns defensores da paz franceses. Todos os elementos básicos do terrorismo islâmico estão aí. Homens-bomba. Ataques coordenados. Alvos escolhidos com precisão para gerar o máximo de impacto. Não tem nada que a al-Qaeda esteja fazendo hoje que o Hezbollah não tenha feito antes, e com frequência mais efetivamente também.

— Então eles são os melhores — disse Porter. — Acho que a gente já sabia disso.

Gilton concordou com a cabeça.

— Infelizmente, sim. Eles começaram com os ataques suicidas porque queriam que os americanos e os franceses saíssem do Líbano, e praticamente conseguiram. Aí começaram a realizar sequestros. Eles são mestres nisso também. Em 1985, eles sequestraram o chefe de gabinete da CIA em Beirute, um oficial do exército chamado William Buckley. Mantiveram ele em cativeiro por quinze meses, torturaram e depois mataram. Só recuperaram o corpo dele em 1991, quando encontraram os restos numa sacola plástica na beira de uma estrada em Beirute. Entre 1984 e 1992, sequestraram e fizeram reféns cerca de trinta pessoas do ocidente, incluindo o enviado especial do arcebispo de Canterbury, Terry Waite, o jornalista Porter McCarthy e o escritor Brian Keenan, do Ulster. É claro, você mesmo sabe de um deles, o de Kenneth Bratton. Ele foi um dos muito poucos que conseguiu escapar com sucesso. Em todos esses casos, os reféns foram mantidos por longos períodos de tempo, normalmente em condições terríveis.

— E o que é que eles querem? — perguntou Porter.

— Poder, como todas as organizações terroristas — respondeu Gilton. — Tem um monte de retórica disseminada por aí sobre revoluções islâmicas, e combater o infiel, e todas essas besteiras de sempre. Isso é só pra ajudar eles a recrutar combatentes. O Hezbollah é, primeiramente, um movimento político com a intenção de dominar o Líbano, particularmente o sul do Líbano. Eles são fortes aliados dos iranianos e acreditam numa teocracia xiita, mas acreditam mesmo é na própria organização.

Porter se ajeitou na cadeira. Sabia que estava sendo testado ao mesmo tempo em que recebia as informações: estavam observando para saber se a mente dele estava tão afiada quanto antes e se conseguia absorver bem as informações. Ainda estava com fome, então pegou outro sanduíche de atum.

— Então por que é que eles se importam com nossos rapazes no Iraque?

— Porque os iranianos se importam — respondeu Gilton. — Os iranianos estão desesperados pra tirar os britânicos de Baçorá o mais rápido possível, porque assim eles podem dominar a região. O sul do Iraque também é xiita, e vai se tornar praticamente um estado fantoche dos iranianos assim que sairmos do caminho.

— Então eles estão fazendo o trabalho sujo...

— Precisamente — concordou o professor. — Os iranianos não querem começar a sequestrar reféns britânicos e ameaçar decapitá-los. Eles não têm uma imagem muito boa pro mundo, mas mesmo pra eles isso é um passo maior do que a perna. Eles mandam o Hezbollah fazer isso por eles, e já que são os principais fornecedores de dinheiro e armas da organização, eles não tem muita alternativa a não ser concordar. O Hezbollah pega a garota, exige que as tropas britânicas saiam de Baçorá, e os iranianos podem invadir o sul do Iraque, que é onde, incidentalmente, está a maior parte do petróleo sem dono. Enquanto isso, eles estão de mãos limpas.

— Então esse não é um sequestro aleatório?

— Nem um pouco — respondeu Gilton. — Eles têm um plano, e devo admitir que é um bem inteligente. Tudo se encaixa muito bem. Eles sabem como a opinião pública britânica sobre o Iraque está vulnerável e pegaram Katie Dartmouth porque ela é jovem, atraente e popular, e porque sabiam que a notícia iria ter cobertura vinte e quatro horas por dia. Também sabiam que ia ter uma eleição fora de época no mês que vem e que, se o governo perder, aí o PM vai estar frito. Como eu disse, é um plano, e um inteligente pra cacete.

Sir Angus apoiou as costas no encosto da cadeira.

— Então talvez a única falha no plano seja você, Porter — ele disse. — Eles não contavam com você.

— Quais são os pontos fracos deles? — perguntou Porter.

— Infelizmente, eles não têm nenhum, na verdade — respondeu Gilton. — O Hezbollah é uma organização bem fechada. Não tem nenhuma divisão entre as alas políticas e militares como o IRA tinha, por exemplo. E não é dividido em facções que nem a al-Qaeda. Eles recebem as ordens e as executam implacavelmente.

— Mas essa guerra não é deles — acrescentou Porter.

— Certo, essa é a nossa única vantagem — continuou Gilton. — Eles pegaram a Katie Dartmouth pra ajudar os iranianos. Eles mesmos não ligam muito se as tropas britânicas estão no Iraque ou não. O inimigo deles é Israel. Se você conversar com eles, você tem que martelar isso na cabeça deles. Essa luta não é deles de verdade. Eles estão só trabalhando pros iranianos. Se você conseguir convencê-los disso, então talvez você consiga começar a enfraquecer a determinação deles.

— Isso não vai funcionar, vai? — Porter perguntou. — Quer dizer, eles não ligam pro que eu penso deles.

O professor ficou em silêncio. Provavelmente ele sabe disso tão bem quanto eu, Porter pensou, não dá pra convencer esses desgraçados de nada. Mais café e outro prato de sanduíches chegaram antes de Gilton escapar da sala e Sir Angus trazer David Provost. Um homem magro e enérgico, com óculos de leitura e cabelos loiros penteados por cima da testa, lançou um breve olhar para Porter antes de se sentar e pegar um copo d'água. Havia sido descrito como o maior especialista da Firma em resgate de reféns: havia visto cercos no mundo inteiro e estudado o assunto por anos. Não havia nada que não soubesse sobre sequestradores e sobre como lidar com eles.

— Só tem um princípio fundamental em todas as negociações de reféns — ele disse, olhando para Porter. — Não deixe a conversa parar. Na verdade não importa de qual assunto vocês estejam falando, nem se a discussão está parecendo não levar a lugar nenhum. Cada minuto que você passa conversando serve pra duas coisas, e as duas são importantes pra você. Primeiro, pra atrasar o momento da execução. Enquanto eles estão falando, não estão matando. Segundo, isso aproxima você dos sequestradores.

Quanto melhor for o relacionamento que você criou, mais difícil pra eles é matar a vítima.

— Então eu falo com eles sobre o quê?

— Primeiro, descubra o que eles querem — respondeu Provost. — Uma coisa que se aprende sobre a maioria dos sequestradores é que eles dizem que querem uma coisa, mas na verdade querem outra completamente diferente. Você tem que começar a investigar por aí. Procure bem e descubra se tem alguma outra coisa que os satisfaça.

— Como o quê? — perguntou Porter. — Eles disseram que queriam as tropas britânicas fossem retiradas do Iraque e do Afeganistão. Diabo, como é que eu devo negociar isso?

Provost passou a mão por entre os cabelos lisos e lançou um olhar de nervosismo para Sir Angus. Porter sentiu que não estavam lhe contando tudo. A Firma tinha seus próprios planos e ideias e não iria compartilhar os segredos com ele tão facilmente. Pelo que sei, pensou, talvez tenham até começado a negociar com Hassad sem nem pensar em me contar.

— De novo, é isso que eles dizem que querem — Provost continuou. — Não acredite nisso. Eles não podem esperar de verdade que todo o exército britânico seja retirado em resposta a um único sequestro. Então, aí está a sua resposta. Isso não está nem perto de ser o que eles querem.

— Então o que é?

— Publicidade — disse Provost com firmeza. — Olha como eles estão operando. Quem é que eles sequestram? Uma jornalista da TV. Se você quer influenciar a política, você sequestra um político. Se quer dinheiro, sequestra um empresário. Mas se o que quer é publicidade, então você sequestra um jornalista, especialmente uma jornalista loira e bonita.

— E com certeza eles conseguiram uma.

— É — respondeu Provost. — Mas o fato é que não tem mercadoria que seja mais perecível. É como se Katie Dartmouth tivesse uma data de validade estampada na testa. Assim que eles a matarem, a notícia morre também. Logo, o que você precisa fazer é enrolar eles. Ficar lembrando a eles que, assim que a matarem, eles basicamente perderam. Eles não conseguiram expulsar as tropas, e em alguns dias também não vão estar mais na TV.

— E por que diabos eles iriam me escutar?

— Essa é a primeira coisa a fazer, começar uma conversa com eles. Deixe claro que você simpatiza com eles, e então vão começar a escutar. A próxima coisa a fazer é convencê-los a falar com Katie. Pela foto que eles colocaram na internet, ela está amarrada e amordaçada. Isso não é nada bom. Fala pra eles que ela precisa de água e comida, e que precisa respirar com mais facilidade. Faça qualquer coisa pra tirar a mordaça dela. Assim que você conseguir isso, faça ela falar. Qualquer coisa mesmo, não importa o quê. Se for necessário, vocês dois devem se sentar e conversar. No momento, ela é só um símbolo, e símbolos são fáceis de matar. Mas se você a transformar num ser humano, isso fica bem mais difícil.

— Preciso poder oferecer alguma coisa pra eles — disse Porter.

— Vamos chegar a isso depois — respondeu Sir Angus.

Porter concordou com a cabeça. Não estamos chegando a lugar nenhum, disse para si mesmo. Essa conversa toda não vai fazer diferença pra ninguém.

— Antes de você chegar lá, Sir Angus vai permitir que você faça algumas concessões — continuou Provost. — Todo negociador de reféns, sempre, pode fazer algumas. Você entra sabendo o que vai conceder, mas nunca faz isso logo no começo. Você precisa alimentar eles aos poucos. Assim o outro lado sente que está extraindo alguma coisa de você.

— Alguma dúvida? — perguntou Sir Angus.

Porter pousou os braços sobre a mesa.

— Então, na sua experiência, alguém já conseguiu negociar a liberação de um refém com o Hezbollah?

Provost tossiu e olhou de relance para Sir Angus.

— Não — respondeu com rispidez.

— Então é melhor eu ter um plano B — rosnou Porter.

O café estava bom. Porter o bebericou lentamente enquanto esperava o próximo sabichão ser trazido para dentro da sala. Layla havia desaparecido para pegar uma garrafa nova no momento em que Ken Stuart foi levado à sala. Estava vestindo uma calça cargo creme, um casaco azul e uma camisa rosa com o colarinho aberto. O cabelo escuro dele era comprido, mas o rosto era enrugado e desnivelado, fazendo-o parecer ter muito mais do que os seus quarenta anos.

— O Ken é o responsável pela Sky News —explicou Sir Angus. Pela expressão dele, Porter julgou que Sir Angus não gostava muito de jornalistas e ficaria aliviado quando conseguisse tirar Stuart do local. — Absolutamente nada do que for dito aqui vai ser gravado e ele concordou em não vazar na TV nenhuma palavra sobre a sua missão. Mas ele conhece a Katie melhor do que ninguém, então talvez possa nos ajudar.

Stuart analisou minuciosamente o rosto de Porter, como se ele estivesse em exibição num museu: os olhos do jornalista corriam por ele, sondando e interrogando enquanto examinava as feições dele.

— Você realmente vai pra lá? — perguntou.

— Amanhã de manhã — respondeu Porter.

Stuart concordou com a cabeça.

— Ela vai ficar feliz pra cacete de ver você.

— Como é que ela é?

Stuart parou por um momento antes de responder, dando-se tempo para pensar.

— A maior parte dos jornalistas de TV é bem forte, principalmente os que são mandados pro exterior. Mas mesmo entre os mais resistentes a força da Katie chamava a atenção. Esqueça toda essa história água com açúcar que estamos botando no ar nos últimos dias, sobre a Katie ser a queridinha da nação, a garota de coração mole do povoado de Hampshire. Isso é só pela audiência, o meio de noticiários vinte e quatro horas na TV é bem competitivo, e não podíamos deixar uma oportunidade como essa passar em branco. A Katie é ótima. Ela trabalha duro e não se importa de machucar alguns egos se precisar botar rápido uma reportagem no ar, mas o coração dela está no lugar certo.

— Qual é a história dela? — quis saber Porter.

— Ela estudou Inglês em Cambridge, como todos os jornalistas — Ken respondeu. — Aí ela arranjou um emprego no noticiário da TV local, em Devon, e ficou lá por alguns anos, antes de entrar na Sky. Nós botamos ela pra cobrir os furos no noticiário regional por alguns anos, mas desde o começo se via claramente que ela estava destinada a ser uma estrela. A câmera ama ela.

— E você acha que ela vai aguentar o cativeiro?

Stuart suspirou.

— Nós vimos fotos dela, e ainda tem outras na internet que não quisemos mostrar na transmissão. Vamos falar a verdade, ela está amarrada e amordaçada, e não sabemos nem se estão lhe dando de comer e beber nos últimos dias. Não temos como saber ao certo, mas possivelmente ela sabe que estão ameaçando executá-la dentro de alguns dias. Não sei como qualquer pessoa aguentaria sob essas circunstâncias. Mas vou dizer uma coisa pra você: se alguém consegue aguentar, então a Katie consegue.

Porter fez um gesto de aprovação com a cabeça. Não havia mais nada a perguntar. A mulher dera azar, era só isso. Eles precisavam de uma personalidade da TV britânica e aconteceu de ela estar no lugar errado na hora errada.

— Você precisa saber de uma coisa — acrescentou Stuart. — Acho que ela podia estar tendo algum tipo de relacionamento com Sir Perry Collinson.

Sir Angus parecia entediado: essa fofoca já está nos registros, Porter compreendeu.

— Você tem certeza? — perguntou Porter.

Stuart encolheu os ombros.

— É só fofoca da sala de redação, que nunca é uma fonte muito confiável — respondeu. — Mas ela fez uma edição especial de três partes sobre ele há pouco mais de um ano, na mesma época em que o livro dele estava nas listas de mais vendidos. Depois disso, foram vistos em algumas festas juntos. Eu não quero ser sexista, mas a Katie não se importava de dormir com os contatos dela, pelo menos pelo que ouvi dizer. Não precisa nem desse cinismo todo. Ela é uma mulher jovem e gosta de homens poderosos e mais velhos. Não tem nada de estranho nisso.

— Obrigado, isso é tudo — interrompeu Sir Angus.

Stuart começou a sair da sala. Enquanto passava por Porter, parou rapidamente, colocando a mão sobre o ombro dele.

— Ela é uma boa garota, então faça o melhor que você puder. Todos nós vamos estar torcendo por você.

Porter concordou com a cabeça.

— Se eu puder — respondeu. — Eu vou.

Stuart sorriu.

— E não esquece de levar um fixador de cabelo. Se por algum milagre você conseguir tirar ela de lá, vamos querer filmar ela na hora. E se você não der alguma coisa pra ela ajeitar o cabelo, aí você vai ter um problema de verdade.

ONZE

A comida estava surpreendentemente gostosa. Uma costela de cordeiro, coberta por uma grossa camada de ervas e acompanhada de algumas batatas frescas com menta, o prato cheio de outros vegetais cozidos no vapor. Tudo o que faltava era uma boa garrafa de Merlot e uma dose de vodca e a refeição seria perfeita. Nem mesmo as cápsulas bem coloridas de vitaminas enfileiradas sobre a mesa conseguiam estragar a satisfação de Porter.

A última refeição de um condenado, pensou enquanto estava roendo um osso de cordeiro. Eles sabem que eu tenho muitas chances de voltar vestindo um paletó de madeira. Pelo menos estão se despedindo de mim decentemente.

Sir Angus entrou na sala. Sentou-se do lado oposto a Porter, pegando um pãozinho e o mastigando distraidamente.

— Estou surpreso deles não terem dado um vinho pra você, pra acompanhar isso aí — ele disse, fazendo um gesto com a cabeça na direção da comida.

— Se eles puderem...

— Porter está sem beber agora — Layla interrompeu. — Ordens do médico.

— Já bebi bastante ao longo dos anos — disse Porter. — Uma bebida a mais não vai me fazer mal.

Sir Angus concordou com a cabeça.

— Eu vi os relatórios médicos. Se eles dizem nada de cana, então não tem nada de cana —vociferou. — Duzentas e cinquenta mil libras é um negócio do cacete, e por essa quantia de dinheiro, eu espero mais de você do que simplesmente estar na folha do pagamento, cumprindo horários, se mantendo longe de encrencas e esperando até poder se mandar pra casa. — Ele se inclinou até ficar tão próximo que Porter conseguia sentir o cheiro da loção pós-barba na pele lisa e sem pelos. — Eu espero que você seja minha propriedade. Seja o que for que eu quiser, você faz. Estamos entendidos?

Porter fez que sim com a cabeça. Pegou mais algumas batatas com a colher e continuou comendo. Eles o estavam engordando por alguma razão, sabia disso, mas assim como acontecia a um peru logo antes do Natal, isso não era motivo para não comer o rango.

— Se você quiser que outra pessoa vá lá libertar a Katie Dartmouth, sinta-se à vontade, meu chapa — respondeu, com um sorriso crescendo lentamente nos lábios. — Não vou ficar ofendido nem nada. Na verdade, já estou bem feliz só de estar sentado aqui.

— Você vai sim — retrucou Sir Angus. — Amanhã de manhã. — Espalhou alguns papéis sobre a mesa. — Ok, o plano é o seguinte. Layla, conta os detalhes pra ele.

— Quando terminarmos aqui, você vai direto pra cama — começou Layla. — Não temos uma ideia real de quando você vai poder dormir de novo, então quanto mais você descansar hoje, melhor. Os médicos ainda querem que tome antibióticos, então vamos garantir que eles também deem alguma coisa pra você apagar. O avião da British Airlines pra Beirute parte às oito do aeroporto Heathrow e leva quatro horas e quarenta e cinco minutos pra chegar. Precisamos sair daqui até no máximo seis horas. Vou levar você pro aeroporto, os carros já estão reservados. Algumas viaturas vão nos seguir durante o percurso, mas nada que chame a atenção. A BA foi notificada, mas não pedimos nenhum tratamento especial, exceto que nos colocassem na ala VIP pra não precisarmos enfrentar a fila do check-in que nem todo mundo. Nós reservamos três filas de cadeiras perto do meio do A320 que a BA usa nessa rota. Todas elas vão estar ocupadas por homens nossos, mas eles não vão se apresentar pra você, nem você deve se apresentar pra eles. É só uma precaução, pra que ninguém se aproxime de você durante o voo. Não estamos esperando que haja nenhum problema, mas se alguma coisa acontecer, vamos estar preparados.

Danni entrou na sala e tirou o prato de cordeiro. Colocou uma tigela de musse de chocolate na mesa e encheu o copo d'água de Porter. A mão da enfermeira pareceu roçar na lateral do casaco dele, Porter teve certeza, e ela demorou uma fração de segundo além do necessário para tirar os talheres, pairando ao lado dele. Para de brincar com você mesmo, meu chapa, Porter refletiu. Ela tem mais no que pensar do que num vagabundo velho que nem você. Olhar não faz mal, nunca faz, mas não tem por que se enganar achando que isso vai levar você a algum lugar.

Ele mergulhou a colher na sobremesa. *Musse de chocolate é o mais perto de prazer sensorial que você vai conseguir chegar hoje ou em qualquer outra noite.*

— Ei, primeiro as vitaminas — disse Layla bruscamente. — Lembre-se do que o médico falou.

— Eu sei, eu sei — respondeu Porter, jogando duas cápsulas verdes no fundo da garganta e tomando água para ajudá-las a descer. — Deficiência em todos os principais grupos de vitaminas exceto a B. Comendo tanto quanto estou comendo, isso já deve estar começando a melhorar agora.

— Assim que aterrissar, você dá adeus à Layla aqui e passa pela alfândega como o normal — disse Sir Angus, interrompendo a conversa. — Você já esteve no aeroporto Rafik Hariri?

Porter fez que não com a cabeça.

— Na última vez que estive em Beirute, me deixaram de helicóptero, um Puma, e estava levando um M16 ao invés de um passaporte.

— Dessa vez vamos tentar fazer isso de uma forma um pouco mais oficial — Sir Angus continuou. — Tem um homem nosso lá que vai estar procurando por você. Um cara chamado Ben Stanton. Ele é um bom homem e sabe o que fazer, então não se dê ao trabalho de procurar por ele. Ele vai encontrar você com um carro à espera. Quando ele achar você, apenas caminhe casualmente e converse com o cara como se fossem velhos amigos de bar que se encontraram pra se divertir. O aeroporto de Beirute provavelmente tem mais espiões do que qualquer outro lugar do mundo, e eles são bons pra cacete no que fazem. Os libaneses parecem não conseguir fazer muito mais do que tocar uns restaurantes de kebab na Edgware Road, mas eles sabem bem como espionar, então se você notar qualquer coisa suspeita, qualquer coisa fora do normal, pode ter certeza de que alguém vai perceber, e aí você pode realmente ter problemas.

— Quer dizer, mais problema que me entregar pra um bando de sequestradores brutais...

Um sorriso surgiu lentamente nos lábios de Sir Angus.

— Você entrou nessa missão como voluntário, lembre-se. Não quero que você fique se lamuriando agora.

— A partir do momento que você estiver no carro, o Stanton vai estar no comando — disse Layla. — Nós fizemos contato com o Hassad, e é assim que vai funcionar. O Stanton vai levar você direto pro sul, até um lugar chamado Sídon, no litoral. Ele vai deixar você no ponto de ônibus. De lá você vai pegar um ônibus local que vai levar você por cerca de cinquenta quilômetros em direção a um lugar chamado Jezzine. Depois, você vai pegar outro ônibus em direção a Anjar. É um lugar pequeno, perto de onde as fronteiras do Líbano, da Síria e de Israel se encontram. Quando você chegar lá, atravessa a rua e vai pro bar exatamente em frente ao ponto de ônibus. Entre, peça um café, depois sente-se. Só fale com alguém se não conseguir evitar. E não chame muita atenção pra você. Vamos dar uma quantia de dinheiro libanês pra você. Eles usam libras, por mais engraçado que pareça, mas lá tem três vezes mais dinheiro deles do que nosso, e vamos garantir que você tenha bastante.

— Eu posso pegar os recibos, se vocês quiserem — disse Porter.

— Não se esqueça de fazer isso — respondeu Sir Angus com rispidez. — Já estamos gastando uma fortuna com essa missão.

Por um momento, Porter pôde ver o medo e o suor no rosto do homem mais velho. É a minha vida que está em jogo aqui, pensou. Mas a garganta de Sir Angus também está. Se essa missão for pro espaço, e é quase certo que vá, então a carreira dele já era. E, diferentemente de mim, ele tem muito a perder. Ele pode parecer durão, mas isso é só uma performance: por dentro, acho que ele está bem mais assustado que eu.

— Espere no bar pelo tempo que for necessário — continuou Sir Angus — Não fale com ninguém, mas também não evite as pessoas. Fale se falarem com você. Vamos arranjar uns guias de viagem pra você, pra se alguém perguntar você fingir que é um turista. Em um certo ponto, um dos homens de Hassad vai abordar você. Ele vai estar procurando um cara com dois dedos a menos, mas não vai ser o próprio Hassad, então se certifique de manter a mão esquerda sobre a mesa pra que eles possam ver bem. Eles vão usar a palavra "*Mahmoudiyah*", pra que você saiba que são eles.

— É uma cidade no Egito onde nasceu Hasan al-Banna, o fundador da Irmandade Muçulmana — complementou Layla. — Então acho que a escolheram por isso.

— Contanto que usem o código certo, vá com eles — disse Sir Angus. — Eles vão ter um meio de transporte, e vão levar você pra onde quer que tenham levado Katie Dartmouth.

— E os reforços? — perguntou Porter.

Sir Angus parou por um momento. Os dedos dele estavam tamborilando sobre o tampo da mesa.

— Não tem nenhum — ele disse. — O Hassad foi bem claro sobre isso nas mensagens. Ele só vai receber você sob a condição de que vá sozinho.

— Podia ter alguém me vigiando — sugeriu Porter, com o tom de voz ficando mais severo. — A uma distância segura...

— Não é possível — interrompeu bruscamente Sir Angus. — O Hassad está dando permissão pra você ir até lá, mas você tem que ir desarmado e sozinho. Nós não temos praticamente nenhuma capacidade no Líbano. Eles são tão hostis conosco que não conseguimos montar uma rede de contatos, e as pessoas que aceitam suborno pegam o dinheiro israelense porque eles pagam melhor. Só o Mossad tem agentes na região, e não podemos pedir a eles porque precisam de toda a força humana pra eles mesmos. Se dermos reforços pra você, o mais provável é que o Hezbollah fique sabendo. Afinal, lá é o território deles. O Hassad deixou bem claro que, se você for seguido de alguma forma, ele vai executar a Katie Dartmouth na hora e garantir que todos os canais de TV do mundo transmitam ao vivo a decapitação. E quando ele estiver segurando a cabeça recém-decepada dela nas mãos, ele vai botar toda a culpa na nossa deslealdade. — Sir Angus enxugou uma gota de suor da testa. — Nós aguentamos merdas quando precisamos, é pra isso que somos pagos — continuou com amargura. — Mas nem mesmo essa organização quer ter de lidar com isso.

— Se esse é o caso, garanta que as instruções dele sejam seguidas.

Sir Angus hesitou.

— É claro — concordou.

— Então o que é que eu faço quando chegar lá? — perguntou Porter.

— Sua tarefa é resgatar a Katie Dartmouth, viva, simples assim — respondeu Sir Angus. — É pra isso que estamos pagando você, e esperamos obter bons resultados.

Os dedos dele ainda estavam tamborilando nervosamente sobre a mesa.

— Esse é o plano de ação — continuou. — Primeiro, descubra exatamente o que é que os viados querem. Eles estão dizendo que querem nossos rapazes fora do Iraque, mas isso provavelmente é só uma fachada. Vai ter alguma coisa que eles vão aceitar. O PM nos autorizou a oferecer pra eles o que ele chamou de "um novo roteiro para a paz no Oriente Médio", seja o que for que isso quer dizer. Francamente, acho que a única pessoa que acredita que essas conversas sobre paz valham a porra do tempo de alguém é o nosso amado líder, mas nunca se sabe, eles podem cair nesse papo. Fale com eles sobre isso primeiro. Mas se você não estiver chegando a lugar nenhum, e eu suspeito que você não vai, então estou lhe autorizando a oferecer dinheiro pra eles. Vamos fazer o que os franceses fazem, comprar a liberdade dela. Ofereça dez milhões de dólares pra começar, mas deixe a entender que estamos dispostos a aumentar esse valor, se ajudar. Diga pra eles que eles podem negociar diretamente comigo via e-mail. Ou, se preferirem, podem conversar com Jacques Papiasse. Ele é dono de um banco privado em Luxemburgo que os franceses usam pra pagar o resgate de reféns, e o Hezbollah o conhece e confia nele. Ele concordou em trabalhar conosco pela taxa escandalosa de sempre, se é que posso dizer, e se eles quiserem, podem negociar diretamente com ele.

— Como eu disse antes, está parecendo que vou precisar de um plano B — Porter disse. — Porque eu não imagino que eles vão cair nessa baboseira. Eles já acabaram com mais planos de paz do que eu com garrafas de vodca e, se quisessem dinheiro, já teriam pedido até agora.

— Então depois disso você vai fazer o seguinte — respondeu Sir Angus. — Tem um homem na Baía de Guantánamo, um líder do Hezbollah chamado Fouad Karem. Ele está lá há um ano. Nós conversamos com Washington e eles concordaram em nos deixar trocar ele pela Katie. Ofereça isso pra eles, e se eles morderem a isca, aí podemos discutir os detalhes da troca.

— E o que é que vai acontecer quando for sábado de manhã? — Porter perguntou. — Três dias se passaram e a execução de Katie vai acontecer dentro de algumas horas. Nenhuma dessas propostas está funcionando. Eles não vão negociar nem vão adiar, e eles não ligam a mínima pra nenhum de nós. O que é que eu vou fazer então?

Sir Angus se inclinou à frente, na direção do rosto de Porter.

— Eu já mandei um monte de homens pra zona de combate desde quando comecei a trabalhar pra essa equipe, e sempre dei pra eles um conselho — ele respondeu. — Não banque o herói, porra. Não vale a pena. Você provavelmente vai acabar morto, e arrumar merda pra todos nós. Mas você sabe disso, Porter. Mas talvez dessa vez eu simplesmente suspenda isso. Se a manhã de sábado chegar e nada mais estiver funcionando, então banque o herói. É a última opção, lembre-se disso, mas se todo o resto falhar, use o que você treinou no Regimento pra tentar abater esses viados e resgatar a garota de lá.

— E se eu morrer tentando?

— Aí pelo menos você vai ter sido bem pago.

— Alguém tentou me matar — disse Porter, enquanto Sir Angus se levantava para sair.

— Espera só até você chegar na porra do Líbano, cara — respondeu Sir Angus. — Todo mundo vai querer matar você lá.

— Eu não estou brincando — Porter vociferou. — Um cara tentou me atropelar.

— Estamos investigando — disse Layla.

— E o que é que vocês descobriram?

Layla hesitou. Havia um toque de indecisão na expressão dela, e por um momento Porter suspeitou que ela estivesse escondendo alguma coisa dele.

— Até agora, não muita coisa — ela respondeu, tirando um cacho de cabelo do rosto.

— Tem alguém infiltrado aqui — disse Porter. — Alguém nessa organização sabe o que estou fazendo e quer me impedir.

— Um espião do Hezbollah dentro da Firma? — perguntou Sir Angus. — Não seja ridículo, cara.

Porter se levantou.

— Eu estou dizendo pra você, é verdade — rosnou.

Sir Angus se virou e começou a sair da sala.

— Só se concentre em fazer o seu trabalho — disse. — Não tem espiões nessa organização.

DOZE

Porter ajustou o som no aparelho de TV. A Sky News estava insistindo em cobrir 24 horas por dia a história de Katie Dartmouth, assim como a CNN e a BBC News. Ele passou algumas vezes de canal: havia um show de celebridades no ITV, um programa de detetive na BBC e uma reprise de *Friends* no Channel 4, mas Porter não tinha mais TV há tanto tempo que não fazia mais muita ideia do que estava passando, nem do que gostava de assistir.

Apoiou novamente a cabeça no travesseiro e colocou de volta na Sky News. Não tinham muitas novidades para contar. Agora era quarta-feira à noite e Katie havia sido capturada na noite de domingo, bem tarde. Haviam liberado algumas imagens recentes do cativeiro dela. Só dava para ver uma mulher amarrada a uma estaca. Seus braços e pernas estavam amarrados e havia três homens armados e encapuzados atrás dela, de pé. Quando a câmera se aproximava, era possível ver os cortes e hematomas nas bochechas. Uma mordaça estava enfiada de uma forma grosseira na boca de Katie, mas os olhos estavam expostos. E enquanto a câmera seguia na direção deles, dava para ver que ela havia sido dominada completamente pelo desespero.

— Merda — Porter murmurou. *Em menos de 24 horas eu também vou estar lá.*

No noticiário, o líder dos Democratas Liberais havia pedido que as tropas fossem trazidas de volta do Iraque hoje, e até mesmo os Conservadores estavam pedindo um debate. A Sky cortou para uma gravação de mais cedo do *Prime Minister's*

Questions[6] na Câmara dos Comuns[7]. O PM havia parecido agitado enquanto repetia a declaração de que tudo que era humanamente possível estava sendo feito para conseguirem a libertação de Katie Dartmouth, mas que não podiam negociar diretamente a exigência principal dos sequestradores.

— Tudo que digo para a população é o seguinte — repetiu, com a tensão evidente no rosto. — Não podemos voltar atrás, nem nos rendermos às forças do terror. — As palavras, entretanto, foram acompanhadas por um silêncio absoluto do seu lado da câmara e por protestos da oposição.

Na enquete aos espectadores, a Sky estava mostrando que 72% das pessoas queriam a retirada das tropas britânicas do Iraque se houvesse alguma chance de isso salvar a vida de Katie. Passaram rapidamente para o lançamento de uma nova iniciativa do governo para incentivar mais adolescentes a irem à academia. O editor político deles apareceu na tela para repudiá-la, chamando-a de uma "iniciativa atraente criada para desviar a atenção do sequestro", e em poucos minutos a Sky havia retornado para a saga de Katie Dartmouth. O site que mostrava as fotos do cativeiro de Katie já havia recebido vinte milhões de visitantes de todo o mundo. Na Trafalgar Square, a "Vigília pela Libertação de Katie" havia crescido durante a noite e agora a polícia estimava que havia cinco mil pessoas passando a noite acampadas na praça, e elas haviam se comprometido a permanecer lá até que o PM começasse a negociar diretamente a soltura de Katie Dartmouth. O repórter da Sky começou a entrevistar um deles, destacando a chuvarada e o vendaval que eram previstos para Londres naquela noite.

6 Convenção constitucional britânica realizada semanalmente na qual os membros do Parlamento fazem perguntas ao primeiro-ministro. *(N. do T.)*

7 Câmara baixa do Parlamento, equivalente à Câmara dos Deputados. *(N. do T.)*

— A gente não liga — respondeu uma jovem vestida com um sobretudo azul. — A gente vai ficar aqui até a guerra acabar e Katie Dartmouth voltar viva do Líbano.

Depois passaram a cobrir algumas notícias recentes. Sir Elton John havia acabado de anunciar que estava gravando uma versão especial de "Someone Saved My Life Tonight" com a letra reformulada, feita para solicitar a libertação de Katie. A música seria gravada amanhã e estaria disponível para download no iTunes na manhã de sexta-feira. Já haviam previsto que ela iria eclipsar as vendas massivas da versão reformulada de "Candle in the Wind" que ele havia composto para o funeral da princesa Diana.

Deus, pensou Porter. O país inteiro está ficando maluco. E eu sou o único homem que tem alguma chance de fazê-lo voltar à sanidade.

Bateram na porta. Porter levantou a cabeça e a olhou de relance. Danni estava entrando no quarto, com a bolsa de equipamentos médicos debaixo do braço. Ele já havia diminuído as luzes do pequeno quarto, que agora estava iluminado principalmente pelo brilho da tela da TV. Ele colocou o aparelho no mudo e olhou de novo na direção da enfermeira, notando a forma como a luz ondulante da TV atingia as mechas pintadas de loiro do cabelo, formando um brilho dourado em volta do rosto de boas proporções.

— Meus remédios — ele disse com um sorriso.

Ela fez que sim com a cabeça, enquanto ajoelhava ao lado dele.

— Levanta as mangas da sua camisa — ela pediu.

Porter colocou os pés no chão. Estava vestindo apenas um casaco de moletom e calça jeans preta, e puxou a manga do braço esquerdo para expor a pele nua que estava por baixo. Danni já havia pegado um pedaço de algodão e estava esfregando um pouco de desinfetante na pele. Porter fechou os olhos enquanto a agulha o espetava, perguntando-se se estaria prestes a ser apagado: não se importava muito com injeções, mas não gostava de observá-las.

— Tudo pronto — ela disse, após uma fração de segundo.

— Eu preciso de outro tipo de remédio — Porter respondeu. — Do tipo que vem numa garrafa.

— Você vai amanhã — Danni retrucou.

Porter fez que sim com a cabeça.

— Pro lugar onde estão mantendo Katie Dartmouth?

— É por isso que eu preciso de uma bebida.

Danni sorriu brevemente.

— Deus, eu também ia precisar de uma bebida se estivesse indo pra lá — respondeu. Levou as mãos à bolsa, tirando uma meia garrafa de vinho branco de lá. — Isso serve?

Porter pegou a garrafa. Era um daqueles vinhos brancos australianos que podem ser comprados na Tesco, que são usados para acompanhar uma refeição pronta comprada na volta para casa do trabalho. Não era o que normalmente gostava de beber, mas agora estava desesperado por qualquer coisa. Aquela era a primeira bebida alcoólica que havia visto desde quando colocara os pés naquele lugar, há 36 horas, e não iria recusá-la.

— Quer se juntar a mim?

Danni encolheu os ombros.

— Ok — respondeu.

Porter girou a tampa para abri-la, despejando o vinho em dois copos de vidro que havia pegado no lavatório. Tomou um gole pequeno, esperando um momento para que o álcool atingisse a corrente sanguínea. Era difícil lembrar quando havia sido a última vez em que ficara tanto tempo sem beber. Morando na rua, quase nunca tinha dinheiro para colocar um teto sobre a própria cabeça, e com frequência também não tinha para pegar algo para comer. Mas sempre arranjava dinheiro para beber.

— O que é que aconteceu com você? — perguntou Danni.

Ela tomou um gole pequeno do vinho e se sentou a apenas alguns centímetros dele, no final da cama. Enquanto cruzava as pernas, Porter notou a junção das meias-calças negras subindo as laterais das pernas bem delineadas e desaparecendo por entre as dobras tentadoras da saia branca engomada. De repente, ele notou que ela estava percebendo a forma como estava passando os olhos pelas pernas dela, e os tirou de lá subitamente. Para de se enganar, lembrou-se. Ela não deve ter nem 24, 25 anos. É jovem o bastante pra ser sua filha. E vamos falar a verdade, meu chapa, até as mulheres da sua idade não estão interessadas em você. Nem pense nas mais novas.

— Eu tive uns momentos de azar, só isso — respondeu Porter.

Danni fez que não com a cabeça, jogando os cabelos loiros para o lado enquanto fazia isso.

— Isso é besteira —retrucou. — Você já foi do Regimento. Os melhores dos melhores...

— Como é que você sabe disso? — perguntou Porter.

Danni riu, tomando outro gole de vinho.

— Aqui é bem pequeno. E ninguém faz tanta fofoca quanto um escritório cheio de espiões. Essa galera adora saber o que os outros estão fazendo.

Vai ver é por isso que alguém tentou me matar, Porter pensou. Vai ver a notícia vazou de algum jeito. Vai ver ela chegou até uns caras da al-Qaeda ou do Hezbollah em Londres e eles quiseram me liquidar antes que eu tivesse a chance de chegar no Líbano.

— Você tem que ser forte pra entrar lá, não tem? — perguntou Danni. — Tem testes especiais como eu achava que tinha?

Porter sentiu a mente voltando rapidamente para quase duas décadas atrás. Havia testes especiais, sim. Havia passado semanas da sua vida fazendo marcações pela cordilheira de Brecon Beacons[8], com um peso nas costas sem nenhuma outra utilidade a não ser para treinamento e com a chuva galesa batendo contra o rosto. Havia escalado montanhas e as descido de rapel, aprendido a pilotar aviões e tanques e passado mais horas correndo em volta

8 Cordilheira no país de Gales. *(N.do T.)*

do edifício de treinamento do que um homem passaria durante várias vidas. Havia visto homens morrerem também: dois caras haviam passado dessa para melhor nos cursos de seleção dos quais havia participado, ambos bons rapazes que queriam apenas provar que conseguiam aguentar o desafio, mas que deviam estar comendo grama pela raiz há quase vinte anos agora. E pelo quê? Por alguns anos recebendo ordens de uns garotos de escola pública que haviam passado de ano sem merecer, até que o jogassem num monte de sucata e passassem direto na rua quando o viam pedindo ajuda para comprar uma cerveja.

— Porque você estava mal quando chegou aqui — Danni continuou. — Quer dizer, eu pensava que os caras do Regimento poderiam conseguir bons empregos no setor industrial. Ou ir pro Iraque e ganhar mais uns dois ou três mil por semana com segurança.

Eu não, Porter pensou. Eu fracassei. E depois de ter fracassado, não tem como voltar atrás.

— Eu tinha... — Porter parou, tomando um gole do vinho e já pensando se ela não teria algo mais forte enfiado na bolsa. O que é que eu tinha exatamente? ele se perguntou. Por que é que eu não conseguia voltar pro mundo mesmo? Talvez se eu tivesse conseguido encontrar uma resposta pra isso eu não teria ficado procurando no fundo de tantos copos de cerveja durante a minha vida. — Eu estava no Líbano. Há muito tempo. Eu estava entrando lá com a minha unidade pra resgatar um refém, mas eu fodi tudo.

— Continua — ela sussurrou.

Ele olhou para Danni com uma expressão firme e forte. Levantou a mão esquerda.

— Foi assim que perdi esses aqui — disse, apontando para os dedos que faltavam com um gesto da cabeça. — Mas isso não foi o pior. Eu perdi três caras da minha unidade, bons homens. Foi minha culpa, entende? Essa merda foi minha culpa. Eles teriam sobrevivido se eu não tivesse...

Porter parou de falar, deixando a frase pairar entre eles. Era estranho falar sobre isso. Havia tentado conversar sobre o assunto com Diana, mas isso foi há anos, logo depois de voltar, mas ela estava tão preocupada com o bebê que não havia tido tempo para escutá-lo, e ele percebeu rapidamente que era mais fácil apenas tomar outra bebida e esquecer o assunto. Desde então, nunca mais havia falado sobre isso com ninguém. Ficara apenas remoendo o que havia acontecido, enterrando a história cada vez mais fundo dentro dele, até que se tornasse mais uma parte dele, como o sangue que corria pelas veias.

— Se você não tivesse o quê...?

Ele deu de ombros, virou o copo de vinho no fundo da garganta e o encheu novamente.

— Não importa.

— Pra mim importa.

— Eu deixei um garoto vivo e ele matou meus três companheiros.

Danni se aproximou sobre a cama, ficando a cerca de meio metro dele.

— E você acha que voltar lá vai resolver isso pra você? — ela perguntou.

Ela estava olhando diretamente para ele, os olhos azuis claros vivos de curiosidade, com uma sede de conhecimento que Porter achou intrigante.

— Porra, espero que sim —respondeu, encolhendo os ombros.

Ela se aproximou mais alguns centímetros. Com a mão esquerda, estava tirando um cacho de cabelo do rosto, e a mão direita estava pousada sobre a cama. Lentamente, descruzou e depois cruzou de novo as pernas, e Porter ficou se esforçando para não olhar para ela. Estava tão próxima dele que Porter não conseguia fugir do cheiro inebriante do perfume espalhado pelo corpo dela.

— Eu também espero — ela disse suavemente, deixando os lábios ligeiramente separados e os olhos entreabertos enquanto completava a frase —, porque é uma coisa bem corajosa de se fazer.

A mão de Porter avançou sobre a cama, ficando a apenas alguns centímetros da dela. Deus, ela está dando em cima de mim, disse para si mesmo. A não ser que os sinais tenham mudado completamente ao longo dos anos que se passaram desde quando eu tentei alguma coisa com uma garota, pode ser que eu tenha uma chance. Sentia o coração batendo forte. Ele a queria, é claro. Ela era loira e peituda, estava vestindo um uniforme branco de enfermeira bem engomado: que homem não iria querê-la na cama? Mas quando você vive nas ruas, lembrou-se, você para até de pensar em mulheres. Elas não são captadas pelo radar. Deus, não sei nem se sei o que fazer ainda.

— Não é tão corajosa assim — Porter respondeu, com o tom de voz mais fraco.

— Eu acho que você é bem corajoso — ela insistiu. — E forte...

A mão dela estava quase tocando a dele agora. Porter deixou a mão direita se esticar, os dedos rastejando pela roupa de cama, até que lentamente alcançaram os dela. Sentia o calor da pele dela contra a sua, e quando olhou para o rosto de Danni, seus olhos ainda estavam entreabertos e os lábios separados por muito pouco. Ele se aproximou, segurando a mão dela, e de repente Danni arregalou os olhos, olhou diretamente para ele e sorriu.

— Me beija — disse ela, lentamente.

Porter se inclinou para o beijo e no instante seguinte sentiu a língua dela estalando contra a dele. Abraçavam-se de uma forma apaixonada e urgente, como se ambos estivessem dolorosamente cientes de que tinham muito pouco tempo. Ele conseguia sentir o gosto de vinho nos lábios dela enquanto suas línguas se encontravam, agitadas, e o hálito dela estava morno contra a pele dele. Sentia os peitos dela sendo impelidos contra o seu peito e, mesmo através do sutiã de renda, conseguia sentir os mamilos se enrijecendo. Porter deslizou a mão para baixo, em direção às pernas dela, e pressionou logo acima do joelho. Pequenos gemidos de prazer começaram a sair dos lábios dela enquanto ele subia vagarosamente a mão pela lateral da sua coxa, até aconchegá-la no calor da virilha. As mãos de Danni estavam percorrendo o peito de Porter, puxando o casaco dele. Ela rolou para o lado e, de repente, estava debaixo dele, puxando-o para baixo em direção ao calor do corpo dela.

— Me come — ela murmurou, com a voz rouca e firme. — Me come agora!

Porter afastou a túnica e afundou o rosto nos peitos dela. A língua dele estava atacando-lhe os mamilos, divertindo-se com a forma como os peitos volumosos se elevavam e inchavam sob o seu toque. Enquanto fazia isso, as mãos dela estavam ocupadas em abrir a calça dele. No momento seguinte, Danni o havia virado, tirando-lhe o resto das roupas, depois fazendo-o esperar alguns instantes tentadores enquanto tirava o vestido e a meia-calça, deixando apenas a calcinha de renda para encher os olhos dele. Deus, Porter pensou, enquanto se deitava de costas na cama e observava a cabeça dela desaparecendo em direção à sua virilha, as garotas aprenderam uns truques desde a última vez que fiz isso.

O sexo foi quente e frenético, acabou em questão de minutos, mas não foi menos satisfatório por causa disso. Porter havia ficado preocupado brevemente, pensando que alguém poderia entrar, mas a porta estava trancada. Quando terminaram, deitaram-se enrolados nos braços um do outro, e por um segundo Porter ficou pensando sobre as câmeras de segurança que estava certo de haver instaladas no quarto. Foda-se, pensou com um sorriso de esguelha. Podem assistir se quiserem. Talvez eu até compre uma cópia da gravação com eles.

Danni estava deitada na lateral da cama, com o corpo ainda estava vibrando de prazer. Olhou nos olhos dele, depois deu-lhe outro beijo na bochecha.

— Sabe, eles acham que você não vai voltar — ela disse.

— O quê?

Ele sentia as mãos dela fazendo cócegas no seu peito e não conseguia evitar que ele mesmo sorrisse. Fazia tanto tempo desde que havia estado com uma mulher — tivera uma namorada, por pouco tempo, quando havia conseguido manter um emprego por três meses inteiros, logo depois que Diana o expulsou da casa, mas, desde então, nada — que havia esquecido como era bom ficar abraçado com alguém. Fez com que se sentisse vivo de novo, afastando os demônios que se enfureciam na mente dele: já estava se perguntando sobre quando poderia vê-la de novo.

— Eles estavam conversando sobre isso, eu escutei — continuou Danni. — A Layla e alguns dos outros oficiais do caso.

— O que foi que eles disseram exatamente?

— Eles acham que não tem muita coisa que você possa fazer. Esse tal de Hassad, eles acham que ele é um desgraçado impiedoso, e o que quer que você lhe ofereça, ele não vai aceitar. Ele vai matar Katie Dartmouth bem como ele disse que ia, e aí... bem, você não vai ficar numa situação muito agradável, né?

Os olhos dela se agitaram com ternura na direção dos de Porter.

Porter permaneceu impassível.

— Eu vou fazer o que puder — respondeu com firmeza. — Se eu consigo libertar ela ou não... — Encolheu os ombros. — Que diabo, eu não sei. Vale a pena tentar, é tudo que sei.

— Você não está com medo?

— De alguns caras de turbante? Porra, não. Eles correm por aí gritando Alá e essa bobagem toda, mas é só colocar uma bala neles e eles caem rapidinho.

— Mas... de morrer? — Danni perguntou.

Porter parou por um momento. Havia pensado sobre isso algumas vezes ao longo dos últimos anos. Quando se morava nas ruas, acostumava-se à ideia de que não se chegaria a uma idade muito madura.

— Morrer não é tão ruim — respondeu. — Tem coisas piores que podem acontecer com um homem. Confia em mim, já passei por isso.

Lentamente, Danni montou nele, esfregando a virilha dela na dele. Um sorriso perverso e sensual estava brincando entre o batom vermelho e borrado dela.

— Eu quero foder com você mais uma vez antes de você ir embora — ela disse.

TREZE

A BMW 520 se afastou rapidamente do meio-fio e fez uma curva fechada à direita, subindo na ponte Vauxhall. Porter estava sentado na parte traseira, escutando o zumbido grave do motor. Não se acostume com isso, ele se advertiu. Eles vão levar você com estilo pro aeroporto porque isso agrada a eles. Mas assim que você sair daquele avião, vão jogar você direto no inferno de novo.

Era pouco depois das seis e não havia muito tráfego a essa hora da manhã. Com a vida nas ruas, Porter havia aprendido que não existia algo como uma hora silenciosa nas ruas de Londres: era um clichê, sabia disso, mas o lugar realmente havia esquecido como era dormir. Mesmo assim, enquanto a BMW passava pelos distritos de Pimlico e Kensington para chegar à rodovia M4 que ia na direção do aeroporto Heathrow, as mães ainda não haviam dado partida nas quatro por quatro para levar as crianças à escola, e as vans de entrega não haviam começado seus turnos, logo a região estava relativamente calma. Observou enquanto as ruas silenciosas e escurecidas passavam deslizando, reconhecendo os lugares onde havia pernoitado, tentado a sorte pedindo esmolas, ou se rebaixado perante algum escroto pomposo por algumas horas de trabalho lavando louça ou varrendo degraus.

Talvez eu nunca mais veja esse lugar de novo, pensou. E daí? Não vou sentir falta de nenhuma rua daqui.

Fora para Londres após ser enxotado por Diana. Eles tinham uma casa no subúrbio de Nottingham que haviam comprado juntos logo após o nascimento de Sandy: Diana gostava dela porque havia crescido ali, mas Porter tinha vindo de Luton e nunca se sentira realmente em casa tão no meio das Midlands[9]. Sem Diana, não havia muitos motivos para permanecer lá e, para ser honesto consigo mesmo, para quem bebia muito, ali não era um dos melhores lugares para se ficar: todos os bares acabavam por conhecê-lo e não o serviriam mais depois das primeiras dez ou doze bebidas. Fora para Londres para tentar a sorte no campo da segurança, e havia conseguido arranjar alguns trabalhos como guarda-costas, mas após pegarem-no com hálito de álcool essa fonte secou. Ninguém queria um desgraçado bêbado tomando conta de si. Porém, havia permanecido em Londres, mesmo enquanto a vida dele ia gradualmente caindo aos pedaços. Sempre se podia conseguir uma bebida, contanto que tivesse algumas libras no bolso, e algumas vezes até mesmo quando não tinha.

— Dormiu bem? — perguntou Layla, sentada ao lado dele na traseira da BMW.

Ele olhou de relance para ela. Estava vestida mais casualmente hoje, de calça jeans, blusa branca e casaco azul, com o cabelo preso por um rabo de cavalo. Havia trazido uma mala de viagem, embora planejasse pegar o voo da tarde de volta para Londres, pois qualquer um que aparecesse no aeroporto sem nenhuma bagagem automaticamente parecia suspeito.

— Muito bem — respondeu Porter rispidamente.

Isso descreveu bem a noite, refletiu. Depois de fazer amor com Danni pela segunda vez, havia pegado no sono nos braços dela e dormido provavelmente melhor e mais profundamente do que o havia feito em anos. Quando fora acordado pelo barulho do alarme tocando, ela já havia ido embora, deixando apenas o cheiro duradouro do perfume e uma pequena marca de batom no travesseiro para lembrá-lo de que ela havia estado ali em algum momento. Provavelmente nunca mais vou ver ela, e talvez nem queira, havia pensado ao entrar no chuveiro. Ela era jovem de-

9 Região central da Inglaterra. *(N. do T.)*

mais para que o relacionamento deles fosse qualquer coisa além de breve e físico, mas as poucas horas que haviam separado para ficarem juntos tinham sido memoráveis mesmo assim. *Algo pra me alegrar enquanto os caras de turbante estiverem prestes a meter uma bala na minha cabeça ou uma espada no meu coração.*

— O tratamento médico ajudou você a dormir? — Layla perguntou.

Porter olhou de novo para ela. Havia apenas um resquício de sorriso no entorno dos lábios dela, e, de repente, tudo que havia acontecido ficou claro para ele.

— Quanto é que você pagou pra ela?

— Paguei pra quem? — retrucou Layla com leveza.

— Pra enfermeira.

— Eu não sei do que você está falando.

— Eu posso ter bebido demais ao longo dos últimos anos — Porter rosnou. — Mas o álcool não fez todos os meus neurônios apodrecerem, pelo menos ainda não. Ainda tenho o suficiente deles na cabeça pra saber que as garotas novas não vão pra cama com caras velhos o bastante pra serem pais delas, a não ser que alguém esteja fazendo valer a pena pra elas.

— Vai ver ela gosta de você — Layla respondeu, encolhendo os ombros.

— Eu tenho muitos defeitos, mas não sou vaidoso — Porter insistiu. — Qual foi o acordo?

Layla parou por um momento. Agora, a BMW havia passado pelo distrito de Hammersmith e estava rugindo sobre a pista rápida da rodovia M4 em direção ao aeroporto.

— Ela não é nem enfermeira de verdade, embora saiba aplicar injeções e fazer um curativo nas pessoas se tiverem se cortado. Ela bota em prática algumas das nossas armadilhas. Ela vai pra cama com homens, normalmente homens de meia-idade, e aí nós ameaçamos contar pras esposas deles a não ser que eles façam alguma coisa que queiramos que façam. É o truque mais antigo de todos, é claro, mas é um bom pra cacete de qualquer forma, e ainda dá bem certo.

— Então por que eu?

— Um dos psicólogos que colocamos pra assistir um vídeo de você nos sugeriu. Ele disse que achava que a sua autoestima estava baixa.

— Bem, então você estragou tudo contando pra mim.

Layla deu de ombros.

— Você já tinha adivinhado.

Porter riu.

— Bem, se por alguma merda de milagre eu voltar desse inferno pra onde vocês estão me mandando, diz pra eles que ainda estou me sentindo um pouco pra baixo — disse. — Talvez eu precise de outra dose.

— Vou tentar...

— E pede pra ela trazer a irmã dela também.

A BMW já havia parado no estacionamento de carga e descarga no Heathrow. Porter seguiu Layla em direção ao terminal 4. Ainda tinham uma hora e meia até o voo, mas as regras de check-in ditavam que deveriam chegar lá com tempo de sobra. Porter estava carregando uma única bagagem de mão de couro que a Firma havia trazido para ele, que levava uma calça jeans extra, duas camisas, um kit de fazer a barba e um livro de capa mole para ler no avião. Ele a jogou sobre as costas e andou ao lado dela em direção ao balcão de check-in. O olho dele encontrou uma vitrine de jornais. Todos estavam voltados para o caso de Katie Dartmouth: o *Guardian* tinha uma enquete que mostrava que o apoio ao governo estava afundando enquanto a crise piorava, prevendo uma aniquilação nas eleições fora de época; o *Mail* havia contratado a mãe de Katie para escrever um diário do sequestro; o *Sun* trazia uma contagem regressiva de Katie — a manchete gritava "DIA-D MENOS 3".

Passaram voando pela ala VIP, então foram para o controle de passaportes. Naturalmente, Porter não tinha um passaporte: não era o tipo de coisa que se precisava quando se dormia nas ruas. A Firma havia arranjado um da noite para o dia. É impressionante o que dá pra fazer quando o destino do governo está em risco, refletiu. Até a foto está mais ou menos boa, constatou, enquanto pegava de volta o passaporte com o oficial de imigração e o enfiava na calça. Talvez não tenham nem pagado demais àquela Danni pela trepada: do jeito que a minha vida está mudando, pensou com um sorriso de esguelha, a próxima pode ser até de graça.

— Acho que vamos ficar longe do free shop, né? — Layla disse com rispidez, virando-o na direção do balcão da lanchonete na ala de embarque. — Você já tem o bastante no seu sistema pra querer acrescentar vodca.

— Vai ver eu deveria levar um presente da Inglaterra pro meu velho chapa Hassad — disse Porter com um sorriso. — Uma camisa com o Big Ben. Ou uns biscoitos legais da Harrods[10].

Layla já havia pedido dois cafés com leite grandes e croissants: Porter havia comido um pouco de cereal e torradas no quarto, mas a fome dele ainda estava longe de estar saciada, e ele devorou o croissant em duas mordidas, como um lobo.

— Por algum motivo eu imagino que a Irmandade Muçulmana não rache uma garrafa de Johnnie Walker quando se junta pra uma reunião — disse Layla.

— Eu podia levar uma garrafa, só por via das dúvidas.

— Nem pense nisso.

— Podia deixar todos eles bêbados, aí fugir com a garota enquanto eles estiverem apagados.

Layla só virou os olhos.

— Você vai comer isso aí? — Porter perguntou, apontando na direção do croissant dela.

---

10 Luxuosa loja de departamentos britânica. *(N. do T.)*

— Acho que vai ter comida no avião — ela respondeu, fazendo que não com a cabeça.

Ele pegou o croissant e o comeu em duas mordidas também. Olhando ao redor, Porter não conseguia dizer onde estava o resto dos lacaios que a Firma havia mandado para acompanhá-los durante o voo, mas tinha certeza de que não estavam muito longe. Iriam viajar num A320, cuja classe econômica contava com seis assentos em cada fileira, três de cada lado do corredor, o que significava que haveria dezesseis agentes adicionais além Porter e Layla. Parece até uma festa, pensou. Todos eles estariam à paisana. Iriam permanecer silenciosamente em segundo plano. A Firma era boa nisso: podiam designar uma provisão infinita de homens cinzentos que se misturavam discretamente às sombras, para aparecer como que do nada apenas quando fossem necessários.

— Preciso ir ao banheiro — disse Porter, levantando-se.

Layla lhe lançou um olhar severo.

— Não se preocupe — ele rosnou. — Não vou dar uma de fujão. Talvez eu precise que examinem minha cabeça, mas eu realmente *quero* ir embora daqui.

— Só não demora.

Porter andou na direção dos banheiros. Olhou de soslaio para o free shop e não pôde deixar de notar a grande quantidade de uísques, vodcas e gins expostos nas prateleiras da vitrine da loja. Barato pra cacete, refletiu amargamente. Doze libras por uma garrafa de Johnnie Walker. Eles estão praticamente dando a mercadoria. Não, disse para si mesmo, enquanto continuava andando. Nada de beber. Ainda não, pelo menos.

A Firma lhe dera cem libras junto com a bagagem: ir para Heathrow sem dinheiro no bolso era mais uma coisa que o faria parecer suspeito. Tinha mais quinhentos em libras libanesas, e Ben Stanton teria muito mais, caso precisasse. Logo após a free shop, havia uma série de lojas de suvenires e roupas. Porter entrou sorrateiramente em uma e pediu à garota que estava na mesa para lhe dar uma calça jeans, uma camisa branca, algumas meias, cuecas e um par de tênis, tamanho quarenta e um. Quando ela perguntou qual marca queria, ele respondeu que não importava. E não, não se importava com a cor da calça, nem se o corte dela era tradicional ou bootcut, nem queria prová-la. Em alguns minutos, ela havia voltado com uma sacola com algumas protuberâncias. Porter contou o dinheiro, agradeceu à atendente e saiu.

Rapidamente, andou os últimos metros até o banheiro masculino, então, trancando-se em uma das cabines, Porter se despiu com velocidade. Era um lugar apertado, mas logo estava nu. Correu as mãos pelo corpo, certificando-se de que não havia absolutamente nenhum tipo de dispositivo de rastreamento plantado nele. Quando teve certeza, pegou as roupas novas na sacola, vestiu-se, lavou o rosto e voltou rapidamente na direção da lanchonete onde Layla o estava esperando. Olhando de relance para o painel de embarque, viu que ainda faltavam quarenta minutos para o voo, mas já estava sendo pedido aos passageiros para que fossem em direção à plataforma 26.

— Que merda que você fez? — perguntou Layla, enquanto olhava para ele.

— Mudei de roupa — respondeu Porter com rispidez.

Layla fez que não com a cabeça, com uma expressão no rosto igual a de uma professora de creche ao se deparar com um pupilo particularmente indisciplinado.

— Você não gostou das roupas que compramos pra você? — perguntou. — Deus, estamos mandando você pra Beirute. Não estamos indo pra uma merda de um desfile de moda em Milão.

Porter se inclinou sobre a mesa. Ela havia pedido um muffin de chocolate enquanto ele estava longe, e ele pegou um pedaço, colocando-o na boca.

— Como eu disse no carro, posso ter bebido demais nesses últimos anos, mas meu cérebro não está estragado de vez. Ainda não, pelo menos. Preciso ter certeza de que vocês não botaram nenhum dispositivo de rastreamento em mim. Porque se vocês tiverem botado, então com certeza o Hassad vai encontrar ele. Vocês podem facilmente ter escondido um nas minhas roupas, até na sola do sapato, ou no botão da camisa. O único jeito de eu ter certeza de que estou limpo é usando roupas que acabei de comprar na loja, aqui. Porque se o Hassad achar mesmo alguma coisa, ele vai me matar na hora. E, francamente, eu não culparia ele.

— Deus, John, você não confia na gente?

Porter fez que não com a cabeça decididamente.

— Só confio em mim mesmo.

Somente cerca de metade dos assentos estavam ocupados no avião, incluindo os que foram reservados pela Firma. Não tem muitas pessoas indo pra Beirute, Porter pensou enquanto caminhava pelo corredor em direção aos banheiros na traseira do avião. E quem é que pode botar a culpa neles? Nenhum trabalho pra fazer, metade dos hotéis estão fechados e, a menos que esteja vestindo uma burca ou um lenço na cabeça, há muitas chances de algum maluco sequestrar você e ligar pra sua casa pedindo um milhão de libras ou então vai decepar a sua cabeça.

Agora, o A320 estava no ar há três horas, e até então o voo havia sido bem tranquilo. Era a primeira vez que Porter entrava num avião em quase quinze anos, e havia melhorado um pouco desde o voo fretado que fizera para a Espanha com Diana e Sandy, que na época tinha três anos, nas últimas férias de família que tiraram antes da bebedeira dele fazer com que não tivessem mais dinheiro para luxos como esse. As asas não berravam de dor toda a vez que o piloto mudava de direção. Os assentos eram mais confortáveis. Havia quarenta ou mais estações de rádio para escutar com fones de ouvido. E havia uma tela pequena e nítida pendurada no teto que rastreava o progresso do avião sobre a Europa e dizia a distância que faltava até o destino. Estavam acabando de passar pela Sicília, Porter notou, e seguindo em direção ao Mediterrâneo. O piloto estava inclinando o avião para a esquerda para se afastarem do Egito e irem em direção a Israel e ao Líbano. Agora, não faltava muito para começarem a descer até Beirute.

Olhou na direção do carrinho de bebidas. A aeromoça — uma loirinha atrevida que se apresentou como Chloë para Porter enquanto servia o café da manhã aquecido no microondas — já havia percorrido a cabine oferecendo bebidas às pessoas, mas ainda estavam no meio da manhã e poucos aceitaram. Layla lhe disse rispidamente que não queriam nada e Porter havia se contentado em apenas terminar o café da manhã dela ao invés disso. Havia uma fileira de garrafinhas minúsculas de avião: uísque, vodca, gim, rum, vários tipos diferentes de cerveja, pequenas garrafas de vinho branco e tinto. Porter mal se lembrava da última vez em que havia visto tantas bebidas no mesmo lugar. E todas elas de graça, ainda. Pegou duas vodcas, um gim e uma garrafa dupla de Johnnie Walker e as enfiou sorrateiramente dentro do casaco.

Só tem um lugar em que produzem o tipo de coragem que um homem precisa pra enfrentar o que estou prestes a fazer, disse para si mesmo.

Uma cervejaria.

Pegou outra garrafa de vodca e girou a tampa. Ela se soltou na mão dele e Porter a levou aos lábios. Sentiu o vidro morno contra a pele e depois o líquido forte e uniforme começou a escorrer pela garganta. Porter nunca havia encontrado uma bebida com um gosto que não achasse bom. Beberia removedor de tinta se fosse só o que conseguisse encontrar. Mas vodca era a sua preferida. Uma bebida de um bebedor de verdade: talvez fosse por isso que os russos a amassem tanto. A vodca não tem essas besteiras de sabores e aromas. Nem essas idiotices de grãos ou colheitas. Era o mais próximo de álcool puro que se podia conseguir sem visitar um hospital. E deixava a pessoa de porre com o mínimo de rebuliço e o máximo de eficiência.

— Que merda é essa que você está fazendo? — vociferou Layla.

Porter se virou. Ela estava parada bem próxima a ele, com os olhos escuros vivos e raivosos. A mão direita dela já havia agarrado a garrafa de vodca. Ela estava tentando tomá-la, mas conseguiu apenas derramar metade do conteúdo na camisa dele.

— Porra, você acha que eu estou fazendo o quê? — Porter rosnou. — Admirando as belas nuvens pela janela? Eu estou tomando uma bebida, merda!

— Larga essa garrafa! — disse Layla, com o tom de voz se elevando bruscamente.

Porter segurou firme a garrafa. Restavam apenas algumas gotas, mas ele não estava disposto a se livrar delas.

— Larga essa garrafa! — Layla repetiu, ainda mais alto dessa vez.

Porter escutou o rugido dos motores do avião nos ouvidos. Ele havia acabado de adentrar um trecho de turbulência, e o A320 balançou bruscamente, depois mergulhou no ar. Porter se firmou contra a parede do avião com a mão esquerda. À frente, viu que o piloto havia ligado o sinal para colocarem os cintos de segurança.

— Eu sei que você é praticamente um alcoólatra — continuou Layla, tentando se segurar enquanto o avião girava e guinava pelo céu —, mas você passou alguns dias sem beber e está começando a ficar limpo.

— Eu precisava de uma bebida — respondeu Porter com rispidez.

— Por quê, porra? — gritou Layla. — Estamos apostando tudo em você. Estamos pagando duzentas e cinquenta mil libras pra você. A última coisa que precisamos é de um beberrão se arrastando para fora do avião, bêbado demais pra sequer lembrar o próprio nome.

— Uma bebida, só precisava disso, porra.

— É sempre uma bebida, depois mais uma — retrucou Layla. — Você era a merda de um vagabundo. Nós aceitamos você, lhe demos uma chance, mas esperamos um retorno, porra. O acordo é esse, e se você o quebrar, nós vamos quebrar você, caralho! Me escuta, John Porter. Vamos quebrar você que nem a porra de um palito de fósforo.

Porter parou por um momento. Já conseguia sentir a vodca que havia bebido momentos antes chegando à corrente sanguínea. O avião estava começando a se equilibrar de novo, mas o clima ainda estava bem ruim e o trem de pouso estava se chocando contra as massas de ar. O álcool já estava fazendo a sua mágica letal, relaxando os nervos e acalmando as ansiedades. As pessoas diziam que a bebida impedia de pensar direito, mas estavam erradas. Ele sempre conseguiu enxergar as coisas com mais clareza quando tinha um pouco de álcool no organismo, e agora conseguia ver que havia alguma verdade no que ela estava dizendo. Ele não tinha nada, nenhum tipo de vida que pudesse contar, mas agora tinha uma filha de novo e havia feito algo por ela, e isso era uma coisa que poderia levar para o túmulo e da qual poderia sentir orgulho. Tinha que agradecer à Firma por isso. Mas isso não queria dizer que não conseguiria lidar com uma bebida. Ela estava errada quanto a isso.

— Que merda que você sabe sobre ser um soldado? — ele perguntou, retribuindo o olhar fixo dela. — Todos os comandantes na história só garantiram que tivesse o bastante de duas provisões pros seus homens antes da batalha. Bebida e cigarro. Nas trincheiras da batalha de Somme, os caras viviam só disso. Rum e tabaco. E você sabe por quê? Porque é assustador pra caralho. A maioria dos caras não conseguiria lutar se não estivessem bêbados a ponto de não saberem o que estavam fazendo. — Parou de novo, esperando que o avião passasse por outro trecho de clima ruim. — Bem, isso é uma batalha, e acho que vai ser uma das bem feias — continuou, com a voz diminuindo até virar um sussurro. — E vou precisar de toda a coragem que puder conseguir. Alguns homens a conseguem através da igreja, outros através da pátria. Eu consigo a minha com uma garrafa, e isso é tudo.

— Eu não me importo com isso — vociferou Layla, com o rosto vermelho de raiva. — Mais uma vez e nós damos a volta e vamos pra casa.

A aeromoça estava parada perto deles, com os olhos nervosos alternando na direção de Porter e de Layla. Problema, Porter pensou. Era o que todas as aeromoças mais temiam.

— Vou ter que pedir pra vocês se sentarem — ela disse. — O piloto...

— Não se preocupe, vamos nos sentar — respondeu Porter.

Ele afagou as garrafas reservas que havia enfiado no bolso do casaco e voltou para o assento. Não importa o que ela diz, disse para si mesmo com amargura. A mulher não sabe de nada.

— Só fica onde você está — avisou Layla com aspereza, certificando-se de que o cinto dele estava preso. A aeromoça estava se afastando rapidamente deles, aliviada pelo problema haver passado. Porter pegou alguns amendoins, abriu o pacote e jogou alguns punhados na boca, mastigando-os com raiva.

A turbulência havia passado e as nuvens se dissiparam, e de repente Porter estava olhando pela janela para o oceano claro e azul que levava à linha costeira libanesa. Na última vez que estive aqui, estava viajando num Puma pra resgatar um refém e minha vida estava prestes a desmoronar. Dessa vez, estou chegando num voo comercial pra resgatar um refém e é quase certo que minha vida está prestes a acabar.

Os anos passam e não muda porra nenhuma.

QUATORZE

Layla olhou de relance para o rosto de Porter. Ela estava carrancuda, e Porter conseguia ver que ainda estava furiosa com ele pela bebida que havia tomado durante a viagem. Saíram do avião em silêncio, acompanhados pelos lacaios silenciosos da Firma, depois seguiram as sinalizações ao longo do setor de desembarque. A maior parte dos passageiros que viajaram com eles estava esperando para pegar as malas na esteira. Mas Porter não tinha nada para pegar. Apenas a mala de mão que a Firma lhe dera, que havia colocado debaixo do braço.

Quando se tem uma expectativa de vida de cerca de dois dias, Porter pensou, não é preciso se importar com bagagens. Não é preciso nem pegar as malas de volta — o que apenas demonstra que toda situação tem um lado positivo.

— Você sabe o que é pra fazer? — perguntou Layla.

Porter fez que sim com a cabeça.

— Sim, senhora...

— Lembre-se, nada de bancar o herói —disse ela. — Seu trabalho é tirar a Katie Dartmouth de lá, ou pelo menos retardar a execução dela, pra que a gente tenha uma chance de organizar uma missão de resgate. A gente não precisa que você tente fazer isso sozinho.

— Já falamos disso tudo — rosnou Porter, andando em direção ao controle de passaportes.

— John — Layla chamou.

Ele se virou.

— Boa sorte...

Porter sorriu.

— Obrigado...

Ela acenou com a cabeça na direção dele.

— Se você voltar vivo, pode ser até que pague uma bebida pra você.

— Porra, pede uma dose dupla então — respondeu Porter.

Ele se virou e continuou andando na direção do balcão. Mesmo dentro do aeroporto, Porter sentia o calor e a umidade que o cercavam. Ficou na fila junto com o que parecia ser um grupo de empresários árabes passando pela segurança. No total, havia menos de uma dúzia de rostos brancos em meio a cerca de duzentas pessoas que ocupavam o setor de desembarque. Mais à frente, havia um policial armado em cada um dos dois balcões, checando cuidadosamente cada passaporte. A maioria era de sírios, turcos ou egípcios, e todos eles tinham vistos, mas precisavam ser checados. Porter olhou rapidamente para a própria documentação. Notou que a Firma pusera a data de alguns anos antes e que já havia carimbos de entrada e saída da Turquia e do Líbano: um passaporte que já havia sido usado para entrar e sair de um país algumas vezes era bem menos provável de causar suspeitas do que um que fosse novo em folha.

— Negócios? — perguntou o policial, olhando rapidamente para a foto de Porter no passaporte e depois para os olhos dele.

— Visita social — Porter respondeu.

O policial fez um gesto de aprovação com a cabeça mas continuou com suspeitas.

— Fiz alguns amigos enquanto estava aqui a negócios — continuou Porter.

— Hotel? — perguntou o policial.

— O Marriott.

O policial passou os olhos pelas páginas, conferindo os diversos vistos, depois perdeu o interesse e fez um sinal para que Porter prosseguisse. Ele continuou andando, passando por outro grupo de soldados armados, então chegou ao saguão principal do aeroporto. Sentiu uma injeção súbita de adrenalina se espalhando pelo corpo. É aqui que a espera termina, disse para si mesmo. Mais algumas horas e vou estar na parte pesada da missão. *Que Deus me ajude.*

As pessoas no saguão pareciam formar um formigueiro. Havia famílias grandes dando boas-vindas aos passageiros que desembarcavam dos aviões. Alguns motoristas de táxi estavam segurando placas com nomes, mas em nenhuma delas estava escrito John Porter. Mais à frente, havia uma série de agências de câmbio monetário, aluguéis de carro e reservas de hotel, e bem ao lado deles um grupo de taxistas aliciando clientes. Enquanto parava um momento para inspirar a atmosfera do lugar, Porter não pôde deixar de notar o cheiro inconfundível do Oriente Médio. Era uma mistura de suor e tâmaras, junto com amêndoas, guisado de carne e chá adocicado. Ele se prendia ao ar e ficava na pele: inspirá-lo apenas uma vez foi o bastante para lembrar Porter do ódio que sentia por aquele lugar e de como ficaria contente de se virar e pegar o próximo avião de volta para casa.

— Quer uma ajuda com essa mala? — perguntou uma voz ao lado dele que parecia ter vindo do nada.

Porter olhou ao redor. Ben Stanton tinha cerca de quarenta anos, cabelo castanho curto e um rosto bem bronzeado. Estava vestindo uma calça chino cinza e um paletó azul de linho, sem gravata. O sorriso dele era atraente, mas também reservado, como se tivesse em mente outros lugares onde preferisse estar mas fosse educado demais para mencioná-los. O que é necessário pra se conseguir o posto da Firma em Beirute? Porter se perguntou. Ou se é o melhor homem deles, e por isso lhe é dado o posto mais difícil. Ou então se é um perdedor com quem não sabem o que fazer, logo mandam-no pra um buraco dos infernos com a esperança de que tome um tiro, pra que possam poupar o custo da pensão.

Stanton parecia ser do último tipo, Porter pensou, mas com espiões era sempre arriscado julgar pelas aparências. Os bons eram sempre mestres do disfarce — e a primeira mentira deles era sempre sobre eles mesmos.

— Tem um carro esperando a gente — continuou Stanton. — Vem comigo.

Porter olhou rapidamente para os dois lados. Havia soldados cobrindo as saídas, examinando todo mundo com suspeitas, com metralhadoras firmes contra o peito, prontas para disparar. Stanton os ignorou, passando direto por eles como se fossem apenas anúncios colados nas paredes. Assim como todos os outros estavam fazendo. Aqui é Beirute, Porter pensou. Todo mundo está tão acostumado com guerras que nem sequer percebe essas coisas.

O estacionamento ficava a quinhentos metros do terminal principal. Era uma tarde cinza, escura, com nuvens pairando em baixa altitude no céu. Stanton apertou a fechadura do Volvo C70 e jogou a mala de Porter no banco de trás.

— Vamos pro sul, de lá o ônibus vai levar você pra fronteira — disse, com o tom de voz insinuando que havia vários lugares aonde preferiria ir.

— Como é que lá é? — perguntou Porter.

— Bem parecido com o resto desse inferno de merda — respondeu Stanton. — Horroroso.

O Volvo saiu do estacionamento e seguiu em direção às rampas de saída. Os soldados libaneses haviam bloqueado o caminho para checar os veículos que saíam, mas Stanton tinha documentos diplomáticos e fizeram sinais para que passasse direto. Virou na rotatória, xingando furiosamente um caminhão que havia tentado cortá-lo enquanto viravam em direção à estrada que levava para fora da cidade. Uma enxurrada de buzinas e de xingamentos dominou o ar, mas Stanton apertou o pé no acelerador, ignorando-a.

— Esses malditos libaneses — murmurou, concentrando-se na estrada. — Quando não estão tentando se matarem com armas, estão fazendo o mesmo com as porras dos carros.

Porter sorriu. Bem-vindo ao inferno, pensou. Devo estar em casa.

— Qual é a situação lá na fronteira?

— Como é que vocês do exército falam? — Stanton disse. — Contum: como o normal, tudo uma merda? Acho que é por aí. Supostamente a guerra entre Israel e o Hezbollah acabou, mas isso não significa que eles tenham se abraçado e trocado uns beijos. A região próxima à fronteira está que nem um formigueiro de exércitos, alguns de milícias, alguns religiosos, alguns do governo libanês, alguns do Hezbollah. Basicamente, se você vir um cara com uma arma, então ele está lutando por alguém, mas você não vai fazer ideia de quem seja esse alguém até que ele tenha descarregado alguns cartuchos de munição em você. Resumindo, é um lugar horroroso, cheio de pessoas ainda mais horrorosas.

— É pra lá que estou indo?

— Pra começar, pelo menos.

— Você acha que a Katie Dartmouth está em algum lugar perto da fronteira?

Stanton deu de ombros. Agora estavam na estrada principal, seguindo pela linha costeira que o levaria direto até Israel caso prosseguisse por tempo suficiente. O tráfego estava leve, exceto por alguns tanques e jipes que monopolizavam a pista lenta. Havia alguns indícios de danos na estrada: lugares onde bombardeios ou ataques israelenses haviam arrancado pedaços de concreto da pista, mas nada ruim o bastante para impedir o fluxo de veículos.

— Agora, provavelmente não — ele respondeu. — Eles estão planejando buscar você lá, então acho que é só pra despistar. Os caras do Hezbollah podem ser doidos, mas são espertos que nem ratos de esgoto. Eles não teriam sobrevivido o tempo que sobreviveram nesse inferno se não fossem assim. Eles vão buscar você perto da fronteira com a Síria, então vão contar que a gente ache que ela está em algum lugar por ali. O que significa que provavelmente não está.

— E você tem alguma ideia de onde ela esteja?

Stanton fez que não com a cabeça.

— Nós não temos contatos muito bons aqui. O Iraque tem sido a merda de um desastre pros britânicos no Oriente Médio. *Todos* eles nos odeiam agora, ao invés de só noventa por cento dos viados que nem antes. Nos disseram pra gastar o dinheiro que fosse necessário, e espalhamos pelas ruas a notícia de que tem um jeito fácil de ganhar dinheiro nos dando dicas de onde eles esconderam ela.

— Ninguém aceitou?

— Absolutamente ninguém — respondeu Stanton. — Normalmente, nessas situações, tem alguém que queira se mudar pra Genebra com algumas centenas de milhares metidos numa conta bancária e aí ele dedura. Afinal, eles são árabes. A fama deles de trocar a avó por camelos não existe à toa. Eles dizem onde o cara está, e nós discretamente depositamos um pagamento numa conta bancária. É assim que funciona. Dessa vez, nada.

— Por que não?

Por um instante Stanton pareceu genuinamente intrigado, como se houvesse feito essa pergunta para ele mesmo, mas ainda não houvesse conseguido encontrar uma resposta apropriada.

— Sabe o quê? Eu acho que eles acreditam que estão botando a gente pra correr — respondeu, depois de um certo tempo. — Tudo isso está sendo organizado em Teerã. Os iranianos estão desesperados pra conseguir colocar as mãos nos campos de petróleo do sul do Iraque, e eles sabem que os britânicos não podem continuar lá por mais muito tempo. O problema é que todo mundo quer uma parte do negócio também. O petróleo é a única coisa que vale a pena ter no Iraque. Os kuwaitianos estão atiçando as coisas, com a esperança de instalar suas próprias forças no sul.

Se eles conseguirem o que querem, vão operar através dos locais por uma ou duas décadas, aí um dia você vai acordar e descobrir que Baçorá faz parte do Grande Kuwait. Eles são caras espertos, os emires, e enxergam longe; que é o único jeito de se enxergar as coisas que vale a pena nessa parte do mundo esquecida por Deus. Aí tem os sunitas no meio. Eles são a antiga máfia de Saddam, e precisam manter os campos de petróleo sob o domínio deles também, já que se não botarem suas mãos sujas no petróleo a única alternativa que têm é plantar tâmaras, e isso não dá muito dinheiro. — Stanton parou, buzinando furiosamente para uma BMW antiga que estava quase morrendo na frente deles. — Então vê só, os mulás em Teerã não podem dar mole. Eles precisam que os britânicos saiam agora pra conseguirem controlar o lugar. Pegarem a Katie Dartmouth foi apenas outra parte da luta, mas eles não são idiotas. Eles leem jornais e assistem TV, e conseguem ver o impacto que isso causou lá na Grã-Bretanha. Então eles vão jogar duro dessa vez e conseguir o máximo de vantagem que puderem conseguir. Eles sabem que têm uma chance real de abrirem concessões, e mesmo se não tiverem, o posicionamento britânico em Baçorá ainda vai ser enfraquecido, e essa é a razão de tudo isso. — Ele olhou de relance para Porter. — Eu não quero ser pessimista nem nada disso. Mantenha a cabeça em pé etc. etc. — Deu uma risada abafada. — Mas você tem mais chances de comer a irmã do aiatolá do que de tirar a Katie Dartmouth daquele buraco. Quando chegar sábado à noite, acho que aquela bela cabeça vai cair rolando dos ombros elegantes dela e tudo isso vai passar ao vivo na TV. E o que vai acontecer depois? Porra, não faço a menor ideia. Acho que o nosso amado líder vai estar ainda mais afundado em problemas do que já está, e os nossos rapazes em Baçorá vão poder começar a mandar e-mails pras esposas e namoradas pedindo pra elas esperarem eles pro Natal.

— Obrigado pelo incentivo — rosnou Porter.

Stanton riu.

— Quando seu posto é em Beirute você aprende a ser realista.

O Volvo virou para a esquerda, tomando uma estrada de acesso que levava para Sídon. O lugar não era grande coisa, Porter notou. Agora, metade da tarde já havia decorrido e o céu ainda estava cinza e sombrio, deixando passar apenas alguns raios de sol cerca de meio quilômetro mar adentro. Não havia nada de pitoresco ou charmoso na cidade, embora se aconchegasse em uma baía na costa do Mediterrâneo. Não adianta nem tentar colocar essa região na seção de viagens do jornal de domingo, Porter pensou. Exércitos demais marcharam por aqui pra isso. Alguns barcos de pesca e navios de carga pontilhavam a baía principal, mas era possível ver também os danos no cais nos lugares onde bombas deviam ter caído. Muitas das casas tradicionais haviam sido destruídas e substituídas por cabanas de concretos construídas às pressas. Algumas das estradas foram transformadas em escombros por bombardeios, mas ninguém tinha ainda o dinheiro ou a vontade de consertá-las. Vai ver eles acham que não faça sentido, Porter pensou. Daqui a um minuto a próxima guerra está aí. Não tem por que tornar as coisas mais fáceis pros tanques israelenses.

O ponto de ônibus era do outro lado da praça principal. Cerca de cinco ônibus, todos pintados de verde-claro, estavam estacionados ali. Stanton estacionou o Volvo perto deles e desligou o motor.

— O ônibus pra Jezzine sai daqui a dez minutos — ele disse. — Mas não se importam muito com a pontualidade aqui. Provavelmente vai sair quando conseguirem fazer todas aquelas galinhas que estão levando com eles ficarem sentadas educadamente.

Porter jogou a mala por cima do ombro quando saiu do carro. Parou por um instante, sentindo o cheiro do vento que vinha da costa próxima, o sabor de sal misturado aos óleos, nozes e temperos fritos de seis barracas de comida enfileiradas próximo ao ponto de ônibus. Era bom sentir o cheiro do Mediterrâneo mais uma vez, disse para si mesmo. Ele queria sentir o gostinho de tantas experiências quanto fosse possível. Quando se estava quase certo de que iria morrer nas próximas 24 horas, via-se o mundo com novos olhos. É como se fosse uma criança de novo. Tudo parecia divertido, interessante, desafiador: o desejo de aceitar o mundo era intensificado por saber que estava prestes a deixá-lo.

— Estou com fome — disse Porter.

Andou até as barracas de comida e fez com que Stanton pedisse algumas coisas para lanchar: almôndegas minúsculas de frango e cordeiro com grão de bico e molho picante, enroladas em pão sírio e servidas com uma garrafa de chá gelado para ajudar a descer. Porter as comeu em duas mordidas, depois pediu mais uma porção.

— Algum conselho? — perguntou.

Stanton hesitou antes de responder. Estava examinando o rosto de Porter, procurando, Porter pensou, por traços de medo. Mas ele não iria achar nenhum. Porter já havia se sentido assustado antes. Ir para o combate havia revirado o seu estômago assim como fazia com todos os homens. Tomar uma surra na rua havia sido ruim do mesmo jeito. Mas ele não estava assustado agora.

— Pede demissão — Stanton respondeu. — Tira umas férias. Liga e diz que está doente...

Porter sorriu, mas permaneceu em silêncio. Andou lentamente em direção ao ônibus. Duas mulheres estavam entrando, comprando as passagens e conversando uma com a outra. Porter entregou uma nota de dez libras libanesas, pegou a passagem, depois acenou com a cabeça para Stanton.

— Obrigado pela ajuda — disse, sucinto.

O ônibus já estava dez minutos atrasado quando saiu de Sídon e começou a subir sibilando o caminho montanha acima, afastando-se do litoral. Porter havia se posicionado próximo ao centro do ônibus, mantendo-se tão imperceptível quanto fosse possível. As duas mulheres à frente dele continuavam tagarelando: obviamente, em Sídon havia muita conversa para pôr em dia sobre maridos infiéis e filhas desleais, Porter pensou. Espalhados pelo veículo, havia alguns homens idosos, umas duas famílias e várias crianças que estavam indo para a escola. Alguns deles estavam conversando. Mas a maioria, assim como Porter, estava observando a paisagem pela janela sem incomodar os outros.

A viagem levou pouco mais de uma hora, embrenhando-se pela única estrada principal, subindo as montanhas que acompanhavam a linha costeira e depois descendo de novo em direção aos vales e planícies que ficavam abaixo. Algumas fazendas se espalhavam pela lateral da estrada, e era possível observar as plantações de tâmaras, laranjas, limões e grão de bico, além de ocasionalmente uns rebanhos de cabras mastigando as pastagens entre os pomares e os campos. Mas as evidências da guerra estavam em todos os lugares. Fazendas que haviam sido abandonadas estavam sendo lentamente tomadas por ervas daninhas, árvores e arbustos. Celeiros e casas que haviam sido destruídos por tiros de RPG e de morteiros, estradas que haviam sido reduzidas a escombros, e ocasionalmente marcas de explosões deixadas por um tanque, ou as familiares trincheiras usadas para abrigar uma equipe com metralhadoras, acumulavam-se ao lado da estrada.

É isso que os soldados deixam pra trás, Porter pensou. Várias comunidades destruídas e vidas em pedaços. Não é uma propaganda muito boa pro negócio.

Jezzine não era o ponto final do percurso mas era onde Porter iria ficar. Saiu do ônibus e colocou os pés no asfalto do ponto de ônibus, olhando rapidamente para os lados. As nuvens estavam mais pesadas agora. Era pouco depois das cinco da tarde, e apesar de ainda faltar um tempo para o pôr do sol, a luz já estava ficando mais fraca. Sídon podia não ser grande coisa, pensou, mas comparado a Jezzine, era luxuosíssima. Havia apenas três ônibus esperando no ponto, e o asfalto estava cheio de buracos: alguns deles deviam ter sido criados por bombardeios, mas a maior parte existia porque ninguém havia se dado ao trabalho de repará-los em momento algum dos últimos cinquenta anos. O balcão para compra de passagens estava fechado e um cachorro o rodeava de uma forma ameaçadora. Olhando para o outro lado da rua, em direção à cidade, Porter viu algumas lanchonetes surradas onde, na parte de fora, havia um grupo de homens carrancudos dando pequenos goles nas xícaras de café puro e forte, e uma loja que vendia comida, ferragens e partes de carro.

Tem poucos turistas, Porter pensou. Vou me destacar que nem Victoria Beckham numa lojinha de departamentos. Provavelmente sou o único cara branco louco o suficiente pra vir aqui em anos.

Conferiu o horário do ônibus. O que vinha de Sídon havia chegado com dez minutos de atraso, mas ainda tinha vinte minutos livres até que saísse o próximo em direção a Anjar. Contemple as paisagens, disse para si mesmo com um sorriso severo.

Atravessando a rua na direção da loja, pegou uma garrafa d'água no refrigerador, escolheu algumas barras de chocolate e pagou com uma nota de vinte libras libanesas. Ele não disse nada, e embora a atendente conseguisse ver que ele não era dali, não pareceu se importar. Um garotinho estava esvaziando os bolsos, vendo se tinha moedas suficientes para comprar um pacote de doces. Olhou de relance para Porter, com suspeitas, depois olhou para o outro lado. Porter pegou as moedas que havia recebido de troco e as entregou ao garoto. Ele começou a dizer alguma coisa em árabe, mas Porter apenas fez que não com a cabeça e se virou.

Não tem por que agradecer, meu chapa, Porter pensou enquanto caminhava de volta para o ônibus. Aonde estou indo, não vou precisar de trocados.

Estou negociando em uma moeda mais séria.

Sangue.

Outra hora, outro ponto de ônibus.

Porter saiu do veículo da Mercedes de dez anos de idade e olhou de relance para os lados. Passava das seis agora e o céu estava ficando mais escuro: lá na Inglaterra estaria completamente escuro a essa hora, mas os dias eram mais longos aqui. A viagem havia demorado mais do que era esperado. O ônibus tinha saído vinte minutos depois do horário marcado e levado quinze minutos a mais do que o que deveria para chegar a Anjar: o motorista tinha pegado uma mulher, depois se virado e voltado quando ela percebeu que havia esquecido alguma coisa. A espera estava deixando Porter louco. Vamos logo com isso, murmurou para si mesmo. Eu quero começar essa missão logo.

Havia duas barracas de comida no final do ponto de ônibus, e alguns caras estavam passando o tempo perto do balcão de compra de passagens. Porter notou que um deles tinha muito claramente algum tipo de arma enfiada na jaqueta de couro que estava usando. Olharam de relance para Porter, mas ninguém pareceu se interessar muito. Durante toda a viagem, Porter havia ficado observando, perguntando-se se a Firma colocara alguém no seu encalço. Sabia bem que essa era a tática mais óbvia deles. Afinal, ele os conduziria diretamente aos sequestradores de Katie Dartmouth. Seguindo-o, eles a encontrariam. Tudo que precisariam fazer era movimentar um esquadrão de elite de Hereford para ir resgatá-la. O único risco que corriam era que, se quem o estivesse seguindo fosse notado, matariam Porter na hora. Então não teriam nada. Se houvesse pessoas seguindo-o, ele deveria descobri-las antes de Hassad.

Por mais que perscrutasse os ônibus e as ruas procurando vestígios de alguém que estivesse reparando nos seus movimentos, estava certo de que não havia visto o mesmo rosto duas vezes durante toda a viagem. Não havia visto ninguém agindo de forma suspeita. Não havia ninguém se escondendo pelas sombras. E nenhuma troca de turnos entre vigias. Não que ele conseguisse ver, pelo menos.

Ou eles não estão aqui, *ou então são bons pra cacete.*

Começou a andar em direção ao bar. Tinha apenas um ambiente, construído dentro de uma estrutura de concreto irregular na rua diretamente oposta ao ponto de ônibus. Havia alguns carros estacionados na frente da entrada, junto a algumas cadeiras e mesas de plástico. Cerca de uma dúzia de caras estavam sentados do lado de fora, bebendo café e chá, com montes de guimbas de cigarro nos pés. Apertada entre as fronteiras libanesas, sírias e israelenses, não era muito surpreendente o fato de que Anjar não fosse muito mais do que um ponto brutalmente disputado no mapa. Por que diabo alguém iria querer viver aqui? Porter se perguntou. Não havia nada que prendesse alguém àquele lugar exceto guerras, pobreza e raiva.

Atravessando a rua, parou em frente à entrada do bar. Não tinha nome, apenas um toldo marrom e sujo que fornecia um pouco de sombra quando o sol estava brilhando. Mesmo assim, não havia como confundir o lugar. Anjar só tinha cerca de quatro ruas e duas delas pareciam estar abandonadas. Havia algumas lojas, mas aquele era o único bar ou lanchonete. Porter começou a entrar, mas por um breve momento hesitou. Essa é a linha divisória, pensou. De um lado, está esse mundo. Do outro tem um diferente, provavelmente o dos mortos, se é que isso existe.

Ultrapasse-a e não tem mais volta.

Foda-se, disse para si mesmo com um sorriso sombrio. Não tenho pra onde voltar. E provavelmente o mundo dos mortos não é tão ruim. Tem que existir um lugar onde se possa descansar durante a noite. Quem sabe, talvez possa até conseguir uma bebida.

O único problema é que eu nunca mais veria a Sandy de novo.

O cara no balcão parecia ter por volta de trinta anos, estava vestindo uma camisa preta e calças jeans que se esparramavam por cima dos tênis. Havia alguns homens dentro do bar: Porter não fazia ideia de onde guardavam as mulheres aqui, mas não havia visto nenhuma a não ser na loja e no ônibus. Todos os homens estavam bebendo chá e o derramando sobre uma única cópia de jornal. Estavam discutindo alguma coisa, mas se era sobre esportes, política ou negócios, Porter não saberia dizer. Fez um gesto com a cabeça na direção do barman. Havia algumas garrafas de cerveja no cooler e Porter sentiu-se tentado. Uma cerveja era exatamente do que precisava agora. O Líbano era um país muçulmano, mas não tão seco como alguns deles. Mesmo assim, os habitantes locais raramente bebiam e pedir uma cerveja iria apenas chamar a atenção para si. E essa era a última coisa que queria fazer.

— Um café — pediu, em inglês.

Havia aprendido algumas palavras em árabe no tempo que passara no Regimento, mas não queria tentar usá-las agora. O barman olhou para ele, parecendo intrigado. Não deve ter muitos ingleses aqui, Porter pensou. Os únicos estrangeiros que passavam por aqui eram provavelmente israelenses e, normalmente, eles não saíam dos aviões de caça para dizer oi.

— Você fala inglês? — perguntou Porter.

O homem fez que sim com a cabeça.

— Um pouco. Você quer café?

— Por isso que pedi um.

O homem foi até a máquina atrás do balcão.

— Você é de onde?

Porter pegou a pequena xícara de porcelana chinesa que havia acabado de ser colocada no balcão e espantou duas moscas que estavam paradas sobre o pote de açúcar ao lado dela. Deslizou duas moedas de uma libra libanesa para o outro lado do balcão. Por um momento, pensou em mentir. Os britânicos não eram populares no Líbano: nunca haviam sido, e ficaram muito menos depois do começo da guerra no Iraque. Não precisava entrar em nenhuma discussão com os habitantes dali. Podia fingir que era australiano ou neozelandês: o problema era que provavelmente reconheceriam o sotaque. E quem sabe, talvez odiassem também os australianos.

— Da Inglaterra — respondeu.

Dois dos homens do grupo que estava rodeando o jornal olharam para ele. Um deles tinha olhos estreitos e uma cicatriz grossa que ia da lateral da bochecha até o pescoço. Ele cuspiu o cigarro ainda pela metade que estava fumando e o enfiou no chão com o calço da bota. Não precisa de tradutor pra entender o que ele está dizendo, Porter pensou. Ele está se preparando pra brigar. E a próxima coisa em que quer pisar com a bota é o meu rosto.

— Você ouviu falar da garota inglesa? — perguntou o barman. — A que foi sequestrada?

Deus, Porter pensou. Essa notícia é bem conhecida até aqui.

— Um pouco — respondeu sucintamente.

— O que é que eles estão achando disso lá em Londres? — perguntou o barman com um sorriso.

— Que talvez eles devessem tirar os soldados deles do nosso país agora? — complementou o homem da cicatriz, enquanto se levantava e ia em direção ao balcão.

— Nós não estamos no país de vocês — respondeu Porter.

— A nação árabe é uma só nação — retrucou o homem. A cicatriz dele estremecia um pouco quando falava, como se fosse a ferida que estivesse falando. — Quando ocupam uma área, estão ocupando todas as áreas.

Merda, Porter pensou. A última coisa que preciso é de uma briga de bar.

— Com certeza você está certo — disse com firmeza. — Eu realmente não sei de muita coisa sobre isso. Só estou tomando um café enquanto espero o próximo ônibus.

— O que é que você está fazendo aqui? — o homem da cicatriz perguntou. Havia se aproximado alguns centímetros de Porter, que conseguia sentir o cheiro de perfume barato e nicotina que exalava da pele dele. — Não tem estrangeiros por aqui.

Porter parou por uma fração de segundo.

— Negócios de família — respondeu. — Uma família libanesa em Londres precisa resolver uns problemas envolvendo terrenos. Não tenho interesse em política.

Ele passou pelo homem e se sentou na mesa de plástico nos fundos do bar. Pegou dois torrões de açúcar no pote e os misturou ao café puro e forte, depois pegou discretamente a pequena garrafa de Johnnie Walker que havia trazido do avião e despejou metade dela na xícara. Tomou um golinho da pequena xícara e instantaneamente sentiu a rica mistura de cafeína, açúcar e álcool chegando à corrente sanguínea ao mesmo tempo. Sentiu a cabeça começar a girar e os olhos ficarem tontos, mas o uísque fez a mágica dele, como sempre fazia, e seu pensamento começou a ficar mais claro e o espírito mais vivo. O cara da cicatriz havia voltado para o grupo de amigos dele, mas ainda estava olhando ocasionalmente para ele, com um traço de raiva nos olhos.

Se pelo menos você soubesse por que eu estou aqui de verdade, Porter pensou com um sorriso sombrio, você me mataria na hora.

Olhou rapidamente para o relógio. Seis e vinte. Hassad não havia determinado um horário certo com a Firma para buscá-lo. Mas eles esperavam que ele chegasse ao bar por volta das cinco e meia, logo deviam ter marcado o encontro para um pouco depois disso. Vai ver é só uma armadilha, Porter pensou. Vai ver eles vão simplesmente me deixar aqui pro cara da cicatriz cortar minha garganta assim que anoitecer.

Um homem foi até o balcão. Pouco menos de cinquenta anos, Porter notou, com um paletó de linho, cabeça calva e um daqueles bigodes de Saddam Hussein que os homens de todo o Oriente Médio tinham. Esse é o meu contato? Porter se perguntou. Por um momento, sentiu os músculos se enrijecendo de ansiedade. Mas o cara apenas pediu um pouco de água gelada e chá e foi se sentar sozinho do lado de fora. Porter esvaziou o resto da garrafa de Johnnie Walker na xícara de café e a virou de uma vez só. Se beber mais vou acabar procurando um lugar pra passar a noite.

Seis e quarenta. Porter pegou o livro que a Firma havia colocado na mala. Bem legal, determinou após ler algumas páginas, mas era difícil se concentrar na leitura de o que quer que fosse. Um dos amigos do cara da cicatriz havia saído do bar, mas o resto deles ainda estava discutindo sobre o conteúdo do jornal do dia.

O barman havia ligado o rádio, e em meio às notícias Porter escutou o nome de Katie Dartmouth, mas o locutor falava tão rápido em árabe que ele não conseguia nem começar a traduzir o que ele estava dizendo. Quem sabe, Porter pensou, talvez os desgraçados já tenham matado ela.

— *Mahmoudiyah* — disse uma voz atrás dele.

No instante em que escutou a palavra, Porter sentiu o coração batendo forte dentro do peito. É aqui que tudo começa, percebeu, sombrio.

Porter levantou a cabeça. Havia dois homens em pé ao lado dele. O mais alto tinha quase um metro e oitenta, era magro e estava com o cabelo penteado para trás, tinha cerca de trinta anos, rosto severo e músculos de quem já havia entrado em muitas brigas. O mais baixo tinha uns cinco centímetros a menos, cabelos finos e escuros e um rosto que estava engordando apesar de ainda não haver chegado nem aos 25 anos. Seus olhos estavam envoltos por óculos de sol, e um cordão de ouro brilhava por entre os pelos pretos do peito que podiam ser vistos através do colarinho aberto da camisa.

Agora é a hora, Porter pensou. Sugou as últimas gotas do café impregnado de uísque e se levantou. Hora de dar o pontapé inicial.

— Vamos — disse, com a voz baixa.

Os dois homens permaneceram em silêncio. Viraram-se, indo em direção à porta. O cara da cicatriz e o barman ficaram observando enquanto ele saía, com os queixos caindo ligeiramente, mas nenhum deles saiu de onde estava. Eles conhecem esses babacas? Porter se perguntou. Será que eu...?

Uma Toyota 4x4 preta estava estacionada do lado de fora, no asfalto. Porter achou que ela parecia nova. O homem mais baixo abriu a porta de trás, revelando os bancos escuros de couro e as janelas enegrecidas do interior do carro. Porter estava prestes a entrar quando o homem mais alto o tocou no braço.

— Espera — ele disse.

O tom de voz dele era grave e controlado, com um resquício de sotaque, mas Porter percebeu que o inglês dele era bom.

— Aqui — ele acrescentou.

Havia uma tira de pano preto na mão dele. Porter soube instantaneamente do que se tratava.

Uma venda.

— Ok — respondeu.

Ele virou de frente para o carro. O homem mais alto ficou atrás dele, era pelo menos cinco centímetros mais alto que Porter. Ele estava esticando o pano nas mãos, então o posicionou estirado contra o rosto de Porter. A pele dos dedos dele era áspera, como a de um pedreiro, mas o toque era suave como o de uma garotinha, e Porter começou a sentir náusea pela sensação da pele do homem tocando na dele. Deu uma, duas, três voltas com a venda, para cobrir completamente a parte de cima do rosto de Porter. A luz desapareceu completamente, e Porter não conseguia enxergar nada. Alguém o empurrou para o banco traseiro da Toyota e, enquanto se afundava no couro, ouviu a partida da ignição e sentiu um baque quando a caminhonete começou a se mover na rua.

A escuridão era total. Porter sabia que isso era inevitável. Se o estavam levando para o lugar onde haviam escondido Katie Dartmouth, então precisavam se certificar de que ele não fizesse ideia de para onde o haviam levado. Se ele soubesse onde ela estava, teriam que matá-lo, disso não poderia haver dúvidas. Mesmo se estivessem planejando matá-lo — e ele suspeitava que estivessem — ainda assim seguiriam o procedimento habitual de vendá-lo. Se não o vendassem, ele saberia que estava morto, e certamente eles guardariam essa informação para mais tarde. Um condenado é sempre um incômodo: ele sabe que não tem nada a perder e isso o torna perigoso. Logo, independentemente do plano, a venda era inevitável.

— Aonde é que estamos indo? — perguntou.

Silêncio.

Conseguia escutar apenas o zumbido do motor e o rumor dos pneus contra o asfalto.

— Quanto é que vai demorar?

De novo, silêncio. Sentiu a Toyota virar à esquerda, depois à direita. Se estavam indo em direção ao norte, sul, leste ou oeste, já não fazia mais ideia. Sem dúvida essa era a intenção.

— Eu perguntei quanto é que vai demorar?

Silêncio.

Ok, Porter pensou. Não precisam falar se não quiserem. Só me levem até o Hassad.

QUINZE

A Toyota continuou passando com velocidade por terrenos cada vez mais difíceis. Porter já havia perdido há muito tempo a noção de que horas eram. Estavam no carro há duas, talvez três horas. Era difícil manter a contagem, assim como o era saber em qual direção iam com uma venda enrolada sobre os olhos: quando se perde este sentido, o mais básico de todos, os outros parecem desaparecer também.

Qual foi a distância que percorremos? Porter tentou calcular. Cem, talvez cento e dez quilômetros. Mas era impossível dizer em qual direção.

As estradas foram ficando mais acidentadas com o passar do tempo. Ele não sabia ao certo nem se ainda estavam em uma estrada. Chutando, Porter diria que estavam indo para o norte, mas não havia como ter certeza. A essa hora, eles podiam até ter cruzado a fronteira com a Síria. Nenhum dos homens na frente da caminhonete havia pronunciado sequer uma palavra durante todo o trajeto, e Porter já havia desistido de conversar com eles há bastante tempo. Eles não conversavam nem um com o outro.

De repente, sentiu a Toyota trepidar e parar bruscamente. Porter não reagiu. O carro tinha parado várias vezes nas últimas horas ao encontrar algum obstáculo na estrada, mas todas as vezes havia recomeçado rapidamente. Dessa vez foi diferente. Haviam desligado o motor. Escutou as portas se abrindo. De algum lugar ao longe, fora do carro, ele conseguia escutar vozes.

— Sai do carro.

Pelo tom de voz, Porter soube que quem estava falando era o homem mais alto.

Fez uma manobra para sair do banco traseiro e jogou as pernas para fora, colocando-as no chão. Ainda sem conseguir enxergar nada, bateu a cabeça contra o teto e sentiu uma dor incômoda no lugar onde talvez estivesse começando a se formar um hematoma. Continuou se mexendo até ficar de pé, imaginando estar ao lado do veículo.

— Onde é que a gente está? — perguntou.

— Fica quieto — ladrou o homem.

O tom de voz dele era áspero e cruel, mas havia também um traço de divertimento nele.

Então, um silêncio.

Porter sentia que havia pessoas ao seu redor. Não conseguia ver ninguém por causa da venda. Tampouco conseguia escutar alguém: se estavam ali, mantinham silêncio. Mas conseguia senti-los mesmo assim. Havia um calor humano no ar à sua volta. Dava para sentir o cheiro no ar da atmosfera tensa e carregada. Tem um monte de gente aqui, disse para si mesmo. E provavelmente todos eles querem me matar.

— Por que é que você não me responde? — perguntou.

— Só se mexe — assoviou o homem mais alto.

— Eu não consigo enxergar nada, porra!

De repente, a mão estava agarrando o ombro dele. Estava apertando bastante, e Porter sentia os dedos musculosos entrando com força na sua pele.

— Só se mexe.

— Só quando você tirar a minha venda.

Porter firmou os pés no chão. O homem continuava segurando o ombro dele. Vou fazer pé firme, Porter pensou. Temos que fazer isso direito desde o começo. Se começarem a me tratar como um prisioneiro ao invés de como um negociador, já era.

A mão no ombro dele começou a folgar.

— Você não tem permissão pra ver o lado de fora do prédio — disse o homem mais alto. — É perigoso demais pra gente. Você tem que entender isso. Agora, me permita levar você pra dentro. Então a gente vai poder tirar a venda.

— E trazer o Hassad pra me ver?

— Você vai se encontrar com o homem que veio ver, sim.

Porter começou a andar. O homem mais alto o estava guiando. Abaixo, conseguia notar que o solo era macio e arenoso. Talvez estivessem em algum lugar no Deserto Sírio. Conseguia sentir homens à sua volta, e pôde escutar alguns sussurros, mas ninguém estava falando em voz alta. Depois de alguns segundos, haviam passado por alguma entrada. Estava mais quente — sentiu a mudança de temperatura instantaneamente — e estava sendo levado por um corredor. Tentou contar os passos: sem poder enxergar nada, era o único jeito de se ter uma noção do tamanho do lugar. Trinta, calculou, logo o corredor devia ter cerca de vinte metros de comprimento. Começou a ser conduzido para baixo, por uma escada. Dez, quinze, vinte passos, contou. Isso significava que desceram apenas um andar, provavelmente estavam num porão. Outro corredor. Dessa vez andaram cerca de cinco metros. Então pararam e o homem soltou o ombro de Porter.

— A gente pode tirar essa merda dessa venda agora? — vociferou Porter.

Escutou sua voz ecoar pelo corredor estreito: pelo tempo que levou para a voz atingir a parede e voltar, calculou que se tratava apenas de um corredor curto e no máximo duas salas.

Não obteve resposta.

Porter escutou o barulho de uma chave girando na fechadura. Depois um ferrolho sendo reposicionado. Em seguida, empurraram-no subitamente e foi impelido para dentro da sala.

— Tira a porra da mão de mim! — rosnou.

Outro empurrão. Dessa vez Porter sentiu quatro pares de mãos empurrando-o à frente. Eram fortes: a pele das mãos eram brutas e nodosas, como a sola de uma bota velha, e os músculos por trás delas estavam torneados e em boa forma. A força do golpe pegou Porter de surpresa e o fez cambalear. Agitou as mãos desesperadamente — a venda ainda não o deixava enxergar nada — e isso dificultou ainda mais com que recuperasse o equilíbrio. Os pés dele ainda estavam oscilando quando o golpe seguinte o atingiu no meio da coluna vertebral. Uma onda de dor o atravessou. Uma bota estava se chocando contra os calcanhares dele. Sentiu que estava começando a cair. Estendeu os braços para se segurar em alguma coisa, mas não havia nada além de ar. Estava se precipitando violentamente contra o chão. Teve um momento de puro terror quando percebeu que não fazia ideia de sobre o que estava caindo: podia ser sobre rochas duras, cacos de vidro, podiam tê-lo jogado num poço para afogá-lo. Por um breve instante, lembrou-se dos instrutores do Regimento dizendo-lhe que uma das formas como os iraquianos torturavam os prisioneiros era vendando-os e arremessando-os escada abaixo, pois o terror de cair sem saber onde se está caindo é maior do que a maioria dos homens conseguiria suportar. Agora eu vejo o sentido disso, pensou sombriamente. Havia jogado os braços em volta do rosto para protegê-lo. No instante seguinte, o corpo dele estava se chocando contra o chão. Havia algo macio e úmido na superfície do solo. Talvez palha. E, embaixo disso, pedra. Sentia alguns hematomas nos joelhos e em volta das costelas, nos lugares que haviam recebido o maior impacto da queda, mas fora isso estava intacto. Nada quebrado: já teria sentido a dor se algum osso houvesse se partido. Sentiu o entorno dele. Não fazia ideia se os dois homens ainda estavam parados na entrada.

— Caralho, onde é que está o Hassad? — rosnou.

Silêncio.

Conseguia ouvir um dos homens respirando. E escutava a própria voz ecoando pela sala minúscula.

— Supostamente eu sou a porra do convidado dele! — gritou Porter. — Por que vocês estão me tratando assim, caralho?

Porter começou a se levantar do chão. Estava levando as mãos à nuca para desamarrar a venda. Mas os nós eram firmes e estava demorando um momento para desfazê-los. Começou a se levantar e, enquanto o fazia, a porta se fechou com um baque. Ouviu a chave girando na fechadura. E então escutou o barulho de metal se arrastando contra metal enquanto fechavam o ferrolho.

Lançou-se contra a porta, batendo nela com os punhos.

— Me levem pro Hassad! — gritou.

As palavras ecoaram pela sala, ironizando-o como se fossem uma centena de diferentes vozes escarninhas.

Mas a única resposta que obteve foi os passos de quatro pares de botas afastando-se pelo corredor. E depois uma risada.

— Foda-se — murmurou.

Por um momento, Porter ficou simplesmente descansando contra a lateral da porta. Estava recuperando o fôlego. E também, o que era ainda mais importante, tentando retomar o fio do pensamento.

Que diabo eles fizeram comigo?

Por que é que me trouxeram pra cá?

Começou a desatar os nós da venda. O processo era lento e frustrante, mas pelo menos era algo para fazer. Serviu para deter as perguntas que surgiam enfurecidas na sua cabeça: Aonde é que eles me trouxeram? Por que estão me tratando assim? Já deu tudo errado? Lentamente, a venda começou a se soltar. Desenrolou o pano preto do rosto e o jogou ao chão.

— Merda — disse. *Talvez eu estivesse melhor sem poder ver nada.*

A cela tinha três metros por quatro e meio. Próximo à porta, havia espaço o bastante para que Porter ficasse de pé, mas o teto era bem inclinado, o outro lado tinha apenas cerca de um metro de altura. Havia uma pequena janela na ponta da sala, praticamente uma fenda, com uma lateral de no máximo trinta centímetros e altura de quinze. Ficava voltada para um muro e era protegida por barras transversais. Do lado de fora já estava escuro, mas a lua brilhava e alguns raios fracos de luz conseguiam se embrenhar pela janela minúscula. Os olhos de Porter levaram alguns segundos para se ajustar. Pra quê?, perguntou-se. Havia um pouco de palha jogada sobre o piso duro de pedras, mas deviam estar ali há pelo menos um ano, Porter avaliou, porque estava úmida e enlameada. Ajoelhou-se no lugar onde havia caído ao ser empurrado. Havia uma mancha de sangue no chão, mas sabia que não era dele: a marca carmesim estava seca e rígida, logo devia ser de um ou dois dias atrás. Perto dela havia um dente humano, com um pouco de sangue seco incrustado ao redor da raiz arrancada, que parecia ter caído da boca de um homem durante uma surra. Porter o chutou para longe com a ponta da bota, depois explorou o resto da cela. Havia algumas coisas escritas nas paredes, mas todas em árabe: algumas das letras pareciam ter sido arranhadas na parede pelas unhas de alguém. Em um dos cantos estava o único objeto de qualquer tipo que havia na sala, um balde de metal, que expelia um cheiro vil e pútrido. O balde estava com água até a metade, e havia uma bosta humana boiando na superfície cheia de espuma.

É essa a lendária hospitalidade árabe? Porter pensou, com tristeza.

Apoiou-se contra a parede. Estava se sentindo exausto. Enquanto olhava através da escuridão, tentou criar suposições sobre o que havia acabado de acontecer. Durante os últimos dias, havia pensado sobre o que faria quando chegasse ali, como lidaria com os sequestradores e como lidaria com Hassad. Mas não havia esperado ser jogado diretamente em uma prisão.

O que quer que fosse acontecer a seguir, não seria bom. Não tinha motivos para se enganar quanto a isso.

Vai ver eu errei os meus cálculos, pensou. Quem sabe quem foi que matamos naquela missão tantos anos atrás? Uma dúzia ou mais de caras do Hezbollah foram abatidos naquela empreitada. Não estávamos nem contando. Pode ter sido o pai ou o irmão de alguém. Talvez estivessem tentando se vingar durante todo esse tempo. Afinal, ninguém é tão rancoroso quanto um árabe. E ninguém é mais determinado a se vingar com sangue.

Talvez o Hassad tenha dito pra eu vir aqui só pra me matar.

E quem é que pode culpa-lo?

Nós temos negócios a resolver e ele provavelmente sabe disso.

Talvez seja assim que isso termine. Uma luta curta e brutal numa cela escura. E aí uma faca na garganta.

Porter se sentou sobre a palha, descansando as costas contra a parede. As nuvens haviam encoberto a lua e a cela estava mergulhada em uma escuridão quase total. Acima dele, Porter escutou alguns veículos se movimentando e depois alguns gritos. Um dos comandos parecia ter sido feito em inglês, mas Porter concluiu que devia ter escutado mal. Logo tudo ficou completamente em silêncio. Não fazia ideia de que horas eram — a Firma não havia lhe fornecido um relógio e fazia anos que não tinha um próprio — mas imaginou que fosse pelo menos meia-noite. Já é sexta de manhã, disse para si mesmo. Amanhã à noite, Katie Dartmouth será executada. E eles vão poder jogá-la na mesma cova que tiverem cavado pra mim.

Espreitando pela escuridão, Porter decidiu que não se importava tanto de morrer, contanto que fosse rápido e indolor. Se estivesse sendo honesto consigo mesmo, já havia morrido há muito tempo. No momento em que Hassad recobrou a consciência e atirou nos meus colegas, minha vida acabou. Não tinha nada pelo que valesse a pena viver depois disso. Eu estava só cumprindo as horas na fábrica até que o contramestre apitasse o final do meu turno.

Mas agora pelo menos fiz alguma coisa pela Sandy, pensou.

E arrependimentos? Meu Deus, por onde é que se deve começar? Mas bem no topo da lista estaria não ter matado o desgraçado do Hassad.

Escutou o barulho da chave girando na porta. Os músculos de Porter ficaram rígidos assim que ele ouviu o mecanismo começar a se mexer. Escutou o ranger do ferrolho enferrujado sendo aberto. E então a porta começou a se abrir.

Porter se levantou.

Um homem estava entrando na sala. Devia pesar pelo menos 140 quilos mas, como um lutador de sumô, tinha um corpo carnudo e forte, com tanto músculo quanto pelanca. Estava vestindo calça jeans e camisa pretas. O rosto dele era vil e rechonchudo, escurecido, com olhos minúsculos e um nariz pequeno como o de um porco.

E, na mão, estava segurando um pedaço grosso e preto de mangueira.

Instintivamente, Porter deu um passo para trás.

— Porra, onde é que está o Hassad? — vociferou.

O homem não disse nada.

— Nós fizemos um acordo — continuou, com a raiva evidente em cada sílaba.

O homem estava acariciando a mangueira com a palma da mão.

— Eu conversei com o Hassad e ele me disse pra encontrar ele aqui! — Porter gritou. — Ele me deu a palavra dele, de soldado pra soldado. Eu salvei a vida do desgraçado uma vez. Isso não quer dizer porra nenhuma pra vocês?

O homem deu mais um passo à frente. Os olhos dele estavam encarando Porter fixamente, e havia algo na expressão que o deixava nervoso. Ele já a havia visto dezenas de vezes em bêbados excitados e preparados para a possibilidade de violência.

— Quem é você, caralho? — perguntou.

— Seu pior pesadelo — respondeu o homem. Falou num inglês frio e lento, com um pesado sotaque do Oriente Médio.

Levantou subitamente a mangueira. Ela rasgou o ar, chocando-se contra a lateral do peito de Porter. O plástico rompeu a camisa e depois a pele dele com a força de uma tempestade de balas. Porter gritou de dor: um uivo de agonia que começou em algum lugar bem no fundo dos pulmões e irrompeu pela boca com a força de um vulcão. Enquanto gritava, estava cambaleando para trás, mas a cabeça dele batia contra o teto estreito e inclinado.

— Sai de perto de mim, caralho! — gritou.

A mangueira rasgou o ar mais uma vez. Instintivamente, Porter levantou as mãos para se proteger, mas não foi uma boa ideia. Ela bateu na mão dele e se envergou, atingindo também o peito, o pescoço e a garganta. A força do impacto o lançou para trás, fazendo-o bater a cabeça mais uma vez contra o teto baixo. Sentia os olhos dançando e o cérebro dando voltas. Os golpes estavam esvaziando seus pulmões e criando um lampejo de dor que o trespassava inteiro.

Embaixo, Porter sentia os joelhos se dobrando. Estava tentando alcançar alguma coisa para se apoiar, mas não havia nada lá.

O chicote o atingiu mais uma vez.

— Caralho, quem é... — Porter balbuciou, quase sem conseguir respirar.

Mas as palavras morreram nos lábios dele.

Já havia perdido a consciência.

DEZESSEIS

Porter abriu primeiro um olho, depois o outro.

Estava meio dormindo, meio acordado, naquele estado onírico no qual mal podia se lembrar do que havia acontecido consigo mesmo. A garganta estava completamente seca e o estômago parecia estar se recuperando bem lentamente de uma doença violenta. Conseguia se recordar dos principais acontecimentos da missão, de chegar em Beirute, viajar por metade do Líbano e então ser encontrado pelos homens que deveriam levá-lo até Hassad.

E então se lembrou do momento em que tudo deu errado e, subitamente, acordou de vez.

— Merda — murmurou.

Podia escutar o medo e o pavor na própria voz.

Porter estava amarrado a uma cadeira, e a própria cadeira parecia estar pregada ao chão. Havia cordas em volta do peito, dos braços e das pernas, que não o deixavam fazer nada além de contorcer levemente alguns músculos. Eles devem ter vindo durante a noite pra me amarrar, disse para si mesmo, sombrio. Pra garantirem que eu não causaria problemas quando acordasse da surra.

Mas por quê?

Alguns raios pálidos de luz estavam se esgueirando pela janela minúscula da cela. Deve ser de manhã, Porter disse para si mesmo, embora não tivesse nenhum jeito de saber ao certo que horas eram e nem mesmo que dia era.

A porta começou a se abrir, rangendo. Porter a seguiu com os olhos e achou impossível suprimir um lampejo de esperança de que fosse Hassad. A decepção, ele sabia, era inevitável. Quando a porta se abriu por completo, o mesmo gordo desgraçado que na noite anterior o havia açoitado até deixá-lo inconsciente entrou lentamente na sala. As mesmas roupas pretas. O mesmo rosto rechonchudo. E o mesmo traço de pura violência correndo nos olhos.

Porter olhou diretamente para ele e sentiu todos os músculos do corpo se contraindo de raiva, mas resolveu permanecer em silêncio.

O homem deu dois passos à frente, deixando sua massa imponente a apenas um metro e meio da cadeira na qual Porter estava amarrado.

— Eu não mato nenhuma escória sionista nem imperialista há mais de uma semana — ele disse. As palavras foram pronunciadas em inglês, com um sotaque forte e choroso. — Então acho que isso vai ser uma diversão pra mim.

É preciso ter um bom temperamento pra se escutar a própria sentença de morte em silêncio, Porter pensou. Mas talvez quando você não se importe mais, não seja assim tão ruim.

— São dez horas agora — o homem continuou. — A decapitação, a *sua* decapitação, está marcada pra daqui a uma hora.

Porter hesitou. Foi uma contração involuntária e instintiva dos músculos, uma que não pôde controlar, e instantaneamente sentiu vergonha de si mesmo. Aguenta isso que nem um soldado, disse para si mesmo. É o último fiapo de dignidade que resta pra você.

— Antes disso, nós oferecemos uma chance pra você ficar em paz com Alá.

— Vou ficar em paz com o meu próprio Deus, obrigado — Porter cuspiu com desdém.

O homem sorriu.

— Você vai morrer de acordo com os ensinamentos do Corão — ele continuou. — Esse é o nosso jeito, e se tentar nos oferecer resistência, só vai piorar as coisas pra si mesmo. Vai ser levado daqui pra um pátio, onde vão deixar você se virar em direção a Meca. Vão deixar você se ajoelhar, e se vai estar vendado ou não é uma escolha sua. — O rosto do homem se enrugou todo enquanto lançava outro sorriso rechonchudo. — A lâmina vai estar afiada, mas, é claro, você é um homem forte, tem um pescoço grosso, e como sei que pode imaginar, é difícil até pros espadachins mais hábeis cortar um pescoço com um golpe só. Eu já vi várias decapitações e quase sempre a cabeça se solta do pescoço no terceiro ou quarto golpe de espada.

Porter sentia os músculos dos braços fazendo força contra as cordas que o prendiam à cadeira: se houvesse a mais remota possibilidade de se soltar, iria achatar o desgraçado com uma tempestade de socos. Mas as amarras não lhe davam nem um milímetro de folga.

O homem começou a desenrolar algumas folhas de papel que estava segurando.

— O livro sagrado diz, "Quando um homem morre, aqueles que sobreviveram lhe perguntam que propriedade deixou para trás. O anjo que se curva sobre o moribundo pergunta que boa ação mandou à sua frente". — Parou por um instante. — Você devia prestar atenção nessas palavras.

Porter segurou a respiração internamente e permaneceu em silêncio.

O homem dobrou os braços e começou a orar e, enquanto fazia isso, sua voz transformou-se de um choramingo em um canto lento e respeitoso.

— "*Em nome de Deus, o Clemente, o Misericordioso,*
Louvado seja Deus, Senhor do Universo
O Clemente, o Misericordioso,
Soberano do Dia do Juízo.
Só a Ti adoramos e só de Ti imploramos ajuda!
Guia-nos à senda reta,
À senda dos que agraciaste,
Não à dos abominados,
Nem à dos extraviados".

Porter sentiu uma gota de suor frio correr pela espinha. Eu não ligo pra morrer, pensou com amargura. *Mas seria melhor sem ter que assistir a essa merda dessa aula de educação religiosa.*

O homem havia fechado brevemente os olhos quando terminou a oração, num momento de contemplação religiosa, mas agora os havia aberto de novo.

— Vou deixar esses papéis com você — disse, mostrando as poucas folhas na mão. — Você é um infiel e talvez deseje morrer como um infiel. Essa escolha é sua. Mas nós somos homens piedosos e queremos dar a oportunidade de você vir a conhecer o Deus único e verdadeiro antes de passar desse mundo pro próximo.

— Talvez eu prefira simplesmente não morrer — rosnou Porter.

— Um soldado sempre quer morrer — respondeu o homem.

Colocou as folhas de papel sobre o colo de Porter. Porter precisou de todo o autocontrole que conseguiu reunir para não cuspir nelas. Ao invés disso, apenas olhou impassível bem nos olhos do homem. Não dê pra ele a satisfação de conseguir a menor vitória que seja sobre você, disse para si mesmo. Vai ser só mais um arrependimento pra levar pro túmulo.

Porter observou enquanto a porta se fechava com um estrondo e escutou o ferrolho ser fechado de novo. Embora estivesse bem amarrado à cadeira, sem possibilidades de se soltar, eles não estavam lhe dando nenhuma chance de escapar. Porter sentia o coração martelando contra a parte de dentro do peito. Seu sangue estava correndo furiosamente e, embora a cela estivesse escura e úmida, era impossível impedir o suor que pingava das costas.

Agora não há dúvidas, disse para si mesmo melancolicamente. Dentro de uma hora, vou estar morto.

Estava com medo, não se importava de admitir. Quando era um soldado sabia que podia morrer, mas isso era num tiroteio, com uma arma na mão, quando tivesse pelo menos uma chance de se defender. Aqui era diferente: uma morte fria e premeditada nas mãos de um bando de psicopatas e criminosos religiosos. De todas as formas de morrer, Porter avaliou, ser assassinado era a pior, pelo simples motivo de que algum desgraçado estava levando a melhor em cima de você.

E piorava morrer sem saber quem o estava matando ou por que queriam tanto que você morresse?

Perscrutou pela escuridão. Seus braços ainda estavam fazendo força contra as cordas que o prendiam à cadeira, mas sabia que isso era inútil: a luta com as amarras era apenas a reação instintiva e desesperada de um condenado, como a de uma pessoa que houvesse sido enterrada viva acidentalmente e que ficasse arranhando sem esperanças a tampa do próprio caixão.

Hassad não está aqui, disse para si mesmo. Ou, pelo menos, se estiver, não tem nenhuma intenção de aparecer. Se foi um truque desde o começo, só uma isca pra me trazer até a morte, então não acredito que ele vá mudar de ideia agora. Mas talvez não seja um truque. Talvez alguém na Firma tenha me traído. Talvez alguém que queira a morte da Katie Dartmouth, quem sabe pra derrubar o governo? Afinal, alguém já tentou me matar lá em Londres. Quem é que sabe se não estão tentando de novo aqui? E dessa vez eles parecem estar fazendo um trabalho bem melhor.

Eu posso me debater com o enigma. Mas a menos que o desgraçado escolha me contar nos últimos segundos antes da espada cortar a minha nuca, jamais vou saber a resposta.

Porter tentou se acalmar. Sabia que tinha que se segurar se fosse sair dali caminhando para enfrentar a execução. Evitar uma humilhação era o único pingo de controle que ainda tinha sobre o que restava da própria vida, e estava determinado a não desperdiçar isso agora: pelo que sabia, a decapitação talvez fosse transmitida na televisão ou na internet. Os minutos estavam se passando, apesar de, sem um relógio, não ter como saber ao certo quanto tempo lhe restava. Meia hora, talvez? Podia ser até menos.

Qual é o sentido dessa merda dessa última hora?, perguntou para si mesmo, com amargura. Se eles iam me matar, por que simplesmente não me mataram na traseira do carro ontem à noite?

Nesse mesmo instante, um barulho ecoou pela janela minúscula.

Um tiroteio.

Porter congelou. Tinha certeza daquilo.

O barulho que havia acabado de escutar era de um tiroteio.

Tentou se virar mas era impossível. As cordas que o prendiam à cadeira o puxavam de volta para o lugar. Só podia contar com os próprios ouvidos. E eles lhe diziam que o lugar estava sofrendo um ataque.

Um ataque pesado.

Com RPGs e metralhadoras.

— Fica junto à parede, caralho!

Porter rapidamente se sentou com a postura bem ereta, sendo cortado pelas cordas enquanto o fazia. Era uma voz em inglês, podia jurar. Ela foi levada pela brisa e se esgueirou pela janelinha no fundo da cela. Era pouco mais de um murmúrio quando chegou aos ouvidos de Porter. Ele teve que aguçar os ouvidos para captá-la sobre o barulho de língua árabe e o estrondo dos tiros. Entretanto, era suficiente para lhe dar esperanças.

Será que a Firma estava me rastreando? Vai ver a Katie Dartmouth está enfiada em uma dessas celas e eles mandaram uns rapazes pra nos resgatar.

Um condenado se apega a qualquer fio de esperança, lembrou-se. Mas podia ser verdade.

Escutou com mais atenção, percebendo a onda de adrenalina que passava pelo próprio corpo. Houve um barulho de tiros e de umas duas explosões poderosas quando munições de RPG destruíram paredes de concreto. Conseguia escutar alguns gritos por cima do barulho, todos em árabe, e começou a pensar que havia apenas imaginado a voz em inglês. A batalha estava pegando fogo há três ou quatro minutos agora, e não dava sinais de estar diminuindo: o fluxo de barulho quicava de um lado para o outro, enquanto as duas forças opostas liberavam um poder de fogo letal.

O que quer que esteja acontecendo lá em cima, pensou, *é um tiroteio do cacete.*

O ferrolho.

O olhar de Porter se lançou na direção da porta.

Escutou o ferrolho sendo aberto, depois a chave girando na fechadura.

Quem vai ser agora?, perguntou para si mesmo.

Enquanto a porta se abria, Porter teve breves esperanças de que fosse um cara do Regimento, vestindo o uniforme verde-oliva que uma vez ele mesmo vestira com muito orgulho: se a Firma os estivesse libertando, havia apenas uma unidade de soldados que daria conta do serviço. Mas o contorno que passou pela porta estava vestindo uma longa túnica preta e tinha pele escura e uma barba densa e negra. Tinha pelo menos um metro e oitenta de altura e antebraços grossos e musculosos.

— Espero que você tenha lido esses versos — ele disse, deixando a porta do corredor aberta atrás de si. — Porque em alguns segundos você vai ter que se explicar pra Alá.

Com a mão direita, estava segurando uma espada de aço inoxidável longa e curva. De uma ponta à outra, devia ter cerca de um metro e meio, Porter avaliou, e contando o punho de latão bem moldado devia pesar menos de vinte quilos. Podia ser um artefato de tecnologia medieval, mas isso não queria dizer que não fosse uma das armas mais mortíferas já criadas. Nas mãos certas, podia causar tanto estrago quanto um tanque. E as mãos grossas e robustas do homem que havia acabado de entrar na sala pareciam saber exatamente o que fazer com ela.

Porter sentiu o pescoço se entorpecendo de medo.

— Pensei que vocês iam me levar pro pátio — disse.

Acima deles, ainda conseguia escutar o barulho do tiroteio. *Eles estão sofrendo um ataque*, pensou. *E querem acabar comigo enquanto ainda podem.*

— Você está virado pra Meca — disse o algoz. — Esse é um lugar tão bom pra morrer quanto qualquer outro.

Estava parado atrás de Porter agora, tão próximo que ele conseguia sentir o cheiro do hálito quente e rançoso do homem. As mãos de Porter começaram a tremer de leve enquanto o executor se aproximava ainda mais. Ele colocou a espada contra a cadeira, e Porter sentiu o aço gelado da arma tocando sua pele. Tirando um pano preto do bolso, o homem colocou a mão quente atravessada contra o rosto de Porter como se para que fechasse os olhos, depois amarrou a venda na posição certa. Quando terminou de fazer isso, Porter ficou mergulhado na escuridão, e uma sensação de terror começou a dominá-lo. *Prepare-se*, pensou com amargura. *Aonde você está indo, está escuro o tempo todo, meu chapa.*

Escutou o algoz pegando a espada. Depois sentiu uma pequena punhalada no pescoço, no lugar onde o árabe havia marcado a sua pele, deixando cair algumas gotas de sangue. Era uma técnica que os executores árabes haviam desenvolvido ao longo de séculos para preparar as vítimas para o golpe que as mataria: um pequeno corte entorpecia e enrijecia o pescoço, tornando mais fácil para a lâmina cortá-lo.

E então escutou o movimento delicado da lâmina no ar.

Porter fechou bem os olhos, apesar de não poder ver nada através da venda. Suas juntas estavam brancas e trêmulas e sentia-se como se estivesse prestes a vomitar.

Então é assim que termina, pensou sombriamente.

— Primeiro o dente — disse o algoz.

Porter ficou confuso. *O que isso poderia significar?*

Sentiu a mão do homem agarrando o seu pescoço. Com os dedos, fez força para abrir a mandíbula de Porter e enfiou alguma coisa dentro dela.

Algum tipo de metal, Porter julgou. Talvez uma chave inglesa.

Cambaleou para trás com a dor e tentou sacudir a mandíbula para libertá-la, mas o homem era forte demais para ele.

A chave inglesa estava esmagando o lado esquerdo da parte inferior da sua mandíbula.

Naquele mesmo instante, escutou um estrondo aterrorizante atrás de si. Era como se uma parede houvesse desabado.

O barulho foi tão alto que ecoou violentamente pela cela minúscula, fria e úmida. Ele se chocou contra os tímpanos de Porter, explodindo dentro do cérebro dele. Então houve um disparo, e outro. O estrondo de um tiroteio e o cheiro de fumaça tomaram conta do ambiente.

Escutou o barulho de um corpo caindo no chão. Talvez dois. No meio da confusão e da escuridão por trás da venda, era impossível saber.

— Quem está aí? — gritou.

Nada. Silêncio.

— Quem é que está aí, caralho?

Porter sentiu uma lâmina contra a pele. Era pequena, mas ainda assim afiada, e podia sentir a mão próxima a ela. Escutou um ruído seco, depois sentiu um solavanco enquanto a lâmina cortava as cordas que o estavam prendendo à cadeira. Primeiro romperam as cordas que estavam envolvendo as mãos, depois as das pernas, e por último as do peito.

Por um momento, Porter apenas permaneceu sentado, paralisado. O medo e o choque o haviam congelado. Então, acima, escutou o barulho abafado do tiroteio se intensificando de novo. Qualquer que fosse o perigo pelo qual estava passando, ainda estava longe de terminar.

Levantou-se cambaleando, levando um segundo para recuperar o senso de equilíbrio.

Levando as mãos à nuca, agarrou a venda e a arrancou do rosto. Piscou uma vez, depois duas, levando um tempo para se ajustar à luz turva e evanescente da cela. A parede virada para o caminho que levava até o pátio havia sido derrubada por um caminhão Mercedes Unimog grande — havia poeira e destroços por todo o lado no lugar onde a enorme extremidade dianteira do veículo havia aberto um buraco em meio aos tijolos com um golpe.

Porter olhou rapidamente para o homem que estava à frente dele, o homem que havia acabado de salvá-lo.

Muitos anos se passaram desde a última vez em que o tinha visto. Havia ficado mais velho, transformado-se de um menino em um homem, e os anos o tinham endurecido tanto quanto o haviam envelhecido.

Mas não tinha como se enganar quanto àquele rosto. Estava gravado a ferro e fogo na memória de Porter, como marcações de bois feitas com ferro em brasa.

Hassad.

DEZESSETE

Hassad pegou Porter pelo ombro.

— Não temos muito tempo — ele disse, assoviando. — Vamos cair fora daqui, porra!

Os olhos de Porter ainda estavam piscando. A poeira e os destroços estavam espalhados por toda a sala, e o motor enorme do caminhão continuava rugindo. As pernas de Porter estavam fracas e sua cabeça ainda girava. Havia chutado a cadeira para trás e olhado apenas brevemente para o algoz: o homem estava estirado no chão, ao lado da espada, com o corpo perfurado por três balas miradas com precisão que haviam lhe atingido o peito e o coração.

— Se mexe! — Hassad vociferou, dessa vez mais alto.

Hassad já estava se sentando no banco do motorista. Porter correu pela lateral do caminhão e subiu na cabine. Estava sentindo um pouco de sangue escorrendo pelas gengivas do lugar onde o executor havia tentado arrancar um dos dentes com um movimento de alavanca, e tinha uma dúzia de diferentes cortes e hematomas, mas fora isso estava em boa forma.

— Vamos — murmurou.

Hassad colocou o Unimog na marcha a ré e então pisou levemente no acelerador. O Unimog era como uma mistura de caminhonete e trator, uma maquinaria grande, feita principalmente para fazendeiros. Tinha rodas grandes, tração nas quatro rodas e um motor forte o bastante para derrubar um prédio quando fosse necessário.

O caminhão começou a avançar de ré. A rota que havia feito abrira caminho à força do pátio até a sala onde estavam mantendo Porter preso e, agora, eles estavam voltando pelo mesmo trajeto. O veículo balançou e trepidou enquanto os pneus trituravam os pedregulhos, mas ficou firme.

Enquanto Hassad estava puxando o volante para a direita, virando rapidamente o caminhão, Porter observou o pátio. Do lado de fora do prédio, um Honda CR-V havia sido virado de lado e estava sendo usado como uma barreira temporária por quatro homens. Pela forma como cumprimentaram Hassad, Porter imaginou que fossem parceiros dele. Estavam próximos à parte de baixo do carro. Todos eles estavam vestidos de preto e tinham barbas e bigodes bem aparados e cabelo bem curto. Dois deles tinham óculos escuros cobrindo os olhos. Todos os quatro estavam com AK-47s bem firmes contra o peito, além de pistolas e facas de caça grandes e letais presas aos cintos. Porter não fazia muita ideia do que haviam feito com o inimigo, mas certamente o assustaram.

O tiroteio parecia ter diminuído.

— É seguro sair daqui? — perguntou Porter.

Hassad ladrou algumas palavras em árabe para um dos homens que estava atrás do Honda, esperou pela resposta, depois olhou de novo para Porter.

— Eles estão todos mortos — respondeu. — Podemos ir embora.

Fez um gesto para os quatro homens e eles subiram um por um na traseira do Unimog.

— Tinham quantos lá? — perguntou Porter.

— Dez — Hassad respondeu. — E ainda eram dos fortes. Nós perdemos homens tentando resgatar você...

— Porra, quem *eram* eles?

— Você não sabe?

Porter fez que não com a cabeça.

Hassad apenas deu de ombros.

— Se você não sabe, então ninguém sabe.

Porter concordou com a cabeça.

— Obrigado por me resgatar — disse, sucinto.

— Eu convidei você pra cá. Isso faz de você meu convidado.

O Unimog começou a andar de novo. O pátio era cercado por uma série de celeiros e construções de fazenda, além do prédio principal onde Porter havia ficado desde a noite anterior. Atrás dele, no sopé da encosta, havia uma estrada que levava para fora da região. Porter via os destroços da batalha e sentia o cheiro de morte no ar por toda a sua volta.

Perto de uma parede, viu dois cadáveres. E apesar de ambos os homens estarem cobertos de poeira e sangue, Porter percebeu que um deles era branco.

— Para um pouco — disse Porter bruscamente.

— Precisamos ir embora — Hassad respondeu. — Pode ter mais deles.

— Preciso dar uma olhada naqueles caras.

Ele saiu da cabine e se ajoelhou próximo ao cadáver. O cara havia tomado cerca de duas dezenas de tiros, embora provavelmente tivesse morrido após os primeiros dois ou três. As balas haviam destruído o rosto dele, transformando o crânio em uma massa e deixando manchas de sangue em todas as superfícies. Um globo ocular havia saltado para fora da órbita e o outro ainda estava sangrando. Estava feio até mesmo para um cadáver. Pelo que Porter podia ver dele, tinha quase quarenta anos, cabelo castanho-escuro e pele bronzeada e sulcada. Estava vestindo um uniforme militar verde-oliva, do tipo que se compra em uma loja de artigos militares. Porter não conseguiu encontrar nenhum sinal de bandeira ou insígnia.

— Quem é ele? — perguntou Porter, olhando de relance para Hassad.

Hassad apenas encolheu os ombros. Porter teve a impressão de que ele não estava muito interessado em cadáveres. Talvez tenha visto um número grande demais deles.

— Porra, o que é que um branco está fazendo aqui, fazendo britânicos reféns? — Porter rugiu.

Começou a remexer nos bolsos dele. Em um, encontrou trinta libras libanesas e alguns trocados. Em outro, encontrou uma foto de uma mulher: cabelo escuro, pele clara e sardenta, bonita, mas um pouco acima do peso, provavelmente quase chegando aos trinta anos. Fora isso, não havia nada que pudesse identificar quem ele era ou por quem estava lutando. Nenhum passaporte, cartão de crédito, nem coleira de cachorro. O soldado anônimo, Porter pensou. E fique agradecido por ganhar um túmulo sem identificação, meu chapa. *Você merece isso, porra.*

— Eles devem ter uns equipamentos em algum lugar — disse Porter, olhando ao redor.

Hassad o pegou pelo ombro. Apontou para a encosta com um gesto. Agora que estavam do outro lado do muro, Porter conseguia enxergar o matagal inclinado que levava a uma pista poeirenta.

— Nós temos que ir embora — disse, assoviando.

— Eu preciso descobrir quem eram esses desgraçados! — vociferou Porter.

— Não temos tempo pra isso — Hassad respondeu. — Podem chegar mais deles aqui a qualquer minuto. Só poucos de nós sobreviveram...

— Preciso descobrir por que eles me pegaram, porra! Pode ser importante — Porter interrompeu.

Outro dos homens de Hassad já estava andando em direção a eles. Carregava um homem ferido que estava mancando, apoiando-se no ombro do parceiro.

Hassad sorriu rapidamente para ele. Quando fazia isso, a deformação da boca ficava cruelmente aparente: o sorriso entortava a boca dele, deixando-a num formato horrivelmente mutilado que não demonstrava qualquer vestígio de prazer ou humor.

— Bem-vindo de volta ao Oriente Médio, Porter — ele disse. — Nada aqui é o que parece ser, nunca.

— Mas...

— Eu disse pra você que nada aqui é o que parece...

Porter já havia percebido o AK-47 pendurado no ombro de Hassad de repente estava engatilhado. O dedo dele estava no gatilho, e não havia como se enganar acerca da forma casual como o cano negro e metálico estava apontado para o peito de Porter. Um engano? Dificilmente, Porter pensou.

— Tira a roupa — vociferou Hassad.

— O quê?

— Eu disse pra você tirar a roupa. Precisamos garantir que você esteja limpo.

Assim que terminou de dizer a frase, ladrou algo em árabe para um de seus homens. O cara veio da Unimog com uma calça jeans preta, um casaco de moletom e um par de tênis, além de uma lata de gasolina. Porter entendeu o que estavam fazendo: teria feito o mesmo no lugar deles.

Queriam se certificar de que não havia nenhum rastreador nele antes de levá-lo para a base.

Ele mesmo arrancou as roupas, jogando-as no chão poeirento. Enquanto estava vestindo a calça nova, o soldado já havia embebido as roupas de Porter em gasolina e ateado fogo nelas.

— Ok — disse Hassad. — Agora podemos ir embora daqui.

DEZOITO

A viagem demorou duas horas, mas pareceu levar muito mais. O Unimog tinha pelo menos cinco ou seis anos, Porter avaliou, e a suspensão havia recebido marteladas das pistas de terra acidentadas por onde havia passado durante toda a vida. Havia seis deles no total: Hassad, os quatro homens que sobreviveram ao tiroteio e Porter. Hassad estava sentado na frente, junto com o motorista, enquanto Porter se apertava na traseira junto aos outros caras. O homem que estava ferido era bem corajoso, mas cada vez que o veículo sacudia ou dava um solavanco mais abria o ferimento no peito dele, fazendo-o gemer de dor durante a maior parte da viagem.

Aonde estavam indo, Porter não tinha ideia, e julgou ser melhor não perguntar. Imaginou que estivessem viajando por algum lugar próximo às regiões fronteiriças do Líbano e da Síria, mas o motorista estava mantendo o caminhão nas pistas de terra, afastando-se de qualquer coisa que se parecesse com uma estrada principal, logo Porter não teve nem chance de observar uma placa que pudesse ajudá-lo a se localizar. De tempos em tempos, conseguia avistar as luzes de um pequeno vilarejo, mas mesmo se a pista em que estivessem passasse por lá, o motorista se desviava dele e conduzia o veículo pelo meio dos campos até que pudessem voltar para a pista no outro lado do vilarejo. Se estava fazendo isso porque não queriam ser vistos ou porque não queriam que Porter visse aonde estavam indo, ele não sabia dizer. Um pouco dos dois talvez, decidiu. Depois de seguirem por uma hora, colocaram uma venda em Porter, então depois disso ele fazia ainda menos ideia de para onde estavam indo.

Porter havia tentado conversar com Hassad quando o Unimog havia deixado o esconderijo, mas ele lhe disse para ficar quieto. Os homens dele tinham que descansar. Ele distribuiu alguns pães sírios com uma pasta de grão de bico e todos eles beberam da mesma garrafa d'água. Estava grato pela comida apesar de não ter um gosto muito bom. Depois os outros caras na traseira foram dormir. Enquanto o veículo se impulsionava à frente, Porter não conseguia descansar. Estava tentando pensar, colocar em ordem na própria mente o que havia acabado de acontecer e o que precisava fazer em seguida. Não fazia ideia de quem o havia capturado, nem de por que o queriam morto. Se não era Hassad, então alguém deve ter vazado a localização e a missão dele. E só podia ser alguém da Firma.

No momento em que o Unimog parou, até Porter estava lutando contra o sono, esforçando-se para se manter alerta. Julgava que fossem nove ou dez da noite. Restavam apenas cerca de 23 horas para o horário marcado para a execução de Katie Dartmouth. E provavelmente para a minha também, refletiu.

Para Porter, o destino deles parecia ser uma mina inativa. O Mercedes havia saído da pista e descido uma encosta íngreme e desnivelada que levava até uma cratera imensa. A pista que ia até ela estava bloqueada, protegida por três homens armados, e apesar de conhecerem Hassad ainda assim checaram o veículo antes de deixá-lo passar. Eles levam a segurança deles a sério, Porter notou. Já é bem difícil entrar nesse lugar. Vai ser ainda mais difícil sair de volta.

Ao redor, via alguns guindastes altos e uma longa esteira de transporte que cortava toda a cratera e levava a uma fábrica de processamento antiga e abandonada. É uma mina de metal, Porter pensou. Talvez de cobre ou zinco. A cratera devia ter uns duzentos metros por cem: talvez tenham começado com uma mina a céu aberto e partido depois para o subterrâneo, pois havia algumas portas espalhadas pela cratera que pareciam levar para poços de mineração. Era um lugar perfeito para se manter um refém. Discreto, fácil de se defender e praticamente impossível de se escapar. Mesmo se eu conseguisse libertar a Katie, como é que eu iria tirar ela daqui?

— Espere aqui — Hassad disse, enquanto desciam do Unimog.

Porter ficou parado perto do veículo por um momento. O homem ferido já estava sendo levado em direção a uma das minas subterrâneas, mas os outros ficaram para trás, perto de Porter, todos segurando carinhosamente os AK-47s contra o peito. Porter tinha certeza de que conseguia sentir o cheiro de algumas flores silvestres no ar noturno, e havia um aroma metálico e de mofo que vinha das pilhas de minérios quebrados espalhados pelo entorno da cratera. Cobre, Porter imaginou. Ele tivera um amigo que havia sido encanador há um tempo, e sempre que encontrava o cara para tomar uma bebida, ele tinha o mesmo cheiro de cobre queimado que grudava na pele após um dia de trabalho.

Hassad havia voltado ao veículo e estava olhando diretamente para Porter.

— Você está aqui pra matar a gente?

Porter nem sequer piscou.

— A gente só quer conversar.

— Então vem. Vamos conversar lá dentro.

Porter o seguiu através da cratera. Era uma caminhada de cerca de trinta metros até o poço de mineração e a fizeram em silêncio. Enquanto andava, Porter estava tentando fazer um reconhecimento mental do traçado do lugar. Ao lado do Mercedes, havia outros dois veículos: um Skoda Felicia pequeno e um Honda CR-V grande com alguns entalhes na lateral. Perto deles, viu um pequeno gerador de eletricidade a diesel que obviamente estava fornecendo energia para o lugar. Já havia visto alguns homens entrando e saindo da mina, logo calculou que devia haver um pelotão inteiro de combatentes do Hezbollah ali. Quantos? Provavelmente estou prestes a descobrir.

Hassad abriu a porta. A entrada da mina dava para uma sala pequena e baixa, com apenas uma lâmpada elétrica em um dos lados. As paredes eram compostas de rochas arenosas e manchadas, entalhadas nos sulcos profundos onde haviam escavado os poços de mineração. Diretamente à frente deles havia uma gaiola de metal que era o elevador. Hassad abriu a porta de arames e conduziu Porter para dentro, depois o seguiu e puxou a alavanca. O elevador começou a descer: Porter julgou que haviam descido pelo menos vinte e cinco ou trinta metros para dentro do solo até o elevador parar bruscamente, trepidando.

Quando Porter saiu, viu um corredor que levava para o interior de uma pedreira abandonada. Havia lâmpadas elétricas simples penduradas a cada vinte metros no teto baixo, mas forneciam apenas uma luz pálida e depressiva ao lugar. Hassad desenganchou um lampião a gás da parede, acendendo-o, e depois começou a descer uma série de frágeis degraus de madeira. Porter contou trinta degraus para baixo, que se embrenhavam por uma via estreita entalhada na rocha. Era quase possível entrever partes de cobre nas paredes. No final, o espaço se alargava formando uma caverna com seis túneis diferentes que levavam em direções distintas. No centro, havia uma maquinaria quebrada e enferrujada que devia ser usada para cortar os minérios e levá-los até a superfície, mas pelo estado dela Porter imaginou que devia fazer anos desde que a mina havia sido desativada. Estava pingando um pouco de água do teto. Hassad pegou o primeiro túnel, fazendo uma curva fechada à esquerda no final da escadaria.

A passagem era estreita, tinha menos de 1,20 m de largura e apenas 1,80 m de altura: havia sido entalhada na rocha para levar os mineiros bem fundo, e só tinha espaço para passar um homem de cada vez. Um cara com um fuzil de assalto poderia proteger o lugar contra um exército, refletiu Porter sombriamente. Haviam escolhido o lugar com cuidado. Mesmo se os britânicos conseguissem descobrir onde estavam mantendo Katie Dartmouth, podiam mandar um batalhão inteiro e ainda não ter muitas chances de conseguir resgatá-la.

Não viva, pelo menos.

Hassad o guiou até uma sala pequena. Media cerca de três por dois metros, havia uma cama de palha em um dos cantos e café sendo preparado sobre o fogão feito de tijolos quentes. Havia um cheiro doce e pegajoso no ar que fazia Porter sentir náusea. Em um dos cantos, havia uma lâmpada, mas ela estava tapada por um pedaço de pano, como se Hassad não gostasse muito da luz. Ele serviu um pouco de café em duas xícaras brancas pequenas e ofereceu uma a Porter.

— Agora podemos conversar — disse, sem rodeios.

Porter tomou um gole do café. Era puro e espesso, com umas porcarias de sedimentos no fundo. Podia senti-lo atingir as veias, limpando um pouco da exaustão que o havia afligido desde que chegara àquele país. Havia pensado sobre esse momento nos últimos dias, mas agora que estava ali, percebeu que não podiam planejar uma negociação daquele jeito. Às vezes o homem tem que se guiar apenas pelos próprios instintos e inteligência. Se eles não forem bons o bastante para conseguir o que pretende, então não tem por que imaginar que qualquer outra coisa vai ser.

— Você sabe quem eles eram, não sabe?

— Quem? — perguntou Hassad.

— Os desgraçados que me pegaram.

Hassad virou o resto do café e pegou um punhado de castanhas de caju de uma tigela que estava perto da garrafa de café. Na semiescuridão da sala, mal se via a deformação ao redor da boca dele. Entretanto, via-se o cansaço. Esse era um homem que havia passado a vida inteira abaixo do solo e só emergia à luz às pressas, para um tiroteio feroz de vez em quando.

— Eu fui na lanchonete encontrar você — Hassad disse. — Fiz como o combinado. Quando cheguei lá, você não estava, mas eu falei com o barman e ele disse que você tinha sido levado por dois homens.

— Eles tinham a palavra-chave.

— Então você foi traído — concluiu Hassad. — Não dá pra confiar nos britânicos. Isso não é novidade pra ninguém daqui.

— E quem disse pra você que não foi um dos seus que me traiu? — Porter perguntou. — Pode ter um monte de pessoas que não queriam que eu viesse aqui.

— Todo mundo aqui é leal a mim e leal à causa — respondeu Hassad. — Não tem traidores no Hezbollah. — Um pequeno sorriso entortou a boca deformada. — A traição é uma especialidade britânica.

— Os desgraçados que me pegaram pareciam árabes pra mim.

— Eles são, mas trabalham pra uma companhia chamada Connaught Serviços de Segurança — complementou Hassad. Não havia emoção na voz dele. Porter percebeu que estava na companhia de um soldado: um homem que matava pessoas quando precisava, mas que sempre respeitava o inimigo. — É uma firma britânica de segurança particular que tem escritórios por todo o Oriente Médio. Eles estão no Iraque, no Afeganistão e aqui também. Trabalham pra quem quer que pague pelos seus serviços. Companhias de mineração, petrolíferas, aéreas. E pro governo britânico também, quando querem.

Mas por que diabo me pegaram? Porter se perguntou. Estavam trabalhando pra quem?

— Nós temos contatos dentro da organização deles, foi assim que descobrimos que eles tinham pegado você e onde você estava — continuou Hassad. — Quando ficamos sabendo disso, não tivemos escolha a não ser ir buscar você. Porém, três homens meus morreram. — Lançou um olhar severo para Porter. — Sua vida não saiu barato, Porter. Agora é a hora de me dizer por que é que você está aqui.

— Pra levar a Katie Dartmouth pra casa — Porter respondeu.

Hassad escutou as palavras sem esboçar nenhuma reação.

— Suponho que você tenha detalhes sobre a disposição do seu governo de retirar as tropas do Iraque — disse, inexpressivo.

— Nós já dissemos que a mulher vai ser libertada contanto que aceitem uma simples condição.

Porter deu um passo à frente.

— Ela está aqui?

Hassad fez que sim com a cabeça.

— Eu quero ver ela.

Uma centelha de dúvida passou pelo rosto de Hassad, mas então a boca torta mostrou um sorriso.

— É claro — respondeu.

Ele começou a sair da sala. Porter o seguiu, indo para o corredor e voltando para o ponto de encontro principal, no sopé da escada. Hassad pegou outro túnel. Esse se estendia por trinta metros, embora Porter tenha percebido rapidamente que a lâmpada não era forte o bastante para iluminá-lo até o final. Haviam caminhado dez metros da extensão dele quando Hassad parou bruscamente. Bem à frente dele havia uma porta firme, de aço, construída ao lado da rocha. Dois homens estavam parados diante dela, ambos vestidos de preto e com AK-47s presos ao peito. Hassad fez um gesto com a cabeça para eles e eles responderam com o mesmo gesto, mas nenhum deles falou. Hassad empurrou a porta e entrou.

— Por aqui — disse, olhando de relance para trás.

Porter começou a segui-lo. As fotos de Katie Dartmouth transmitidas pela internet e pela TV nos dias após a captura da repórter estavam gravadas na memória dele. Mas isso era diferente. Isso era a vida real.

Hassad apagou o lampião a gás: um fio elétrico vinha até aqui, alimentado pelo gerador lá de cima, e havia duas lâmpadas iluminando a sala, deixando-a bem mais clara do que qualquer outro lugar na mina. A sala tinha um tamanho decente, significativamente maior do que a do próprio Hassad ou qualquer uma das outras que Porter havia visto escavadas na rocha. Tinha pelo menos quatro metros e meio de comprimento e seis de largura.

As paredes eram mais quadrangulares do que a dos outros lugares, e a sala parecia seca: não havia nem um pouco da umidade metálica que dominava o resto da mina. Havia um cheiro de suor e excrementos, como se estivessem passando por um esgoto a céu aberto. Em um dos cantos, havia uma webcam presa a um tripé de madeira: Hassad a desligou assim que colocaram os pés dentro da sala. Mas embora a sala fosse provavelmente melhor do que era esperado, a própria Katie Dartmouth parecia bem pior. Quando Porter a viu, sentiu o coração pesar dentro do peito. Que espécie de bárbaros poderia fazer isso com uma mulher inocente? Que tipo de assunto político poderia valer todo esse sofrimento? Como um homem pode mergulhar tão fundo num poço de crueldade a ponto de fazer outro ser humano suportar tanta dor e humilhação?

Sentia a raiva correndo nas veias. Se você não merecia morrer pelo que fez comigo dezesseis anos atrás, então certamente assinou sua própria sentença de morte com o que está fazendo aqui e agora. Ninguém que é capaz de infligir esse tipo de sofrimento pode reclamar da morte terrível que o espera com justiça.

Katie estava amarrada a uma estaca, exatamente como havia sido retratada na televisão — apesar de pelo menos a mordaça ter sido removida. Era um poste grosso de madeira, descascado e enfiado fundo no solo. As mãos dela estavam presas atrás das costas com amarras grossas de couro, e os pés e o peito também estavam amarrados à estaca. Era impossível que ela mexesse qualquer músculo do pescoço para baixo. Estava vestindo as mesmas roupas de quando havia sido capturada, mas agora estavam manchadas e imundas. A blusa estava rasgada, e havia um corte ao longo da lateral da calça jeans. Ninguém a havia desamarrado para que pudesse ir ao banheiro, logo era óbvio que não havia tido opções a não ser se sujar onde estava. Um fedor pútrido exalava da estaca, e ao redor dos pés dela era possível ver pequenas pilhas de dejetos humanos. Mas o rosto era o que parecia pior. Os olhos estavam vermelhos e exaustos, com uma expressão sombria e oca, e a pele no entorno do rosto já estava seca, tensa e dura de suor, sujeira e sangue. Havia um corte cruzando a maçã do rosto, que havia secado e formado uma casca feia, mas ainda havia um pouco de sangue escorrendo da ferida. E o cabelo dela estava emaranhado, espesso de suor, começando a formar amontoados feios que logo cairiam inteiros da cabeça.

A bela e jovem estrela de televisão que estava preenchendo as primeiras páginas de mil jornais na Grã-Bretanha já havia desaparecido há tempos. Ao invés disso, o lugar dela fora tomado por uma pessoa abatida e açoitada que já estava mais próxima de um cadáver do que de uma mulher.

Era impossível para Porter dizer há quanto tempo ela havia estado presa àquela estaca. Provavelmente desde quando pegaram a pobre garota, no domingo, tarde da noite. Agora, isso dava cinco noites contínuas. Era praticamente impossível que ela dormisse, e também não parecia que a estavam alimentando. Havia uma garrafa d'água na mesa perto dela, mas não tinha como alcançá-la com os braços presos atrás das costas. Quanto melhor a observava, Porter percebeu, mais parecia um milagre o fato de ela ter sobrevivido todo esse tempo. Mais um dia e os desgraçados provavelmente não iam nem precisar decepar a cabeça dela. Já estaria morta.

Talvez não tenham torturado ela — ainda não, pelo menos — Porter disse para si mesmo, mas isso não fazia diferença. Eles a estavam tratando pior do que um animal qualquer.

Os olhos dela giraram até encontrar os dele, os globos oculares movendo-se lentamente nas órbitas. Porter havia visto olhos assim antes. Havia um monte de drogados nas ruas e todos eles tinham pupilas dilatadas e globos oculares que eram incapazes de se mover adequadamente. Era uma das formas com a qual os identificava, e Porter sempre fora rápido para se desviar de cracudos dormindo ao léu na rua: eles eram violentos e perigosos, e normalmente tão fora da realidade que poderiam atacar alguém sem nenhum motivo. Os olhos dela eram exatamente iguais: lentos, vazios, cheios de dor e desprovidos de qualquer esperança. Mas não foi nenhum tipo de droga que a havia deixado assim. Foi o desgraçado que estava parado ao lado dele.

Porter cerrou os punhos. Precisava de muita disciplina para não dar um soco na cara de Hassad agora. E ele nunca havia sido alguém que colocasse autocontrole entre as qualidades que talvez possuísse.

Era claro que Katie Dartmouth estava tendo dificuldades para tomar foco. A boca estava imóvel e o rosto endurecido demais pelo sangue e suor para que fosse possível identificar nele qualquer tipo de expressão. Mas dava para ver nos olhos que estava confusa e aterrorizada. Os últimos dias a haviam ensinado a receber cada novo momento com pavor e repugnância, e este agora não era diferente. Estava olhando para Porter, esforçando-se para focar nele e, mesmo assim, enquanto fazia isso, parecia hesitar.

— Você é...?

Ela estava se esforçando para falar, mas soava mais como um choro sufocado de um animal morrendo do que o barulho normal que um humano faria. De novo, Porter sentiu uma onda de raiva inchando dentro dele. Os lábios dela estavam tão secos e a garganta tão fraca que era claramente doloroso simplesmente terminar a frase.

— Você é...? — ela recomeçou, dessa vez tentando levantar levemente a cabeça para que pudesse vê-lo direito.

— Eu sou inglês, sim — Porter disse, olhando diretamente para ela.

Pela primeira vez foi possível ver algo além de desespero nos olhos dela. Não exatamente esperança, Porter notou. Isso seria uma palavra forte demais para aquilo. Mas havia alguma força ali que não havia visto quando entrara na sala: um sinal de que talvez ela pelo menos conseguisse lutar durante as próximas horas.

— Quem...?

De repente, ela começou a tossir com violência. O corpo inteiro dela havia ficado gravemente desidratado ao longo dos últimos dias e, quando tentou falar, a garganta travou. Porter viu a vergonha e a humilhação nos olhos dela enquanto a saliva começou a escorrer pela frente da boca. Sem poder levantar nenhuma das mãos, não havia nada que pudesse fazer para impedi-la.

— Quem é você? — ela finalmente disse quando conseguiu controlar a tosse.

— Sou a melhor notícia que você recebeu desde quando chegou aqui — Porter respondeu.

Parecia que ela estava tentando sorrir, mas o rosto estava fraco demais para que os músculos respondessem.

— Eu... Eu...

A tosse começou de novo: um som seco e violento que parecia sufocá-la e fez com que lágrimas começassem a se formar em volta dos olhos tensos e cansados.

— Dá um pouco de água pra ela, porra! — vociferou Porter.

Hassad permaneceu imóvel, sem dizer nem fazer nada.

— Porra, cara, ela vai estar morta amanhã de manhã, merda! — rosnou Porter.

Andou até a garrafa d'água, pegou-a e despejou um pouco na caneca de lata que estava ao lado dela. Então se aproximou de Katie, segurando a parte de trás da cabeça com a mão. O fedor era pútrido, pior do que qualquer um que houvesse sentido, mesmo enquanto estava dormindo na rua. Qualquer um que já foi sem-teto desenvolve um estômago forte, mas Porter estava se esforçando para não vomitar. Empurrou a caneca contra os lábios dela, segurando a cabeça numa posição que lhe desse chances de beber. A garganta estava tão seca que primeiro a água apenas molhou os lábios, do jeito como uma chuvarada molha a terra, mas uma hora ela conseguiu engolir um pouco da água, tomando-a avidamente. Quando a caneca ficou vazia, Porter se virou para pegar a garrafa e enchê-la novamente. Mas agora Hassad a estava segurando.

— Aqui, deixa eu fazer isso — disse, com desdém.

Encheu a caneca de lata e a firmou na boca de Katie. A primeira leva d'água havia começado a fortalecê-la, e dessa vez estava mais apta a beber: assim que a caneca chegou à boca, ela bebeu o conteúdo inteiro em dois goles rápidos, mal deixando uma gota que fosse derramar sobre o rosto.

— Precisamos fazer você parecer viva pra câmera — Hassad disse. — Assim vai ser mais chocante pros espectadores da sua terra assistirem a sua cabeça ser separada desses ombros.

— Você não pode executar ela — Porter interferiu bruscamente.

— Eu posso e eu vou — retrucou Hassad.

— Quem mandou você? — perguntou Katie, com os olhos mirando nervosamente ora para Porter, ora para Hassad.

— Ninguém me mandou — Porter respondeu. — Eu vim por vontade própria.

— Pra... — Ela começou a tossir de novo e levou quase um minuto para se controlar. — Pra quê?

— Talvez eu possa tirar você daqui.

A cabeça dela se moveu lentamente de um lado para o outro. Foi um movimento muito simples com o pescoço, e talvez estivesse apenas tentando esticar os poucos músculos que ainda tinha sob controle. Mas Porter conseguia enxergar algo mais na expressão dela. Katie não acreditava nele. Ainda pior, ela não queria acreditar nele. Ele havia visto o mesmo olhar algumas vezes nos rostos de caras vagabundeando pela rua. Haviam perdido todas as esperanças. Não acreditavam mais que pudessem fazer nada por eles mesmos, nem que ninguém mais pudesse resgatá-los. Estavam apenas esperando para morrer. E quanto antes a vida deles acabasse, melhor.

— Só espera e vê — murmurou Porter, enquanto Hassad o pegava pelo ombro e o guiava de volta para a porta.

Mas ela já havia fechado os olhos.

Hassad olhou de novo para ela.

— Mais uma noite de sofrimento, e aí sua provação vai ter acabado — disse suavemente.

Eu vou tirar você desses desgraçados, disse Porter para si mesmo. *Ou sem dúvida vou morrer tentando.*

DEZENOVE

Porter caminhou junto com Hassad pelo corredor estreito, frio e úmido. Sabia que a lembrança do que havia acabado de ver permaneceria com ele pelo resto da vida — todas as vinte horas dela. A mulher amarrada àquela estaca não se parecia nada com a jovem forte e engenhosa da qual se estava falando na TV todas as noites na Inglaterra. Havia sido reduzida a nada além de um esqueleto enrolado em um pouco de pele e veias.

Os desgraçados estavam com ela há apenas cinco dias. E já secaram cada litro de espírito e resistência da repórter.

Porter sabia que precisava permanecer calmo. Estava furioso por dentro, mas sabia que tinha de esconder isso de Hassad. Demonstrar o menor traço que fosse de emoção já seria um erro. Tinha que fazer Hassad acreditar que estava ali como um negociador. Precisava convencê-lo de que havia algo que pudesse fazer por ele, que podia lhe oferecer algum acordo que o iria persuadir a pelo menos adiar a execução por alguns dias. No mínimo, talvez fazê-los soltarem-na daquela estaca e deixá-la descansar por algumas horas.

Mas o quê? Haviam discutido o assunto na Firma e, fora a libertação do prisioneiro na Baía de Guantánamo, nada do que haviam sugerido soou muito convincente. Em algum momento das próximas horas, ele percebeu, teria que tomar a decisão mais difícil da sua vida até agora. Será que devo tentar negociar? Ou devo apenas me concentrar em libertar a Katie com as minhas próprias mãos?

Mas diabo, o que é que posso fazer? Um homem só contra talvez dezenas deles?

Era uma caminhada curta até a junção principal onde terminava a escadaria que vinha do elevador. Obviamente, o Hezbollah havia escolhido essa parte da mina para ser a base principal. Não havia como dizer com certeza até onde a mina alcançava: da superfície, parecia que já havia feito parte de uma operação bem grande, logo poderia se estender por vários quilômetros. Mesmo se apenas uma fração ínfima dela estivesse ocupada, Hassad e seus homens conheceriam todo o traçado e provavelmente teriam espalhado armadilhas pelo resto do local para lidar com quaisquer potenciais invasores. Mesmo se por algum milagre eu soubesse exatamente onde estamos e conseguisse transmitir a localização pra Londres, o Regimento acharia o lugar difícil de invadir.

Porter estava inspecionando o território enquanto andava, certificando-se de estar guardando cada centímetro do terreno e cada rosto na memória. Os mesmos dois guardas haviam permanecido mudos do lado de fora da porta de Katie, mas imaginou que devesse haver uma troca de turnos, provavelmente três por dia: em qualquer exército bem organizado, oito horas era o período máximo de sentinela que se esperava de alguém antes que começasse a ficar cansado e descuidado, e o grupo de Hassad parecia bem profissional para Porter. Fez uma nota mental para ver se conseguia descobrir o horário da troca de turnos: talvez houvesse alguns segundos durante os quais poderia se infiltrar no quarto de Katie sem ser notado. Enquanto chegavam ao principal ponto de encontro dos túneis, Porter percebeu outro par de homens fortemente armados de guarda no sopé da escada. No total, Porter contou que tinha visto entre quinze e vinte caras diferentes desde quando chegara ali, incluindo os que o haviam acompanhado no Mercedes. Fazendo uma estimativa por alto, calculou que poderia facilmente haver o dobro disso: alguns homens estariam dormindo, alguns simplesmente estariam em outras partes da mina, outros estariam de guarda fora dela. Isso significava que poderia haver até quarenta combatentes do Hezbollah ali.

Quarenta contra um, Porter pensou sombriamente. É simplesmente um suicídio.

Hassad o guiou pelo terceiro túnel, afastando-se do ponto de encontro principal. Tal como o corredor onde Katie estava encarcerada, estendia-se por cerca de trinta metros, mas no fim esse descia para o que parecia ser uma fresta profunda que a companhia de mineração devia ter aberto na rocha. Alguns dos caras devem passar a noite aqui, Porter imaginou. O corredor dava para alguns quartos pequenos, cada um contendo três ou quatro camas de palha sobre o chão úmido. Uma parte do caminho era iluminada por lâmpadas elétricas, mas algumas delas estavam desligadas, provavelmente para economizar energia. Viu alguns homens sentados em cada quarto. Alguns deles estavam limpando as armas, ou reabastecendo os cintos com munição. Um ou dois liam ou escreviam cartas. O resto estava apenas olhando para o nada. Igual aos soldados de qualquer lugar, Porter pensou. Estavam tentando descansar o máximo que podiam antes da próxima tempestade de fogo começar.

— Esse vai ser o seu quarto — disse Hassad. — Enquanto você for nosso convidado, pode ficar aqui.

Por quanto tempo esperam que eu fique aqui?, Porter se perguntou. O plano deles é matar a Katie amanhã ao anoitecer. Talvez eu seja o próximo refém depois de acabarem com ela.

Ele abriu a porta com um empurrão. Não passava de uma caverna: um espaço implodido na rocha pelos mineiros, anos atrás. Tinha cerca de quatro metros de comprimento e três de largura. Hassad se ajoelhou para acender a lâmpada elétrica, que encheu o ambiente com uma luz pálida e dourada. Em um dos cantos, havia uma cama de palha e um balde com um pouco d'água. Pelo cheiro do lugar, alguns homens estavam passando a noite aqui bem recentemente, mas pareciam ter deixado o quarto.

— Limpe-se — Hassad disse. — Vamos comer em vinte minutos e depois descansar um pouco. — Sorriu. — Amanhã, afinal, é um dia bem grande pra gente.

Porter se virou de frente para ele. A última vez em que estiveram tão próximos foi há dezessete anos, quando esteve prestes a cravar uma faca no pescoço do homem.

— Deixa eu tomar o lugar dela — ele disse.

Hassad fez que não com a cabeça.

— Se você precisa de sangue, pega o meu — rosnou Porter. — Se você a deixar ir, tomo o lugar dela alegremente.

De novo, Hassad fez que não com a cabeça. Não havia nenhum vestígio de emoção nos olhos dele. Nem mesmo de interesse.

— Precisamos de manchetes — retrucou, inexpressivo. — É a única arma que os seus líderes entendem. Com certeza a única arma que podemos usar pra enfrentar eles de igual pra igual. E, infelizmente, o seu rosto não é bonito o bastante pra causar o mesmo tipo de impacto nas telas de televisão.

— Então pense nas manchetes de quando você libertar a refém — Porter acrescentou, bruscamente. — Você vai conquistar uma simpatia generalizada por todo o país. E ainda vai ter um refém para decapitar caso o governo não atenda a suas demandas.

Hassad parou por um instante. Nos olhos dele, Porter considerou que podia ver um toque de interesse. A boca deformada estava demonstrando concentração, e Porter sabia que precisava pressioná-lo para obter qualquer vantagem que por ora tivesse.

— Apenas pense sobre isso — continuou. — Você ia ter soltado a Katie, o que ia trazer bastante apoio pra você. Eu seria um herói por ter tirado ela desse inferno. E agora a minha vida estaria em jogo. A pressão pra me salvar da execução seria intensa. Você estaria mais próximo da sua meta do que jamais poderia imaginar.

Porter estava observando os olhos de Hassad e conseguia ver a proposta morrendo enquanto falava. O homem estava perdendo o interesse e se afastando.

— Interessante — respondeu finalmente. — Mas não é possível.

— Diabo, por que não? — Porter perguntou.

Ele agarrou o tecido da camisa de Hassad, mas se arrependeu imediatamente de tê-lo feito. Não demonstre emoção demais, disse para si mesmo. Não deixe os desgraçados abalarem você. Se aproxime apenas o necessário para conseguir conquistar eles. Hassad tocou a lateral da mão que estava segurando a camisa dele com desdém, e Porter a retirou instantaneamente.

— Porque demonstraria fraqueza — disse. — Você mesmo já foi um soldado, então com certeza sabe que demonstrar a menor flexibilidade que seja, admitir sequer a possibilidade de dúvida, seria um erro. Nós somos os oprimidos, lembre-se, e temos que ser mais duros e se necessário mais cruéis que o nosso inimigo se quisermos chegar a algum lugar.

Porter estava prestes a responder, mas Hassad já ia se retirar.

— Um dos nossos homens vai vir buscar você daqui a pouco — disse.

Fechou a porta ao passar e Porter ficou confinado e sozinho. Percebeu na hora que a porta não foi trancada. Era apenas um pedaço de madeira relativamente frágil, colocado numa moldura que havia sido construída na pedra. Não tinha fechadura, nem mesmo um ferrolho. Mesmo se tivesse, um empurrão forte com os ombros provavelmente derrubaria toda a estrutura. Porter deu dois tapinhas nela. Cortiça, concluiu. Barata e fraca. Se quisesse, podia seguir direto pelo corredor e encontrar uma saída desse lugar.

Exceto pelo fato de que não vou fazer isso.

Não me trancaram porque sabem que não vou a lugar nenhum. Não sem Katie Dartmouth, pelo menos.

Cruzou o quarto até o balde de metal que estava no canto. O cheiro do quarto não era tão ruim: dava para saber que uns caras haviam passado a noite sobre a palha, e certamente ninguém tinha vindo trocá-la, mas quando se dorme na rua por alguns anos, acostuma-se a coisas bem piores. Entretanto, o ar era ruim: não havia nenhuma ventilação adequada ali embaixo, e todo o oxigênio que conseguia se embrenhar pela mina já estava insípido e velho. Dava para sentir o gosto dos corpos pelos quais havia passado cada vez que inspirava, e isso fez Porter se sentir mais sujo do que jamais estivera durante toda a vida. Mergulhou as mãos na água gelada, pegou um pouco dela fazendo uma concha com as mãos e a espalhou pelo rosto e cabelo. Era assim que se lavava quando estava morando na rua. Pelo menos estou acostumado com isso, refletiu com amargura.

Não havia espelho no quarto, nem aparelhos de barbear. Porter não fazia a barba desde que havia deixado o seu quarto na Firma, há cerca de 48 horas agora. A barba estava crescendo no rosto dele: sempre havia sido um homem cuja barba crescia em alguns dias se parasse de fazê-la e, vivendo na rua, frequentemente ficava de barba quando não conseguia arranjar um banheiro adequado. Aqui deve ser até uma vantagem, concluiu. Se por algum milagre eu conseguir escapar, ela vai me ajudar a me misturar aos árabes locais.

Porter deu uma volta pelo quarto e depois outra. Mesmo sem saber exatamente que horas eram, pensou que era tarde da noite de sexta-feira. A execução estava marcada para as oito de amanhã à noite: isso queria dizer que se não conseguisse nenhum progresso com Hassad e o resto dos desgraçados de turbante hoje à noite, provavelmente não teria uma segunda chance. Amanhã, todos estariam afiando as espadas, prontos para o grande momento deles na TV.

Concluiu que por tudo aquilo que estavam falando — e por tudo que Peregrine Collinson, em particular, estava falando —, a Firma não fizera nenhum progresso nas últimas 48 horas. Katie estava bem aqui, e era claro como água que os rapazes em Londres não tinham a mínima ideia de onde ficava "aqui". Se tivessem, estariam atacando o lugar. Hoje à noite. Não iriam deixar para o último minuto. Era arriscado demais.

Porter parou por um segundo. Jogou um pouco mais de água no rosto, tentando limpar a lama que havia grudado nele enquanto estava na cela e no tiroteio. Algumas casquinhas haviam se formado nos lugares onde fora cortado, mas elas caíam em flocos com facilidade. Não era nada muito sério. *Se eles sabem mesmo onde ela está, então podem vir hoje à noite. Se o Regimento tiver descoberto esta mina, vão mandar uma unidade, provavelmente cerca de três ou quatro da manhã. Mesmo com as trocas regulares de turno, os guardas sempre estavam bem mais sonolentos por volta dessa hora, e isso aumentava as chances a nosso favor. Provavelmente mandariam alguns homens furtivamente primeiro para tentar cortar algumas gargantas em silêncio antes de soltarem os grandes fogos de artifício. Preciso estar atento a isso durante as próximas horas. Talvez esteja no meio da minha própria tentativa quando de repente algumas dezenas de caras do Regimento começarem a alvoroçar o lugar. Vestido do jeito que estou, os desgraçados provavelmente vão atirar em mim assim que me virem. Vou ser só mais um incidente de "fogo amigo".*

Bateram na porta. Porter se virou. Havia um menino parado no corredor. Não tinha mais do que treze ou quatorze anos, Porter avaliou. Seu cabelo curto era bem preto e os olhos castanhos rasos e escuros, mas não havia nada de nervoso ou imaturo na postura dele. Mantinha-se ereto e alto, e demonstrava confiança. *Você me lembra alguém*, Porter pensou. *Alguém de anos atrás. É claro*, disse para si mesmo. A criança era igual ao Hassad na noite em que devia ter matado ele, tantos anos atrás. *Um sobrinho, talvez. Ou mesmo um filho. Deus, parece que sequestro, terrorismo e tortura são negócios de família aqui.*

— Vem — ele disse. — Nós comer agora.

Porter o seguiu pelo corredor. Os homens tinham deixado os quartos, que agora estavam vazios, mas notou que ainda havia três caras com armas presas ao peito parados no lugar onde o corredor alcançava o ponto de encontro principal. *Eles não confiam tanto assim em mim*, Porter pensou. *Se eu tivesse tentado ir embora daqui, esses homens teriam me impedido.*

O menino apontou para a esquerda. Porter estava começando a formar um esboço da mina na própria cabeça. A escada levava para o ponto de encontro. Numa direção, havia as celas, onde Katie e talvez algumas outras almas azaradas estavam trancadas. Em outra, havia os poucos quartos que tinha visto antes, onde os homens passavam a noite. Perto dali, havia algumas celas com barras. Dentro de uma delas, podia ver uma dupla de jovens soldados israelenses acorrentados à parede: pelo olhar deles, estavam morrendo lentamente de fome. E então havia esse corredor, pelo qual o menino o estava conduzido. Aqui deve ser onde preparam a comida e guardam os equipamentos.

Enquanto lançava um olhar furtivo para as pequenas salas entalhadas na rocha, Porter via uma vasta coleção de provisões militares. Havia pilhas de fuzis de assalto: em sua maioria AK-47s, mas também havia alguns M16s fabricados nos Estados Unidos com os quais costumava lutar quando fazia parte do Regimento, e alguns IMI Galils que deviam ter capturado do exército israelense. Havia pelo menos uma dúzia de metralhadoras e trinta ou quarenta caixas de munição cuidadosamente empilhadas. Uma dúzia de RPGs. Pelo menos dez caixas de granadas de mão. E uma parede cheia de armas pequenas: Berettas, Brownings, Colts. Uma porra de alfabeto inteiro dos apetrechos.

É o bastante para equipar um pequeno exército, Porter pensou com um sorriso sombrio.

Então se corrigiu.

Isso é um pequeno exército.

E os desgraçados de Vauxhall esperam que você lide com eles sozinho.

O menino o levou até o maior aposento que havia visto dentro da mina. Tinha pelo menos vinte metros de comprimento e vinte de largura, com uma altura de pelo menos dois metros e meio. O chão estava praticamente coberto por palha, mas havia alguns tapetes no centro. Não havia cadeiras — todos os caras estavam agachados ou ajoelhados nos tapetes — mas no final do aposento havia duas longas mesas de madeira com pratos de comida. De um lado, havia uma parede com uma série de lâmpadas elétricas: cerca de seis no total, que preenchiam a sala com um brilho abafado. E, perto disso, havia uma porção de equipamentos de computador. Porter contou cinco PCs, cada um sobre uma mesa de trabalho própria, e duas TVs de tela plana que estavam recebendo sinais transmitidos via satélite. Ao lado deles, havia uma confusão de fios e roteadores que enviavam dados de dentro da caverna e recebiam outros de fora. Debruçado sobre eles, havia um garoto que parecia ter menos de vinte anos. Magro, com uma barba desgrenhada e uma camisa que era pelo menos um número pequena demais para ele, estava ocupado programando um dos computadores. O departamento de informática, Porter refletiu. É assim que eles estão se comunicando com o resto do mundo. E é por isso que não conseguimos rastrear eles. Esse garoto é inteligente o bastante pra rotear todas as mensagens que mandam por tantos PCs invadidos ao redor do mundo que a fonte permanece sempre indetectável.

Todos os homens que estavam na sala se viraram para olhá-lo assim que colocou os pés no lugar. No total, Porter calculou que havia por volta de vinte caras na sala. Tinham idades variadas, do menino que o havia levado até ali até dois caras que pareciam ter passado dos sessenta anos. A maior parte deles, entretanto, tinha cerca de vinte ou trinta anos. Velhos o bastante pra saberem como lutar, Porter pensou. Mas também suficientemente jovens pra serem rápidos e ágeis. Exatamente o tipo de homens que se deseja em qualquer exército.

Três estavam de barba feita, mas todo o resto deles tinha barbas escuras. Não havia uniforme formal. A maioria vestia calças jeans, tênis e camisa. Todos estavam armados. Tinham facas curvas e brutalmente afiadas presas nas cinturas das calças e pistolas enfiadas cuidadosamente nos bolsos. Alguns ainda tinham fuzis de assalto presos ao peito, outros os haviam deixado na porta. Deus, Porter pensou, a pessoa se sente pelada aqui se não tiver pelo menos algumas centenas de cartuchos pelo corpo.

— Você deve estar com fome — disse Hassad.

Porter notou que o tom de voz dele era formal, educado, e ainda assim distante também. Ele deve ter lembrado que matou meus amigos e deve saber que provavelmente não vou perdoar isso. Eu também ficaria distante se pensasse que um cara tinha viajado alguns milhares de quilômetros só pra cortar a minha garganta.

— Estou morrendo de fome — respondeu Porter.

Isso também era verdade. Porter não havia pegado nada de verdade para comer desde quando comera um rango no ponto de ônibus. Não havia pensado sobre isso, mas agora sentia a fome machucando o estômago. Os homens estavam comendo em potes de lata, bem parecidos com os que Porter costumava comer durante as missões quando estava no exército. Havia pratos de comida espalhados pela mesa de madeira: pilhas de pão sírio achatado e quente, umas saladas feitas com azeitonas, pepinos e grãos de bico, e montanhas de cordeiro e frango frios, todos cobertos de molhos picantes. Porter jogou um pouco de frango e cordeiro no pão sírio e colocou um pouco de salada para acompanhar. Depois pegou garfo e faca e seguiu Hassad até o centro da sala.

— Por que é que vocês não dão alguma coisa pra Katie comer? — Porter perguntou.

Hassad fez que não com a cabeça.

— Eu sei que você acha que nós somos cruéis, mas isso não é verdade mesmo — respondeu. — As mulheres morrem melhor de estômago vazio.

— Bobagem! — disse Porter bruscamente. — Até no corredor da morte dão ao condenado uma última refeição decente.

— Nosso jeito não é assim — retrucou Hassad, com a voz mal passando de um sussurro. — Acredite, quando uma pessoa é decapitada, automaticamente as entranhas se esvaziam. É melhor se não tiver nada lá. Nós não queremos humilhar a mulher. Na medida do possível, queremos dar a ela uma morte digna, uma de que possa se orgulhar.

— Não tem nada pra se orgulhar em morrer.

— É aí que você se engana, meu amigo — continuou Hassad. — O próprio Osama bin Laden falou eloquentemente sobre esse assunto. A diferença entre as nossas duas civilizações é que enquanto vocês celebram a vida, nós celebramos a morte. Para nós, morrer não causa vergonha, nem mesmo medo.

— Você não via isso desse jeito quando era uma criança — disse Porter. — Eu estava prestes a matar você, e decidi não fazer isso. Talvez seja porque, como você diz, nós celebramos a vida.

Hassad parou, e por um momento Porter pensou que poderia ter conseguido atingi-lo, mas então ele começou a pegar a comida que havia empilhado no prato. Agora, estavam sentados num tapete à esquerda das mesas de comida. Havia três homens perto deles, que se apresentaram brevemente: Nasri, Jabr e Asad. Nasri parecia ter por volta de sessenta anos, mas os outros dois pareciam ter pouco mais de trinta, a mesma idade de Hassad. Pelo jeito como se portavam, Porter concluiu que os quatro eram os responsáveis pelo lugar: pareciam ocupar postos mais altos do que qualquer outro dos caras ali, embora Porter não conseguisse descobrir qual era a hierarquia dentre os quatro.

— Isso é diferente — respondeu Hassad quando Porter se sentou. — Nessa época eu era só um garoto. Eu não pedi pra você poupar a minha vida, apesar de estar grato por ter feito isso e reconhecer que fiquei devendo a você. Mas eu estava lutando como um guerreiro pelo meu povo e pelo meu Deus naquele dia, e, se tivesse morrido, não teria desaprovado isso.

Porter começou a comer. Pegou um pedaço do pão sírio recheado de frango e o engoliu rapidamente. Havia jarros d'água sobre o tapete: serviu um pouco num copo e bebeu, tirando forças da água e da comida.

— Nós podemos negociar — disse, olhando de novo para Hassad. — Estou aqui pra isso.

Hassad levantou a mão.

— Nós vamos ouvir o que tem a dizer, mas você deve saber que meus colegas não queriam que viesse aqui.

Nasri se inclinou à frente.

— A dívida é do Hassad — disse suavemente. — Ele deve a vida a você, nós sabemos disso, mas as dívidas dele não são nossas. Então veja, você vir aqui só nos causa problemas. De fato, três dos nossos homens já morreram e um se feriu porque você foi capturado no caminho.

— Tudo o que peço é que vocês escutem o que tenho a dizer — pediu Porter. — A vida de uma mulher está em jogo.

Ainda estava tentando descobrir qual deles ocupava o posto mais alto: Hassad falava com mais autoridade e parecia tomar mais decisões, porém Nasri era o mais velho, e os árabes respeitam a idade. Se eu conseguir conquistar o Nasri, então talvez consiga convencer o resto deles.

— Então fale — respondeu Nasri. — Mas não temos muito tempo, então fale rápido.

Porter olhou para o homem. O cabelo e a barba dele estavam ficando grisalhos e o rosto era enrugado e marcado pelo clima, mas havia uma força pétrea nele que fazia Porter se lembrar dos sargentos que o haviam treinado. Os músculos dele eram como massas de pedra e os olhos pareciam ferozes e obstinados como nuvens de tempestade. Chutando, Porter diria que ele era o cara responsável pelos combates. Treinava os homens e lhes dava ordens. E se eu tiver que lutar pra sair daqui, é contra você que vou estar.

— Eu me ofereci pra tomar o lugar dela, e essa oferta ainda está de pé — Porter começou.

— E eu já disse pra você que não estamos interessados — interrompeu Hassad.

Ele se virou para os outros, sorriu e murmurou alguma coisa em árabe. Eles riram rude e brevemente, depois todos olharam de novo para Porter.

Deus, como foi que arranjei esse trabalho? Porter se perguntou. A única coisa que já consegui negociar foi uns trocados pra comprar uma bebida. E nem nisso eu era muito bom.

— Me disseram que eu podia trazer uma mensagem pra vocês do primeiro-ministro britânico — Porter disse, lembrando-se das falas que havia escutado em Vauxhall. — Ele tem um "Roteiro para a Paz" que está preparado pra botar em prática contanto que vocês libertem Katie Dartmouth. Ele pode falar com os israelenses e com os outros concorrentes da região, e começar...

Ao lado, Porter viu Jabr bater o punho contra o tapete.

— Os judeus não ligam pro que o primeiro-ministro britânico pensa — rosnou. — Não vai ter paz nunca. Não até que os judeus sejam levados de volta pra dentro do mar.

— Ele diz que vai conversar com a Casa Branca — insistiu Porter. — Se o presidente americano apoiar o roteiro...

— Boa tentativa, mas isso não vai funcionar aqui — interrompeu Hassad. Estava dando uma risadinha enquanto falava. — Todo mundo sabe que os americanos não estão nem aí pro que os britânicos pensam. Vocês são só fantoches.

Nasri apontou com o dedo na direção de Porter.

— A América é controlada pelos sionistas. Eles fazem o que os israelenses querem que façam. Os britânicos são fantoches da América, logo se conclui que vocês são instrumentos dos sionistas também.

Porter sabia que estava forçando a barra. Não acreditou nem por um segundo que fossem ficar interessados na oferta de conversas de paz. Mas estava sendo pago para falar com eles. Vou fazer o meu trabalho o melhor que puder. E depois vou lidar com o assunto do meu próprio jeito.

Pegou uma porção de salada com o garfo, depois um pouco de carne, e quando havia terminado segurou a faca na palma da mão.

— O que é que vocês acham de dinheiro, então? — perguntou. — Se não estão interessados em paz então pelo menos devem estar interessados em dinheiro.

De novo, Hassad parou antes de responder. Dava para se fazer uma ideia melhor da deformação em volta da boca quando se estava sentado perto dele. Ela o impedia de falar direito, e quando mastigava, os lábios se contorciam para cima, tornando impossível esconder a comida enquanto a engolia.

— De quanto dinheiro estamos falando?

Por um breve momento, Porter sentiu a pulsação acelerar. Talvez estivessem apenas atrás de dinheiro desde o começo. Eles não pareciam bandidos. Havia vários caras aqui, e eles estavam vivendo em condições bem duras. Os homens aguentavam isso porque acreditavam na causa, não porque queriam ficar ricos. Bandidos estariam à toa em uma piscina em algum lugar de Beirute, com um harém de putas russas, uma geladeira cheia de cerveja gelada e uma antena grande de satélite recebendo o canal da Sky Sports. Não estariam aqui lendo o Corão um para o outro.

— Um milhão pelo menos — respondeu Porter, olhando diretamente para os olhos de Hassad.

Hassad se virou para conversar com os colegas, falando rapidamente. Enquanto estava fazendo isso, Porter meteu furtivamente a faca na cintura da calça. Depois pegou outro pedaço de comida com as mãos e o comeu rapidamente.

— Se pode ser um milhão, por que não pode ser mais? — Hassad perguntou, olhando de novo para ele. — Por que não dois milhões, ou três milhões?

— Diga o seu preço — respondeu Porter bruscamente. — Aí podemos negociar.

— Mas o dinheiro não importa, não é? — interrompeu Nasri. — Um milhão, cinco milhões, dez milhões, que diferença faz? O governo britânico vai simplesmente pegar o dinheiro no banco, entregar ele e continuar assassinando o nosso povo. O dinheiro não muda nada.

— Vocês aceitam dinheiro dos franceses — retrucou Porter.

— Aí é diferente — Asad disse. — Os franceses não estão ocupando as nossas terras.

Era a primeira vez que ele havia falado, e sua voz era de longe a mais fraca dentre a dos quatro homens. Era mais pálido que os outros e a barba dele se esforçava para cobrir o rosto. Talvez seja o cérebro do grupo, Porter pensou. Em todo o núcleo terrorista, havia um planejador, um representante e um combatente, e Porter estava achando que Asad era o planejador. Talvez fosse ele o homem a ser convencido?

— Então entenda, dinheiro não vai servir pra nós — concluiu Hassad. — Se quiséssemos dinheiro, simplesmente roubaríamos.

— Então o quê? — insistiu Porter. — Armas?

— Podemos pegar todas as armas que quisermos com o Irã — Hassad respondeu.

— Nós já dissemos pra você — Nasri se intrometeu. O tom de voz dele demonstrava estar se entretendo, mas com uma fina camada de desprezo. — As tropas britânicas têm que ser retiradas do Iraque e do Afeganistão. Aí a garota pode ficar viva.

— Então por que é que vocês estão rejeitando o roteiro do PM? — Porter perguntou. — Se tivesse paz, aí as tropas poderiam voltar pra casa. Acreditem em mim, eu não acho que nenhum daqueles pobres desgraçados queira vir pra cá.

— As promessas do seu PM não significam nada, nenhuma promessa britânica significa — disse Asad. — Foram os britânicos que trouxeram a guerra pra essa região. Os britânicos deixaram os judeus entrarem na Palestina e tiraram o nosso povo de lá. E agora os britânicos estão no Iraque, mantendo o nosso povo oprimido.

— Eles libertaram o país! — rosnou Porter.

— Que libertação! — Asad cuspiu. — Homens são torturados nas cadeias. Mulheres são estupradas pelos seus soldados. Famílias são explodidas diariamente. Você chama isso de libertação?

— Você acha que ia ser melhor se eles fossem embora? — Porter perguntou. — Ia ser a merda de uma carnificina!

Ficaram em silêncio. Porter raspou o resto de comida do prato e o enfiou na boca. Sentia o sangue correndo com raiva nas veias, e o único jeito em que conseguia pensar para manter a boca fechada era enchendo-a com comida. Se falasse um pouco mais apenas criaria problemas piores para si.

Mantenha a conversa fluindo, foi isso que lhe disseram para fazer na Firma. Conquiste a simpatia deles. Traga eles para o seu lado. Bem, escolheram a pessoa errada pra essa função. Nunca consegui persuadir ninguém a nada. Se conseguisse, não teria acabado dormindo na sarjeta.

Tenho mais uma carta, Porter decidiu. E não vai ter momento melhor para usar ela do que agora.

— Fouad Karem — disse. — Já ouviram falar dele?

— O Karem? — Hassad perguntou. — Ele é um dos nossos líderes, é claro que ouvimos falar dele.

— Os imperialistas estão com ele. — Asad complementou. — Em Guantánamo.

— Poderíamos providenciar a libertação dele — Porter ofereceu. — Uma troca. Vocês nos dão a Katie Dartmouth, e nós damos o Fouad Karem pra vocês.

Porter percebeu que nem mesmo um segundo se passou até a resposta de Asad. Não iriam nem considerar a oferta.

— O Hezbollah não faz trocas de prisioneiros, nem com os israelenses, nem com os americanos, nem com ninguém — disse. — Todos que se juntam a nós estão dispostos a dar a vida pela causa. Esse é o acordo, e eles aceitam.

— Ele é um dos seus homens — insistiu Porter. — Vocês poderiam tirar ele de lá.

— E facilitar as coisas pra vocês? — Hassad respondeu. — Se fizéssemos isso, toda vez que vocês quisessem alguma coisa, iam simplesmente pegar um dos nossos homens e depois oferecer para soltar ele em troca. Nós falamos pra você. Não negociamos com os infiéis. Essa é a nossa política, e é definitiva.

Virando-se de costas para Porter, gritou para o garoto que estava mexendo nos computadores do outro lado da sala.

— Vê as notícias britânicas pra gente — disse, com um sorriso largo no rosto. — Deixa a gente ver como eles estão se preparando pra maior execução do país desde quando cortaram a cabeça do rei Carlos.

VINTE

Apesar de o sinal estar sendo puxado de um satélite distante, a recepção estava cristalina. Porter cruzou as pernas e olhou para a tela enquanto o logotipo da Sky News estava passando rapidamente. Esse era o noticiário das dez horas, o que significava que era meia-noite aqui, já que o fuso horário de Beirute era duas horas adiantado em relação ao de Londres.

É sábado de manhã, Porter refletiu. O dia marcado para a execução da Katie Dartmouth.

E provavelmente a minha também. São quarenta caras contra um. Como é que um homem pode sobreviver a probabilidades como essa?

Porter sentiu um arrepio gelado descendo pela espinha. Havia pensado sobre a morte várias vezes — qualquer soldado havia — mas nunca a havia sentido tão próxima quanto nas últimas 48 horas. Estava tão próxima que quase podia esticar o braço e tocá-la. Aceite ela, disse para si mesmo. Não demonstre medo. Esse é o único jeito de lidar com isso.

"KATIE DARTMOUTH: RESTAM VINTE E DUAS HORAS" dizia a manchete da Sky News.

Porter olhou rapidamente para a sala ao redor. A maior parte dos homens havia parado de comer e estava olhando para a tela. Alguns deles estavam falando energicamente, mas Porter não conseguia entender nenhuma palavra do que diziam: obviamente, não estavam conversando em inglês, mas pareciam entendê-lo bem o bastante na televisão. Entretanto, conseguia sentir o cheiro do humor deles: o aroma triunfante e inequívoco de soldados que acreditam estar ganhando a batalha.

— Restando vinte e duas horas para o horário marcado para a decapitação da repórter Katie Dartmouth, da Sky News, vamos trazer os fatos mais recentes sobre a situação — disse o apresentador. — O PM faz um apelo de última hora pedindo calma. Sir Perry Collinson já está em Beirute para comandar a caçada de Katie. Milhares se reúnem na Trafalgar Square para virar a noite em uma vigília pela paz. Manifestantes da coalizão Parem a Guerra planejam uma reunião em massa amanhã por toda a cidade de Londres pedindo o retorno das tropas britânicas. E estaremos ao vivo no povoado natal de Katie Dartmouth coletando as últimas reações de amigos e familiares.

Na tela, Porter viu a figura familiar do PM parado sobre os degraus do lado de fora da Downing Street.

— Quero apenas dizer o seguinte — começou. — Sei que as pessoas têm muitas visões diferentes sobre a guerra no Iraque e respeito isso mas, afinal, estamos lá para realizar uma tarefa, e devemos continuar lá até que a realizemos. Então eu digo para os sequestradores de Katie Dartmouth, nós lhes oferecemos uma negociação, eu disse que estou disposto a viajar até o Oriente Médio para reunir todas as partes envolvidas, para que possamos encontrar uma forma de parar o derramamento de sangue. Estou disposto a encontrar os líderes do Hezbollah para discutir um caminho a seguir. Mas não podemos começar a retirar soldados de um país apenas porque um grupo ou uma facção deseja que façamos isso. Estamos dispostos a conversar, mas não a nos rendermos. Então, adiem esse ato terrível por alguns dias, para que possamos começar as discussões.

— Está vendo? — murmurou Hassad na direção de Porter. — Ele não está interessado em paz.

— Ele está interessado só em guerra — Asad cuspiu. — Os britânicos só querem isso, sempre.

Porter permaneceu em silêncio. Olhou de novo para a tela.

— Passamos agora ao vivo para Beirute, onde Sir Peregrine Collinson aterrissou hoje à noite. Nosso repórter Sam Davenport conversou com ele do lado de fora da Embaixada Britânica na cidade. Sam...

No instante seguinte, o rosto de Collinson apareceu na tela. Estava vestindo uma camisa casual, e no rosto tinha o olhar aflito, preocupado, levemente decepcionado que Porter se lembrava de ter visto no rosto de todos os filhinhos de papai incompetentes quando estavam prestes a deixar alguém bem no meio da merda.

— Posso garantir a todos de casa que estamos fazendo tudo o que podemos para localizar Katie Dartmouth e trazê-la de volta viva antes de amanhã — ele disse, com o tom de voz sério, mas também calmo. — Estamos recebendo a ajuda dos nossos aliados, das autoridades locais e também da população comum do Líbano, que está chocada e horrorizada com o que tem sido feito em nome deles.

Os homens na sala debocharam da declaração. Estavam falando em árabe, mas Porter não precisava de tradução. Qualquer que fosse a palavra dos caras de turbante para "idiota", era a que estavam dizendo. Se os libaneses locais estão chocados e horrorizados, Porter pensou, então alguém esqueceu de contar pra esses caras. Na verdade, esqueceram de contar pro país inteiro, levando em conta as pessoas que encontrei enquanto estava viajando por aqui.

— Mas vocês têm alguma pista de para onde seguir? — Sam perguntou, colocando o microfone bem perto de Collinson. — Alguém tem alguma ideia real de onde possa ser o cativeiro de Katie?

Collinson fez que sim com a cabeça. O mesmo olhar, Porter percebeu. O que os filhinhos de papai adotavam quando estavam prestes a mentir para a pessoa com quem estavam falando.

— Não posso ceder nenhuma informação confidencial que possa ajudar os nossos inimigos — ele respondeu. — Mas posso garantir à população que o cerco está se fechando a todo momento. Como disse uma vez Winston Churchill, "Se você está atravessando o inferno, continue andando". Bem, é exatamente isso que vamos fazer. Continuar andando, até sairmos vitoriosos.

— Ninguém vai ter falado com esse imbecil — Hassad comentou. — Esse esconderijo é totalmente seguro. Tem até líderes do Hezbollah que não sabem onde estamos.

— Amanhã, devo viajar para Israel — continuou Collinson. — O governo israelense nos prometeu todo o apoio e assistência.

— Eu disse pra você! — vociferou Nasri, batendo o punho no chão e olhando na direção de Porter. — Os britânicos e os sionistas estão andando de mãos dadas, como sempre fizeram. É por isso que nunca podemos negociar.

O resto do boletim de notícias passou na tela. Porter assistiu, com o pavor se acumulando no peito. Havia uma reportagem sobre a vigília noturna na Trafalgar Square. Algumas mulheres estavam chorando histericamente, segurando cartazes que diziam "Parem a Guerra": agora, pelo menos dez mil pessoas estavam planejando passar a noite na praça, de acordo com a polícia. Esperavam reunir uma força de centenas de milhares de pessoas na marcha pela paz marcada para a manhã seguinte, que iria se embrenhar pela Parliament Square e seguir em direção à Downing Street. O editor político da Sky brotou na tela, explicando que o PM estava planejando viajar para Chequers[11] na manhã seguinte e por isso não veria a passeata, mas estaria monitorando a situação de lá. De acordo com as fontes do governo, ele explicou, o PM estava contando com Sir Perry para encontrar Katie Dartmouth e havia desistido de uma solução diplomática. Agora, estavam esperando um desastre nas eleições fora de época de quinta-feira caso a execução fosse adiante, e havia rumores de um desafio à liderança. Do boletim de notícias passaram para uma reportagem ao vivo no povoado natal de Katie em Hampshire. A família dela não estava falando mais com a imprensa, explicou o repórter. A

11 Residência de campo oficial do primeiro-ministro do Reino Unido. *(N. do T.)*

mãe de Katie havia sido encaminhada para o hospital após sofrer um colapso nervoso. Algumas pessoas do povoado disseram como estavam chocadas e como esperavam por um milagre no dia seguinte. Um serviço especial de orações seria realizado na manhã de sábado, disse o repórter enquanto encerrava o boletim. É melhor rezar por um milagre, Porter pensou sombriamente. O cara lá de cima talvez seja a única pessoa que possa nos ajudar agora. Para finalizar, os acordes de piano fortes e insistentes de "Someone Saved My Life Tonight" atravessaram a sala enquanto o intervalo comercial começava. Uma foto levemente fora de foco de Katie os encarou da tela da TV: uma jovem bonita e vibrante, a milhares de quilômetros de distância, amarrada a uma estaca a menos de cem metros de onde estavam sentados.

— Eu não entendo por que é que eles tocam essa música todas as vezes — Nasri comentou. — Esse tal de Elton, com os óculos engraçados, ele é um tipo de figura religiosa?

Porter tentou sorrir, mas o coração dele não estava para isso.

— Ele é só um cantor — respondeu.

— Você acha que os britânicos vão ceder? — Asad perguntou, olhando bem para Porter.

Suspirou. Estava se sentindo revoltado por estar sentado dentre esses homens. Tivessem a causa que fosse, isso não era forma de se lutar. Escondendo-se em abrigos subterrâneos, torturando uma mulher, manipulando a mídia. Se quisessem uma guerra, deveriam partir para o combate honesto, corpo a corpo. Mas, por mais que odiasse esse jeito, via que estava causando impacto. O país estava ficando louco. Os desgraçados naquela mina podiam ser perversos, mas eram eficazes: o que estavam fazendo com Katie atingia o alvo deles com muito mais força do que se estivessem lançando algumas bombas no exército britânico em Baçorá.

— Nunca — respondeu Porter bruscamente. — Nós enfrentamos os nazistas e vamos enfrentar vocês também.

Deus, pensou ele. Estou soando que nem o imbecil do Collinson. Mas o que mais poderia dizer?

— Então temos que botar mais pressão neles — concluiu Hassad. Ele se levantou. — Me siga.

Começaram a caminhar. Hassad estava mostrando o caminho e Nasri, Jabr e Asad o seguiam depois de Porter. Ele percorreu o corredor, passando pelo ponto de encontro dos túneis e indo direto para o quarto onde Katie Dartmouth estava encarcerada. A porta se abriu e Hassad entrou. Ela parecia prestes a perder a consciência. A cabeça estava caída para o lado e os olhos tão inchados que pareciam estar saltando das órbitas. Havia um fedor putrefato de decadência no entorno dela, como se já houvesse morrido e o corpo houvesse começado a se decompor. Talvez ela já tenha morrido por dentro, Porter pensou. Talvez esteja apenas esperando que o resto do corpo chegue lá também.

Poucas pessoas teriam forças para sobreviver cinco dias naquele inferno.

Hassad murmurou alguma coisa em árabe. Em resposta, Asad foi até a filmadora. Ele a virou diretamente para Katie e depois ligou uma luz poderosa que iluminou-lhe o rosto. Agora, era possível vê-la bem mais claramente: todos os cortes, hematomas e cascas de ferida na pele estavam banhados por uma luz branca. Os olhos recuaram da lâmpada e ela tentou desviar o olhar, mas não tinha forças sequer para virar os olhos. Uma lágrima escorreu pela lateral da bochecha. Depois um gemido de dor escapou de seus lábios.

Deus, mal consigo suportar ver isso, Porter pensou. Que diabo esses desgraçados estão fazendo agora?

— Preciso que você dê uma declaração — Hassad disse com firmeza, parado a meio metro de Katie e olhando diretamente para o rosto dela.

— O qu... O qu...

Ela estava tentando falar, mas as palavras morriam nos seus lábios.

Hassad deu meio passo à frente. Porter viu Katie recuando. Como uma criança que havia sido abusada, agora ela esperava ser atacada toda vez que alguém se aproximava dela.

— Nós vamos segurar um cartaz com algumas palavras na sua frente — ele disse. — Queremos que você olhe pra câmera e leia essas palavras. Nós vamos mandar esse vídeo pro canal de TV em que você trabalha e postar na internet. Quando eles acordarem de manhã, o povo britânico vai poder escutar você fazer um último apelo desesperado por sua vida.

— Pelo amor de Deus, cara! — rosnou Porter. — A mulher não está em condições de falar.

— Cale-se! — gritou Hassad.

— Você vai matar ela amanhã, isso não é suficiente? — Porter perguntou.

— Eu já disse pra você ficar fora disso — acrescentou Hassad. Havia um lampejo de raiva no rosto dele enquanto se virava para Porter. — Ela vai fazer exatamente o que falamos pra ela fazer. — Ele se virou para Katie de novo. — Agora, leia — vociferou friamente.

Asad estava posicionado atrás da câmera. Estava segurando sobre a cabeça um cartaz branco com letras bem desenhadas em tinta preta. Porter o olhou de relance. "Meu nome é Katie Dartmouth", ele dizia. "Estou com medo. Muito medo. Eu não quero morrer. Esses homens não são ruins e a causa deles é justa. Só querem que os soldados britânicos saiam das terras deles. Então estou apelando pras pessoas do Reino Unido, vão às ruas, exijam que o governo de vocês traga os soldados de volta para casa. Por favor. Porque se vocês não fizerem isso, eu vou morrer, e o meu sangue vai estar nas mãos de todos vocês".

Deus, Porter pensou. Eles não podem fazer ela ler isso. *Podem?*

— Leia — Hassad repetiu.

Katie percorreu os olhos pelo cartaz. Estava se esforçando para tomar foco. Porter observou enquanto os olhos roxos e inchados se ajeitavam, tentando entender as palavras. Lentamente, pela expressão no rosto dela, ele achou que ela estava começando a compreender as fileiras de desenhos pretos.

— Va... — ela gaguejou.

As palavras ainda não saíam.

Hassad deu um passo para o lado. Pegou a garrafa no canto, encheu uma caneca de lata e deus dois passos em direção a Katie. Ela recuou. Segurando-lhe o queixo com a mão esquerda, empurrou a água contra os lábios dela com a direita. Ela bebeu rapidamente, engolindo o líquido em dois goles ferozes.

— Agora fale — Hassad disse.

— Vai se foder! — Katie cuspiu.

Embora o rosto dele tenha permanecido impassível como uma pedra, Porter estava sorrindo por dentro. *É assim que se faz, garota*, disse para si mesmo. *Mostre pra esses desgraçados quem você é.*

Hassad levou um momento para se recompor.

— Vai se foder! — Katie cuspiu de novo. — Pode me matar se quiser, mas eu não vou ler essa merda pra você!

Hassad olhou para Nasri.

— Lide com ela — disse, seco.

Nasri desapareceu da sala, mas dentro de um instante havia retornado. Na mão direita, estava segurando um longo pedaço de mangueira.

— Você quer ler? — Hassad perguntou, virando-se ameaçadoramente na direção de Katie.

— Vai se foder!

Nasri deu dois passos à frente e então parou. Levantou rapidamente a mão direita no ar com a mangueira, que agora estava pairando sobre a lateral das costas dele. Por um momento apenas manteve a posição, dando a Katie um momento para olhá-lo bem. O pavor já estava evidente nos olhos dela: conhecia a dor que estava prestes a ser infligida, e estava assustada além da própria compreensão. Os lábios dela tremiam e parecia que um fio de urina estava escorrendo pela sua perna. Nasri enrijeceu os músculos. Era um homem magro, mas forte, e os bíceps dele pareciam balas de canhão: redondos e duros como aço. Uma força inimaginável estava prestes a ser transferida para o golpe.

— Não — murmurou Katie, as palavras tão fracas que mal eram audíveis. — Por favor, não...

Nasri começou a levantar o braço. No silêncio calmo, frio e úmido da sala, era possível escutar o plástico começando a rasgar o ar fétido. Porter investiu à frente. Mexeu-se com uma agilidade que surpreendeu até ele mesmo. Voando pelos cinco metros que os separavam, ele se chocou com força contra as costelas de Nasri, tirando-lhe o equilíbrio. A mangueira já estava viajando pelo ar, mas a trajetória do voo havia mudado. Movimentou-se violentamente, mas atingiu apenas o ar. Porter bateu com um punho, depois com o outro, nas costelas de Nasri. O homem tinha a força de um veículo blindado: colocar o punho contra os músculos dele era como bater a mão contra a superfície de um tanque. Ele suportou o primeiro soco, mas o segundo atingiu um nervo, mandando-o bruscamente para o chão enquanto um grito de dor escapava dos lábios dele. Porter se jogou sobre ele, levantando bem o joelho enquanto o fazia, para então atingir o queixo de Nasri com força e mandar o pescoço dele bruscamente para trás. Porter sentia uma onda de adrenalina correndo pelas veias enquanto acertava os golpes: juntei tanta raiva desses desgraçados desde que cheguei aqui, ele refletiu, que é bom finalmente tirar um pouco dela do meu sistema.

E também tem bem mais dela de onde veio.

Sentiu um par de mãos nos ombros. Estavam agarrando o casaco dele, puxando-o para trás. Ele rugiu de raiva e tentou se sacudir para ficar livre delas, mas era tarde demais. Outro par de mãos o estava segurando pelo peito. Tanto Hassad quanto Jabr o haviam agarrado e estavam puxando-o da confusão. Ele lançou um soco, mirando no rosto de Nasri, mas errou, atingindo apenas o ar. Jabr havia segurado firme no peito dele e, com um movimento rápido, levantou Porter e o atirou contra a parede. Porter sentiu as costas batendo na pedra, fazendo um hematoma na pele.

Hassad bateu um punho bem contra o centro do estômago dele. O golpe havia acertado com força, esvaziando os pulmões. Porter começou a tossir violentamente. Quando olhou para o lado, viu Nasri se levantando. Estava com alguns hematomas no queixo, onde o joelho de Porter havia atingido, mas fora isso não estava muito machucado. Inclinando-se, pegou a mangueira do chão, projetou-a para trás no ar como uma vara de pesca, depois a desceu com um movimento rápido. A ponta da mangueira se chocou contra o peito de Porter. O impacto do golpe foi levemente suavizado pelo casaco, mas ainda assim doeu violentamente. Porter gritou enquanto a dor o trespassava. À frente, viu um sorriso cruel no rosto de Hassad.

— Na próxima vez, matamos você — ele disse.

Nasri já havia se virado. A mangueira estava levantada bem alto. Ela fez um movimento rápido para trás, depois se chocou contra a lateral de Katie. O som de plástico rasgando a pele dominou a pequena sala, depois houve um breve momento de silêncio. Porter já sabia o que estava acontecendo por uma dolorosa experiência. Levava um momento para o cérebro entender pelo que o corpo havia passado. A dor não era registrada instantaneamente. Mas quando acontecia, era como se uma centena de lâminas afiadas estivessem cortando a pele ao mesmo tempo.

— Não! — gritou Katie. — Não, não, não...

Nasri já havia puxado de volta a mangueira. Os músculos dele estavam rígidos e salientes. Naquele momento, Porter percebeu que havia apenas piorado as coisas. O sangue do homem estava quente agora. Havia raiva de verdade em cada golpe. A mangueira estava se movendo pelo ar com o veneno de uma cobra. Ela ficava curva enquanto estava no ar, então atingia a pele de

Katie, atravessando o pano que a estava cobrindo e desenhando uma linha de sangue que corria pela barriga e subia pelos peitos.

— Não, por favor, não, por favor, não, por favor — ela choramingou.

Não perca a cabeça de novo, Porter se comandou. Não importa o quanto eles provoquem você. Isso só piora as coisas.

Hassad levantou a mão. Nasri já havia puxado a mangueira para as costas, mas parou.

— Você vai ler agora? — Hassad perguntou.

— Eu v...

— Você vai ler, ou vai continuar sentindo o gostinho do chicote — Hassad interrompeu rispidamente.

Havia lágrimas correndo pelas bochechas de Katie, mas eram lágrimas de dor, não de arrependimento. Tinha pingos de sangue espalhados pelo peito e seu rosto estava tão pálido e abatido que era como se já houvesse colocado o outro pé na cova. Eles planejaram isso, Porter percebeu. Sentiu outra punhalada de fúria perfurando o próprio coração. Eles sabiam que ela ia recusar, e tinham decidido açoitá-la, pra que causasse ainda mais pena na gravação. Todos os movimentos, todos os passos, eram planejados com uma indiferença brutal e inflexível que o repugnava.

O que foi que aquele desgraçado do Hassad disse? Nós celebramos a morte. Dobrou a perna para se certificar de que a faca que havia escondido no bolso da calça ainda estivesse lá. Vou dar uma coisa pra esse filho da puta celebrar, então. Assim que conseguir encontrar um momento pra atacar.

— Meu nome é Katie Dartmouth — ela começou.

A voz dela estava falhada e rouca, mas dava para ver a sinceridade nos olhos e escutar a súplica na voz. Porter viu Hassad sorrindo. Ele sabia o que estava fazendo quando sequestrou uma repórter de TV. Precisava de alguém que soubesse brincar com as câmeras, e Katie era simplesmente perfeita. Até morrendo, ela dava conta do recado.

— Estou com medo — ela continuou. — Muito medo. Eu não quero morrer. Esses homens não são ruins e a causa deles é justa. Só querem que os soldados britânicos saiam das terras deles. Então estou apelando pras pessoas do Reino Unido, vão às ruas, exijam que o governo de vocês traga os soldados de volta para casa. Por favor. Porque se vocês não fizerem isso, eu vou morrer, e o meu sangue vai estar nas mãos de todos vocês.

Asad desligou rapidamente a câmera e apagou a luz. O pequeno quarto de repente estava escuro e silencioso: apenas o som de Katie soluçando quebrava delicadamente a calma do lugar.

— Obrigado — Hassad disse. — Suas palavras serviram a um propósito nobre.

Katie fungou. As lágrimas lhe haviam bloqueado o nariz e a garganta. A chicotada da mangueira ainda devia estar doendo, Porter imaginou: a dor no lugar onde a mangueira havia cortado a sua própria pele ainda estava latejando, e sabia que levaria horas para que começasse a diminuir.

— Eu não ligo pra isso — gaguejou Katie. — Eu só quero morrer.

— Logo, logo — Hassad respondeu. — Você tem menos de vinte e quatro horas de espera agora.

— Eu quero morrer agora! — Katie gritou. Havia uma energia e uma violência súbitas na voz dela, como se de repente houvesse encontrado forças em algum lugar.

— Eu disse pra você esperar.

— Agora — insistiu Katie, respirando com dificuldade. — Já aguentei o bastante. Se você vai me matar, então termina com essa merda logo.

— Temos um horário marcado — respondeu Hassad bruscamente.

— Filma agora, faz o que quiser, eu só não consigo mais aguentar isso.

Havia lágrimas correndo pelo rosto e Porter podia ver nos olhos dela que a vontade de viver a havia abandonado. Acontecia às vezes com homens no campo de batalha: quando os espíritos deles haviam desistido, apenas marchavam diretamente para a linha de fogo. Quando sabiam que iam morrer de qualquer forma, queriam apenas que tudo acabasse logo. Era a espera que não conseguiam suportar.

Os olhos dele encontraram os dela, e de repente ele viu uma centelha de raiva surgir dentro dela. Ela quer saber por que não a salvei ainda. E é uma pergunta boa pra cacete.

— Hoje, precisamente às oito — Hassad disse. — Esperamos uma enorme audiência global. Não queremos decepcionar nossos espectadores.

Katie ficou em silêncio. O momento de histeria havia passado. Agora, parecia apenas triste e amarga, como se estivesse refletindo sobre a vida que lhe estava prestes a ser tomada.

— Me deixa sozinha com o inglês — ela pediu, baixo.

— O quê? — Hassad perguntou.

— Eu quero ficar sozinha com um dos meus.

Porter escutou com atenção. Será que ela tem um plano?, perguntou-se.

Katie estava de cabeça erguida agora.

— Vocês disseram que não eram homens cruéis — ela disse. — Então, bem, vocês vão conceder a uma mulher um simples pedido antes de a matarem.

Hassad olhou para ela, depois para Porter.

— Sem truques — disse.

Porter fez que sim com a cabeça.

— Um homem vai ficar a postos na porta — avisou Hassad. — Vocês têm só cinco minutos. Depois vamos tirar você daqui.

Ele saiu da sala e os outros o seguiram. A porta bateu. Por alguns segundos, Porter permaneceu em silêncio. Considerava que conhecia um pouco o que ela estava passando. Apenas um dia antes, os desgraçados que o capturaram disseram que ele estava prestes a ser decapitado, e havia acreditado neles. Havia sentido o medo, o pavor, a expectativa de dor e o desafio de se morrer sozinho e infeliz num lugar estranho e hostil.

— Você acha que eles vão realmente levar isso adiante? — Katie perguntou.

Porter fez que sim com a cabeça. Não tinha motivos para tentar enganá-la. Isso não iria fazer bem nenhum agora.

— Eles são uns desgraçados — murmurou. — São capazes de fazer qualquer coisa.

Katie começou a falar, mas engasgou na primeira palavra. Talvez uma pequena parte dela tenha esperado durante toda a semana que fosse tudo um blefe, que quando o momento chegasse, cancelariam tudo. Que iriam trancafiá-la ao invés disso. Ele havia ouvido dizer que condenados à pena de morte frequentemente pensavam isso. Era a única forma com a qual conseguiam lidar com a pressão. Se fosse o caso, ele havia acabado com isso agora. A certeza inexpressiva com que dera a resposta havia extinguido qualquer esperança que houvesse perdurado, tão certamente quanto um punho fechado extinguiria o fogo de uma vela.

— Não vai ser tão ruim — ele continuou. — Vai ser rápido. E...

Parou, tentando completar a frase, mas seus esforços eram em vão. Não ia ser rápido e ela sabia disso. Era por isso que ela estava com tanto medo.

— Me mata agora — ela disse.

Porter conseguia escutar o desespero na voz dela.

— Pelo menos vai ter acabado — ela continuou.

— Ainda há esperança — ele persistiu. — Essa é a única coisa que aprendi no exército. Enquanto ainda se está vivo, ainda há chances. Alguma coisa pode acontecer.

— Você negociou? — Katie perguntou, com a voz lívida e assustada.

Porter encolheu os ombros.

— Eles não se interessaram.

— Eles... Eles deram alguma coisa pra você oferecer?

— Só as besteiras de sempre — Porter respondeu. Suspirou. — Umas conversas de paz a meia-boca. Um dinheiro. Mas não é isso que eles querem, não é? Eles querem que nossos rapazes saiam do Iraque. E nós não vamos dar isso pra eles.

Uma lágrima estava escorrendo pela lateral da bochecha de Katie.

— O... o Perry se envolveu?

— Collinson? — perguntou Porter.

Então se lembrou. Ela estivera amarrada a essa estaca infeliz durante toda a semana anterior. Ela não fazia ideia do que estava acontecendo em casa.

— A gente estava...

— Eu sei — rosnou Porter.

Não tem razão pra ela saber do que aconteceu entre a gente. Só vai piorar as coisas. Se é que isso é possível.

— Supostamente, ele está liderando os esforços do seu resgate — Porter disse. — Eu vi a última transmissão. Ele esteve em Beirute hoje e deve chegar em Israel amanhã.

— Se tiver um jeito, ele vai me encontrar — Katie fungou.

Continue sonhando, garota, Porter refletiu com amargura. Se ele conseguir encontrar uma câmera de TV, ele vai posar pra ela. O desgraçado se complicaria pra encontrar a própria bunda e cotovelo. E se conseguisse encontrar, não ia saber colocar eles na ordem certa.

— Você tem que aguentar — disse, sombriamente. — Se eles tiverem qualquer ideia de onde você esteja, eles vão vir hoje à noite.

— Mas você não acha que haja alguma esperança?

Porter encolheu os ombros. Havia pensado sobre isso desde quando chegara ali. Ele mesmo fizera incursões para resgatar reféns, tinha sido treinado para isso, e não havia operação militar mais complicada que essa, particularmente se se queria resgatar o refém com vida. Mesmo quando era em campo aberto, devia-se entrar rápido o bastante e abater um número suficientemente grande de oponentes para garantir o controle da área antes que matassem o refém. Para se ter chances melhores, era necessário um mapa detalhado e um ponto de acesso pelo qual se pudesse passar muitos homens rapidamente. Eles não tinham nenhum dos dois. Se conseguissem encontrar a localização deles, poderiam tentar soltar uma espécie de gás que afetasse os nervos na mina para paralisar todos os que estivessem lá embaixo: oficialmente, esses tipos de armas químicas não existiam, mas havia escutado rumores de que o Regimento havia estocado montes delas em algum lugar para casos de emergência. Supostamente eram perigosos pra cacete — instáveis, raramente testados e com efeitos colaterais potencialmente cancerígenos — mas tudo isso era apenas fofoca. Porém, precisavam estar preparados para isso. Se os tinham, certamente usariam hoje à noite.

— Esse lugar é difícil pra cacete de se encontrar, e mesmo se encontrarem a nossa localização, vai ser uma merda pra entrar, até mesmo pro Regimento.

— Fica mais perto de mim — pediu Katie. — Estou com medo.

Não tem por que contar a Katie sobre a possibilidade de um ataque químico, Porter pensou. Só a vai deixar mais assustada ainda. E não sei se ela aguenta mais muito terror.

— Você é religioso?

Deus, não. A última coisa que preciso agora é de um monte de história pra boi dormir. Porter fez que não com a cabeça.

— Na verdade, não.

— Eu sou católica. — Ela segurou outra lágrima. — Pelo menos era na escola. Não sou muito de ir à Igreja nem nada. — Ela se firmou, tentando fazer os lábios pararem de tremer. — Mas eu gostaria que você me desse a extrema unção.

— Eu... — Porter hesitou, incerto do que dizer. — Eu acho que não sei o que dizer.

Ela inclinou a cabeça à frente e sussurrou duas frases curtas.

— Eu não sou padre — Porter disse, e imediatamente se sentiu um idiota por fazer um comentário tão fraco e sem sentido.

Katie tentou sorrir. Entretanto, os lábios dela estavam machucados demais para se abrirem mais do que alguns milímetros.

— Então talvez eu chame um.

Ela olhou para Porter.

— Você é a única pessoa aqui.

Porter deu um passo para ficar mais próximo dela. Estava a apenas alguns centímetros de Katie. O fedor era insuportável: uma mistura sufocante de excrementos putrefatos, suor e sangue. Entre a cruz e a espada, decidiu com amargura. Com a mão direita, fez o sinal da cruz, depois fechou parcialmente os olhos.

— Por esta santa unção e pela sua infinita misericórdia o Senhor venha em teu auxílio com a graça do Espírito Santo — ele disse, suavemente.

— O resto — Katie pediu, fraca. — Por favor.

— Para que, liberto dos teus pecados, Ele te salve e, na sua bondade, alivie os teus sofrimentos.

— Me segura — Katie continuou.

Porter se encostou nela e a envolveu com os braços. Ela estava magra, desaparecendo, e ele conseguia sentir os cortes e fraturas e hematomas que cobriam a pele dela. Ela estava seca, como um pedaço de fruta velha, e os membros pareciam estar apodrecendo.

— Estou com tanto medo — ela choramingou.

Hassad entrou no quarto. Primeiro, olhou rapidamente para Katie, depois para Porter.

— Agora é a hora de você sair — ele disse, com um sorriso brando encurvando o lábio deformado. — Na próxima vez que você a vir, ela vai estar morta.

VINTE E UM

Os dois homens estavam caminhando em silêncio ao longo do corredor. O caminho estava escuro e, apesar de estarem bem abaixo do solo, Porter conseguia sentir a noite por todo o entorno deles. Dois guardas já estavam posicionados do lado de fora da porta do cativeiro de Katie, e mais dois onde o corredor alcançava o ponto de encontro. Pareciam fortes, alertas e estavam bem armados. *Ninguém vai tentar tirar uma soneca durante a vigília de hoje à noite*, pensou Porter. *Eles sabem exatamente o quanto está em jogo.*

Se o Regimento realmente tentar entrar hoje à noite, vai ser uma carnificina.

Hassad virou no corredor seguinte e levou Porter até o quarto dele. Enquanto passava pelos alojamentos de dormir, Porter viu que a maior parte dos homens estava descansando. As luzes estavam apagadas e havia corpos estirados no chão. Conseguia ouvir alguns caras roncando. Hassad abriu a porta com um empurrão. Num dos cantos do quarto que havia sido mostrado a Porter mais cedo, uma luz fraca emanava de uma vela. Enquanto Porter olhava rapidamente ao redor, sentiu de repente algo duro investindo contra a parte baixa das costas. Instintivamente sabia do que se tratava.

Uma arma.

Ele se virou. Hassad estava apontando uma pistola Beretta bem na sua direção.

— Que porra é essa? — Porter cuspiu.

— Não se preocupe — disse Hassad. — Não vou machucar você. Contanto que você faça o que eu diga.

Porter olhou para a arma, depois para os olhos do homem. Não poderia haver dúvidas de que ele o mataria caso resistisse. Fez um gesto com a cabeça na direção de uma estaca enfiada no chão no canto mais afastado do quarto. Porter via exatamente o que estava prestes a acontecer. O desgraçado ia amarrá-lo.

— Me desculpe — Hassad completou com educação. — Mas você é um soldado britânico, e não podemos deixá-lo dando voltas por aqui durante a noite. E você já atacou um dos meus homens.

Porter manteve o olhar na Beretta enquanto andava em direção à estaca. Por dentro, estava tremendo: talvez eles estejam planejando me decapitar também. Não fazia sentido discutir agora: qualquer problema e provavelmente iriam apenas bater na cabeça dele, depois amarrá-lo de qualquer forma enquanto estava bem apagado. A vingança dele viria depois, tinha certeza. A estaca era um pedaço grosso de madeira, enfiado bem fundo no chão, subindo cerca de um metro acima da superfície. Hassad fez um gesto com a cabeça para que ele se deitasse na palha ao lado, depois pegou uma corda e começou a amarrar os pés dele à estaca. Em seguida, pegou o braço direito de Porter e o amarrou atrás das costas. As cordas eram ásperas e cortaram a pele dele, mas tinha espaço para se mexer e respirar e, se ele se enrolasse, podia deitar completamente de lado na palha e dormir um pouco.

— Sinto muito que a sua viagem tenha sido em vão — Hassad disse, enquanto deslizava o último dos nós para a posição certa. — Eu poderia até conversar... mas o Nasri e os outros não iriam permitir.

— Eu vou implorar a você pela última vez — Porter anunciou, com os olhos indo para cima para que conseguisse olhar diretamente o rosto de Hassad. — Me bota no lugar dela. Deixa a garota em paz.

Hassad fez que não com a cabeça.

— A gente já discutiu isso. Nada pode mudar no plano. A menos que o seu governo dê o que a gente quer, a execução vai acontecer como está planejada.

— Eu poupei a sua vida! — vociferou Porter.

— E agora *eu estou* poupando a sua.

— Porra, ela está se cagando. Ela não consegue lidar com isso. Eu consigo.

Hassad encolheu os ombros.

— Todo mundo pode lidar com a morte — disse, suspirando de um jeito cansado. — Não é grande coisa.

Porter estava prestes a falar, mas Hassad já havia se levantado. Estava andando na direção da porta. Parecia exausto, Porter pensou, e ele provavelmente também não vai dormir muito. Ninguém vai, refletiu com amargura. Não nesse buraco dos infernos, com o sangue de uma jovem esperando pra ser derramado.

— Agora, durma um pouco, se você quiser — sugeriu Hassad. — Amanhã, depois da execução, nós vamos vendar você pra que não saiba onde esteve e vamos levá-lo pra um lugar seguro, e vamos garantir que saiba o caminho e que tenha dinheiro suficiente pra voltar pra Beirute. Você pode avisar à Embaixada Britânica, eles vão tomar conta de você.

Porter grunhiu. Nós dois vamos estar mortos bem antes disso, meu chapa, ele decidiu.

— Eu tinha uma dívida com você por ter poupado minha vida há todos esses anos — Hassad continuou. — Por isso concordei que você devesse vir aqui. Mas depois de amanhã, a minha dívida está totalmente liquidada. Nós somos homens em lados diferentes de uma guerra que pode durar gerações, e não deve ter mais negociações entre nós.

Antes que Porter pudesse responder, Hassad já havia deixado o quarto. A porta havia sido bem fechada, e Porter escutou o ferrolho sendo fechado.

Porter se deitou de costas. O quarto não estava completamente escuro: havia uma vela pequena e solitária queimando em meio a uma piscina de cera derretida no canto. A palha estava fria e úmida, e conseguia sentir a sujeira embrenhada nela. Havia uma goteira em algum lugar do quarto, num lugar onde um pouco d'água estava se infiltrando pelas rochas entalhadas.

— Merda — murmurou.

Tentou fazer um cálculo mental do tempo. No horário local, havia sido meia-noite quando eles assistiram ao boletim de notícias de Londres, e pelo menos uma hora tinha se passado desde então. Então devia ser uma, possivelmente quase chegando às duas da manhã. As horas mortas da noite. Se houvesse alguma tentativa de resgate a caminho, seu melhor palpite era de que o Regimento atacaria entre as três e as quatro da manhã. Não havia como saber ao certo, mas acreditava que ninguém estava vindo. Toda aquela pose de Collinson na TV sugeria a Porter que o desgraçado não fazia ideia de onde Katie estava escondida. Os homens de Hassad eram leais, profissionais e dedicados, além de estarem operando dentro do próprio país.

Virou-se de lado. As cordas estavam apertadas, mas apenas a mão e a perna direitas se achavam imobilizadas, e isso lhe dava espaço para se mexer. Enfiou a mão esquerda na calça e tirou a faca que havia escondido durante a refeição. Tinha apenas doze centímetros, com um cabo de plástico preto, mas tinha uma lâmina de aço bem afiada. Vai servir, avaliou Porter. Hassad devia ter decidido que um braço e uma perna eram o bastante. Ninguém conseguia desatar um nó só com uma das mãos: certamente não quando na mão em questão faltavam dois dedos. *Mas ele podia cortar as amarras de uma.*

Porter olhou de relance na direção da porta. Estava bem fechada, e acreditava que o deixariam em paz pelo resto da noite. O lugar só voltaria à vida por volta das cinco horas, julgou. Isso lhe dava algumas horas para brincar. O que foi que Clayton lhe havia dito? Banque a porra do herói se for necessário.

Segurando a faca com a mão esquerda, girou o corpo até conseguir alcançar um pedaço de pedra limpa. Virando a faca na horizontal, começou a lentamente afiar a lâmina esfregando-a contra a pedra. As cordas que o estavam prendendo era grossas, feitas de encordoamento plástico: agora, a lâmina não estava nem perto de ser forte o bastante para cortá-las, mas com esforço suficiente poderia conseguir deixá-la apta ao trabalho.

Era um trabalho lento e doloroso. Algumas vezes a faca escapou do seu controle, girando contra a pedra, e em uma delas teve medo de que estivesse ficado fora do seu alcance. Sem dúvida a rocha não era uma pedra de amolar — era só um minério bruto e irregular — mas se fizesse força, a lâmina ficava gradualmente mais afiada. A tarefa era estúpida e repetitiva, mas Porter estava grato por tê-la. Distraía o pensamento do que provavelmente aconteceria em seguida.

Em meia hora, a lâmina estava afiada. Não era uma navalha, mas o aço estava fino e pontiagudo e daria conta do serviço. Girando, posicionou a lâmina na mão esquerda. Porter nunca havia sido naturalmente destro com aquela mão, e depois que perdeu os dedos percebeu que não servia para muito além de segurar a segunda garrafa de vodca quando tinha sorte suficiente para conseguir duas ao mesmo tempo. Mesmo assim, conseguiu segurar com firmeza o bastante entre o polegar e a palma da mão e, inclinando-se à frente, trespassou-a pela corda que estava prendendo o pé direito. O nó era forte, assim como a fibra artificial da qual a corda era feita, mas agora a faca estava afiada o bastante para ir adiante. Em apenas alguns segundos, havia cortado a corda. Com um movimento com o joelho, Porter libertou a perna da estaca. Ainda agachado no chão, Porter manteve a lâmina bem firme na palma da mão esquerda. Ainda havia uma corda amarrada em volta do peito, prendendo a mão direita ao próprio corpo, mas rapidamente a cortou. Estou livre, disse para si mesmo com satisfação.

Porter olhou para a porta trancada.

Ok, pensou, sentindo a resolução se enrijecendo dentro dele. Vamos ver se conseguimos causar uns problemas pra esses desgraçados.

Pegou a vela minúscula e a segurou junto à porta. Havia uma fresta grande o bastante para que conseguisse observar o corredor. De lá, parecia vazio, mas isso não significava que não haveria um guarda a apenas alguns metros de distância. O ferrolho era feito de metal, e ficava a cerca de um metro e vinte do solo. Porter se posicionou bem próximo à porta e levantou a vela para que tivesse o máximo de luz que fosse possível para trabalhar. Enfiou a faca no vão da porta e lentamente a pressionou contra o ferrolho: cravou a ponta no metal, torceu para conseguir obter o máximo de controle possível, depois usou toda a força do punho para puxá-lo alguns milímetros para trás. Não o moveu muito, mas conseguiu um pouco, e para Porter isso era tudo o que importava. Em algum momento ele conseguiria.

Levou dez minutos, talvez quinze, mas afinal conseguiu soltar o ferrolho. Imaginava que fossem três e quinze da manhã agora, embora não pudesse saber ao certo. A porta se abriu: Porter teve que segurá-la para impedi-la de bater contra a parede e chamar a atenção. Soprou a vela e prendeu o fôlego no peito. Bem devagar, e com a faca apertada na mão direita, segurou a porta entreaberta. Olhou rapidamente para o corredor. A luz estava sombria — havia algumas lâmpadas no ponto de encontro mas nenhuma no corredor — e embora houvesse se acostumado à semiescuridão, ainda precisou de um segundo para ajustar a vista. Até onde podia enxergar, o corredor estava vazio. Avançou alguns centímetros, mantendo um pé dentro do quarto, para que pudesse correr de volta se fosse necessário.

Porter já havia bolado um plano. Gostaria de poder ir diretamente de encontro a Katie, mas este trajeto tinha guardas demais. Não havia como passar por lá equipado apenas com uma faca de comer. Ao invés disso, iria sorrateiramente até o quarto de Hassad. Ficava a uma distância de cerca de vinte metros pelos túneis, e calculou que haveria apenas um guarda ao longo do caminho. As chances de sucesso não eram grandes, pensou. Mas pelo menos não eram suicidas.

Avançou em silêncio. O guarda estava parado bem onde o túnel alcançava o ponto de encontro. Ele estava de costas para lá, apoiado contra a parede. Se estava sonolento ou alerta, era impossível dizer àquela distância. Porter avançou mais, com as costas completamente encostadas na parede. A faca estava aconchegada na palma da mão. Os olhos iam se ajustando gradualmente à luz turva. Conseguia ver o cano da arma do guarda. Um AK-47: a lâmpada do ponto de encontro estava iluminando a madeira reluzente da haste polida da arma. Porter continuou avançando. Estava a cerca de dez metros do homem agora, prendendo a respiração: aprendeu na época do Regimento que era o barulho da respiração que normalmente o entregava. O chão era composto apenas de pó e areia, então pelo menos não estava fazendo barulho contra o tênis. Cinco metros. Estava com as costas firmes contra a parede, deslizando pelas sombras, certificando-se de estar praticamente invisível contra a rocha. Três metros. Conseguia ver os ombros do homem se contraindo. Porter notou que era um homem grande: 1,80 m e ombros fortes, que faziam o peso dele alcançar uns noventa quilos. Ouviu-o grunhir. Ou talvez roncar. A mão dele levantou. Por um momento, Porter teve certeza de que estava pegando a arma. Tudo que tinha a fazer era olhar ao redor e encher o lugar de balas: Porter seria retalhado em segundos. Ele tentou se misturar à rocha. O homem cutucou o nariz, grunhiu de novo, depois afundou-se de costas contra a lateral da rocha. Porter deu um passo à frente, depois outro. Levantou a mão direita e se firmou. Com um movimento súbito e veloz, impeliu-se à frente. Com a mão esquerda tapou a boca do homem e a puxou para trás com todos os músculos do ombro. Escutou o homem começando a gritar, mas a mão estava abafando o barulho efetivamente. Estava começando a estremecer e, assim que os músculos dele absorveram o choque repentino do ataque, ele se lançou para trás. Porter se esforçou para contê-lo. Você só tem uma fração de segundo, lembrou-se. Assim que você entrar numa luta justa com esse desgraçado, você está morto.

Em um instante, a mão direita de Porter estava avançando em direção ao pescoço do homem. A faca perfurou a pele, fazendo uma incisão hábil no espaço entre o osso da mandíbula e a clavícula onde uma lâmina podia cortar diretamente a traqueia. Porter mal tinha sequer um momento, e sabia que precisava abrir o pescoço do homem com tanta habilidade quanto um cirurgião qualquer: exceto que o propósito dele era o de acabar com a vida da criatura, não preservá-la.

O ar assoviou: o som inconfundível de oxigênio vazando de uma traqueia sucumbindo, como um pneu velho com um furo. Porter torceu a faca, deixando-a completar o trabalho mortal, enquanto ainda mantinha a mão apertada contra a boca do homem. Abafou um lampejo de dor enquanto a vítima reunia forças o bastante para morder a palma da sua mão, mas esse foi o último momento de resistência do homem enquanto a vida dele deixava o corpo. Torcendo a lâmina pela última vez, Porter se certificou de que a traqueia estivesse completamente aberta, impossibilitando que qualquer quantidade de ar chegasse ao cérebro. Tirou a mão da boca do homem e checou o pulso dele. Morto. Puxou o corpo para trás, estirando-o no chão.

Não há tempo pra esconder o corpo, decidiu. Poderia haver uma mudança de turnos a qualquer momento, e assim que alguém se aproximasse, saberiam que a base estava sob ataque e soariam o alarme. Poderiam até pensar que estavam sofrendo um ataque total das forças especiais britânicas. Se fosse o caso, tanto melhor. No caos, algum tipo de oportunidade de escapar poderia surgir.

Porter tirou a faca da garganta do homem e limpou o sangue na parte de trás da calça. Você vai trabalhar mais até essa noite terminar, disse para si mesmo, sombriamente.

Pegou a arma curta do homem e a colocou na calça. Uma Browning M1900 compacta, Porter estava familiarizado o bastante sobre como funcionava. Atravessou rapidamente o ponto de encontro. Sabia onde o alojamento de Hassad ficava.

Porter virou no corredor. Chegou a hora da verdade, disse para si mesmo.

A luz que ia até o quarto de Hassad era fraca, mas os olhos de Porter já haviam se ajustado à escuridão e não teve problemas para identificar a porta certa. Apoiou a mão inteira contra ela e exerceu uma quantidade mínima de pressão. Ela cedeu. Hassad dormia com a porta destrancada, assim como Porter imaginava que fazia. Soldados não se trancavam em um aposento, especialmente quando havia a possibilidade de qualquer ataque inimigo. Precisavam estar a postos para se movimentar assim que o ataque começasse: no tempo que levariam para destrancar as portas, poderiam já estar mortos.

Porter estava segurando a faca na mão, desfrutando da sensação do fio gelado da lâmina contra a pele. Se pudesse, preferiria usar a arma: um tiro deixaria em alerta a base inteira, e haveria uma dúzia de soldados sobre ele dentro de segundos. Parou por um breve momento, controlando a respiração. De repente, lembrou-se de Steve, Mike e Keith. Podia vê-los rindo enquanto iam para a batalha. Podia escutar as piadas e as brincadeiras, e então os comandos desesperados enquanto a missão começava. E depois se lembrou do momento em que havia visto as três macas cobertas por panos brancos sendo retiradas do helicóptero. Lembrou-se dos funerais, e dos tributos comoventes dos colegas enquanto os corpos estavam sendo enterrados. E se lembrou dos olhares de todos os outros caras na base em Hereford. Os olhares que diziam, "Aqui está o cara que deixou três dos colegas dele morrerem porque não teve colhões pra liquidar uma criança de turbante que queria matar todos eles".

Ok, rapazes, Porter pensou com amargura. É um pouco tarde, eu sei. Esse cheque devia ter sido descontado há anos. Mas o desgraçado que matou vocês está prestes a receber o troco.

Abriu a porta com um empurrão. Hassad estava deitado sobre um colchão simples de palha ao lado de uma das paredes do pequeno quarto. No canto, havia uma pequena vela flutuando sobre uma piscina de cera, enchendo o quarto com uma luz fraca. Ele ainda estava vestindo a calça e o casaco que havia usado durante o dia, embora houvesse tirado o tênis e o colocado no final do colchão. Perto dele, havia uma caneca metálica com água e um livro de capa mole em árabe que havia sido deixado entreaberto. Também havia um pacote aberto de alguma espécie de remédio, embora Porter não conseguisse ler àquela distância. O AK-47 estava estirado na palha bem ao lado dele. Também havia uma faca. Sob ataque, poderia alcançar as armas em segundos. O que havia sob a almofada que estava usando como travesseiro Porter não sabia dizer. Mas era mais fácil ser uma pistola do que um jogo extra de pijamas, pensou com um sorriso pela metade.

Porter tinha uma fração de segundo. Era todo o tempo disponível para determinar se conseguiria ou se fracassaria. Impulsionou-se contra o chão de pedra e se atirou pelos poucos metros que separavam a porta do colchão de palha.

Caiu com força sobre Hassad. Imediatamente, o árabe acordou, olhando diretamente para Porter com olhos inflamados de raiva. Mas era tarde demais. Porter estava deitado bem acima dele. Ele era um homem grande, com pelo menos vinte quilos de vantagem sobre Hassad, e a massa do corpo dele o estava prendendo ao solo. Porter sentiu uma onda inebriante de júbilo atravessá-lo. É quase tão bom quanto uma dose dupla de vodca, disse para si mesmo. Agora, estou com esse desgraçado exatamente onde eu queria. E agora ele vai me ajudar a tirar a Katie daqui.

Porter afastou a mão direita apenas alguns centímetros, deixando-a pairar perto do pescoço de Hassad. A lâmina que tinha estava afiada, precisaria apenas de um esforço mínimo para rasgar a pele do homem. A mão dele estava firme e os olhos perfuravam o corpo do homem, examinando-o da mesma forma como um açougueiro olha para uma carcaça, procurando os melhores lugares para cortar a carne. Sentiu uma onda de raiva correndo pelas veias. Eu esperei tempo demais por isso, disse para si mesmo, sombrio. Tempo pra caralho.

Impeliu a faca à frente, usando a força do cotovelo. Ela colidiu com a pele, abrindo uma ferida, e de repente a faca estava vermelha de sangue. No mesmo momento, entretanto, Hassad havia rolado a cabeça para o lado, esticando o bastante os músculos do pescoço para se esquivar da pior parte do ataque. Porter ainda estava estirado sobre o homem, afundando-o contra a cama de palha, e impedindo-o de se mexer.

— Fique parado, seu assassino de merda de turbante! — Porter cuspiu violentamente.

Via o medo nos olhos do homem e sentia o cheiro do suor que jorrava dele. Era o mesmo olhar que havia visto há dezessete anos, o que o tinha persuadido a poupar a vida do garotinho assustado. Mas agora era a expressão de um homem, não de uma criança, e ao invés de simpatia provocava apenas desprezo. Dessa vez você vai fazer exatamente o que eu mandar, Porter pensou. E sem erros.

— Você matou os meus amigos depois de eu ter poupado a sua vida. Agora eu vou matar você, seu desgraçado. Agora aceite isso como a porra de um homem...

Hassad se impeliu à frente. Estava tentando desesperadamente se livrar de Porter, que o agarrava violentamente, mas o peso morto deitado sobre o peito dele o impossibilitava de reunir forças suficientes para se libertar.

— Não matei ninguém, eu juro! — Hassad implorou.

— Não vem com essas bobagens pra cima de mim, seu lixo árabe — Porter assoviou. — Eu poupei a sua vida uma vez, e você matou três dos meus amigos.

— Eu não matei ninguém! — Hassad guinchou.

— Seu mentiroso desgraçado!

Porter levantou a mão os poucos centímetros necessários para cravar a faca no pescoço do homem. Já havia examinado a carne e sabia exatamente onde estava a traqueia. Com pouco mais de uma estocada com o punho ele poderia acabar com a vida do desgraçado.

E esse é o momento...

— Foi o homem da televisão — disse Hassad. — O Collinson!

Porter parou.

— Quem?

— O homem da televisão. — O corpo de Hassad estava arquejando de medo, e havia uma mancha sórdida de suor que o cobria inteiro. — Eu reconheci ele. Era o mesmo homem da incursão, eu juro, e foi por causa dele que os soldados britânicos morreram.

— Você é só um lixo mentiroso de turbante — rosnou Porter. — Você está só tentando salvar a própria pele. Eu sei disso, porra. Bem, não vai funcionar, estou dizendo pra você. Sua morte ia ser rápida e indolor, mas agora vai ser lenta e dolorosa pra cacete, só pra você saber que não deve começar a mentir.

— Foi o Collinson, estou dizendo — insistiu Hassad. — O cara era um filho da puta de um covarde!

A mão de Porter parou de novo.

E se ele estiver certo?, perguntou-se de repente. Deus, talvez, quem sabe, o desgraçado não esteja mentindo pra mim.

A mão de Hassad se moveu rapidamente para o lado, ficando sobre o cano do AK-47. Imediatamente, Porter afundou o punho contra a mão para que ela não conseguisse pegar a arma.

— Pega ela — Hassad disse. — Pega a porra da arma, e aponta ela pra mim. Eu não tenho chances de escapar. Eu vou lhe contar o que aconteceu de verdade naquele dia e, se não convencer você, aí pode atirar em mim do mesmo jeito.

— É um truque — grunhiu Porter.

— Sem truques — respondeu Hassad bruscamente.

— Você tem dez segundos — Porter advertiu. — Nada além disso.

Ele soltou a faca e pegou o AK-47. Saiu de cima do peito de Hassad e se ajoelhou ao lado dele, estocando o bocal da arma diretamente contra o homem.

— Ok, meu chapa — disse, rudemente. — Me diga o que aconteceu de verdade naquela noite.

Hassad levantou o torso. Agora, estava sentado com as costas contra a parede. O suor pingava do rosto dele: Porter já havia sentido o cheiro dessa transpiração fria e raivosa em homens convencidos de que estavam prestes a morrer. Havia um corte profundo no pescoço dele, no lugar onde a faca havia atingido a pele, e um pouco de sangue ainda escorria da ferida, embora logo uma casca fosse começar a se formar em volta dela. A lateral do pescoço e a parte de cima do casaco dele estavam manchadas de vermelho. Mas nos olhos dele havia novamente um brilho: a esperança de salvar a própria vida havia começado a retornar.

— Você me deixou bem apagado — ele disse, agora com um pouco de calma na voz. — Eu me lembro disso como se fosse ontem. Mas você não fez um trabalho muito bom. Alguns golpes na cabeça, suficientes pra me deixar tonto, mas não pra me apagar por muito tempo. Talvez fosse porque eu era bem novo. Os garotos aguentam levar uma surra terrível e conseguem acordar de novo bem rápido.

— Acelera — Porter rosnou. — Não fique querendo ganhar tempo, porra.

— Acho que acordei apenas alguns minutos depois. Estava morrendo de medo, então fiquei simplesmente deitado no chão, com os olhos praticamente fechados. Me fingir de morto, ou pelo menos de inconsciente, parecia ser a melhor estratégia. Mas eu conseguia ver o bastante do que estava acontecendo, e ouvir também. Aquele tal do Collinson estava insistindo em comandar e os outros estavam discutindo com ele. Eles gritaram muito entre eles, ele e os outros caras. Você já tinha sido evacuado, e eles estavam abrindo espaço pra outro helicóptero vir resgatá-los. Nesse momento, uma unidade de reforços do Hezbollah chegou. Cerca de doze homens no total. Começou a ficar feio. Tiveram muitos tiros e algumas granadas. Os britânicos conseguiram reprimir o ataque, mas era impossível que o helicóptero se aproximasse do telhado. Tinha fogo inimigo demais. Mas eu não achava que eles estavam correndo um perigo sério. Só precisavam de paciência e um pouco de perseverança. Mas o Collinson entrou em pânico. Eu consegui ver e escutar. Estava gritando uma série de ordens estúpidas e contraditórias. Ele queria que dois deles marchassem pra fora do prédio diretamente pra linha de fogo pra que ele pudesse subir no telhado. Eles estavam gritando com ele pra deixar de ser idiota.

Com os olhos fixos em Porter, a expressão dele ficou mortalmente séria.

— Aí ele atirou em um deles pelas costas e disse pros outros dois que eles eram covardes, e que se não avançassem iria garantir que eles fossem pra corte marcial sob a acusação de deserção. Eles começaram a correr em direção ao homem que tinha sido atingido nas costas, mas ele estava bem na reta da janela e os pobres caras não tiveram nenhuma chance. Os dois foram varridos por um monte de disparos de metralhadora. Enquanto isso estava acontecendo, o Collinson usou a cobertura pra ir sorrateiramente pro telhado e guiar o helicóptero pra casa. Não tinha por que lutarem mais, e os caras do Hezbollah se retiraram. O helicóptero partiu. Eu simplesmente continuei ali, por pelo menos umas duas horas, esperando até ter certeza de que o combate tinha acabado de vez.

Agora, a expressão de Hassad estava calma e resolvida.

— Então, seja o que for que esteja no relatório oficial, seus três colegas morreram porque esse tal do Collinson perdeu a cabeça.

Porter sentia a pele se enrijecendo. Era a mesma sensação de quando o médico lhe dava uma anestesia local. O corpo ficou gradualmente entorpecido. Os nervos se enrijeceram e todos os sentidos perderam o vigor. Todos os últimos dezessete anos, disse para si mesmo, foram uma mentira.

Eu passei a minha vida inteira me arrependendo por uma coisa que nunca aconteceu.

— O filho da puta — ele murmurou em voz alta.

— O que...?

— Ele disse que você acordou e atirou no Steve, no Mike e no Keith. Isso fez com que fosse minha culpa, por não ter liquidado você quando tive a chance. Mas foi culpa dele o tempo todo... o covarde filho da puta não sabia como lutar, nem como receber a reprimenda quando estragou tudo.

Ele deixou três homens morrerem por causa da covardia dele, pensou Porter com amargura.

Ele deixou outro homem morrer por dentro porque não queria levar a culpa.

E dada a opção de escolher entre acreditar na versão de Hassad e a de Collinson do que havia acontecido, a de Hassad parecia mais crível.

Eu sempre soube que o Collinson era um covarde.

Vi isso no momento em que ele começou a vomitar quando entrou no Puma e no combate.

VINTE E DOIS

Porter ainda estava segurando o AK-47. O dedo dele ainda estava se contraindo com nervosismo no gatilho. E a arma ainda estava apontada diretamente para o peito de Hassad.

— Eu devo minha vida a você, e nada além disso — disse Hassad.

— Me leve até ela — ordenou Porter.

Hassad permaneceu em silêncio. Os olhos dele estavam fixos no cano da arma.

— E espera que eu ajude você?

— Vou matá-lo se você não ajudar.

— Você é o meu inimigo — retrucou Hassad suavemente. — Permiti que viesse aqui porque estava em débito com você, mas agora que descobriu a verdade, todas as dívidas entre nós estão saldadas. E a mulher morre hoje às oito da noite.

Porter afagou o gatilho do AK-47.

— Essa arma está pensando o contrário.

— Me mata se você quiser — disse Hassad bruscamente. — Se foi pra isso que veio, então acaba com tudo de uma vez... a mulher vai continuar exatamente onde está.

Por um momento Porter ficou prestes a atirar. Por que não atiraria? perguntou-se. Independentemente da verdade sobre o que aconteceu há dezessete anos, Hassad ainda era um terrorista brutal que havia torturado uma mulher inocente até esgotar toda a vontade de viver que ela tinha. Mesmo se ele não merecesse morrer por ter matado Steve, Mike e Keith, ainda assim certamente merecia morrer por isso.

O dedo dele parou.

Não consigo puxar o gatilho, pensou.

Enquanto pegava no cano do AK-47, tudo estava se encaixando na cabeça de Porter. Alguém havia tentado matá-lo quando ainda estava em Londres — alguém que sabia dos detalhes da missão em que estava prestes a partir. Quando chegou, foi capturado por uma corporação militar privada comandada por britânicos — por alguém que sabia precisamente aonde ele estava indo e quais senhas precisava usar.

Esse alguém só podia ser Sir Peregrine Collinson.

Por quê? Porque ele estava desesperado para me impedir de ver o Hassad de novo, pelo simples motivo de que eu poderia ficar sabendo a verdade sobre o que aconteceu naquela missão atrapalhada em Beirute todos esses anos atrás.

O desgraçado vai pagar por isso.

— Me leve até ela! — Porter rosnou.

— Eu não posso.

Porter se levantou e bateu o cano do AK-47 no peito de Hassad. Sentiu o músculo rígido e resistente enquanto lhe estocava com o aço frio da arma.

— Você pode muito bem, porra, e vai sim! — vociferou Porter. — Eu só quero conversar com ela, só isso. Não vou causar mais problemas, não pra você pelo menos.

Hassad se levantou lentamente. Talvez ele esteja só me manipulando, Porter pensou. Talvez ele vá apenas me guiar diretamente pra uma armadilha. Tenho que arriscar: é a única esperança que tenho de tirar a Katie daqui.

Passaram energicamente pelo ponto de encontro. Hassad olhou de relance para o único cadáver que o inglês havia deixado para trás, depois olhou para Porter. Sabia pela expressão no rosto dele que sabia exatamente o que havia acontecido. Porter deu uma estocada com o AK-47 para que continuasse andando. Seguiram caminhando na direção do quarto onde Katie estava amarrada à estaca. Porter estava se esforçando para não perder a noção da hora: imaginava que fossem três e meia da manhã, mas poderia ser até quatro horas. Os dois soldados ficaram rígidos e atentos quando os viram se aproximando. Posicionaram rapidamente os próprios fuzis de assalto.

— Está tudo bem — disse Hassad suavemente. — Nós só vamos entrar por um momento.

Esperto, Porter pensou. Ele sabe que poderiam atirar em mim, mas seria uma carnificina, e provavelmente nós quatro acabaríamos mortos. Quando se começa a disparar AK-47s em um espaço fechado, as balas estraçalham todo mundo. É melhor me deixar entrar: ainda há uma chance de que ele me convença a soltar a arma.

Uma luz fraca se espalhava pelo quarto. Porter olhou rapidamente para Katie. Fazia apenas algumas horas desde que a havia visto pela última vez, mas o estado dela parecia ter piorado ainda mais. Até onde ele conseguia ver, ela havia perdido a consciência: podia estar dormindo, mas, levando em conta a dor que havia suportado, Porter imaginou que tivesse apagado.

Manteve a arma apontada para Hassad.

— Solta ela — ordenou bruscamente.

Sabia o que tinha de fazer. Tirá-la da estaca, depois tentar abrir caminho lutando para sair dali, quarto por quarto. Provavelmente era o pior plano que já havia escutado. Contra tantos homens, não havia praticamente nenhuma chance de sucesso. Mas pelo menos levaria alguns dos desgraçados com ela. E isso não seria transmitido pela TV para o mundo inteiro.

— Não — Hassad respondeu, com uma determinação silenciosa.

Enquanto ele falava, Porter viu que os olhos de Katie começaram a se abrir lentamente. Conseguia ver a dor que cada movimento causava nela, mas havia um toque de resistência na sua expressão. O chefe dela estava certo, Porter pensou. A mulher tem nervos de aço. Ela olhou rapidamente para Hassad, depois para Porter.

— Eu... — ela murmurou, tossindo enquanto se esforçava para formar as palavras com os lábios.

Porter levantou a mão para impedi-la de falar. Aproximou o AK-47 do peito de Hassad.

— Então pelo menos ela vai ter a satisfação de ver você morrendo primeiro — ameaçou. — E depois eu mesmo solto ela.

— Espero que ela aproveite o espetáculo.

— Por favor, só faça... — Katie começou, com a voz se transformando em uma tosse.

Enquanto Porter estava distraído, Hassad se impeliu à frente, arrancando o AK-47 das mãos de Porter. Apertou o gatilho o mais forte que conseguiu, soltando alguns tiros, mas o cano da arma já havia sido desviado e as balas atingiram inofensivamente as paredes de rocha sólida da cela. Deus, Porter pensou. O barulho dos tiros com certeza vai deixar o resto dos guardas em alerta.

Hassad o estava forçando contra o chão, esmagando-o com o próprio peso. Com a mão direita, Porter fechou o punho e o lançou contra a mandíbula do homem. Viu na hora que havia sido um bom golpe: sentiu os nós dos dedos triturando o osso por trás da pele. Hassad cambaleou para trás, sentindo a dor atravessá-lo. Uma mancha de sangue estava pingando dos lábios dele.

Hassad estava se preparando para contra-atacar e, apesar de ter perdido o equilíbrio com o golpe, a bota dele estava indo para trás, e Porter percebeu na hora que ele estava prestes a dar um chute. Começou a tentar agarrar os pés dele, movendo-se o mais rápido que podia para se esquivar do impacto do inevitável primeiro golpe.

Uma explosão enorme sacudiu a mina.

Por um segundo, Porter estava atordoado demais para reagir. A mente dele ficou entorpecida. Conseguia escutar o barulho da detonação de explosivos e de rochas se desfazendo. A qual distância?, perguntou-se. No início, a explosão foi abafada, mas o barulho estava ressoando pelos túneis e rochas como um trem troando pela noite.

Deus, pensou. Talvez seja o Regimento. *Talvez tenham vindo nos resgatar.*

Vamos rezar pra que seja isso.

Hassad estava olhando ao redor desesperadamente, depois correu para a porta. Porter escutou homens gritando e o estrondo de uma série contínua de abalos secundários causados pela explosão do lado de fora, crepitando pela mina como uma tosse firme e persistente.

— Que porra é essa? — gritou.

— Um míssil pra abrigos subterrâneos, eu acho — Hassad grunhiu, com uma expressão sombria.

Porter escutou mais gritos, e mais berros. Um cheiro ruim estava se infiltrando por baixo da porta fechada. Porter levou um momento para reconhecê-lo — já havia sentido esse cheiro antes no campo de batalha: uma mistura de espuma chamuscada e carne cozida, era o cheiro característico de homens morrendo queimados. Deus, disse para si mesmo. O lugar está pegando fogo.

Se não sairmos daqui, todos nós vamos morrer.

— Solta ela! — berrou Porter, fazendo um gesto na direção de Katie.

Hassad estava alcançando a porta, abrindo-a com violência. No lado de fora, o corredor estava repleto de uma fumaça espessa e tóxica, e instantaneamente ele a bateu de novo. Olhou novamente para Porter.

— Precisamos tirar ela daqui! — gritou Porter, com a voz rouca. — Ela não serve de nada pra você morta, serve?

Hassad não respondeu. Parecia estar mudo de choque.

— Se for um ataque britânico, e ela morrer, então nós ganhamos, não é, porra? — Porter gritou, oferecendo-lhe uma faca.

Voltando bruscamente à atenção, Hassad deu dois passos à frente. Com um movimento rápido com a mão, ele cortou as cordas que prendiam Katie à estaca. Os nós eram fortes, bem amarrados, e precisou de várias tentativas para soltá-la completamente. Mas então ela caiu para a frente. Porter a pegou nos braços. Ela estava tão grogue que parecia prestes a perder a consciência, mas se conseguissem sair dali, ainda havia uma chance de salvá-la.

— O que é que está acontecendo? — ela murmurou.

Porter não fazia mais nenhuma ideia. Quando, no início, escutou as explosões, imaginou que devia ser o Regimento vindo ao resgate deles, mas agora não tinha mais tanta certeza. Talvez eles usassem algumas granadas de efeito moral para preparar o caminho para um ataque. Talvez um pouco de gás. Mas isso parecia se tratar de uma espécie de míssil de cruzeiro lançado para atingir diretamente a mina. Por que diabo fariam isso? Seria arriscar matar as mesmas pessoas que deveriam estar resgatando.

A voz de Katie estava rouca e fraca, mas quando Porter a aconchegou nos braços, sentiu que ela recuperava um pouco das forças. Pela primeira vez em dias ela acreditava que poderia viver, e era impressionante quanta resistência uma pessoa ganhava ao saber disso.

— Você acha que dá pra gente sair daqui? — perguntou Porter, olhando de relance para Hassad.

Ele não respondeu, mas a expressão brutal no seu rosto sugeria que achava que não. Porter apontou a arma diretamente para ele, cutucando-o para que avançasse, enquanto ainda segurava Katie. Abriu um pouco a porta e cambaleou para trás quando uma nuvem de fumaça preta e espessa o atingiu diretamente no rosto. Tossiu violentamente, o corpo inteiro tremendo enquanto os pulmões tentavam se livrar do ar que havia acabado de inspirar.

— Cadáveres — sussurrou, sem nenhuma cor no rosto.

Porter colocou Katie no chão e prendeu a respiração enquanto passava o rosto pela porta, olhando rapidamente para o corredor ao fundo que levava ao ponto de encontro. Levou um momento para ajustar os olhos às nuvens de fumaça e os gases estavam machucando suas pupilas, mas quando conseguir tomar foco ficou claro que a mina havia sido transformada em uma cena de devastação total. Os dois combatentes que normalmente ficavam de guarda contra a porta haviam sido reduzidos a dois esqueletos carbonizados, e havia mais cadáveres se olhasse na direção do ponto de encontro. Uma bola de fogo imensa deve ter varrido o corredor, Porter pensou, queimando tudo o que encontrava e, então, depois de sugar todo o oxigênio do lugar, deve ter se extinguido, deixando para trás as nuvens pesadas de fumaça. Apenas a porta grossa da cela de Katie os havia salvado. Mesmo assim, para sair dali teriam que enfrentar a fumaça e os incêndios e explosões secundários que ainda estavam agitando o resto da mina.

Porter arrancou a camisa do corpo.

— Rasgue isso em três tiras, depois afunde elas na água e enrole em volta da boca — bradou. — É a única chance que temos.

— Você estava apontando uma arma pro meu peito há cinco minutos — Hassad rosnou.

— E você mereceu, porra! — vociferou Porter. — Mas a não ser que trabalhemos juntos, nenhum de nós tem chance de sair daqui com vida, então vamos sair e depois continuamos a nossa briga, se tivermos que continuar.

Jogando nas costas o AK-47 que havia pegado de Hassad, Porter se ajoelhou e amarrou a tira de pano molhado em volta do rosto de Katie. Ela ajudaria a manter o rosto da repórter protegido dos gases. Depois prendeu uma tira em volta da própria boca, amarrando-a firme na parte de trás da cabeça. Levantou Katie com os braços e foi em direção ao corredor. Ela era uma mulher de bom tamanho, tinha pelo menos 1, 75 m, e quando estava em forma provavelmente tinha um peso consideravelmente maior do que o de agora. Ele sentiu na hora como o corpo dela havia ficado frágil e fraco. Até uma pessoa em forma teria problemas pra andar por esses gases, ele pensou com amargura.

Para uma enfraquecida, poderia ser fatal.

— Tente não respirar muito fundo — ele murmurou.

Porter saiu para o corredor, pressionando o rosto de Katie contra o peito para tentar proteger-lhe a boca da fumaça. A fumaça estava tão densa e a luz tão fraca que era impossível ver mais do que alguns metros à frente. Porter escutou um grito vindo de algum lugar, avisando-o de que nem todo mundo estava morto. Ainda não, pelo menos. Hassad já estava andando rapidamente em direção ao ponto de encontro. Porter se precipitou à frente, ignorando a carnificina ao redor. Enquanto permanecia ao lado de Hassad no centro da mina, havia pelo menos cinco corpos espalhados pelo chão, todos irreconhecíveis de tão queimados.

— Porra, como é que a gente vai sair daqui? — Porter gritou, embora sua voz estivesse sendo abafada pelo pano molhado enrolado em volta da boca.

— Todas as saídas estão bloqueadas — disse Hassad.

Porter olhou rapidamente ao redor. As vigas que os mineiros tinham colocado anos atrás para segurar o teto haviam sido incineradas pela explosão. Algumas ainda estavam queimando e o teto começava a ceder bastante: Porter avaliou que talvez não levasse muito tempo para que tudo desabasse, fazendo com que algumas centenas de toneladas de rocha caíssem sobre as cabeças deles. A escada que levava do elevador até o ponto de encontro havia sido totalmente destruída. As chamas ainda estavam dançando no lugar onde ficava a estrutura de madeira da escada. Não havia jeito de passar por lá.

— Vamos pegar o caminho dos fundos — Hassad indicou.

Por um dos túneis, Porter ouviu uma explosão. De repente, um brilho ofuscante abriu caminho pelos gases e iluminou o ponto de encontro. Porter protegeu o rosto enquanto sentia uma onda de calor trespassá-lo. Segurou Katie firme e tentou seguir Hassad. Ele já havia começado a marchar na direção de um túnel, sinalizando para que Porter o seguisse. Porter deu um passo à frente. O fogo estava ganhando ritmo por trás dele, e escutou um grito enquanto ele colidia com um dos homens que estava tentando escapar, fritando-o em um instante. Ainda segurando Katie, seguiu Hassad por um canal estreito aberto entre as rochas. Havia alguns corpos na entrada do túnel, mas Porter apenas passou por cima deles e se apressou. Atrás dele, escutou o barulho de outra parte do teto desabando em algum lugar e mais gritos.

Hassad estava se embrenhando por um túnel que ficava cada vez mais estreito. As luzes das chamas que envolviam o ponto de encontro haviam iluminado os primeiros metros, mas escurecia rápido e, depois de alguns segundos, Porter estava se esforçando para conseguir se manter no encalço de Hassad em meio à escuridão. Uma parede imensa surgiu na frente deles, mas à direita havia uma fenda que parecia levar para cima. Era parte de um duto de ventilação que devia ter sido construído anos atrás.

— Aqui — Hassad chamou. — Esse caminho vai levar a gente pro andar de cima. Onde tem o elevador.

— O elevador não vai estar funcionando depois dessa carnificina — Porter retrucou.

— Tem outra saída de lá. Se a gente conseguir passar por ela...

Hassad começou a subir pelo buraco na rocha. Havia espaço suficiente para um homem passar se arrastando — apenas um —, mas não o bastante para levar Katie.

— Você empurra ela e eu puxo! — Hassad gritou, enquanto desaparecia no túnel.

Içando-a com os antebraços, Porter suspendeu Katie até a entrada do túnel. Empurrou-a na posição certa, ignorando o grito de dor que ela soltou quando bateu o cotovelo na pedra.

— Pega na mão dele! — Porter gritou, esforçando-se para que ela ouvisse sua voz apesar do barulho de vigas caindo por trás deles.

Porter a empurrou de novo, depois se impeliu para o túnel vertical. Tinha apenas noventa centímetros de diâmetro: espaço o bastante para uma pessoa rastejar por lá, mas apenas para uma pessoa. A superfície do túnel era acidentada e irregular, mas havia vários lugares para se apoiar na rocha. Usando os músculos da perna para se impelir à frente, Porter estava empurrando Katie com os braços. Hassad a estava arrastando consigo com os braços. Era um trajeto difícil mas estavam progredindo regularmente. Porter escutou mais algumas explosões atrás de si, mas acreditou que a maior parte dos caras já estaria morta a essa hora. Tinham sorte de simplesmente terem conseguido chegar tão longe.

Estavam se aproximando. Mais dez metros, Porter pensou. Via Katie usando os dedos para tentar se agarrar pelo caminho até a superfície, mas estava tão desesperadamente fraca que era difícil juntar as forças necessárias para se impelir para cima. Hassad estava alcançando a superfície agora. Ele parou, depois se lançou para fora do túnel estreito. Virando-se, estendeu a mão forte, puxando Katie para cima enquanto Porter a empurrava por baixo, seguindo rapidamente no rastro dela.

Emergiram em uma caverna escura que um dia devia ter feito parte da mina principal. Estava tão escuro que Porter não fazia ideia do tamanho do lugar ou para onde ele levava: a única luz dali era o brilho fraco do fogo enfurecido do andar de baixo que vinha pelo túnel.

— Porra, onde é que a gente está? — perguntou Porter.

— Um andar abaixo da superfície — Hassad respondeu. — É uma mina grande e a gente estava usando apenas uma parte ínfima dela. Esses túneis se estendem por quilômetros. — Fez um gesto com a cabeça, apontando para a frente. — Mas pra sair daqui a gente tem que ir por esse caminho.

Porter pegou Katie de novo e olhou para a frente. Não conseguia enxergar nada na escuridão.

— Qual é a distância?

— Seguindo cerca de setecentos metros por esse túnel, deve ter uma saída de emergência antiga que vai levar a gente pra superfície.

— Você acha que ela está pegando fogo?

— Porra, como é que vou saber? — vociferou Hassad.

Porter suspendeu Katie sobre as costas. Ainda estava se perguntando se Hassad não o estava enganando, talvez estivesse levando-o diretamente para uma tropa de combatentes do Hezbollah na superfície. Eu entro nessa luta quando ela surgir, disse para si mesmo.

— Então é melhor a gente andar.

Outra explosão ecoou na direção deles, vindo de baixo. Havia toneladas de equipamentos bélicos lá embaixo, Porter percebeu, e as chamas estavam alcançando os estoques de armamentos um de cada vez, acendendo violentas bolas de fogo. O chão sob os pés deles tremeu, e uma pilha de destroços poeirentos se soltou do teto, banhando-os com fragmentos de pedras e minérios. Porter começou a apertar o passo, andando rápido ao lado de Hassad. Quando se afastaram da fenda pela qual haviam subido, perderam todo o contato com a luz. Em segundos ficaram encobertos pela escuridão. Correr era perigoso demais: não podiam ver nada e o caminho estava repleto de pedras e poços nos quais podiam facilmente tropeçar. Hassad estava abraçado à parede, sentindo com as mãos o caminho que deveria percorrer, e Porter o seguia. Avançavam os metros de uma forma dolorosamente lenta. Algumas vezes Porter sentiu estar começando a cair depois de os pés colidirem com uma pedra — e uma queda poderia facilmente liquidar Katie naquele estado enfraquecido — mas ele rapidamente deu um jeito de recuperar o equilíbrio a tempo.

Então chegaram a uma porta. Uma luz brilhava por baixo dela: o brilho de chamas vivas. Mesmo a três metros de distância, Porter sentia o calor intenso vindo do outro lado.

— Está pegando fogo — ele disse, olhando na direção de Hassad. — Deve ter outro caminho.

Hassad fez que não com a cabeça.

— Pra trás, a mina só vai ficando cada vez mais profunda.

— Está pegando fogo do outro lado.

— É o único caminho — retrucou Hassad rispidamente. — Se não passarmos por ele, a gente morre aqui.

Ele deu alguns passos à frente. A saída era feita de uma estrutura antiga de metal com uma porta de madeira no meio. Havia um cadeado, mas não parecia muito forte. Hassad pressionou o ombro contra ela, depois foi alguns metros para trás e se impeliu contra a porta. Ela se abriu violentamente com o impacto. O cadeado quebrou e as dobradiças enferrujadas cederam, mandando a porta ao chão com força. Porter seguiu Hassad e a atravessou. Katie ainda estava agarrada nas costas dele, arquejando com força enquanto uma nova onda de fumaça os atingia no rosto. Estava de frente para uma sala fina e longa, de uns trinta metros de comprimento por cinco de largura. Uma onda de calor o atingiu no rosto. No lado oposto, viu um elevador que levava para o andar de baixo, mas que havia sido deformado e estava em pedaços, mal podendo ser reconhecido. As chamas estavam subindo do andar de baixo, formando as ondas de calor que o haviam atingido no rosto. Atrás do poço do elevador, havia um canal largo e amplo, que levava tanto para baixo na mina quanto para cima, para o céu noturno. Porter imaginou que se tratasse de onde o míssil para abrigos subterrâneos havia atingido: a ponta endurecida de titânio devia ter perfurado o solo e então aberto com facilidade o caminho pelos andares da mina, antes de explodir violentamente nas profundezas do subterrâneo. Estes mísseis eram moldados para trespassar camadas reforçadas de concreto que protegiam armas nucleares ou biológicas: não era nenhuma surpresa que tivesse retalhado a mina como uma faca na manteiga.

Poucos países têm acesso a tecnologias de ataques subterrâneos, Porter pensou.

Mas os britânicos têm. E os israelenses.

— Por aqui, rápido! — gritou Hassad. — Não temos muito tempo.

Agora Porter viu que ele estava apontando para um corredor que se afastava da sala principal.

Porter olhou em volta. A área próxima ao elevador pela qual haviam entrado na noite anterior estava claramente intransponível. O míssil havia deixado uma pilha de destroços em chamas. Até a rocha parecia estar fervendo: quem a tocasse pegaria fogo instantaneamente. As vigas espalhadas pela sala haviam se incendiado e queimado, e agora o chão era uma confusão fervente de cinzas e brasas. Não havia nenhuma forma de passarem por ali. Mas o corredor que Hassad estava apontando parecia ok. *Se é que eu posso confiar nele*, Porter pensou.

Certificando-se de que Katie estava segura nas suas costas, Porter começou a correr pelo espaço aberto em direção ao corredor. Sentia enormes ondas de calor bruto vindas do elevador, e uma rápida sequência de mais algumas explosões sacudiu a mina. As cinzas e brasas no chão estavam queimando os pés dele: correndo o mais rápido que podia, conseguia senti-las chamuscando as solas dos tênis. O chão estava vibrando por todo o entorno, e as paredes estavam tremendo. Outra explosão, e depois uma fonte violenta de fagulhas surgiu do poço do elevador como um show de fogos de artifício. *Essa mina não vai aguentar muito mais desses ataques*, Porter refletiu, sombrio. *A qualquer momento, o lugar inteiro vai explodir.*

Hassad já havia virado em um corredor. Porter correu no encalço dele. O túnel era longo e estreito, embrenhando-se para cima e para baixo pela rocha. Era sustentado por uma série de vigas de madeira, muitas das quais já estavam pegando fogo. O calor estava lancinante, era como se estivessem entrando em um microondas. Porter sentia o suor escorrendo pela pele e, nas suas costas, Katie tossia violentamente. A flanela que tinha na boca não estava ajudando muito a controlar os gases pesados dos incêndios ao redor.

Avançaram dez, vinte, depois trinta metros. Porter não sabia ao certo quanto mais conseguiria aguentar. A temperatura estava aumentando a todo momento. A cabeça estava latejando e a visão começava a ficar embaçada: passando de um certo limite, sabia que os homens simplesmente desfaleciam pela exaustão causada pelo calor.

— Não dá pra avançar muito mais — gritou para Hassad.

— São só mais dez metros.

Porter continuou. Podia ver o túnel se abrindo à frente. Havia uma estrutura de madeira na frente deles, já sendo atacada pelas chamas, e além dela uma escada frágil de madeira que ainda não havia pegado fogo. Atrás dele, o calor estava ficando mais intenso a cada segundo, e já havia escutado o barulho de pedras desabando no chão. Queimando, as vigas não suportavam mais o peso do teto. Estavam gemendo, ameaçando desabar a qualquer momento. Ignorando a tosse de Katie, seguiu com ainda mais firmeza, apertando o passo. Pode ser que falte apenas alguns segundos pro lugar inteiro desabar, disse para si mesmo. Cada passo que davam podia muito bem ser o último da vida deles.

Agora a entrada de madeira estava coberta pelo fogo, e por um momento Porter parou. Não havia como passar, não sem se arriscar a pegar fogo. Hassad já havia arrancado a camisa do corpo. Estava usando-a para abater um pouco as chamas, abrindo espaço o bastante para que um homem passasse.

— Leva ela pro outro lado! — ele gritou. — Eu sigo vocês.

Porter se lançou à frente de Hassad, na direção da escada. Ela tinha cerca de dez degraus de extensão.

De repente, ele escutou um grito.

Hassad.

Ele estava gritando alguma coisa em árabe.

Porter olhou ao redor.

Parte da parede havia se desprendido. Hassad estava estirado no chão, com uma viga pesada imobilizando a perna e a virilha dele. As chamas estavam engolindo a madeira, aproximando-se a cada momento. Tentou se apoiar para conseguir empurrar a viga, mas não adiantou. Estava preso e, pelo olhar no rosto dele, sabia disso. A qualquer momento, iria morrer.

— Me ajuda! — gritou.

Porter deixou Katie sobre a escada. As chamas ainda não haviam alcançado aquele lugar, mas as fagulhas estavam se alastrando por toda a região e o calor era tão intenso que não deveria demorar muito para que os degraus também pegassem fogo.

— Você vai ficar bem?

Ela fez que sim com a cabeça.

— Eu...

As palavras terminaram em outra crise de tosse.

— Fica aqui — disse Porter. — Não tente se mexer.

Ele se virou e correu em direção ao lugar onde Hassad estava deitado no chão. A viga não era pesada — tinha menos de cinquenta quilos — mas estava quente. Mais da metade dela ardia agora, e as fagulhas estavam atingindo a perna de Hassad. Porter a segurou com as duas mãos e começou a levantá-la.

Então ele parou. Olhou diretamente para Hassad.

— Essa é a segunda vez que salvo a sua vida — disse.

Hassad olhou para ele de relance.

— Dessa vez eu quero uma coisa em troca — Porter continuou. — Você tem que me ajudar a tirar a Katie daqui e a levar ela até o outro lado da fronteira.

— Só me solta! — Hassad gritou.

As chamas estavam se aproximando a todo momento. Algumas fagulhas atingiram as roupas dele, chamuscando a pele. Porter sentia o próprio rosto queimando e as bochechas ficando vermelhas.

Ele abaixou muito pouco a viga, apenas o bastante para ainda prender Hassad no chão.

— Me dá a sua palavra.

— Eu levo ela pra fronteira, juro! — Hassad gritou.

Com um impulso dos ombros, Porter suspendeu a viga no ar e a jogou para longe das pernas de Hassad. Estendeu a mão e segurou o homem, levantando-o.

— Então vamos cair fora daqui — disse. — Antes que essa merda desse lugar desabe inteiro em cima de nós.

VINTE E TRÊS

O caminho deles estava bloqueado pelo que Porter imaginava se tratar de nada além de uma tampa de bueiro velha e enferrujada. Soltando o AK-47 que ainda estava preso às costas e girando a arma, Porter bateu a parte de trás dela no disco, abrindo-o com um empurrão. Levou as mãos às laterais do buraco e se puxou para cima com um movimento rápido. Olhou ansiosamente ao redor para ver se alguém podia vê-lo, mas o caminho estava limpo. Instantaneamente, mergulhou as mãos de volta na mina.

— Pega na minha mão! — gritou.

Katie estava logo abaixo dele e consciente o bastante para agarrar os pulsos de Porter. Ele a puxou com força para cima e, arrastando-a, colocou-a sobre a terra. Hassad os seguiu rapidamente.

— O que é que a gente faz agora? — perguntou Porter, arfando.

— Corre pra cacete — Hassad respondeu. — Aqui não é seguro.

Porter mal teve tempo para assimilar a cena ao redor deles. Ainda era noite e a visibilidade estava limitada. Haviam emergido a cerca de oitenta metros da entrada principal da mina. Havia uma cratera imensa no chão onde o míssil havia atingido o lugar, lançando um monte de pedras quentes e derretidas enquanto abria caminho pelo solo. Alguns cadáveres estavam espalhados em volta da entrada: homens que deviam ter sido mortos assim que o míssil atingiu a mina. Entretanto, mais uns doze ainda estavam de pé, agrupados vinte metros atrás da entrada, longe demais para que conseguissem ver Porter. Caras que estavam patrulhando ou se achavam longe demais do ataque para que fossem mortos pelo primeiro impacto, imaginou.

Provavelmente estão tentando descobrir o que diabo acabou de acontecer com eles.

E se tem alguma coisa que possam fazer pelos pobres desgraçados presos lá embaixo.

Porter segurou Katie firme e a jogou sobre as costas. Com um pouco de comida, água e remédios talvez logo estivesse andando. Mas ainda não. Deixa isso pra lá, Porter decidiu, enquanto começava a andar para a frente num passo firme. Eu carrego ela até chegar a Londres se for necessário. Iria valer a pena só pra ver a expressão no rosto do desgraçado do Collinson.

— Por aqui — indicou Hassad, assoviando.

Ele os estava guiando através do campo aberto. A mina ficava no centro de um grande poço a céu aberto, como uma cratera lunar, mas cheia de maquinarias velhas e enferrujadas. As margens eram íngremes e, subindo-as, levavam ao nível do solo, mas havia trilhas e pistas pelas quais os caminhões provavelmente carregavam os metais já trabalhados que encontravam nas escavações em direção às estações ferroviárias e aos portos. O caminho se estendia por cerca de trinta metros, difícil de percorrer com Katie agarrada nas costas, mas conseguiram chegar lá. Algumas vezes, Porter sentiu o chão tremendo debaixo deles, como se fossem tremores de um terremoto. Alguns dos soldados próximos à entrada, cerca de cem metros atrás deles, estavam correndo pelo lugar, gritando enquanto surgiam buracos no chão nos locais onde a mina estava desabando. Um ou dois homens pareciam ter encontrado uma saída de lá de baixo para a superfície, mas não eram muitos. Mais explosões, Porter refletiu sombriamente, enquanto escutava o estrondo no chão sob os pés. Liquidando os pobres caras que ainda pudessem estar lá embaixo.

O suor jorrava da pele dele enquanto marchava. Havia arrancado a máscara molhada do rosto: o ar ali era limpo e fresco, e simplesmente ter algum oxigênio nos pulmões já lhe fazia bem, mas estava seminu e seu corpo havia recebido uma surra terrível nas últimas horas. Havia cortes e hematomas pelo corpo inteiro e sentia a pele chamuscada pelo calor intenso da mina. Pelo estado dos pulmões, parecia que havia acabado de fumar dois milhões de cigarros, e a cabeça dele estava dando voltas.

Mesmo enquanto estavam andando, as perguntas começaram a brotar na mente de Porter.

Quem foram os malditos que lançaram aquele míssil? Os britânicos? Os israelenses?

Mas por quê?

Se eles sabiam onde a gente estava, por que não simplesmente mandaram uma unidade do Regimento pra tentar resgatar a gente?

Quem quer que tenha disparado aquele monstro devia estar pensando em matar todo mundo na mina.

Incluindo a gente.

Quando chegaram ao topo da trilha, Porter deixou Katie deitada no chão. Nos cumes das montanhas, os primeiros raios de luz estavam começando a surgir no céu noturno. Deve ser cinco e meia, talvez seis da manhã, Porter pensou.

Sábado.

O dia marcado para a execução.

Mas o perigo estava longe de ter terminado. De fato, poderia estar apenas começando.

Não faço ideia de onde fica a fronteira. Ou a qual distância estamos de um lugar seguro...

Ajoelhou-se e limpou um pouco da fuligem na testa de Katie e na palma da própria mão. Deus, é melhor a gente manter essa garota longe de espelhos pelos próximos dias, ele pensou. Os olhos dela pareciam dois tomates esmagados e ela estava com uma aparência imunda e cinza, como a de um guisado de carne feito para o jantar de uma escola. Havia cascas de ferida nos cortes que sofrera na bochecha. E o corpo estava gasto, parecendo pouco mais do que um esqueleto envolto por uma pele esticada e mal ajustada.

— A gente vai levar você pra casa — ele disse.

— Obrigada — ela coaxou.

— Só aguenta firme, só isso.

Haviam parado exatamente onde a mina se encontrava com uma estrada antiga, feita de concreto gasto e lascado. Porter já estava olhando para Hassad com suspeitas, perguntando-se se poderia confiar nele ou se ele estava prestes a chamar um amigo.

— Ali — Hassad indicou assoviando, apontando na direção de um barraco de zinco que, após a explosão, havia ficado sem metade do teto. — Ali tem um carro que a gente pode usar. Estocamos alguns nas margens da mina pro caso da gente precisar escapar rápido. As chaves estão nele e tem combustível no tanque.

Só mais uns vinte metros, Porter pensou. Agora, estavam ainda mais longe dos guardas do Hezbollah e dificilmente seriam avistados. Mas não tinha certeza de que Katie devesse ser carregada por ainda mais tempo.

— Traz ele aqui — ele murmurou.

Hassad atravessou a estrada apressado. De novo, Porter pensou se não iria escapar. Quem sabe não vai chamar os chapas dele e vir capturar a Katie de novo. Ou simplesmente fugir com o carro. Conferiu o AK-47 nas costas, certificando-se de que ainda restava alguma munição no pente. Se precisasse, abateria o desgraçado e escaparia sozinho e a pé. Mas Hassad havia lhe dado a palavra dele quando Porter salvou a sua vida lá na mina. Contanto que ele a mantenha...

O carro era um VW Polo velho e cinza e para Porter parecia que tinha 150 mil quilômetros marcados no painel. Fedia a fumaça de diesel e de cigarros. O motor rugia e gaguejava, mas parecia estar funcionando bem. Hassad virou as rodas, parou o carro perto de Porter e abriu a porta. Porter pegou Katie, puxou o banco do carona e a deitou de costas na parte traseira. Julgou que ela não estava em condições de ficar sentada. Ele puxou o cinto de segurança para prendê-lo em volta dela, para que não balançasse muito. Não havia como saber que tipo de estradas encontrariam. Nem que tipo de oponentes.

— Dirija com cuidado — murmurou na direção de Hassad. — Ela não vai aguentar mais muita coisa.

— A gente ainda tem que passar pelos soldados.

— Faz o que...

— Você acha que eles vão ficar felizes de ver você indo embora com a refém deles?

— Porra, você prometeu levar a gente até a fronteira.

— Mas a minha promessa não se estende ao resto do Hezbollah.

Porter olhou ao redor. Estavam no topo de um morro sobre a mina a céu aberto. A estrada fazia uma curva em volta da borda da mina, antes de se juntar à estrada principal a cerca de um quilômetro e meio de distância. Porter não sabia quantos soldados haviam permanecido na superfície e sobrevivido ao ataque do míssil, mas sabia que eram o bastante para criar uma forte resistência caso percebessem o que estava acontecendo. Atrás deles havia uma série de montanhas altas e rochosas. Agora, o sol estava começando a nascer, espalhando uma clara luz laranja pela paisagem, e mesmo assim, enquanto Porter perscrutava as rochas, via que não havia nenhuma passagem. Não estando de carro, pelo menos. Talvez conseguissem achar um caminho a pé, mas nas condições em que estavam, e sem nenhuma água ou suprimentos, poderiam facilmente morrer depois de alguns quilômetros.

— Tem alguma estrada secundária? —perguntou.

Hassad fez que não com a cabeça, ao mesmo tempo em que dava partida no motor.

— A gente tem cara de idiota? — retrucou. — A gente escolheu essa mina porque aqui é fácil de monitorar tudo que entra e sai. Quem vem pra cá tem que passar pela estrada principal, onde sempre tem alguns guardas, ou então tem que passar pelas montanhas e pelo deserto, mas esse trajeto é difícil e complicado.

Hassad pressionou o pé no acelerador. O Polo rugiu e começou a funcionar, depois girou na pista, levantando uma nuvem de poeira ao fazê-lo.

— Eles acham que ainda estamos embaixo da mina, e isso quer dizer que acham que estamos mortos — disse Hassad. — Não vão estar nos procurando.

Porter olhou rapidamente ao redor. Katie estava deitada sem se mexer no banco. Os olhos dela estavam entreabertos e ela respirava devagar. Precisavam lhe dar comida e água logo. Não iria aguentar por muito mais tempo.

Qual é a distância até a fronteira?, Porter se perguntou novamente.

O Polo estava avançando com firmeza. Deviam percorrer cerca de oitocentos metros pelo perímetro da mina a céu aberto e, para a idade que tinha, o VW ainda aguentava acelerar bem. Hassad estava apenas mantendo o motor num ritmo regular, sem tentar forçá-lo demais. A estrada era irregular e cheia de pedras, e mesmo que tentassem passar de oitenta quilômetros por hora, provavelmente apenas quebrariam a suspensão.

— Abaixa a cabeça enquanto passamos pelos soldados — murmurou Hassad. — E aí só vamos precisar passar pelo bloqueio na estrada.

Porter se abaixou. Enterrou a cabeça entre os joelhos: nessa posição, se passassem por alguém rápido, provavelmente não o notariam. Olhou de relance para Katie. Não era preciso escondê-la. Ela já estava deitada de costas.

Enquanto afundava a cabeça debaixo do para-brisas, Porter pôde ver que estavam se aproximando da estrada principal no lado oposto da mina. Um bloqueio improvisado havia sido montado sobre a pista: consistia em dois montes de pneus velhos, ligados por uma barra de madeira. Normalmente, Porter imaginou, haveria dois ou três soldados monitorando quem entrava e saía da mina, mas a situação estava tão caótica lá embaixo, onde o míssil havia caído, que havia apenas um cara, sentado na lateral da estrada com um AK-47 aconchegado nos braços.

Do lado, Porter viu Hassad pisando fundo no acelerador.

— Talvez a gente sofra um impacto quando passar pela barra — Hassad avisou. — Segura firme.

— Eles não vão deixar você passar?

— Esse é o Hezbollah — Hassad respondeu com orgulho. — Ninguém entra nem sai dessa mina sem que confiram seu veículo.

Porter colocou as mãos em volta da cabeça. O Polo estava acelerando agora, chegando a quase cem. De repente, houve um barulho de algo quebrando, quando o bico do carro colidiu com a barra de madeira. Porter foi atirado para a frente, batendo a cabeça contra o plástico barato do porta-luvas. Na traseira, Katie foi lançada para cima e gemeu de dor. O Polo foi jogado para a direita, desviado do caminho pelo impacto. Hassad estava segurando o volante, puxando o carro de volta para a pista. Porter escutou gritos atrás deles. E depois uma rajada rápida de tiros explodiu atrás do carro.

Porter escutou o barulho temível de uma bala colidindo com a traseira do carro. Ela perfurou a película de aço do veículo, mas se alojou inofensivamente no porta-malas. Porter olhou novamente para Katie. Não havia chances de trocar ela de lugar agora, Porter percebeu. Era perigoso demais. Mas, deitada no banco traseiro, ela estava na posição mais vulnerável dos três: quaisquer balas que trespassassem o vidro de trás iriam diretamente para ela.

— Não dá pra você ir mais rápido, porra? — ele gritou.

— Estou tentando! — berrou Hassad.

O pé dele apertava com força o acelerador, mas ao invés de ganhar potência, o Polo a estava perdendo. O velocímetro havia chegado a marcar 105 quando atravessaram a barreira de madeira e começaram a descer o declive que levava em direção à estrada principal. Mas agora estava lentamente diminuindo para 95, depois 85.

Porter olhou rapidamente no retrovisor.

O soldado havia subido numa motocicleta. Tinha o fuzil de assalto preso nas costas e uma pistola claramente visível na cintura da calça. A moto estava acelerando rápido, aproximando-se deles a cada metro que percorriam.

Hassad apertava o punho no volante enquanto tentava trazê-los de volta para o centro da estrada.

— Ele está de moto! — rosnou Porter.

— O carro não quer funcionar, o pneu furou.

— Foda-se.

O Polo ainda estava desacelerando, chegando a setenta agora. Deve ser a roda de trás, Porter pensou, severo. Não havia jeito de o carro ganhar velocidade com um pneu traseiro estragado. Podia ver exatamente o que estava prestes a acontecer. A moto os alcançaria em pouco menos de um minuto. O soldado os ultrapassaria, pararia a moto no meio da estrada, depois viraria o AK-47 na direção deles.

Hassad podia ser um dos líderes do bando, Porter disse para si mesmo, mas ele já tinha visto esses garotos em ação. Tudo era sacrificado pela causa.

E todos.

Se achassem que ele estava dando o fora com a refém, não hesitariam em atirar nele.

E na refém.

— Vou saltar! — vociferou Porter. — Continua dirigindo!

Antes que Hassad tivesse a chance de responder, Porter havia aberto a porta do Polo. Enquanto ela se chocava contra o vento, Porter se enrolou e deu um coice com as pernas. Batendo contra o chão com um baque forte, uma centena de lampejos de dor começaram a trespassar a espinha dele enquanto as costas absorviam o impacto da queda. O banco do carona do Polo ficava a apenas alguns centímetros da pista de terra pela qual estavam passando, mas pareciam quilômetros. Rolou, mantendo o corpo o mais encurvado que podia para suavizar a aterrissagem, mas ainda estava se movendo rapidamente pelo solo, com as costas nuas ganhando uma dúzia de novos cortes e hematomas devido aos seixos que se acumulavam pelo caminho.

Escutou um barulho horrível de algo quebrando quando o tornozelo se chocou contra uma pedra e rezou para que não o tivesse quebrado.

Não tenho tempo pra me preocupar com isso, disse para si mesmo.

Posso estar morto em menos de cinco segundos.

O AK-47 ainda estava na mão direita dele. Porter se apoiou sobre os pés, equilibrou-se na lateral da estrada, depois posicionou rapidamente a arma nos punhos. O Polo ainda descia em direção à lateral da colina e, na cola dele, a motocicleta estava acelerando rápido: uma Honda, Porter notou, com motor de no mínimo mil cilindradas, a máquina devia conseguir alcançar 130 ou 150 numa pista dessas, e provavelmente estava chegando a essas velocidades agora. Segurou firme o AK-47, com os dedos fechando no gatilho. A moto estava próxima agora, mas em meio à poeira levantada no rastro do Polo dificilmente o piloto teria notado Porter saltando. A moto passou correndo. No mesmo instante, Porter afundou o dedo no gatilho do AK-47, soltando uma tempestade de balas. Os tiros rasgaram a moto. O barulho de metal colidindo com metal ressoou pelo calmo ar matutino. Porter deu um passo à frente. Manteve o dedo grudado ao gatilho, as balas ainda sendo disparadas com um estrondo do cano da arma, rastreando o alvo enquanto ele se mexia pela superfície desnivelada do terreno. A moto estava cambaleando. Um pouco de gasolina começou a vazar do tanque, e o piloto havia sido atingido por algumas balas nas costas e por pelo menos uma na perna. Estava se segurando desesperadamente à máquina embaixo dele: o suficiente do cérebro dele ainda estava funcionando para que soubesse que a moto era a melhor chance que tinha de fugir do ataque. Mas a máquina estava girando violenta e descontroladamente agora. As balas haviam rompido os cabos do freio e, apesar de estar perdendo potência rapidamente, o piloto não tinha como desacelerá-la enquanto tentava endireitá-la para sair da colina. Ela se virava com brutalidade, e o homem não tinha mais forças para se segurar ao guidão, que estava fazendo movimentos bruscos. Foi lançado rodopiando pela pista de terra enquanto a moto se chocava contra uma pedra perto da borda da estrada. A roda da frente quebrou com o impacto, rolando ladeira abaixo, enquanto o resto da moto caiu no chão, com o motor ainda tossindo e arranhando.

Porter deu mais um passo à frente.

O homem estava quinze metros à frente dele na estrada.

Estava tentando pegar a pistola presa ao cinto da calça. O sangue jorrava das feridas nas costas dele, mas ainda estava vivo o bastante para segurar uma arma. Porter alinhou a mira do AK-47 com os olhos e apertou o gatilho. Uma bala, depois duas, depois três atingiram o peito dele. Porter moveu o AK-47 apenas uma fração de milímetro, mantendo o dedo apertado no gatilho. As três balas seguintes atingiram o pescoço e o queixo do homem, destruindo-lhe completamente o rosto.

A arma caiu da mão dele.

O homem desabou morto na poeira que o rodeava.

Porter começou a se apressar seguindo a estrada, procurando ansiosamente o Polo: se Hassad quisesse escapar, esse era o momento certo. A luz estava se espalhando por toda a mina agora. Viu que o carro estava parado cerca de duzentos metros à frente na estrada. Olhando rapidamente para trás, Porter achou que não havia mais soldados os seguindo. Correu mais rápido ainda, abrindo a porta do carro e pulando dentro dele.

— Vamos dar o fora daqui — murmurou. — Antes que mais desses desgraçados apareçam atrás da gente.

— Esses desgraçados são o meu povo — disse Hassad.

Porter parou.

O AK-47 ainda estava nas mãos dele. Levaria apenas uma fração de segundo para matar Hassad e, se fosse necessário, iria matá-lo. Pelo olhar no rosto dele, acreditou que Hassad houvesse entendido isso.

— Nós fizemos um acordo — ele disse bruscamente. — Só leva a gente pra fronteira e isso tudo acaba.

VINTE E QUATRO

Haviam partido há cerca de uma hora, segundo os cálculos de Porter, e vinte minutos desse tempo foram gastos à beira da estrada, com os dois homens trocando o pneu furado do Polo o mais rápido que podiam. Porter manteve os olhos atentos à estrada ao redor, tentando determinar onde estavam: de acordo com Hassad, ainda estavam no norte do Líbano, mas bem próximos à fronteira com a Síria. Porter notou que a estrada era boa o bastante. A menos de um quilômetro da mina haviam começado a andar sobre asfalto novo e, apesar de o Polo ter sido atingido por algumas balas na traseira, parecia estar funcionando bem.

Chegariam lá. Com a única condição de que ninguém começasse a atirar neles durante o caminho.

Hassad dissera que a viagem de carro até a fronteira israelense levava um dia: um total de 180 quilômetros, mas o terreno ficava ruim ao se aproximarem de Israel e avançariam lentamente. Porter queria ir direto para lá, mas Hassad insistia para que fizessem uma parada antes. Ele os levaria até um lugar seguro que conhecia. Iriam se limpar, depois completariam a jornada. Não, só leva a gente pra lá, Porter disse. Hassad estava decidido. Katie precisava de fluidos: sem eles, ela provavelmente morreria. E a fronteira entre o Líbano e Israel era a mais pesada e a mais fortemente militarizada do planeta: sem armas de verdade não tinham nenhuma chance de atravessá-la.

Porter olhou de relance para Katie algumas vezes, mas ela parecia haver dormido. Porter se esticou em direção à traseira para checar-lhe o pulso. Estava fraco, diminuindo a todo momento.

— Aguenta firme — Porter murmurou com um suspiro. Eu não me meti nesse problema todo só pra passar um cadáver pela fronteira.

O estado dele próprio não estava tão ruim. A camisa havia sido arrancada do corpo há muito tempo e havia levado várias pancadas nas costas quando pulou do carro. A calça jeans tinha sido rasgada em alguns lugares e as solas dos tênis foram queimadas enquanto estavam escapando da mina em chamas. Havia um buraco no pé esquerdo e o direito não estava em condições muito melhores. O peito dele estava cheio de cortes e hematomas e não havia sequer um pouco d'água no carro para começar a limpá-los.

O Hassad está certo, eu preciso me limpar, disse para si mesmo. A gente ainda tem um longo caminho pra percorrer até conseguir sair desse inferno.

— Aqui — Hassad indicou.

Estacionou o Polo ao lado de uma casa modesta de apenas um andar, localizada a quinhentos metros de distância da estrada. Havia um posto de gasolina a menos de um quilômetro seguindo pela estrada e, voltando por ela uns oitocentos ou novecentos metros, um galpão. Fora isso, o lugar era completamente isolado. Algumas colinas se elevavam por trás da casa e, à frente, havia uma planície, mas o solo era empoeirado, seco e duro demais para que crescessem quaisquer plantas além de alguns arbustos grosseiros. Segura o bastante, Porter decidiu. Poderiam descansar por umas duas horas, recuperar a forma e dar o fora dali.

Hassad havia pescado um molho de chaves num compartimento escondido dentro do estepe. Havia pelo menos uma dúzia na argola. O Hezbollah mantinha uma série de esconderijos a uma curta distância da mina, explicou. Eles esperavam a todo momento que tanques israelenses viessem da fronteira diretamente para eles e estavam sempre preparados para evacuar às pressas. Todas as chaves dos esconderijos eram mantidas nos carros escondidos no entorno da mina. Qualquer um podia pegar um dos veículos a qualquer momento e fugir sem problemas caso a mina estivesse sofrendo um ataque.

Preparação, Porter pensou. *Eles planejam cada ação meticulosamente. É isso que faz deles um inimigo tão perigoso.*

Pegou Katie no banco traseiro do carro, aconchegando-a nos braços. Ela estava meio adormecida, mas também meio inconsciente. Hassad já havia aberto a porta. Era pouco mais de oito da manhã e uma brisa levemente fria corria pelo ar, mas a casa estava aquecida o bastante. Seguindo Hassad, ele passou pela entrada, chegando ao aposento principal. Não estava muito mobiliado: as paredes eram todas brancas e havia um sofá e duas cadeiras baratas de vime, mas pelo menos estava limpo, e era o lugar mais luxuoso que Porter havia visto desde quando saíra do aeroporto de Beirute. Deixou Katie deitada no sofá. Ela gemeu baixinho quando o braço dele encostou em um de seus muitos hematomas. Porter olhou para Hassad.

— A gente precisa de comida e remédios — disse. — Ela está mal.

Foram até a área da cozinha. Mesmo sem que lhe mostrassem todo o lugar, Porter não levou muito tempo para conseguir definir o traçado da casa. Tinha tudo o que se espera encontrar em um esconderijo: alguns lugares para dormir, uma cozinha bem guarnecida de alimentos desidratados e enlatados e bastante água; um gabinete repleto de todos os tipos de remédio que se poderia imaginar; e um estoque de armas. Havia uma TV e um rádio, e a casa tinha até um pequeno gerador movido a combustível para garantir o fornecimento de energia. Mas não havia nenhum sinal de um telefone. Se houvesse um, Porter poderia entrar em contato com a Firma e arranjar um helicóptero para vir resgatá-los. Mas seria mais rápido se eles mesmos tentassem chegar à fronteira, e ele ainda não confiava o suficiente em Hassad para deixá-lo responsável por arranjar uma linha segura com Londres.

Porter pegou uma garrafa d'água, alguns cereais e biscoitos desidratados e uns remédios. Ajoelhou-se ao lado de Katie. Colocando a mão na testa dela, viu que a temperatura estava um pouco alta. Havia uma película de suor sobre seu corpo, e os olhos ainda estavam bastante inchados. Porter havia recebido um treinamento médico básico no Regimento, mas a última vez que tentara usá-lo havia sido anos atrás. Ele a despiu, deixando-a apenas com as roupas de baixo. Pegou um pedaço de algodão e um pouco de desinfetante e começou a cuidar dos cortes espalhados pela pele: ela estremecia enquanto ele tratava os piores cortes com álcool puro, limpando-os cuidadosamente, depois cobrindo-os com grossas camadas de bandagens. Passados poucos momentos, ela parecia mais uma múmia egípcia do que uma mulher. Vasculhou os remédios que havia pegado no gabinete. Dentre eles, havia um pouco de penicilina. Tirou rapidamente uma seringa do pacote e a espetou no braço dela. Ela estremeceu, mas ainda estava fraca demais para registrar grande parte do que acontecia. Em seguida, ele pegou um pouco de plasma sanguíneo e também o injetou na veia de Katie. Junto com os fluidos, isso deveria ajudá-la a aguentar as próximas doze horas ou mais que precisavam para atravessar a fronteira, depois poderiam levá-la para um hospital.

Agora, dormir um pouco provavelmente vai fazer melhor para ela do que qualquer outra coisa.

Ele pôs curativos em algumas das próprias feridas, depois pegou uma calça jeans, uma camisa e um par de tênis novos. Os calçados eram tamanho 42, um número maior que os pés dele, mas pelo menos não tinham buracos. Numa tigela, misturou cereal com um pouco de leite em pó e jogou tudo para dentro. Parecia papelão velho, mas era a primeira coisa que comia em muito tempo e pelo menos dava alguma energia. Tudo o que eu preciso agora é de uma vodca, pensou.

Porter olhou rapidamente ao redor. Hassad estava em pé atrás dele com um AK-47 que havia acabado de pegar no estoque.

— Merda — Porter murmurou.

— Não se preocupe — Hassad o acalmou. — Já tive várias chances de matar você, e talvez eu devesse ter aproveitado elas. Eu disse que vou levar vocês pra fronteira, e vou levar. Só estou me equipando caso sejamos atacados de novo.

— Eu achei que você tinha dito que aqui é seguro.

— A gente está no Líbano — respondeu Hassad, encolhendo os ombros. — Nenhum lugar é seguro.

Porter já havia checado a sala de provisões militares. Era um armário grande, como o de uma loja, logo ao lado da pequena cozinha. A uma certa distância, parecia uma despensa. Dentro dele, havia um arsenal grande o bastante para se poder tentar dominar Tel Aviv sozinho. Porter contou doze fuzis de assalto, cada um com umas duas centenas de cartuchos de munição. Havia seis caixas de granadas de mão empilhadas cuidadosamente. Dois lançadores de RPG. Uma metralhadora e alguns cintos de munição. E uma coletânea de armas curtas, facas de caça, cordas, algemas e correntes.

Porter terminou de comer o cereal, depois parou subitamente. Escutou alguma coisa.

Lá fora, no meio dos arbustos.

Tinha certeza disso.

Foi rapidamente em direção à janela.

Perscrutando a área do lado de fora, não conseguiu ver nada. Uns dois caminhões passaram à distância, mas nenhum deles pareceu estar parando. Não havia nenhum carro estacionado dentro do seu campo de visão, exceto o Polo. Mas mesmo assim tinha certeza de que havia escutado alguma coisa.

Uma voz.

Uma voz em inglês.

— Você tem um binóculo? — perguntou para Hassad.

Depois de caçar no armário de equipamentos militares, Hassad voltou com um binóculo vagabundo.

— Você acha que tem alguém lá fora?

— Tenho certeza que tem.

Perscrutou a paisagem mais uma vez. Num primeiro olhar, conseguiu ver apenas moitas. Acres e acres de poeira se espalhando até o horizonte. Não, disse para si mesmo. Tem alguma coisa lá fora. Tenho certeza disso.

Um homem.

Virou o binóculo uma fração de milímetro para a esquerda, girando as lentes para aproximar a imagem.

Um homem estava deitado de bruços. Estava coberto da cabeça aos pés por um uniforme com cor de poeira que conseguia camuflá-lo bem. A olho nu, ele era apenas uma pilha de sujeira no chão. Porter enfocou bem o binóculo nele. O homem estava a cinquenta metros de distância, entre a estrada e a casa. Embora estivesse estirado no chão, estava avançando regularmente na direção deles. Ele passou o binóculo para Hassad.

— Estamos sob ataque — disse.

— Quantos?

— Só consigo ver um cara — respondeu Porter. — Mas vão aparecer mais. A gente pode ter certeza disso.

Escutou um estrondo em algum lugar por trás dele. Correu para os fundos da casa. Uma granada de fragmentação havia sido lançada pela janela. Havia cacos de vidro espalhados pelo chão. A granada estava no chão da entrada: não havia tempo para se livrarem dela antes que explodisse. Porter fechou a boca com força e correu na direção de Katie. Ele a colocou nas costas, correu em direção à porta da frente e a abriu rapidamente. Olhando ao redor com desespero, procurou com os olhos algum lugar para se protegerem. Sem isso, seriam despedaçados que nem cães. Havia um muro baixo perto de onde haviam estacionado o Polo, de apenas um metro e vinte, mas alto o bastante para provê-los de um pouco de proteção.

— Sai daí, porra! — ele gritou para Hassad.

Mergulhou em direção ao muro, lançando ele mesmo e Katie ao chão. Atrás dele, escutou a granada explodindo dentro do edifício, levantando uma nuvem de poeira e fumaça no ar. No mesmo momento, Hassad surgiu de dentro da casa tossindo e fazendo barulho. Ele deve ter enchido os pulmões de gases quando a granada explodiu, Porter imaginou. Espero que não tenha sido o bastante para tirar ele de ação.

Poderia haver uma dúzia de desgraçados ali fora.

Será que eles são do Hezbollah?, Porter se perguntou. Talvez o Hassad só tenha me trazido aqui pra liquidar a gente.

Katie estava murmurando alguma coisa, mas não havia tempo para escutá-la agora. Porter desprendeu o AK-47 das costas e verificou se ainda havia munição no pente.

Hassad estava correndo na direção deles, cobrindo os dez metros de distância entre a casa e o muro. Lançou-se para perto dos outros e na mesma hora vomitou no chão poeirento.

— Vomita, cara! — disse Porter bruscamente. — É o único jeito de tirar a merda da fumaça de dentro dos seus pulmões.

Outra explosão abalou a casa. Porter se virou. Eles deviam ter jogado pelo menos duas, talvez três granadas no lugar, ateando fogo no depósito de armamentos. Uma imensa bola de fogo subiu pelo céu, seguida por uma nuvem pesada de fumaça densa e negra. Porter tentou ignorá-la. É uma distração, pensou para si mesmo. Os desgraçados estão tentando tirar a gente daqui. Aí vão poder atirar na gente.

Porter encontrou um buraco no muro. Cuidadosamente, deslizou o AK-47 por ele, para que deixasse apenas a mão ficar exposta, e mesmo ela quase toda protegida pela boca do fuzil de assalto. Apertou firme o gatilho, disparando uma saraivada de tiros no espaço diretamente em frente a eles.

Escutou um homem gritando, depois outro.

Os desgraçados estão me atacando, notou com uma satisfação sombria.

Mas quem são esses malditos? E como é que eles sabem que a gente estava aqui?

— Solta uns disparos, porra! — gritou para Hassad.

Tirou o AK-47 do buraco na parede, jogando fora o pente vazio. A explosão da casa lançou vidro e reboco pelo ar, cobrindo a região de destroços. Podia sentir a sujeira grudada no rosto. Um buraco havia sido aberto no teto, e ondas de calor intenso emanavam do edifício em chamas.

— Atira, caralho! — ele gritou.

Hassad cuspiu no chão o resto do vômito que estava sendo impelido do seu peito. Levantou a cabeça até a extremidade do muro, com o dedo em cima do gatilho da arma.

— Abaixa a porra da cabeça! — gritou Porter, colocando um pente novo no próprio fuzil. — Eles estão vindo bem pra cima da gente!

Ambas as armas estavam posicionadas sobre o muro, e Porter e Hassad atiraram em uníssono, liberando uma enxurrada letal de balas. Porter ouviu outro grito e o som de um homem rugindo de dor. De repente, escutou um baque enquanto algo colidia com o muro. Sentiu o coração parar. No instante seguinte, um homem havia aterrissado no chão, a apenas um metro e meio de onde Porter estava posicionado. Tinha cerca de 1,80 m de altura, cabelo bem escuro e era corpulento. A pele dele estava bronzeada e marcada, mas não parecia ter nem trinta anos. Também não parecia ser árabe, Porter notou. Ele se chocou diretamente contra Hassad, tombando-o no chão. Havia sangue jorrando do ombro dele, do lugar onde devia haver sido atingido por uma bala enquanto avançava contra o muro. A arma dele havia caído no chão, mas tinha uma faca de caça apertada na palma da mão direita e apontada diretamente para a garganta de Hassad. Porter apontou o AK-47 para ele e tentou alinhar a mira. Era difícil demais. Enquanto os dois homens lutavam, formavam uma única massa. Se atirasse, corria o risco de matar Hassad também. Olhando rapidamente para o muro, viu que não havia mais homens pulando por cima dele. Jogou a arma para o lado e pulou para onde os dois homens lutavam. Hassad estava estirado no chão. Estava esticando a mão direita para cima, segurando o braço do oponente e tentando impedir que cravasse a faca nele. Porter desceu um punho bem nas costelas do homem. Eram duras como pedra. O homem mal recuou. Ele cuspiu no rosto de Hassad.

— Morra, seu desgraçado! — disse.

Porter deu outro soco. Dessa vez o golpe foi certeiro, e sentiu uma costela quebrando com a força da pancada. O homem gemeu. Cuspiu uma boca cheia do próprio sangue no peito de Hassad. Porter cerrou o punho, recuou o braço e bateu exatamente no mesmo lugar. Sentiu as costelas do homem se estilhaçando: um, talvez até dois ossos quebraram quando o golpe acertou. Ele gritou de dor, saindo de cima de Hassad e rolando no chão poeirento. No mesmo momento, atacou com o braço que segurava a faca. Porter pulou para trás, evitando por pouco que a lâmina cortasse o seu estômago. Pisou com força, batendo o tênis novo contra a mão do homem. A faca caiu. Porter afundou o pé, certificando-se de que os dedos fossem enterrados na poeira. Com o outro pé, chutou forte o estômago do homem. O golpe esvaziou os pulmões dele e o fez babar mais sangue.

Hassad já havia se levantado do chão. Havia pegado a faca e a estava segurando firme contra a garganta do homem.

— Quem é você, caralho? — rosnou Porter.

O homem permaneceu em silêncio, completamente mudo.

Porter parou. Olhando rapidamente por cima do muro baixo, viu três corpos. Todos eles pareciam mortos, abatidos enquanto tentavam correr em direção ao muro. Ao lado, o esconderijo ainda estava pegando fogo, lançando um calor intenso. Parecia que havia no total quatro homens participando do ataque, e agora haviam lidado com todos eles. Olhou de novo para o homem.

— Já perguntei: quem é você, caralho?

O homem olhou de volta para ele. Os olhos estavam vermelhos e inchados, mas apesar de haver medo na sua expressão, também havia provocação.

— Vai à merda! — ele cuspiu.

Mesmo com alguns dentes quebrados e a boca cheia de sangue, Porter reconheceu o sotaque. Era de Liverpool.

— Que merda que você está fazendo aqui? — perguntou. — Não tem nada pra surrupiar aqui. Agora me diz quem foi que mandou você...

— Vai se foder! — interrompeu o homem.

Porter olhou de relance para Hassad.

— Corta ele — disse rispidamente. — Usa o ferimento do tiro.

Hassad se inclinou sobre o peito do homem. Rasgou a camisa dele e abriu um corte grande e profundo no ombro do homem. Bolhas de sangue se formaram na ferida aberta, escorrendo para o chão.

Porter se ajoelhou, inclinando-se até ficar perto do ouvido do homem. Pegou um punhado de poeira e terra e o jogou na ferida aberta.

— Os árabes são uns selvagens, caralho, e eu sou também — ameaçou. — Agora, só conta o que a gente quer saber, e aí você pode ir dormir no meio das moitas com os seus colegas.

Lágrimas de dor estavam correndo pelas bochechas do homem.

Porter lhe deu um soco forte no estômago. Ele tossiu violentamente e um novo rio de sangue despontou da ferida aberta no estômago.

— Só me diz — rosnou Porter — e eu deixo você ir pra maior loja de todas, no céu, onde os filhos da puta de Liverpool podem roubar à vontade.

— A gente trabalha pra Connaught Serviços de Segurança! — ele gritou. — O Perry Collinson é o responsável geral por ela. Ele mandou a gente pra cá pra matar você.

Porter afundou outro pé no estômago do homem.

— Mercenários filhos da puta! — cuspiu. — Tem muita competição pra ver quem é a maior escória desse inferno. Mas eu acho que vocês estão bem na primeira posição.

Porra, estou cansado desses desgraçados tentando me matar, disse para si mesmo. Vou descontar em alguém.

— Por quê?

Mais sangue se derramou no chão poeirento.

— Por quê? — gritou Porter, mais alto dessa vez.

Mas os olhos do homem já estavam fechados.

Eu já sei por quê, Porter pensou. *E o único homem com quem ainda preciso falar é o próprio Collinson.*

VINTE E CINCO

Katie estava pesada nos braços de Porter. Ele a levantou do chão e correu rapidamente em direção ao carro. O esconderijo podia ser isolado, e não havia muita lei e ordem naquela parte do Líbano, mas as explosões na casa chamariam atenção. A gente não vai querer estar por aqui quando a milícia do Hezbollah ou a polícia aparecer, Porter pensou.

— Quer que eu acabe com ele? — Hassad perguntou, apontando na direção do homem ferido no chão.

— Deixa ele morrer devagar — respondeu Porter. — Morrer rápido é bom demais pra esse desgraçado.

Com Katie imóvel nos braços, Porter correu para o Polo. Ela precisava de descanso, e o tiroteio havia apenas piorado a condição dela: se não a tratasse com delicadeza ela não iria aguentar as próximas horas. Ondas de calor estavam emanando da casa enquanto as chamas dominavam o seu interior. Espalhados pelos arbustos que a separavam da estrada, havia três cadáveres, todos eles estirados com o rosto na terra, seus corpos despedaçados pelos tiros. Não foi um ataque muito bem realizado, Porter refletiu, sombrio. Quem quer que aquele desgraçado do Collinson estivesse usando pra fazer o trabalho sujo dele, não eram caras do Regimento. Esses caras não tinham um treinamento adequado. Primeiro, tentaram matá-los com granadas de fragmentação dentro da casa e, quando isso não funcionou, criaram uma distração com mais algumas granadas e acharam que isso seria o bastante para que pudessem investir contra o muro. Idiotas, Porter pensou. O Regimento os teria ensinado que um alvo bem escondido, com bastante munição, devia ser pego de surpresa ou ser lentamente triturado por um ataque incessante. De outra forma o ataque era apenas um suicídio.

Ele abriu a porta do Polo, mas ela se soltou inteira na mão dele. O carro havia estado no meio do tiroteio enquanto Porter e Hassad abriram fogo com os AK-47s, e os disparos o haviam destruído. O para-brisas fora estilhaçado e o tanque de combustível perfurado, derramando o combustível do carro no chão. Era um milagre o veículo não ter pegado fogo.

— Caralho —murmurou. — Agora não temos mais nenhum meio de transporte.

— Não dá pra ir andando — disse Hassad bruscamente. — Ainda faltam cento e sessenta quilômetros pra gente chegar na fronteira israelense.

Porter fez um gesto com a cabeça, apontando para o posto de gasolina um quilômetro e meio à frente na estrada. Balançou o AK-47, depois o deslizou por cima do ombro, certificando-se de colocar um novo pente de munição enquanto fazia isso.

— Então vamos ter que pegar um carro emprestado — ele disse. — E acho que uma arma dessas pode ser bem persuasiva.

Ele ainda não tinha um relógio, mas agora achava que eram pelo menos onze da manhã de sábado. O sol brilhava no céu, mas não estava especialmente quente: fazia menos de moderados vinte graus centígrados. Mas ele ainda estava carregando Katie nas costas. Estava exausto, com cortes e hematomas. E não fazia ideia de quando chegariam em casa, se é que conseguiriam chegar algum dia.

Pararam a cem metros de distância do posto. Era um lugar pequeno. Quatro bombas em um pátio poeirento, com um escritório nos fundos e uma oficina de reparos. Porter achava que o melhor plano era esperar algum motorista parar, então atacá-lo logo depois que pagasse pela gasolina. Se vamos surrupiar um carro, é melhor pegar um com o tanque cheio, disse para si mesmo com um sorriso de esguelha.

O mecânico os olhou rapidamente, com suspeitas, enquanto Porter atravessava o pátio em direção ao carro no qual ele estava trabalhando. Talvez ele tenha visto as armas nas nossas costas, Porter pensou. Ou talvez essa estrada seja daquelas em que não se conversa com estranhos. Examinou a estrada. Uns dois caminhões passaram, depois uma van, mas ninguém estava parando para colocar gasolina. Era sábado de manhã e provavelmente os negócios estavam lentos de qualquer modo.

Porter colocou Katie no chão ao lado da estrada. Hassad se sentou ao lado dela, segurando a lateral do próprio ombro com a mão.

— Eu preciso de um médico — disse. — Estou machucado.

Olhando de relance para ele, Porter não conseguiu enxergar a causa de todo aquele rebuliço. Havia sangue no lugar onde a faca o havia cortado, mas era apenas um ferimento comum de combate.

— Você vai ficar bem — ele respondeu rispidamente. — Quando chegarmos na fronteira, você vai poder se ajeitar.

— Eu preciso de um médico agora — insistiu. — Tem um lugar aqui perto aonde a gente pode ir. É seguro.

Porter encolheu os ombros. Precisamos mesmo é de uma bebida. Mas acho que não vai fazer mal irmos ver um médico antes de tentarmos continuar a viagem. Só Deus sabe quantas pessoas vão tentar nos atacar até conseguirmos chegar em Israel.

Ainda não estava certo de que confiava em Hassad. Mas não foi o Hezbollah que havia acabado de atacá-los. Foram os homens de Collinson. *Eu posso confiar mais no Hassad que no meu próprio lado.*

— Eu cuido do mecânico — disse Hassad.

Ele começou a andar em direção à garagem. Porter ficou observando à distância, escutando alguns gritos enquanto Hassad nocauteava o homem e o amarrava. Uma van Fiat veio pela estrada e virou na direção da garagem. Um motorista só, Porter percebeu. A van havia parado ao lado de uma bomba de diesel e o motorista estava enchendo o tanque. Depois de terminar, foi andando para o escritório para pagar. Porter conseguia ver que

Hassad estava esperando por ele com o AK-47 preso às costas. Em segundos, Hassad havia apontado a arma para o homem, pegado as chaves dele, depois o amarrado e amordaçado. Ele correu de volta para o pátio, em direção à van. O motor ainda estava aquecido e deu partida logo na primeira tentativa. Ele segurou o volante, afundou o pé no acelerador e deu a volta com a Fiat, conduzindo-o novamente para a beira da estrada.

— Entra, porra! — ele disse, parando ao lado de Porter e Katie. — A gente não tem muito tempo.

Havia algumas galinhas na parte de trás da van: vivas, amarradas a caixotes em grupos de três. Hassad colocou Katie junto a elas, depois passou para o banco do carona.

— Dez quilômetros direto pra frente — indicou bruscamente. — Aí vamos ver o médico.

— Por que é que a gente não vai direto pra porra da fronteira? — rosnou Porter.

— Eu já disse, preciso de um médico — Hassad respondeu.

— E eu preciso ir embora desse buraco de merda.

— Então você pode ir sozinho.

Porter parou. Era uma possibilidade. Tinha a van e Katie provavelmente estava bem o bastante para sobreviver à viagem. O plasma e os fluidos injetados nela no esconderijo já a haviam recuperado. Mas ainda restavam 160 quilômetros até a fronteira, e ela estava fortemente protegida. Ele estava levando consigo um refém tomado do Hezbollah. Eles controlavam esse território e estariam procurando os dois. Eu preciso de ajuda. E nesse inferno, o Hassad provavelmente é a única pessoa com a qual eu posso sequer começar a contar.

— A gente vai parar no máximo uma hora — disse Porter.

— Uma hora — Hassad concordou, fazendo também um gesto com a cabeça. — Aí vamos pra fronteira.

Ele ligou o rádio. Estava tocando uma música pop local terrível, depois passou para o boletim de notícias. Eram onze da manhã. Do lado de fora, o sol estava brilhando agora, mas algumas nuvens começavam a deslizar pelo céu. A estrada era longa e reta, uma faixa de concreto estirada como um carpete pelo solo árido e seco, repleto de moitas. Alguns quilômetros à frente, Porter conseguia enxergar uma curva para a esquerda e uma mancha cinza e empoeirada na paisagem, o que parecia ser um vilarejo. Na traseira da van, algumas das galinhas estavam começando a cacarejar enquanto Porter pisava fundo no acelerador, levando a velocidade da van até perto do seu limite de 150 quilômetros por hora. No rádio, o locutor estava falando em árabe. O som entrava por um ouvido de Porter e saía pelo outro: estava ocupado demais se concentrando na estrada.

Então ele escutou as palavras "Katie Dartmouth".

Porter aumentou o volume.

— O que é que ele está dizendo? — perguntou, olhando de relance para Hassad.

Hassad levantou a mão. Estava ouvindo atentamente a transmissão. Na traseira da van, Katie havia acordado. Porter conseguia vê-la se levantando. Os olhos dela estavam mais claros e a pele havia recuperado um pouco do vigor. Ela ainda parecia estar muito mal. Mas é uma jovem forte. Com o tratamento certo, vai ficar bem de novo.

— Eles estão falando sobre... — ela começou.

— Fica quieta! — disse Porter, assoviando.

Esperaram mais alguns segundos até que a transmissão terminasse. Quando a terrível cantoria árabe começou de novo, Porter se inclinou para o lado e desligou o rádio.

— O que é que ele estava dizendo...

— Aqui — Hassad indicou, apontando para a curva. — O médico é mais pra frente nessa estrada.

Porter ligou a seta e começou a conduzir a van pela curva.

— O que é que eles estavam dizendo sobre a Katie?

— Eles não sabem de nada — Hassad respondeu.

— Nada sobre a explosão?

Porter olhou para Hassad. A expressão no rosto dele estava cerrada e provocativa, como se os músculos na pele estivessem estirados sobre um painel.

— Eles estão só dizendo que a execução está marcada pras oito horas da noite de hoje.

A estrada era ruim, apenas uma pista de terra, e havia alguns bodes pastando ao lado dela. O vilarejo à frente parecia consistir em apenas uma única rua se aconchegando ao lado de uma colina, com uma dúzia de casas, uma loja e umas duas oficinas. Nas colinas por trás dele havia alguns campos de cultivo, interrompendo um pouco as moitas que estavam por toda a volta.

— Por que o Hezbollah não está contando nada sobre o ataque? — perguntou, olhando para Hassad.

— Porque eles não querem admitir que foram atacados — respondeu Hassad.

— Mas a Katie está com a gente. Eles devem saber disso.

— Então parece que eles estão planejando recuperar ela até as oito da noite. Esse país é deles, lembre-se disso. Contanto que eles encontrem Katie, a execução ainda pode acontecer.

Porter estacionou a van ao lado da estrada. Um fazendeiro estava indo em direção às colinas com um trator e um burro. Ele se virou, olhando com suspeitas para a van, então quando viu Hassad descer do carro, rapidamente virou de costas e começou a acelerar. Porter desligou o motor e saiu do banco do motorista. Enquanto fazia isso, desprendeu o AK-47 das costas e o colocou debaixo do braço. Sentiu a madeira lisa da arma contra a pele e checou o pente. Munição o bastante, notou, sentindo-se mais seguro por isso. Não interessa o que o departamento de relações públicas do Hezbollah está contando ou não pras pessoas, ele se lembrou. Não vai ter execução hoje à noite. Vamos sair lutando daqui se for necessário.

Um gato estava rosnando para eles enquanto Porter ajudava Katie a descer do carro.

— Você está bem? — perguntou.

Ela fez que sim com a cabeça. As pernas estavam vacilando e ela se segurou em Porter para se apoiar, mas os joelhos estavam fortes o bastante para que ficasse de pé.

— Eu acho que sim.

— É isso aí!

A rua cheirava a azeitonas secas e uva-passa. Era por volta de meio-dia agora e não havia pessoas nas ruas do vilarejo minúsculo. Havia algumas frutas e vegetais à venda na única loja do lugar, mas Hassad já havia atravessado uma porta aberta à frente deles. Porter pegou no braço de Katie, conduzindo-a à frente. Ela estava vacilando ao andar, como uma criança aprendendo a dar os primeiros passos.

— Você já quebrou a perna? — perguntou Porter.

Katie fez que não com a cabeça.

— Esses desgraçados deixaram você amarrada a uma estaca por uma semana — ele explicou. — Os nervos das suas pernas definharam, do mesmo jeito de quando engessam elas. Leva uma semana ou duas pra se aprender a andar direito de novo. Você vai precisar de um pouco de fisioterapia. As pessoas se acostumam com qualquer coisa.

— Que nem os seus dedos? — ela perguntou, olhando para a mão à qual estava se segurando.

— É, isso leva um tempo pra se acostumar.

— Como foi que isso aconteceu?

— Foi culpa do grupo daquele desgraçado ali — Porter respondeu, fazendo um gesto na direção de Hassad.

— Como...

— É uma longa história — interrompeu Porter. — Vou contar pra você quando a gente estiver tomando um copão de cerveja gelada num voo de primeira classe da British Airlines, a caminho de casa.

— Isso seria bem legal — ela disse, tentando sorrir.

Enquanto os lábios dela se franziam, Porter conseguia ver que os cortes e hematomas que cobriam seu corpo a faziam estremecer de dor. Estavam seguindo Hassad, entrando num pequeno edifício a duas casas de distância da loja. Era basicamente uma sala, de seis metros por quatro e meio. De um dos lados havia uma cozinha, e no outro uma cortina separando o quarto de dormir do aposento principal. A única luz do lugar provinha de duas claraboias instaladas no teto. Perto da porta, havia uma mesa e uma cadeira, além de uma coleção de equipamentos médicos antigos: balanças, um medidor de pressão, um estetoscópio e algumas seringas reutilizáveis.

Uma mulher surgiu das sombras. Estava vestida completamente de preto, com o rosto parecendo uma noz em conserva. Os olhos dela eram penetrantes, mas a pele parecia seca como se houvesse sido deixada no sol por tempo demais, e ela mancava um pouco ao andar. Pela forma como olhava para Hassad, era óbvio que o conhecia, mas não trocaram nenhum sorriso nem qualquer tipo de saudação. Ela simplesmente apontou para a cadeira e esperou que ele se sentasse.

Hassad tirou o casaco. A mulher examinou o ombro em silêncio. A faca havia entrado bem fundo na pele, depois fora torcida, criando uma ferida feia em formato de rosca. Porter já havia visto ferimentos desse tipo antes, de fato já até sofrera alguns ao longo dos anos, e apesar de doerem muito, sabia que não eram sérios. A mulher pegou um pedaço de algodão e o encharcou de álcool puro, depois pressionou com força na carne viva. Porter estremeceu. Sabia como isso era doloroso: admirou a forma como Hassad estava sentado impassível, aceitando a dor, deixando apenas o punho cerrado demonstrar o sofrimento que estava sentindo.

Quando ela terminou, atou a ferida com gaze. Depois, a mulher olhou para Katie. Ela trabalhou com velocidade e agilidade, verificando os lugares onde Porter havia feito curativos nos cortes e feridas, refazendo-os, depois dando outra dose de antibióticos. Murmurou algumas palavras em árabe para Hassad.

— Ela vai ficar bem — Hassad disse para Porter. — Ela precisa passar alguns dias no hospital, talvez recebendo um pouco de fluidos e calorias, mas fora isso vai ficar bem.

Porter viu o olhar de alívio no rosto de Katie. Estava ficando mais forte a cada minuto, era possível ver no rosto e nos olhos dela. A simples noção de que tinha uma chance de escapar a havia trazido de volta para a vida.

— Agora você — disse Hassad, indicando a Porter a cadeira.

— Eu estou bem — rosnou Porter.

— Ela precisa checar você.

— Eu disse que estou bem — vociferou Porter. — Estou com alguns cortes e hematomas, só isso. Não é nada com que não possa lidar. Agora vamos dar o fora daqui antes que o resto dos seus colegas apareça e comece a tentar decepar as porras das cabeças das pessoas de novo.

A pequena sala estava escura e sombria, mas mesmo sob a luz sinistra era possível ver que o rosto de Hassad estava ficando vermelho de raiva.

— Ela precisa dar uma olhada nos seus dentes.

Porter riu.

— Eu vou checar quando chegar em casa, obrigado — ele disse com um sorriso bruto. — Vou até me certificar de passar o fio dental regularmente.

— Seus dentes, agora! — Hassad vociferou.

Ele estava a apenas meio metro de Porter, com a velha mulher a pouco menos de um metro atrás dele. Porter o estava fitando com severidade nos olhos, ainda se perguntando se poderia confiar nele.

— Vamos só continuar...

— Se você não me deixar fazer isso, não tem sentido nenhum a gente tentar chegar na fronteira.

— Isso é ridículo.

Hassad se aproximou, ficando a apenas trinta centímetros à frente de Porter.

— Eles lançaram um míssil diretamente na mina — explicou, com a voz calma e controlada, mas também com um traço de raiva. — Seguiram a gente até o esconderijo. Eles sabem exatamente onde a gente está.

— Você quer dizer... — Katie começou.

Ela mancou até John e Hassad, apoiando-se na mesa. Estava olhando cada hora para um dos dois, com a expressão confusa.

— Você quer dizer que o míssil era britânico?

Hassad fez que sim rapidamente com a cabeça.

— Britânico ou israelense. Um míssil de abrigos subterrâneos é um equipamento sofisticado.

Porter parou. Já sabia que isso era verdade. Se foi um míssil de abrigos subterrâneos que atingiu a mina, então era praticamente certo que se tratava de um GBU-28, um equipamento produzido pela Lockheed nos Estados Unidos, mas vendido para as forças aéreas tanto britânicas quanto israelenses. Era composto de oitenta por cento de TNT e vinte por cento de alumínio em pó, que é responsável pela energização dos explosivos convencionais. Em testes, o GBU-28 havia trespassado seis metros de concreto e perfurado até quinze camadas diferentes de um abrigo antibombas. Provavelmente fora lançado por dois jatos de combate: um para marcar o alvo e outro para lançar duas bombas. Era a única arma capaz de causar o tipo de dano visto na mina. E poucas pessoas o tinham.

— E os soldados que atacaram a gente agora, eram britânicos também?

Hassad olhou de relance para Porter.

— Conta você pra ela.

— Eles trabalhavam pra uma firma chamada Connaught Serviços de Segurança — Porter explicou. — É uma corporação militar privada que opera em todo o Oriente Médio. É comandada pelo Perry Collinson.

Katie deu um salto para trás. De repente, Porter notou, o sangue parecia ter sumido do rosto dela.

— Se eles sabiam onde a gente estava, por que não vieram nos resgatar?

— Porque eles querem que a gente morra — Hassad disse, apontando um dedo na direção dela. — Se vocês morrerem numa explosão, não tem problema pra eles. Eles só não querem ser vistos cedendo às condições do Hezbollah.

Katie fez que não com a cabeça.

— Eles iriam me resgatar se pudessem.

— O Collinson me quer morto — disse Porter.

— Mas ele é...

— Seu namorado? — Porter completou. — Eu sei. O problema é que ele também é um covarde e uma fraude. Ele está morrendo de medo que o Hassad aqui me conte a verdade sobre o que aconteceu numa missão há dezessete anos, e infelizmente pra ele eu já descobri. Ele prefere que nós dois morramos do que nos deixar voltar vivos.

— Ele me disse... — As palavras sumiram nos lábios de Katie. Mas o choque no rosto dela era evidente.

— Que amava você? — Porter perguntou. — Vai ver o desgraçado disse, mas estava mentindo sobre isso junto com todo o resto. Pergunta isso pra sua tia confidente quando chegar em casa. — Porter sorriu. — "Meu namorado jogou um míssil de abrigos antibombas em mim. Você acha que isso quer dizer que ele não está preparado pra um relacionamento duradouro?"

Porter olhou de novo para Hassad.

— Acho que você está certo — admitiu. — O Collinson tomou o controle de toda a operação e lançou aquele míssil na mina pra tentar matar a gente. É um resultado aceitável pra eles se a gente morrer desse jeito e a execução não passar ao vivo na TV.

Eles podem dizer que foi apenas um acidente. Então ele percebeu que a gente escapou, aí mandou os garotos dele da Connaught pra terminar o serviço em silêncio.

— O problema é — disse Hassad — como é que eles sempre sabem onde você está?

— O que é que você quer dizer com isso?

— Eles sabiam que você estava na mina e sabiam que você estava no esconderijo. Como é que eles sabiam disso? Como é que eles sabem sequer que você escapou da mina?

Porter encolheu os ombros. Ele mesmo se perguntou isso. O problema era que não fazia ideia da resposta.

— Eles devem ter um dispositivo de rastreamento — Hassad concluiu.

— Porra, eu não sou um idiota! — vociferou Porter. — Eu me chequei e você me checou. Não tem nada. Vai ver tem alguma coisa plantada em você.

Hassad fez que não com a cabeça.

— É você que eles estão seguindo.

— Então quem sabe um satélite?

— Nenhum satélite consegue enxergar dentro de uma mina — retrucou Hassad. — Antes de mandarem você pra cá, eles fizeram alguma coisa nos seus dentes?

Porter parou.

— Eles consertaram os meus dentes — admitiu.

— Uma coroa? Implantes?

Porter concordou com a cabeça.

— Então senta na cadeira.

Porter se sentou.

Hassad murmurou algo em árabe para a mulher. Ela se inclinou à frente, acendendo uma lamparina para poder enxergar melhor dentro da boca de Porter.

— Abre bem a boca — disse Hassad, dando um tapinha no ombro dele.

Porter teve certeza de que conseguiu detectar um toque de prazer na voz do homem.

— Ela é dentista? — perguntou, olhando de relance para Hassad.

— Num vilarejo minúsculo que nem esse, você tem que ser um pouco de tudo — Hassad respondeu. — Não se preocupe, seus dentes não são os primeiros que ela examina.

Ele sentiu uma espátula pressionando a língua para baixo, o aço gelado se apertando contra a carne, e então estremeceu ligeiramente quando ela começou a bater de leve nos dentes. O hálito dela estava quente contra a pele dele enquanto ela trabalhava: uma mistura de leite de cabra e frutas cozidas dominava o ar ao redor. Depois, ela começou a cutucá-los com um bisturi, abrindo cortes nas gengivas enquanto o fazia.

Ela parou, olhando para Hassad e falando rapidamente em árabe.

— Duas das coroas parecem estranhas pra ela — Hassad repassou a informação, com a voz baixa.

— O que quer dizer...?

— Que deve ter algum dispositivo de rastreamento dentro deles.

— Dentro de um dente?

Hassad concordou com a cabeça.

— Já tinha ouvido falar disso, mas nunca tinha visto na prática. — Ele balançou a cabeça, tanto com tristeza como com raiva. — Normalmente não dá pra botar um rastreador dentro de um dente porque o dente bloqueia o sinal, mas se usarem uma coroa praticamente oca, aí é possível, embora o sinal nunca fique muito bom.

— O que é que a gente pode fazer?

— Arrancar e dar uma olhada, é óbvio.

Porter olhou para a velha com suspeitas.

— Ela consegue fazer isso?

— Se tem um rastreador, os caras da Connaught vão nos encontrar a qualquer momento, e é quase certo que vão nos liquidar antes de conseguirmos chegar até a fronteira.

Ele disse alguma coisa para a velha, depois olhou de novo para Porter.

— Você não está com medo, está?

Os lábios deformados se contorceram num sorriso escarninho.

— Eu acho que não tenho nenhuma chance de arrumar um anestésico por aqui, tenho?

Hassad girou os olhos.

— E uma dose de vodca?

— Só anda logo com isso — disse Hassad para a velha. — Abre a boca e fica quieto. Cada minuto que perdemos você pode estar transmitindo sinais que dizem pro Collinson exatamente onde estamos. Pelo que sabemos, eles podem estar preparando o ataque deles exatamente agora.

— Então anda logo com isso.

Porter segurou nas laterais da cadeira. Fechou os olhos e abriu a boca. Sentia o cheiro de frutas cozidas passando por ele enquanto a velha se inclinava sobre o seu rosto. Ela disse algo para Hassad e ele respondeu, mas Porter não conseguiu entender nenhuma palavra. Ela deu uma pancadinha com o bisturi em um dente depois em outro: dois dos dentes que haviam sido implantados na sede da Firma. Porter sentiu um gancho sendo colocado dentro da boca para a manter aberta, depois um alicate sendo preso a um dos dentes. Hassad se ajoelhou, colocando uma tira de couro na mão de Porter.

— Aqui, aperta isso — disse, com a voz baixa.

Não grite, disse para si mesmo severamente.

A mulher deu um puxão no alicate. Porter sentiu um lampejo de dor trespassá-lo enquanto os nervos que uniam o dente à mandíbula gritavam de agonia. Era como se estivessem colocando uma agulha na transversal dentro das veias dele. Houve um barulho de algo quebrando, depois outro de metal se arrastando contra osso. Porter apertou firme a tira de couro, torcendo-a na mão para tentar manter a dor sob controle.

Outro puxão. Uma nova onda de dor passou por todos os nervos do corpo de Porter. Cristo, ele murmurou, certificando-se de manter a boca aberta e a palavra para si mesmo. Sentia o suor escorrendo pela sobrancelha. A mulher disse alguma coisa para Hassad. Porter abriu os olhos. Sabia que o alicate ainda estava preso ao dente. Hassad estava se inclinando sobre o alicate, fazendo uma careta. Porter se blindou, fechou bem os olhos e apertou forte nas laterais da cadeira. Sentiu a força do alicate esmagando a gengiva. Depois um estalo. Uma dor lancinante correu pela boca, martelando o interior da sua cabeça.

Abriu os olhos. Sentia um pouco de sangue atingindo a parte de trás da garganta e molhando toda a língua. A lateral da boca ficou entorpecida pelo impacto. Na frente dele, Hassad estava segurando o dente preso ao alicate, mostrando-o à velha. Ainda havia um pouco de sangue pingando da raiz.

— Esse está limpo — disse Hassad, encolhendo os ombros. — Talvez seja o outro.

— Jesus Cristo!

Quando falou, Porter cuspiu um pouco de sangue e de fragmentos do dente quebrado.

Hassad fez um gesto com a cabeça na direção da velha.

— Eu não falaria o nome de nenhum dos profetas em vão aqui — alertou casualmente. — Ela é muito devota, e os muçulmanos reverenciam tanto Jesus quanto Maomé. Se você deixar ela com raiva, ela pode não ser tão gentil com você.

Porter fechou os olhos. A dor estava latejando pela mandíbula dele, mas sabia que não havia escolha. Tem que haver alguma explicação sobre como eles descobriram onde eu estava, e não consigo pensar em nenhuma melhor do que essa. Se a gente não tirar o dente, o Collinson vai conseguir mandar os homens dele pra cima da gente a qualquer momento, e eu nunca terei a chance de matar o desgraçado.

— Então vai.

Sentiu a pancadinha com o bisturi, depois o aço duro e gelado do alicate sendo preso ao dente. Dessa vez estava no lado direito da boca. A mulher se afastou e, enquanto abria brevemente os olhos, Porter viu Hassad segurando o alicate com os punhos musculosos. Mesmo com a ferida no ombro, ele era um cara forte. Porter apertou a tira de couro. Torceu-a com força, puxando-a com as duas mãos. Ao fechar os olhos de novo, sentiu uma série gaguejante de fisgadas enquanto Hassad começava a fazer pressão sobre o dente. Escutou um barulho feio por dentro, de algo quebrando, e sentiu mais sangue escorrendo pela parte de trás da garganta onde o alicate estava cortando a lateral da gengiva.

— Só mais um puxão — murmurou Hassad.

Ele impeliu o punho com força para baixo. A cabeça de Porter se virou bruscamente de lado. A força do golpe estava atravessando os músculos do pescoço, fazendo com que fosse impossível se manter firme. A dor estava trespassando por ele inteiro agora, fazendo os olhos lacrimejarem e a cabeça girar. Era como se houvesse uma britadeira na lateral da mandíbula.

— Segura a cabeça dele — Hassad rosnou para a velha.

O treinamento médico dela a havia equipado com inglês suficiente para que seguisse o comando. Porter sentiu as mãos dela agarrando a lateral da cabeça dele, segurando firme, enquanto seu corpo frágil se impelia contra ele, fornecendo uma força oposta para equilibrar a do alicate. Imediatamente, Hassad se inclinou para uma nova torção. O dente rangeu. Porter reuniu um pouco mais de resistência, tentando manter a dor sob controle. Se isso não funcionar, talvez seja melhor me deixarem de lado. Deixar a Katie ir sozinha pra fronteira. Os homens do Collinson vão poder me encontrar e aí eu simplesmente vou ter que lidar com eles da melhor forma que conseguir.

De repente, escutou um barulho como o de uma tábua de assoalho quebrando. Porter abriu os olhos na hora. Viu Hassad cambaleando para trás, com o alicate ainda nas mãos e, na ponta dele, sangue gotejando da pequena massa de dente branco.

A velha estava oferecendo um copo d'água a Porter. Ele o pegou, mas suas mãos estavam tremendo tanto que mal conseguiu segurá-lo e derramou grande parte do conteúdo na parte da frente da própria camisa. Uma dor terrível estava latejando pela mandíbula. Ele virou o copo, lavando a boca e cuspindo o sangue e os destroços de dente na cesta ao lado da cadeira. Em seguida, ela lhe ofereceu seis pílulas brancas. Porter as pegou com a mão ainda tremendo e as engoliu metodicamente. Anestésicos ou cianeto?, perguntou-se enquanto as cápsulas mergulhavam pelo fundo da garganta. Espero que seja o último. É a única coisa que vai fazer essa dor passar.

— Eles prenderam esse com concreto — Hassad disse, segurando o dente na frente de Porter. — Acho que eles não queriam correr o risco de que caísse se você entrasse numa briga.

— Você encontrou alguma coisa?

As lágrimas estavam escorrendo pelo rosto de Porter e ele tinha dificuldades para falar.

Hassad fez que sim com a cabeça, apontando para a parte de baixo do dente. A visão de Porter ainda estava embaçada e a dor latejando na cabeça dele fazia com que fosse difícil se concentrar. Os anestésicos ainda estavam longe de fazer efeito. Mas ele conseguiu enxergar um pedaço de uma substância escura na parte de baixo do dente.

— Silicone — Hassad disse. — Um microdispositivo de rastreamento, mandando um sinal que pode ser captado por um satélite.

— Desgraçados — Porter murmurou. — Eles me prometeram que eu estava vindo pra cá limpo.

Sentia a raiva queimando dentro dele. Fora até a Firma voluntariamente. Colocou-se na linha de fogo por eles, porque queriam resgatar Katie. E era assim que eles retribuíam. Colocando um dispositivo de rastreamento dentro do dente dele, para depois tentar matar os dois. E só para conseguirem salvar as próprias peles.

Hassad riu entre dentes.

— Nunca confie no governo britânico — ele disse. — Essa é a lição que aprendemos há muito tempo nessas bandas do mundo.

VINTE E SEIS

A placa do caminhão era da Jordânia, e ele parecia estar vazio. Quer dizer que está a caminho de casa, Porter decidiu. Numa direção completamente oposta à nossa. Certificou-se de que o motorista ainda estivesse na lanchonete próxima à loja, então se ajoelhou, tirando um pedaço de chiclete que havia encontrado no Fiat e cuidadosamente grudando o dente à parte de baixo do caminhão.

— Isso vai cuidar deles — ele disse, olhando de relance para Hassad. — Os garotos do Collinson vão passar metade do dia procurando esse veículo, e quando conseguirem alcançar ele, vão conseguir só um caminhoneiro da Jordânia e um monte de caixotes vazios.

Entraram de novo no Fiat. Hassad havia pegado a direção, explicando que conhecia melhor as estradas e chamava menos a atenção dos outros motoristas. Enquanto deixavam a casa da velha, pegaram uma burca emprestada para Katie. Cobria bem o rosto dela e garantia que ninguém a reconhecesse enquanto viajavam em direção à fronteira.

Era quase o meio da tarde. Depois de viajarem por uma hora, Hassad havia sugerido que parassem para comer e esperassem o sol se pôr. Estavam a oitenta quilômetros da fronteira israelense agora, e Hassad estava convencido de que precisavam planejar a travessia. A faixa de terra entre o Líbano e Israel era usada pelo Hezbollah para lançar os foguetes com os quais atacavam o país vizinho. O território estava repleto de combatentes, o que o tornava um dos lugares mais fortemente militarizados do planeta.

— Onde é que fica o melhor local pra gente atravessar? — perguntou Porter.

Enquanto ainda estavam na van, Hassad apontou para um lugar no mapa que o motorista mantinha no banco da frente.

— Aqui — respondeu.

Porter olhou rapidamente. Beit Yahoun. Não queria dizer nada para ele.

— Nunca ouvi falar desse lugar — retrucou.

— É um vilarejo na fronteira, e um dos principais pontos de travessia entre o Líbano e Israel — Hassad explicou. — Costumava ter cerca de dez mil pessoas morando lá, mas bombardearam o lugar até acabarem com ele ao longo dos anos. Tem cerca de mil pessoas lá agora, e a maior parte delas é de soldados.

— Será que não dá pra gente se esgueirar por um lugar um pouquinho mais escondido?

Hassad riu, mas a expressão dele rapidamente ficou séria de novo.

— Escondido? Na fronteira entre o Líbano e Israel? — Fez que não com a cabeça. — Esse lugar não existe. Cada centímetro da fronteira é fortemente protegido, e se soldados virem você, eles atiram na hora. Isso serve pros israelenses também. Se virem a gente passando pelos arames, vão abrir fogo com as metralhadoras deles e deixar pra se preocupar com quem diabo a gente é depois.

— E você acha que esse lugar, Beit Yahoun, é mais seguro?

— Tem uma zona desmilitarizada de cerca de um quilômetro e meio, um pouco parecida com a terra de ninguém que costumava existir entre o Muro de Berlim e o oeste. Tem pouco comércio ou tráfico entre Israel e o Líbano, mas o que tem quase sempre passa por ali. Se a gente conseguir chegar na terra de ninguém, vai conseguir entrar em Israel sem tomar nenhum tiro.

Porter olhou rapidamente ao redor.

— Então vamos — disse.

— Ainda não — Hassad discordou.

Porter checou a hora. Era pouco depois de quatro da tarde. A execução estava marcada para as oito, e ele gostaria de tirar Katie daquele inferno bem antes disso.

— Então quando? — vociferou.

— Ainda temos oitenta quilômetros pra percorrer, e as estradas não são muito boas — Hassad explicou. — Além disso, temos que passar por bloqueios na estrada. Vamos levar por volta de seis horas. Ficamos aqui por mais umas duas horas e partimos quando estiver começando a ficar escuro. É mais seguro assim.

O tempo passou lentamente. Eles permaneceram na van. Porter conseguiu comprar mais alguns analgésicos e engoliu a maior parte deles. Eles o fariam sentir-se sonolento e prolongariam o seu tempo de reação caso fossem atacados, mas isso era melhor do que as dores terríveis que ainda estavam latejando da mandíbula até dentro da cabeça. Porter tentou cochilar. Entretanto, dormir era impossível. Estava aceso demais. Mais algumas horas, disse para si mesmo. Aí eu vou poder tirar a Katie daqui, lidar com o filho da puta do Collinson e começar a seguir com o resto da minha vida.

Assim que a gente voltar pra Grã-Bretanha, vou revelar a traição do homem pra todo o mundo.

E talvez até ver a Sandy de novo.

Às seis, estava escurecendo do lado de fora. Hassad julgou que era seguro recomeçarem a viagem. Depois de comprarem algumas garrafas d'água e comida na lanchonete, voltaram para a van Fiat. Hassad pegou no volante, enquanto Katie ficava sentada entre eles, com o rosto completamente coberto pela burca. Porter havia escondido o AK-47 debaixo dos pés, mas se certificou de que o pente estivesse cheio novamente e de que conseguisse alcançá-lo em poucos segundos. A munição que tinha sido destruída no esconderijo seria bem útil, pensou Porter com amargura, assim como mais umas duas armas. Se os homens do Collinson não tivessem mandado tudo pro espaço.

A primeira hora se passou sem incidentes. A estrada era longa e reta e não havia muito trânsito na região. O clima estava bom o bastante. Estava ficando frio e algumas nuvens se espalhavam pelo céu noturno, mas a meia-lua às vezes conseguia passar por elas. É sempre a mesma coisa, Porter pensou. Quanto mais perto se chega do final de uma missão, mais se quer estar em casa.

Eram quase sete da noite quando viraram em direção ao sul. A estrada em que estavam serpenteava ao lado da fronteira e em algum momento os levaria até a costa. A estrada era horrível. A superfície do asfalto estava quase toda quebrada, repleta de pedregulhos. Durante os últimos anos, os israelenses e o Hezbollah haviam bombardeado um ao outro ao longo daquela faixa estreita de terra, e os tanques israelenses haviam passado por ali, dizimando tudo que encontravam pela frente. Havia alguns vilarejos pelo caminho, mas haviam sido abandonados há bastante tempo: agora eram apenas aglomerados de edifícios vazios e destruídos, onde nem mesmo cães selvagens moravam. Quinze quilômetros à frente, havia um único posto de gasolina, mas só tinha duas bombas, o preço era o dobro do que era no resto do país e o dono havia colocado um abrigo de aço para esconder a banca de pagamentos. É difícil um território ficar mais hostil do que isso, Porter pensou. E estamos passando bem no meio dele.

— Se alguém parar a gente, deixa que eu falo — Hassad disse.

Conseguiram percorrer mais quinze quilômetros sem nenhum problema. As estradas estavam praticamente vazias. O Fiat desacelerou, até ficar quase se arrastando. Havia tantos buracos escondidos na estrada que era impossível a van passar de vinte ou trinta quilômetros por hora. Algumas vezes, Porter teve que sair da van e empurrar quando a roda de trás caía em um buraco de bomba. As galinhas cacarejavam furiosamente enquanto empurrava, e Porter sugeriu que as dispensassem, mas Hassad disse que seria melhor se estivessem levando alguma carga. Enquanto percorriam o caminho num passo regular, Porter sentia que Katie estava ficando cada vez com mais medo. Até agora, havia convivido com a morte durante uma semana, mas ainda não havia aprendido a lidar com o medo. Nas raras ocasiões em que um caminhão ou um carro passava por eles, ele podia senti-la tremendo. Ela está bem no limite, Porter percebeu. Mais um pouco e vai desmoronar completamente.

— A estrada está bloqueada — alertou Hassad. A voz dele estava tensa.

Porter perscrutou pela escuridão à frente. Conseguiu enxergar dois carros atravessados na estrada. Perto deles havia um fogareiro com algumas brasas, que alguns homens estavam usando para se manterem aquecidos. No total, parecia haver cerca de três homens, todos com AK-47s presos no ombro. Mas poderia haver muitos outros escondidos no fundo.

Hassad desacelerou o Fiat até deixá-lo muito lento. Entre os dois carros, haviam colocado uma longa tábua de madeira e, embaixo dela, uma malha com pregos. Dava para passar por ali na base da força, mas os pregos estourariam os pneus. Seriam alvos fáceis para os atiradores que estariam bem atrás deles.

— Deixa isso comigo — Hassad sussurrou.

Um homem estava se inclinando para dentro do carro. Hassad baixou o vidro e eles trocaram algumas palavras sucintas em árabe. Katie estava sentada, imóvel, com o rosto coberto pela burca, e Porter havia enrolado um lenço que havia encontrado no chão da van bem alto no pescoço. No escuro, contando com a aparência maltratada pelo tempo que a pele dele adquirira desde que começara a dormir na rua, não era difícil se passar por árabe. Mesmo assim, estava com a mão sob o banco, segurando o AK-47.

A porta se abriu. A arma do soldado estava levantada e ele vociferava algo para Hassad, mas Porter não conseguia acompanhar a conversa. Outro soldado se aproximou. Um homem mais velho, Porter julgou. Devia ter trinta anos, com uma barba preta bem aparada e olhos duros como aço. Deu um tapinha no ombro do homem mais novo e se inclinou à frente. Porter olhou rapidamente para o outro lado da van. Eles claramente reconheceram Hassad. Saudaram-se, mas sem nenhum calor, Porter notou. Mais palavras. Depois subitamente a porta bateu e Hassad ligou o motor. A tábua e a malha que estavam atravessadas na estrada foram removidas e o Fiat voltou a se movimentar.

Porter permaneceu em silêncio, mas por dentro estava suspirando de alívio. Olhou rapidamente e em silêncio para trás, certificando-se de que estavam a uma distância segura do bloqueio e que ninguém os estava seguindo.

— Eles sabem que a Katie escapou? — perguntou.

Hassad fez que não com a cabeça.

— Ainda não, mas talvez fiquem sabendo em breve. Aparentemente, grande parte dos meios de comunicação caíram por causa do ataque do míssil, e vai levar alguns dias pra conseguirem restabelecer. Até lá, não vão saber que ela foi embora.

— Isso deve facilitar as coisas pra gente.

— Talvez — disse Hassad, encolhendo os ombros. — Ou talvez ninguém tenha falado com os caras desse bloqueio. Não sabemos como vai ser no próximo.

— Contanto que a gente vá embora daqui — comentou Katie através da burca.

— A gente vai — Hassad respondeu bruscamente. — Confia em mim.

Aceleraram um pouco. A estrada ficou mais lisa quando passaram do bloqueio. Havia menos buracos no asfalto e a paisagem parecia menos danificada. Estavam serpenteando ao lado da fronteira, Israel estava ao lado esquerdo da estrada: em alguns pontos chegava a ficar a apenas trinta quilômetros ao oeste deles. Mais ou menos uma hora até a fronteira, Hassad havia lhes dito. Eram quase nove horas agora. Deviam chegar lá por volta das dez.

O Fiat avançava pela escuridão. Ninguém estava falando. Porter estava examinando a estrada à frente, ficando alerta para mais patrulhas do Hezbollah. Havia quilômetros de zonas rurais vazias, interrompidas apenas ocasionalmente por um pequeno vilarejo. Viu algumas vans passando e uns dois carros particulares. Em um momento viu um caminhão cheio de combatentes do Hezbollah agitando armas nas mãos, mas eles não prestaram atenção na van. Enquanto percorriam a área rural, Porter estava pensando, planejando. A dor na boca dele estava horrível, o osso da mandíbula doía em uma dezena de lugares diferentes, mas sabia que tinha que se concentrar no que aconteceria em seguida. Com alguma sorte, dentro das próximas horas cruzariam a fronteira de Israel. Mas será que poderiam entrar em contato com a Embaixada Britânica em Tel Aviv, ou isso apenas alertaria Collinson?

— A Sky tem algum correspondente em Tel Aviv? — ele perguntou para Katie.

— É claro — ela respondeu. — O Jamie Breakton. Você encontra ele no departamento de Tel Aviv. Se ele não estiver respondendo, posso tentar ligar pro departamento da Fox News, ou pro cara do *The Times*.

— Então vamos ligar pra ele assim que chegarmos na fronteira.

Katie tirou a burca e Porter viu o rosto dela pela primeira vez em horas. Seus olhos ainda tinham uma aparência vaga e de fome, mas a força e a confiança estavam se recuperando num ritmo constante.

— Quanto antes botarmos essa notícia no ar melhor. Porque não podemos confiar no governo britânico, não com aquele filho da puta do Collinson à solta — explicou Porter, fazendo que não com a cabeça. — Faça com que a Sky News nos busque ao invés da embaixada, e não vamos ter problemas. Se o Collinson quiser atirar na gente, vai ter que fazer isso ao vivo na TV.

— Ele não iria...

— Ele iria sim, porra! — Porter vociferou. — Ele já tentou matar a gente duas vezes. Eu, três!

A cidade de Beit Yahoun se elevava à distância. Algumas luzes e um pouco de fumaça subindo no ar eram tudo que havia para destacá-la do resto da paisagem desolada. Porter viu a placa na estrada e depois as cercanias do próprio lugar. A estrada estava piorando enquanto avançavam pela primeira rua que levava em direção à zona desmilitarizada. O asfalto estava quebrado em tantos lugares que talvez fosse melhor saírem do carro e continuarem a viagem a pé, pensou Porter. Ao longo do caminho, havia resquícios de casas, mas elas haviam sido bombardeadas praticamente até serem esquecidas. Tudo que restava eram as fundações e as pilhas de destroços que desabaram sobre elas. A iluminação das ruas não estava funcionando, mas por volta de um quilômetro e meio de distância havia alguns raios de néon subindo pelo céu noturno.

— A zona desmilitarizada começa a cerca de um quilômetro e meio a oeste daqui — disse Hassad. — Chegando lá, não teremos mais problemas.

— Tem algum posto de inspeção até lá? — Porter perguntou.

Hassad fez que sim com a cabeça. A tensão era evidente nos olhos do homem, Porter notou. Ele os estava deixando na fronteira, exatamente como havia prometido. Mas agora ele estava contra o próprio povo, e dava para ver que isso o incomodava.

— Tem um, e é fortemente protegido — respondeu. — Mas passamos pelo último, então podemos ter esperanças de acontecer a mesma coisa.

A suspensão do Fiat estava rangendo enquanto se afundava nos buracos da estrada. Porter avaliou que a máquina não aguentaria por mais muito tempo. Precisavam de um veículo off-road, de preferência um jipe, para esse tipo de terreno. Enquanto se aproximavam do posto de inspeção, ele viu alguns homens nas ruas, mas todos eles eram ou soldados ou da milícia. Ou os civis haviam fugido ou estavam encolhidos em suas casas.

— Só mantenham os rostos de vocês cobertos e não falem nada — aconselhou Hassad. — Vou levar vocês até a fronteira, deixar vocês lá e voltar sozinho pra casa.

Porter concordou com a cabeça.

Mesmo se eu quisesse dizer alguma coisa, minha boca está doendo demais pra isso, pensou.

Ao lado, podia sentir Katie tremendo. Ele segurou a lateral do braço dela para lhe fornecer alguma segurança: o medo a estava deixando abalada, do mesmo jeito que havia visto Collinson ficar abalado há dezessete anos.

— Tenta se segurar — ele sussurrou. — Logo logo a gente vai estar fora daqui.

O posto de inspeção estava bem iluminado. Havia duas grandes torres de vigília feitas de madeira, elevando-se dez metros no ar, ambas contando com faróis iluminando o chão. Porter olhou de relance para cima. Uma metralhadora estava posicionada no centro de cada torre, colocadas sobre um eixo para conseguirem atirar em qualquer direção. A estrada levava até um portão. Havia dois postos de sentinela em cada lado dele, e atrás deles a terra vazia, desolada e cheia de moitas da zona desmilitarizada. *Passando por isso*, Porter disse para si mesmo, *estamos seguros*.

— Qual é a sua desculpa? — perguntou Porter, olhando rapidamente para Hassad do outro lado da van.

— Minha desculpa?

— Você tem que dar um motivo pra eles pra estar passando com uma van pra Israel. Qual é o motivo?

Hassad parou.

— Suprimentos médicos — respondeu. — Vou dizer pra eles que a gente está entregando um pouco de sangue.

— Com duas dezenas de galinhas na traseira?

Hassad riu.

— Aqui é o Líbano. Todo mundo faz comércio com galinhas por fora.

Porter olhou de novo para a frente. Havia dois soldados de guarda nos postos de sentinela e mais três checando os veículos que passavam. Eram pouco mais de dez da noite, Porter notou. Poucas pessoas tentavam cruzar qualquer fronteira que fosse a essa hora, quanto mais a que separava o Líbano e Israel. Ali era o lugar mais perigoso do mundo de se atravessar, pensou. Ninguém tentaria passar por lá a não ser que precisasse.

Na Grã-Bretanha, o povo devia estar esperando ansiosamente por notícias sobre Katie. Talvez estivessem começando a desconfiar que alguma coisa havia acontecido. Entretanto, até agora, não teriam ideia do que seria isso.

Dois veículos estavam estacionados ao lado da estrada: uma van e um carro. O carro parecia estar vazio e o motorista da van estava parado do lado de fora, fumando um cigarro. Ninguém estava vindo do lado israelense. Hassad havia parado o Fiat, mas deixou o motor ligado. Um dos soldados estava vindo na direção deles. Porter levantou o lenço bem alto no pescoço e se certificou de que a burca de Katie estivesse cobrindo completamente o rosto dela. A mão dele estava sob o banco, agarrada à ponta do AK-47.

Os olhos do soldado correram pela cabine do Fiat. Ele tinha no máximo 25 anos, com a barba feita e o cabelo preto cortado rente. Mas pelos vincos bem feitos no uniforme dele, Porter imaginou que fosse um mauricinho, ou um mustafazinho, ou como quer que dissessem essa merda naquele lugar. Ele estava olhando atentamente para Katie, correndo os olhos da cabeça aos pés dela. Ela estava sentada, completamente imóvel. Será que eles veem problema em levantar a burca de alguém por aqui?, Porter se perguntou. Na Inglaterra, a polícia fronteiriça é politicamente correta demais, mas acho que aqui eles não estão nem aí. Se quiserem dar uma olhada, eles vão.

O soldado vociferou dois breves comandos para Hassad.

Hassad tentou sorrir, depois encolheu os ombros e respondeu murmurando algumas palavras.

O soldado ladrou outro comando. Um dos colegas dele veio do portão e ficou bem atrás dele. O dedo dele, Porter percebeu, estava se mexendo no gatilho do AK-47. Não passava de um adolescente. Sede de sangue nem começava a descrever o olhar no rosto dele. Ânsia descontrolada por sangue pra cacete, Porter disse para si mesmo, sombrio.

Apertou mais forte a ponta da arma de assalto. Cada músculo do corpo dele estava pronto para a ação.

Outra série de comandos aos berros. Hassad estava discutindo, com o rosto ficando vermelho. Então, de repente, ele sorriu. Virou-se para olhar para Porter.

— Eles vão deixar a gente passar — disse. — Você está fora daqui.

VINTE E SETE

Hassad bateu a porta da van depois de sair. Porter observou enquanto o homem voltava a pé lentamente para o Líbano. Ele não era um cara tão ruim, Porter pensou. Ele fez o que disse que ia fazer, e é o máximo que se pode pedir de alguém.

Passando para o banco do motorista, pegou o volante e pisou no acelerador. À frente deles, os portões estavam começando a se abrir. A estrada se esticava para dentro da zona desmilitarizada e havia mais um grupo de guardas do Hezbollah no outro lado, mas já lhes haviam permitido a passagem e Porter não esperava que tivessem problemas com eles.

— Nós conseguimos! — disse, olhando para Katie. — Voltamos!

Ele conseguia ver o alívio transbordando dela.

— Graças a Deus!

Porter estava dirigindo devagar. Deveriam percorrer um quilômetro e meio para atravessar a zona desmilitarizada, e depois teriam que passar pelos controles da fronteira israelense também. Ir rápido demais apenas deixaria os guardas com suspeitas, Porter avisou para si mesmo. É melhor ir acelerando aos poucos.

O Fiat passou pelos portões, que se fecharam rapidamente atrás deles. Logo à frente, a uns duzentos metros de distância, Porter viu um guarda fazendo sinais para eles. O homem tinha 1,80 m, estava vestindo um uniforme do Hezbollah e uma espécie de lenço que cobria o rosto. Estava segurando um AK-47 e fazendo sinal para que a van parasse.

— Merda — Porter murmurou.

— O que é que ele quer? — Katie perguntou ansiosamente.

— Porra, como é que eu vou saber?

Olhando para a frente, Porter se perguntou se deveria afundar o pé no acelerador e dar uma arrancada em direção à fronteira israelense. Via um guarda fazendo sinais para eles e mais dois homens parados atrás dele. Ao lado, havia uma pequena cabana que parecia estar servindo de posto de sentinela, mas poderia estar escondendo mais homens. O Fiat estava em boas condições, mas ainda era só uma van e seu motor não acelerava muito. As chances de conseguir se desvencilhar deles eram mínimas.

— Vai ver eles querem só uns documentos — disse Porter.

Desacelerou, parando o Fiat ao lado da estrada. O soldado alto estava andando na direção dele, num passo deliberadamente lento. Aja casualmente, Porter pensou. Não tente fingir que é um árabe, você nunca vai enganá-los. Só diz pra eles que vocês precisam chegar ao outro lado. Rápido.

O homem estava parado ao lado da van agora. Os outros dois soldados estavam cada um de um lado da estrada, com os rostos também cobertos, mas com as armas presas aos peitos. Num piscar de olhos, poderiam encher a van de balas, Porter percebeu. Não tem escapatória.

Ele baixou o vidro.

— É bom ver você de novo, Porter — Perry Collinson disse. — Porra, por um momento, achamos que nunca iríamos encontrar você.

Porter congelou.

As palavras o haviam perfurado, como uma adaga cortando a pele.

— Agora sugiro que você e a sua amiga saiam do veículo e me acompanhem até a cabana — ele disse.

Porter permaneceu em silêncio. Sentia o sangue correndo nas veias, vermelho de fúria.

O AK-47 ainda estava posicionado perto dos pés dele. O pente estava cheio: havia mais balas ali do que o necessário para liquidar Collinson e seus dois homens. Tentador, disse para si mesmo. Mas não havia tempo o bastante para que pegasse a arma e apertasse o gatilho. Eles o encheriam de balas antes que conseguisse colocar as mãos nela.

Era simplesmente suicídio.

— Vambora, cara — Collinson rosnou. — Não temos a noite toda.

— John, eu... — Katie começou.

— Faz o que ele diz — Porter a interrompeu bruscamente.

Ele abriu a porta da van e colocou o pé no asfalto. Agora, estava completamente escuro e fazia frio. Olhando para trás, viu que estavam inteiramente na parte neutra da fronteira. Os portões haviam sido fechados após passarem e os soldados do Hezbollah já haviam voltado aos seus postos. Collinson deve ter vindo até aqui e dominado os guardas do Hezbollah na cabana pra poder nos pegar quando tivéssemos passado pela fronteira libanesa, mas antes de chegarmos a Israel, pensou.

Ele quer me matar. Não há dúvidas quanto a isso.

Agora, Katie estava parada ao lado de Porter. Ela estava olhando para Collinson, mas não havia empatia na expressão dela. As suas mãos tremiam e a pele estava pálida.

— Por aqui — indicou Collinson, apontando o AK-47 na direção da cabana.

Porter começou a andar. Percorreram dez metros pelo chão vazio de onde haviam estacionado a van até a cabana. Era uma estrutura pequena, de um cômodo, feita de concreto e ferro ondulado. Tinha uma janela de vidro, virada para a estrada que atravessava a zona desmilitarizada. Era o tipo de cabana familiar a todos os guardas de fronteiras ao redor do mundo. Porter viu os dois soldados da estrada se posicionarem atrás dele, andando a cinco passos de distância, com as armas apontando diretamente para as costas dele. Mais homens da Connaught, imaginou. E eles não vão hesitar em encher minhas costas de chumbo se precisarem.

Collinson já havia aberto a porta e fez sinal para que entrassem. Porter atravessou a porta. Havia um fogareiro de carvão em um dos cantos que enchia o ar com um calor aconchegante. Uma chaleira e alguns copos estavam empilhados sobre uma mesa ao lado do fogo, onde havia um balde com um pouco d'água. Fora isso, o lugar estava vazio.

Com um movimento lento com a mão, Collinson fechou a porta.

Porter e Katie estavam em pé perto da parede. Collinson estava parado junto a porta e os dois soldados perto da janela.

— Vem comigo, mocinha — disse Collinson, fazendo um gesto na direção de Katie. — Vamos garantir que você chegue em casa com segurança.

O tom de voz dele era presunçoso e enfatuado: um tom de deboche, atrelado a um quê de vingativo.

Apenas uma única palavra estava ecoando na mente de Porter. *Desgraçado.*

Os olhos de Collinson pousaram sobre o rosto de Porter por um segundo.

— E esse viado pode cair morto bem aqui.

— Só pra você ficar com os créditos que nem da última vez, seu covarde de merda! — Porter retrucou.

Collinson deu um passo à frente. Os dois soldados estavam rígidos, prestando atenção, com ambas as armas apontadas diretamente para Porter.

— Você está sabendo sobre isso, não está? — ele perguntou.

— Eu sei exatamente o que aconteceu — Porter rosnou. — O Steve, o Mike e o Keith morreram por sua causa. E você me deixou sofrer as consequências disso.

Viu a borda do lábio de Collinson estremecendo.

— Eu posso ser um covarde, mas pelo menos não sou a porra de um fracassado — disse, com a voz sombria. — E também não tenho medo de matar um homem a sangue frio.

Intencionalmente devagar, Collinson pegou uma pistola Beretta 9000S compacta do cinto, a primeira arma leve com estrutura de polímero que a companhia havia produzido, com doze balas no pente. Ele gesticulou para que Katie viesse na direção dele.

— Porra, como é que você sabia que a gente estava aqui? — perguntou Porter bruscamente.

Collinson sorriu.

— Foi um bom truque mandar o seu dente pra Jordânia — ele disse. — Mas assim que conseguimos encontrar ele, ficamos sabendo que você tinha achado o dispositivo de rastreamento. Isso significava que estava vindo pra cá. É o único lugar onde dá pra cruzar a fronteira. Os israelenses nos deixaram passar e abatemos os homens desse lado do portão. Contanto que checássemos todos os veículos que passavam, e não foram muitos a essa hora da noite, sabíamos que alguma hora iríamos encontrar vocês.

— Assim como você conseguiu fazer os israelenses lançarem um míssil de abrigos subterrâneos na mina — completou Porter. — Pra matar nós dois.

— Foi bem isso mesmo — Collinson respondeu secamente. — Você descobriu tudo. É uma pena que seja um pouco tarde demais pra você.

Ele olhou de novo para Katie.

— Agora vem pra cá e vamos levar você pra casa. Tem uma equipe de filmagem que está pronta pra gravar o momento em que *eu* resgatei você.

Ela ainda estava parada ao lado de Porter. Olhou de relance para os olhos dele, mas Porter já sabia que ela não conseguiria ler nada neles. Estavam sem nenhuma emoção. Lenta e dolorosamente, ela começou a se afastar dele, mancando através dos três metros que separavam os dois homens.

Com a mão esquerda, Collinson se esticou para segurar o braço dela, puxando-a na direção dele. Olhou de novo para Porter, com um sorriso torto nos lábios e malícia nos olhos. Então levantou a Beretta.

— Para citar Sir Winston, "Os exércitos devem rejeitar a ideia de resistir por trás de muros de concreto ou obstáculos naturais, e devem perceber que a superioridade só pode ser recuperada através de ataques furiosos e implacáveis" — disse. — "E este espírito deve não só dar ânimo ao Alto Comando, mas deve inspirar cada combatente".

Ele olhou diretamente nos olhos de Porter e riu entre dentes.

— E, de fato, esse espírito me dá ânimo hoje.

Eu não me importo de morrer se for necessário, pensou Porter. Mas acho que não consigo escutar esse imbecil por mais muito tempo.

Viu o dedo de Collinson pairando sobre o gatilho. E conseguia ver nos olhos do homem que ele tinha realmente a intenção de matá-lo.

Houve um movimento. Em algum lugar atrás da janela.

De repente, o barulho de uma metralhadora dominou o ar. A janela havia se estilhaçado e uma tempestade letal de balas invadiu a cabana, atingindo as costas dos dois homens que estavam fazendo a guarda. Ambos haviam tentado responder ao ataque, os dedos se esticando em direção aos gatilhos das armas, mas a artilharia já havia destruído tanto as colunas vertebrais deles que não conseguiam mais controlar os próprios músculos. Haviam caído de cara, deixando as armas se estatelarem no chão à frente deles.

Porter se jogou no chão, escapando por pouco das balas que estavam começando a colidir com a parede por trás dele: sentiu os cartuchos vazios caindo sobre o corpo dele depois de baterem na parede. Enquanto se lançava ao chão, conseguiu ver rapidamente o homem que estava atrás da janela.

Hassad.

Com o AK-47 nos punhos, estava disparando uma saraivada de tiros pela janela nos corpos dos homens que os haviam capturado.

Porter se esticou à frente, pegando uma das armas que haviam caído no chão. Rolou para o lado, ficando de costas para a parede, depois rapidamente posicionou a arma e colocou o dedo no gatilho. Estava apontada diretamente para Collinson.

No lado de fora, os disparos haviam cessado. O Hassad deve ter percebido que já matou os dois homens, Porter imaginou. Pra fazer mais qualquer coisa, ia ter que entrar aqui.

Ele não precisa se incomodar com isso, Porter disse para si mesmo sombriamente. Essa tarefa é minha.

Levantando a cabeça, viu que Collinson havia soltado Katie. Ela estava ao lado dele, com lágrimas de terror e exaustão correndo pelo rosto. Collinson ainda estava segurando a Beretta com a mão direita. Porter segurou mais firme o AK-47, e, embora não tivesse tempo para alinhar a mira, provavelmente isso não importava. Apertando o gatilho, deveria conseguir disparar balas o bastante para abater o homem.

— Solta a arma — Collinson cuspiu — e eu deixo você voltar pros caras de turbante!

Porter se levantou.

— Eu não vou a lugar nenhum — disse.

Os olhos de Katie estavam alternando entre os dois homens. Ela estava quinze centímetros à esquerda de Collinson: perto o bastante pra ser uma ameaça, Porter julgou, mas não pra impedir o desgraçado de atirar em mim.

— Volta pros caras de turbante, cara — Collinson zombou. — Eles podem dar um jeito em você com uma garrafa de vodca e um teto legal pra você passar a noite.

Do lado de fora, Porter conseguia escutar Hassad indo em direção à porta, mas ainda era perigoso demais para que entrasse. Não havia nenhum sinal de que os guardas do lado libanês da fronteira fossem interferir. Talvez não tenham escutado os tiros, ou então não queriam entrar na zona desmilitarizada.

Só havia dois homens que iriam resolver essa briga, Porter disse para si mesmo. E os dois estavam dentro da cabana.

— Vou dar mais um aviso pra você — Collinson insistiu.

Porter segurou firme a arma. Estava apontada diretamente para o estômago e a virilha de Collinson. Quando disparasse, não se importava muito se Collinson atirasse nele de volta. Só queria dilacerar as entranhas e os ovos dele antes de ser abatido.

— Atira! — Porter vociferou.

Podia ver as gotas de suor começando a escorrer da sobrancelha do homem. A mão dele estava tremendo, da mesma forma como havia começado a tremer em Beirute há dezessete anos.

— Vamos ver quem é o covarde agora — disse Porter. — Atira, caralho!

Collinson permaneceu imóvel.

— Você está com medo, não está? Igual a como você estava todos esses anos atrás — Porter rosnou. — Exceto que, dessa vez, você não vai poder jogar a culpa em mim.

A mão estava tremendo perceptivelmente agora.

Porter ficou firme, alinhando bem a mira do AK-47.

Um tiro.

Porter viu o recuo da Beretta jogando a arma para trás.

Sentiu uma bala perfurando o ombro, tirando um pedaço de pele e mordiscando o osso.

Manteve os pés plantados no chão. Engoliu em seco, ignorando a dor que corria por ele.

Viu Katie saltando para fora do caminho.

Apertou o gatilho do AK-47.

As balas voaram do cano do fuzil de assalto. Uma atingiu as entranhas de Collinson, derramando sangue e intestino no chão. Outra rasgou a virilha dele, levando consigo pelo menos um ovo enquanto abria caminho pelo corpo dele.

Collinson caiu no chão. Estava segurando a barriga, tentando manter o intestino no lugar, mas as mãos estavam encharcadas com o próprio sangue. Estava gritando pela mãe dele.

Porter manteve firme o AK-47 nas mãos e percorreu os poucos passos no chão vazio que o separava do moribundo.

Olhou para baixo. Collinson estava agonizando e se contorcendo. Porter pisou com a bota no peito dele para mantê-lo imóvel. Depois olhou bem nos olhos dele. Estavam pálidos e cheios de lágrimas enquanto a vida lentamente se esvaía dele, mas o homem ainda estava consciente. Porter sorriu.

— Eu sei uma citação da porra do Winston Churchill que você pode gostar — disse. — "Quando se tem que matar um homem, não custa nada ser educado".

Pressionou o cano do rifle contra a pele macia da lateral do pescoço de Collinson.

— Então, boa noite, senhor, e durma com a porra dos anjos.

Porter apertou o gatilho uma, depois duas, depois três vezes.

Jogou a arma para o lado. O pente estava vazio e não tinha mais utilidade para ele agora. As balas haviam destruído o pescoço dele, conseguindo decapitá-lo. A cabeça estava jogada para o lado, enquanto o resto do sangue deixava o corpo dele e se embrenhava pelas fendas no assoalho de madeira da cabana.

Acabou, pensou consigo mesmo. *Finalmente.*

Porter segurou Katie com força. Ela tremia de medo, mas ainda estava em pé. Havia uma ferida feia no ombro dele no lugar onde a bala de Collinson o havia atingido, mas a atou com uma tira do próprio casaco para estancar o sangramento e sabia que um curativo decente era tudo que precisava para resolver o seu problema.

— Vamos dar o fora daqui — disse.

Hassad já havia se impelido pela porta. Olhou para os três cadáveres, depois para Porter, do outro lado.

— Vocês estão bem?

Porter fez que sim com a cabeça, mostrando um sorriso breve e tenso.

— Como é que você sabia que a gente estava com problemas?

— Eu vi que tinham parado a van — Hassad explicou. — Isso não devia ter acontecido. Esse posto é só de observação, estritamente neutro. Os guardas daqui não devem parar ninguém... aí quando vi que você tinha parado sabia que alguma coisa estava errada.

Agora estavam do lado de fora, ajudando Katie, fraca e assustada, a andar até a van. Porter abriu a porta e a ajudou a se sentar no banco do carona. Olhando ao redor, apertou o ombro de Hassad.

— Estamos quites — disse.

Hassad fez que sim com a cabeça.

— Boa sorte...

— Vou precisar dela.

— E não volte ao Líbano — completou energicamente. — A quantidade de problemas que você causa...

Porter riu. Sentou no banco do motorista e ligou o motor, sem sequer olhar para trás enquanto Hassad se virava e começava a voltar para a fronteira.

Ele pisou no acelerador e levou o Fiat de volta para a estrada. Agora faltava menos de um quilômetro e meio para chegarem à fronteira israelense, e percorreriam isso em minutos. Aumentou a velocidade, sem querer perder nenhum segundo. Quanto antes a gente estiver fora daqui melhor.

— Conseguimos! — ele comemorou, olhando de relance para Katie. — Vamos comer torrada com manteiga no Hilton de Tel Aviv amanhã de manhã.

— E sabe o quê mais? — Katie disse, limpando as lágrimas dos olhos. — Não é nem meia-noite no horário local. Se a gente for direto pra uma sala de redação, a gente com certeza consegue aparecer na segunda edição dos jornais de domingo.

EPÍLOGO

Vauxhall, Londres: quarta-feira, 20 de dezembro de 2006.

Enquanto voltava do banheiro, Porter olhou brevemente para as luzes brilhantes da árvore de Natal no saguão do hotel Travel Inn de Vauxhall. No fundo, estava tocando uma música do período das festas de final de ano, e ele via os primeiros cristais de uma forte geada começarem a dominar o terreno a céu aberto do lado de fora. Não tem problema, disse Porter para si mesmo com um sorriso de satisfação. Não vou dormir lá fora. Não hoje à noite. Nem em noite nenhuma.

Olhou para o bar. Uma loira que parecia amigável lustrava alguns copos e um grupo de homens de negócios estava começando a tomar a segunda ou terceira jarra de cerveja da noite. Na dobra do bolso, Porter sentia um maço de notas novas de vinte libras. Bar, disse para si mesmo. Mais dinheiro. Durante a maior parte das últimas duas décadas não havia dúvidas quanto ao resultado dessa soma.

Uma bebedeira.

Não, disse para si mesmo. Deixa isso pra lá. Você sabe onde é que isso vai dar.

Sandy estava esperando por ele na mesa. Ela parecia um milhão de dólares, ele pensou com orgulho. É bom ter a chance de conhecer ela direito.

Ele se sentou de novo, serviu-se de um pouco de suco de uva sem álcool e deu uma colherada no pudim que eles haviam pedido. Porter não sabia ao certo por que havia escolhido o Travel Inn para um jantar antes do Natal. Deus, não é das melhores comidas de Londres, ele pensou. E sabia melhor que a maior parte das pessoas como os caras da cozinha odiavam o responsável pelo lugar. Mesmo assim, estava satisfeito de passar a noite desse lado do balcão ao invés de estar no outro. Era outra forma de colocar um ponto final na vida de antes. E outra forma de lembrar a si próprio que havia recomeçado.

— Como é que está o trabalho? — Sandy perguntou.

Porter encolheu os ombros.

— Está bem. Tenho sorte de ter ele.

Desde a última semana, estava trabalhando como motorista para a Sky TV, levando os convidados do estúdio à sede do oeste de Londres. Depois de sair do Líbano com Katie, ele lhe disse que não queria nenhuma publicidade. Só diz pra eles que um cara do SAS foi lá e resgatou você e que ele não queria que seu nome ou o rosto fossem revelados, já que isso poderia comprometer operações futuras. Ela manteve a palavra sobre essa parte do acordo, como ele sabia que ela faria: de qualquer forma, soava muito mais excitante quando ela contava repetidamente a história no ar. A Firma havia transportado os dois de volta para Londres e passaram uns dois dias em interrogatórios. Eles disseram que não sabiam que Collinson havia escondido o dispositivo de rastreamento no dente dele. Porter não tinha certeza de que acreditava neles, mas não tinha motivos para discutir sobre isso agora. A versão oficial dizia que Collinson havia sido assassinado em um ataque separado do Hezbollah enquanto estava procurando Katie. Sir Angus havia agradecido efusivamente pelo resgate de Katie e oferecido a Porter um trabalho na organização, mas ele havia recusado. Não queria passar por isso de novo de forma alguma, disse-lhes. Queria apenas fazer alguma coisa simples, ganhar um pouco de grana e permanecer sóbrio. Ele mencionou isso para Katie durante um dos interrogatórios e ela arranjou o emprego de motorista na Sky. Serviu bem para ele. Porter havia encontrado um pequeno apartamento em Stockwell, tinha a Mercedes da Sky para dar umas voltas, e isso era tudo o que precisava.

— Eu levo pessoas de todos os tipos na traseira do carro — ele disse.

— Celebridades? — Sandy perguntou.

Porter encolheu os ombros.

— Eu provavelmente não reconheceria eles nem se fossem.

— Deixa eu comprar alguma coisa pra você, pai — ela disse. — De Natal.

Porter riu. Ele havia se certificado de que as 250.000 libras haviam sido colocadas na conta conjunta deles e depois havia retirado o próprio nome dos titulares da conta. Não queria o dinheiro, nem tinha certeza de que confiaria nele mesmo caso ficasse com ele. Dava para comprar muita vodca com esse tipo de quantia. Sandy conseguiu uma vaga na UCL, começaria no setembro seguinte, e estava planejando viajar para a África com uma das amigas durante as férias de verão. Poderia usar um pouco do dinheiro para isso, mais um pouco para pagar as despesas da faculdade, depois talvez usasse o resto para comprar um lugar para morar enquanto estudava. Ele havia começado a procurar alguns lugares para ela. Talvez algo que precisasse ser restaurado. Poderia trabalhar nisso quando não estivesse dirigindo o carro da Sky.

— Só ver você já é suficiente — ele respondeu. — E saber que você está indo bem.

— Vou fazer uma surpresa então — Sandy insistiu.

Porter riu.

— Já tive surpresas o bastante por um tempo, obrigado.

Porter olhou de relance para a garçonete que estava entregando a conta. Outra garota tcheca. Ele não a reconheceu, mas eles mudavam bastante de empregados naquele estabelecimento. A maior parte deles permanecia por menos de duas semanas, e essa garota provavelmente também iria embora depois do Natal.

— Quem é que está lavando a louça hoje à noite? — perguntou Porter.

— Desculpa — ela disse. — Eu não estou... entendendo.

Porter entregou o dinheiro da conta, depois tirou mais duas notas de vinte do maço que estava no bolso.

— Diz pro cara que ele está fazendo um ótimo serviço e dá isso pra ele.

A garota fez que sim com a cabeça, olhou para ele como se estivesse louco, depois se afastou.

Porter pegou o casaco, ajudou Sandy a vestir o dela, e juntos saíram do lugar, adentrando a noite fria. Andaram um pouco margeando o Tâmisa, na direção do lugar onde Porter havia estacionado a Mercedes. Um vento estava atravessando o rio, soprando forte no rosto deles, e Porter levantou o colarinho do casaco para proteger a pele. O ombro estava quase curado agora e havia colocado dois novos dentes no lugar dos que havia perdido, mas sabia que ainda devia ir com calma. Levaria vários meses para estar completamente recuperado.

Pegando outra nota de vinte no bolso, Porter parou para entregá-la a um homem que estava deitado no chão, perto da ponte Vauxhall. Ele tinha um rosto grosseiro, que parecia ter levado uma surra, e cheirava a cerveja e sangue. Dá o dinheiro agora, Porter pensou. Porque em alguns meses você provavelmente vai ter se esquecido deles. Você vai passar direto por eles, como se nem estivessem ali, que nem todo mundo.

— Obrigado, meu chapa... Feliz Natal.

— Pra você também — Porter respondeu.

Apertou o botão na chave do carro e as portas da Mercedes acenderam enquanto se destrancavam. Abriu a porta para que Sandy entrasse. Ele a levaria correndo até a estação St Pancras para colocá-la no último trem para Nottingham, depois iria para casa passar a noite.

— Na próxima vez que a gente jantar, talvez eu consiga trazer a mamãe comigo — Sandy disse. — Ou então você podia visitar a gente no dia depois do Natal ou algo do tipo.

Porter riu, sentando no banco do motorista e colocando o cinto de segurança.

— Eu não me importo de enfrentar a porra do Hezbollah — gracejou. — Mas não sei se tenho coragem o bastante pra encarar a sua mãe de novo.

Porter olhou de relance para o outro lado do pátio da estação. Na última vez que havia pisado lá, alguém havia tentado atropelá-lo. Agora sabia que devia ser um dos homens de Collinson: o desgraçado sabia exatamente aonde ele estava indo e queria impedi-lo de chegar no Líbano e descobrir o que havia acontecido anos atrás. Checou os carros. Não havia nenhum motorista ansioso no volante. O Collinson está morto, Porter se lembrou. Agora isso tudo terminou.

Abriu a porta da Mercedes, ligou o motor e levou o carro vagarosamente para a pista. Havia acabado de passar das nove e seu turno do dia havia terminado. Tudo o que queria era dormir um pouco.

— Ela engoliu aquela desculpa de você ser só um motorista da Sky? — Layla perguntou.

Porter olhou ao redor. Ela estava sentada no banco traseiro, vestindo um terninho preto novo e com um óculos de sol sobre os olhos.

— Não é uma desculpa — Porter respondeu bruscamente.

Ela se inclinou para à frente, e ele sentiu um vestígio de perfume no pescoço dela.

— Você trabalha pra gente, Porter — ela disse. — O emprego de motorista é só um disfarce útil. Vai fazer as pessoas acharem que você está levando uma vida comum.

— Eu terminei com isso de ser soldado, já disse pra você.

— Nós não pagamos duzentas e cinquenta mil libras por uma semana de trabalho — ela insistiu. — Você acha que nós somos o quê? A Goldman Sachs...

— Nós fizemos um acordo — Porter interrompeu.

— E nós queremos aquilo pelo que pagamos — Layla completou. — Ou você prefere que peguemos tudo de volta e que a Sandy descubra que o pai dela não é esse figurão todo no final das contas?

Porter parou. O sinal de trânsito ficou verde, mas ele não queria tirar o carro do ponto morto. Atrás dele, alguém estava começando a buzinar.

— O que é que você quer? — ele finalmente perguntou.

— Queremos que você entre em contato com outra pessoa — Layla explicou. — Outro homem que você encontrou durante o tempo no Regimento.

— Quem?

— Um irlandês... dos dias ruins de antigamente.

Este livro foi diagramado utilizando a fonte Minion Pro
e impresso pela Gráfica WalPrint, em papel off-set 75 g/m²
e a capa em papel cartão supremo 250 g/m².